숨결
2

숨결 2

초판 1쇄 인쇄 2014년 7월 4일
초판 1쇄 발행 2014년 7월 11일

지은이 훈자
발행인 오영배
기획 박성인 **책임편집** 김보나
표지 · 본문 디자인 신경선
제작 김아름 **일러스트** 클로이

펴낸곳 (주)삼양출판사 · 단글
주소 서울특별시 강북구 솔샘로67길 92
대표 전화 02-980-2112 **팩스** / 02-983-0660
블로그 blog.naver.com/dan_gul
출판등록 1999년 3월 11일 제9-00046호

ISBN 979-11-313-0073-2 (04810) / 979-11-313-0071-8 (세트)

단글은 (주)삼양출판사의 로맨스 문학 브랜드입니다.

숨결

훈자 장편소설

2

단글

| 차례 |

언젠간 만나리라 생각은 하고 있었다. 하지만 이렇게 먼저 전화가 올 거라고는 예상하지 못했던 현은, 어느새 웃음기가 싹 가신 얼굴로 천천히 입을 열었다.

"그런데요?"

퉁명스러운 현의 말투에 수화기 너머로 정적이 흘렀고, 잠시 후 하준의 목소리가 이어졌다.

─갑자기 이렇게 연락드려서 죄송합니다. 이번 계약 건 때문에 전화 드렸는데, 혹시 편집장님께 연락 못 받으셨나요?

하준의 입에서 흘러나오는 존댓말이 현의 귀를 묘하게 자극했다. 순간 그의 뇌리로 툭하면 반말로 무시하기 일쑤였던 하준의 모습이 스쳐 지나갔다.

그때까지만 하더라도 이런 식으로 인연이 이어질 거라고는 상상조차 하지 못했었는데……. 묘하게 얽힌 상황에 막상 닥치고 보니 감회가 새로웠다. 안하무인처럼 자신을 대하던 그에게 존대를 받자, 유치하지만 이상한 쾌감마저 들었다.

"편집장님께 들었습니다. 조만간 사무실로 찾아뵙죠."

─조만간이 아니라 확실한 날짜를 말씀해 주셨으면 하는데요.

현의 말투가 마음에 들지 않는지 하준의 목소리가 아까와는 달리 냉랭하게 변했다.

"개인적인 사정이 있어 당장 찾아뵙기가 어렵습니다."

─작가님, 이번 계약이 불발되는 걸 바라시는 건 아니시겠죠?

나직한 그의 목소리에 현의 얼굴이 급격히 굳었다.

"그게 무슨 뜻입니까?"

현의 물음에 잠시 침묵하던 하준이 침착하게 말을 꺼냈다.

─아시겠지만 외부에선 작가님과 저희 제작사가 계약을 하고 무탈하게 제작이 진행 중인 줄 알고 있습니다. 그래서 조민국 감독님 지휘 아래 캐스팅 작업도 원활하게 진행 중인 데다, 홍보 기사까지 나간 상태죠. 이런 상황에 저희와 작가님의 계약이 성사되지 않았다는 기사라도 나면 어떻게 될지는 잘 아실 거라 생각합니다만.

"난 계약서에 서명하지 않겠다고 말한 적이……."

─없으시죠, 하지만 작가님의 개인적인 사정 때문에 영화 제작을 계속 딜레이 시킨다면…… 저희도 200억이라는 금액을 작가님의 작품에 투자하는 것에 대해 고민할 수밖에 없습니다.

하준의 말에 현이 입술을 꾹 물었다. 그는 한 치의 흐트러짐 없이 딱딱 짚어 말하는 하준의 말투에 치솟는 화를 참아 내느라 얼굴이 벌게졌다.

"금방이라도 이번 작품 엎자는 말처럼 들리네요."

―엎자는 게 아니라 하루라도 빨리 좋은 작품을 보고 싶은 마음에 드리는 말일 뿐입니다.

"……."

―전 직접 작가님의 작품을 보고 투자를 결정한 사람입니다. 오해하지 마시길 바랍니다.

차분하게 늘어놓는 그의 말에 현은 잠시 생각에 잠긴 듯 입을 다물었다. 일에 관해서는 누구보다도 객관적인 데다 조금의 틈을 허용하지 않던 자신이었다.

그런데 누군가를 좋아하고, 많은 것을 겪으며 변하고 있었다. 사랑 따윈 그저 소설 속에 존재하는 허울뿐인 감정 바이러스라고 생각했던 자신이 가빈을 만나면서부터 말이다.

누군가를 질투하고 유치해지며 무슨 일이든 감정적으로 해결하려 하고 있었다. 작품에 관한 일에서조차 말이다. 그걸 깨닫는 순간, 현은 가슴이 서늘해졌다. 적어도 류하준, 그를 프로페셔널 하지 못한 작가로서 만나고 싶진 않았다.

"알겠습니다. 그럼 내일 사무실로 찾아뵙겠습니다."

현은 모든 걸 수긍하고 굽힌 것 같아 마음에 들지 않았지만, 일단 만나고 보자는 생각에 더는 지체할 것 없이 대답했다.

"시간과 장소, 문자로 보내 주십시오."

—그렇게 하겠습니다.

"그럼 내일 뵙죠."

딱 잘라 말하고 현은 종료버튼을 눌렀다. 하준과 이렇게 갑자기 만나게 될 줄이야. 내일 벌어질 일에 대한 생각에 머릿속이 복잡해져 그는 긴 한숨을 뱉어냈다.

이런저런 생각에 잠겨 있던 현은 문득 혼자 있는 가빈이 떠올라 재빨리 고개를 돌렸다. 그의 눈에 멍한 표정으로 앞을 응시하고 있는 가빈이 들어왔다.

그는 묘한 분위기를 자아내는 그녀에게서 시선을 떼지 못했다. 한참을 뭐에 홀린 듯 바라보던 현은, 자신을 향해 고개를 돌리는 가빈의 시선에 몸을 돌렸다.

단단히 빠졌나 보다. 순간이지만 세차게 뛰는 심장 소리와 함께 복잡했던 일까지 저 멀리 날려 버린 후, 그는 익숙하지 않은 감정을 진정시키기 위해 심호흡을 했다.

"통화 끝났어?"

뒤에서 들리는 가빈의 목소리에 현은 놀란 눈으로 뒤를 돌았다. 그곳엔 언제 왔는지 가빈이 고개를 살짝 기울인 채 서 있었다.

"어? 미안해. 통화가 좀 길었지?"

"아니. 난 괜찮은데, 혹시 바쁜 일 있는 거 아냐?"

"아니야, 바쁘긴! 전혀 안 바빠!"

손사래까지 치며 강조하는 현을 지켜보던 가빈의 입에서 피식 웃음이 터져 나왔다. 오랜만에 보는 미소, 물끄러미 가빈을 보던 그가 그녀에게 다가가 바람에 휘날리는 머리카락 한 올을 귀 뒤로 넘겨주며 눈웃음을 지었다.

"웃으니까 더 예쁘다."

현을 향해 붙박였던 가빈의 시선이 아래로 향했다. 적응하려고 해도 적응되지 않는 그의 직설적인 말과 행동에 어떻게 반응해야 할지 몰라 안절부절못하던 가빈은, 자연스럽게 자신의 어깨를 감싸 안는 손길에 움찔하며 그를 돌아봤다.

"가서 마저 먹자, 나도 이제 배고프다."

가빈은 다정한 눈빛으로 발길을 재촉하는 현을 무심코 올려다봤다. 갑자기 열이 오르고 심장이 찌릿한 느낌, 그녀는 재빨리 시선을 거두고 앞을 응시했다.

감기 기운이 아직 남아 있나? 하는 생각에 무심코 손을 이마에 가져가 댄 그녀는, 갑자기 울리는 진동 소리에 놀라며 주머니에서 휴대폰을 꺼내 확인했다.

[처리해야 할 일이 많아서 못 갈 것 같다. 유 실장님 보낼 테니 밥이랑 약 잘 챙겨 먹어.]

하준의 문자메시지, 왠지 모를 서늘한 기운이 그녀의 가슴을 쓸고 갔다. 복잡한 심경이 섞인 한숨이 그녀의 입술 새로 흘러나왔다.

"유독 사이가 좋은 것 같아."

우연히 시선을 돌리다 휴대폰에 뜬 '오빠'를 본 현이 의미심장하게 말했다. 가빈이 흠칫하며 휴대폰을 주머니에 도로 집어넣었다.

"안 좋아."

짧고 단호한 대답, 이후 가빈은 말없이 걸음을 옮겼다. 어딘가 부자연스러운 모습, 현은 낯선 느낌에 가빈을 물끄러미 바라봤다. 하준과 엮일 때면 다른 사람인 것처럼 돌변하는 가빈의 태도가 유난히도 마음에 걸렸다.

'안 좋다……라.'

묘한 뉘앙스가 풍기는 대답에 현은 그녀의 말을 속으로 몇 번이고 되씹었다.

*　　*　　*

"아, 레니…… 씨?"

김 비서는 눈앞의 현을 보고는 당황한 듯 말꼬리를 길게 늘어뜨렸다. 인터넷에 떠돌던 루머에 의하면 레니는 30─40대 남자, 성격은 괴팍하고 볼품없는 외모를 가졌을 거란 의견이 팽배했었다.

세련과 열애설이 난 후, 이러한 소문이 조금씩 사그라지고 엄청난 꽃미남이라는 풍문으로 대세가 바뀌고 있었지만, 사실 그녀는 예전 소문에 조금 더 설득력이 있을 거라 생각하고 있었다.

그래서 오늘 레니를 만난다는 것에 별 기대감이 없었건만, 막상 현을 마주한 김 비서는 생각과는 다른 모습에 깜짝 놀랄 수밖에 없었다.

미소년 같이 앳된 얼굴과 군살 없는 몸매에 어울리는 깔끔한 옷차림을 한 그는, 아무리 봐도 현재 최고의 주가를 달리고 있는 베스트 작가라기보단 아이돌에 가까웠다.

"류하준 대표님 자리에 안 계시나요?"

김 비서가 멀뚱히 서 있자, 현이 의아한 표정으로 물었다. 그제야 정신이 번뜩 드는지 그녀가 어색한 미소를 지으며 대답했다.

"아, 아닙니다. 따라오세요."

슬쩍 현의 얼굴을 한 번 더 확인한 김 비서는 애써 설레는 마음을 감추며 그를 하준의 방으로 안내했다. 그리고 문 앞에 당도하자마자 조심스럽게 노크했다.

"들어오세요."

하준의 목소리가 방문 너머로 들리자 현의 얼굴에 긴장감이 감돌았다. 레니로서 처음으로 누군가를 만나는 자리인 데다 상대가 류하준이었다. 그 사실만으로도 가슴이 세차게 뛰어, 현은 애써 떨리는 마음을 진정시키기 위해 호흡을 가다듬었다.

김 비서가 먼저 사무실 안으로 들어갔다. 이후 그녀를 따라 발걸음을 내디딘 그는, 서류를 들여다보고 있는 하준을 발견하곤 멈춰 섰다.

"레니 작가님, 오셨습니다."

김 비서가 현을 소개하자, 고개를 들어 그의 눈을 마주한 하준의 눈썹이 미미하게 구겨졌다.

"또 뵙네요."

현이 여유로운 표정으로 인사를 건넸다. 내심 놀랄 것이라 예상했던 것과 달리, 하준의 표정엔 큰 변화가 없었다. 그게 이상하게 거슬려 어느새 현의 얼굴에도 웃음기가 사라졌다.

"전무님?"

김 비서는 아무런 대답조차 없는 하준의 모습에 당황하며 그를 불렀다. 그러자 말없이 현을 응시하던 하준이 서류를 탁, 덮곤 자리에서 벌떡 일어났다.

"그만 나가 보세요."

"네, 전무님."

둘 사이에 흐르는 묘한 기류에 눈치를 살피던 김 비서가 주춤거리며 사무실 밖으로 나갔다. 책상 앞으로 걸어 나온 하준이 소파를 가리키며 나직이 말했다.

"앉아."

놀란 기색이 하나 없는 하준의 얼굴에 의아심이 든 현이 소파에 앉으며 입을 열었다.

"안 놀라시네요?"

"충분히 놀랐어."

하준이 심드렁하게 대꾸하자 현이 그를 한참 바라보다 어깨를 으쓱하며 말했다.

"전혀 안 놀라신 표정이라서요. 마치 제가 레니인 걸 알고 있었다는 듯이."

빈정대는 듯한 말투에 하준의 눈썹이 위로 치켜 올라갔다. 겉으로 드러내진 않았지만, 속으로는 꽤 놀랐었다.

레니가 저 녀석이라니, 믿고 싶지 않은 현실에 혼란스러워 머리가 다 지끈거렸다. 평소 레니 팬인 가빈을 생각해, 주변의 반대도 무릅쓰고 추진한 프로젝트였다. 그런데 이렇게 꼬여버리다니, 허탈감마저 밀려들었다.

왜 하필 저놈이 레니일까? 운명의 장난이 아니고서야 어떻게 눈엣가시 같은 저놈이 레니일 수 있을까? 갖가지 생각에 가슴이 답답해지고 화가 치밀었지만, 하준은 애써 평정심을 찾고 모든 감정을 최대한 억눌렀다.

"신생 제작사와는 계약하지 않기로 유명한 레니가 우리 회사와 계약한 이유는 제작비와 개런티 때문인 줄 알았는데, 이런 속사정이 있었나?"

하준이 소파 손잡이에 팔을 올려 턱을 괸 채로 묻자, 현은 잠깐 망설이다 대답했다.

"뭔가를 바라고 시작한 일인 건 맞으니 부정하진 않겠습니다. 덧붙여 말하자면 제작비와 개런티 때문에 결정한 것도 맞고요, 물론 그건 출판사 쪽 의지이긴 했지만."

"바라는 게 있다?"

"아, 우선 공적으로 바라는 건 한 가지입니다. 중간에 틀어지는 일 없이 무탈하게 영화가 제작되어 세상 밖으로 나오는 것, 소박한

바람이죠."

재수 없는 놈. 능글맞은 놈. 둘의 시선이 서로 교차하며 분위기가 고조되었다.

"계약서야, 출판사 쪽과 조율해서 만든 계약서이니 틀린 부분이 없나 확인만 하고 서명하면 될 거야."

하준이 무심한 표정으로 한쪽에 뒀던 서류를 그의 앞에 탁 던지며 말했다. 기분이 상했지만, 현은 내색하지 않고 계약서를 손에 들었다.

편집장이 입이 닳도록 옆에서 읽어줬던 계약서, 이미 사본으로 확인한 터라 다시 볼 필요는 없었지만, 현은 한 장 한 장 정성스럽게 다시 넘기기 시작했다. 그러고는 끝 장을 넘길 무렵 현은 흘끔 하준을 돌아보며 입을 열었다.

"그 전에 묻고 싶은 게 있습니다."

하준이 못마땅한 얼굴로 현을 바라봤다.

"이건 사적으로 드리는 말씀입니다. A&T 대표와 작가 관계 아닌 가빈이의 오빠와 친구, 아니…… 가빈이를 좋아하는 남자로서 말입니다."

거침없는 그의 말에 심기가 불편해진 하준의 표정이 어둡게 돌변했다.

"무슨 소릴 하고 있는 거야, 너."

눈을 가늘게 뜬 상태로 하준이 차갑게 말을 내뱉었다. 아까와는 확연히 다른 모습, 적개심이 가득한 그의 눈빛이 머릿속을 지배하는 의심을 확신으로 바꿔 평상심을 무너지게 만들었다.

이미 마음속으로 결론을 내렸건만, 재차 확인하고 싶은 생각에 현이 손에 든 계약서를 천천히 내려놓으며 조심스럽게 말을 꺼냈다.

"평상시엔 냉철하신 분이 유독 가빈이 일에만 민감하게 반응하시는 이유."

"……."

"단지 이복동생으로서 가빈이를 아끼는 마음에 그러시는 거, 맞으시죠?"

현의 물음에 하준의 한쪽 눈썹이 일그러졌다. 의도가 극명하게 드러나는 그의 질문이 감추려 했던 감정을 들춰낸 듯해 불쾌감이 일었다.

"헛소리 그만하고 사인이나 해."

"대표님."

"무슨 생각으로 그런 걸 묻는 건지 모르겠지만 너 따위가 신경 쓸 문제가 아니야, 가빈이에 대한 쓸데없는 관심은 그쯤에서 접는 게 좋을 거야."

하준의 서늘한 기운에 현이 미간을 좁혔다. 불길한 예감이 맞는 모양이었다. 지금까지 보여준 그의 태도로 봐선 가빈이를 동생 그 이상으로 생각하고 있음이 확실해 보였다.

현은 애써 침착하게 마음을 달래려 노력했다. 이미 어느 정도 예상했던 일, 차분하게 생각을 정리한 현은 말없이 눈앞에 놓인 펜을 집어 들었다. 그리고 거침없이 계약서에 사인을 한 뒤, 하준에게 넘기며 작게 미소 지었다.

"공적으로 잘해 보고 싶다는 말 진심입니다, 늦었지만 제 작품을 좋게 봐 주셔서 감사합니다."

현이 자리에서 벌떡 일어섰다.

"그럼 전 시놉시스 작업 때문에 그만 가 보도록 하겠습니다."

"……."

"그리고 가빈이에 대한 건 제 사적인 일이니 제가 알아서 하죠."

의미심장한 그의 말에 하준이 몸을 의자에 기대며 무감한 눈빛으로 대꾸했다.

"그래…… 잘해 봐."

짧은 한마디가 현의 가슴에 가시가 박힌 듯 찌릿하게 다가왔다.

어차피 너 같은 건 안 돼.

턱을 치켜세우고 말하는 그가 자신에게 그렇게 말하는 것만 같았다.

"방금 한 그 말, 분명 후회하시게 될 겁니다."

서로를 마주한 그들의 눈이 어느 때보다도 푸르스름한 냉기가 돌았다.

현 실장과 함께 간단하게 짐을 챙겨 내려온 가빈은 차 앞에서 자신을 기다리고 있는 류목형을 발견하곤 그에게 다가섰다.

"잘 생각했다, 가빈아. 이왕 결정한 거 한시라도 빨리 집으로 들어오는 편이 낫지."

"죄송해요, 갑자기 들어가겠다고 해서……."

가빈이 말끝을 흐리자, 잠자코 지켜보던 류목형이 그녀를 품에 안았다. 따뜻한 온기가 그녀의 몸을 감쌌다.

"아니다, 내가 오히려 고맙지, 집에 들어와 살면 아무래도 네가 많이 불편할 텐데, 내 뜻을 따라줘서."

"아버지……."

"걱정하지 말거라, 앞으로 내가 네 엄마를 대신해 잘 보살펴 줄 테니."

류목형의 말에 가빈은 눈물이 차올랐지만 애써 꾹 참아냈다. 이 제부턴 함부로 눈물을 흘리지 않겠다, 결심한 가빈의 눈에 단호한 빛이 서려 있었다.

"그만 가자꾸나."

류목형이 가빈의 손에 든 가방을 현 실장에게 넘기며 앞서 갔고, 가빈이 문득 뒤를 돌아 빌라를 올려다봤다.

엄마와 함께 살게 되면 이 집을 떠날 것이라 생각했는데, 결국 생각지도 못했던 본가로 돌아가게 되었다. 상상만으로도 숨이 막히고 끔찍했지만, 지금은 무덤덤하게 모든 상황을 받아들일 수 있게 되었다.

모든 것은 다시 시작되었다. 가빈이 솟구치는 뜨거운 감정에 눈을 질끈 감았다 떴다. 눈앞에 보이는 하늘이 유난히도 컴컴했다.

"아가씨, 그만 타시죠."

한참을 멍하니 하늘을 바라보던 가빈은 현 실장의 목소리에 고개를 끄덕이곤 몸을 돌려 차로 향했다. 발걸음이 유난히도 무거웠다.

'괜찮아, 괜찮을 거야.'

어차피 가야 할 곳으로 되돌아가는 것뿐이다. 마음속으로 수 백 번 다짐한 가빈의 얼굴에 어느새 어두운 그늘이 내려앉았다.

* * *

민호는 침울한 표정으로 침대에 누워 잠들어 있는 연우를 물끄러미 바라봤다. 새파랗게 질린 얼굴, 입술은 메말라 핏기조차 감돌지 않았다. 안쓰러운 모습에 민호는 손을 뻗어 그녀의 얼굴을 쓰다듬고는 한 손을 꽉 잡았다.

"미안하다."

수 없이 꺼낸 한 마디였다. 어쩔 수 없는 상황이었다고는 하나, 결국 지켜주지 못해 위험한 순간까지 가게 만들었다. 그는 한숨을 쉬었다. 미안한 마음이 쉽사리 지워지지 않았다.

짧은 시간에 일어난 일들, 점차 감당하기 힘든 현실과 대면한 민호의 눈에 어느새 서서히 습기가 차올랐다. 앞으로 참고 견디며 살아갈 나날들이 너무도 아득하고 어두워 숨이 턱턱 막혀왔다. 지옥, 민호에게 있어 현세가 곧 지옥이었다.

'인생에 다시없을 기회……'

한참을 멍하니 생각에 잠겨 있던 민호의 머릿속으로 문득 이혜연이 떠올랐다. 기회가 될지, 위기가 될지, 제대로 판단조차 하지 못한 상황에서 감정적으로 받아들인 제안.

민호는 조용히 사물함 안에 넣어 둔 '뫼비우스의 띠' 시놉시스와 '아이엠 엔터테인먼트 대표 양진만'이라고 적힌 명함 한 장을 꺼내 뚫어지게 바라봤다.

"강승윤이라는 역할인데 꽤 비중 있는 조연이야, 알겠지만 현재 언론의 스포트라이트를 가장 많이 받고 있는 레니의 작품이라 조연이라도 네가 잘 소화한다면 단번에 대중들의 관심을 받을 수 있을 거야, 일단 그 기획사에 찾아가 봐, 자세한 건 그쪽에서 설명해 줄 테니."

굳게 입을 다문 민호의 눈이 '뫼비우스의 띠' 시놉시스를 주시했다. 혹시라도 부담되고 짐이 될까 봐, 현의 소설이 원작인 영화나 드라마의 오디션은 참가조차 하지 않았던 자신이었다. 그런데 겨우 얻게 된 기회가 현의 작품이라니.

허망하기까지 한 상황에 그의 입에서 허탈한 한숨 소리가 흘러나왔다. 어떻게 이렇게까지 인생이 지랄 맞을 수 있는 건지, 정말 신이 있다면 묻고 싶을 정도였다.

"도대체 내가 어떻게 해야 하는 거냐…… 연우야."

연우를 향해 시선을 돌린 민호가 중얼거리듯 말했다. 첫 단추부터 잘못 끼운 것 같은 불안한 마음이 그의 얼굴에 고스란히 드러났다.

"민호야!"

고요한 적막과 함께 말없이 생각에 빠져 있던 민호는 드르륵 소리와 함께 들린 현의 목소리에 뒤를 돌아봤다.

급하게 뛰어왔는지 현이 문을 열고 들어서자마자 벌게진 얼굴로 가쁜 숨을 몰아쉬고 있었다. 민호는 재빨리 손에 든 시놉시스와 명함을 서랍 안에 넣고 몸을 일으켰다.

"왔어?"

민호가 웃는 얼굴로 반기자 현이 그에게 다가가 이마를 탁 때리며 말했다.

"지금 웃음이 나와?"

"그럼 울까?"

씁쓸한 미소와 함께 어깨를 으쓱하는 민호를 현이 안타까운 표정으로 바라봤다. 아버지가 돌아가시고 어머니가 사이비 종교에 빠져 미친 사람이 되어 가는 상황 속에서도 민호가 그나마 버티고 살 수 있었던 건 연우 때문이었다.

민호에게 여동생인 연우는 세상의 전부였고, 존재하는 이유였다. 그런데 다른 사람도 아닌 어머니의 손에 연우가 잔인한 꼴을 당할 뻔했으니, 그 속이 어땠을지는 감히 상상조차 하기 힘들었다. 그런데도 아무렇지도 않은 척, 환하게 웃고 행동하는 그가 더욱 안쓰럽게 느껴져 가슴이 저려 왔다.

"연우 상태는 어떤 거야? 많이 안 좋아?"

현이 침대에 가까이 다가가 연우를 내려다보며 묻자, 민호가 고개를 내저으며 대답했다.

"좀 쉬면 괜찮을 거래, 내일 퇴원하기로 했어."

"그래? 정말 다행이다."

"응, 다행이지."

"근데 너 괜찮은 거야? 얼굴은 네가 더 죽게 생겼는데."

장례식장에 다녀온 이후, 민호는 줄곧 병원에만 있었는지 복장도 여전히 정장 차림인 데다 잠도 제대로 못 잤는지 휑한 얼굴을 하고 있었다.

"내가 여기 있을 테니까 집에 가서 좀 쉬다 와."

현이 걱정스러운 표정으로 차 키를 건넸지만, 민호는 손을 휘휘 저으며 거절했다.

"됐어, 일어나면 나부터 찾을 텐데 옆에 있어야지."

"연우가 갓난쟁이도 아니고 별걱정을 다 한다. 너 찾으면 내가 전화해 줄 테니 고집 피우지 말고 가서 밥도 좀 사 먹고, 옷도 갈아입고 와. 꼴이 그게 뭐냐."

현이 위, 아래를 훑으며 말하자 민호가 민망한지 이마를 긁적였다. 안 그래도 정장 차림이라 불편한 데다 며칠 동안 씻지도 못해 곤혹스럽긴 했다. 하지만 이런 일이 있을 때마다 자신이 옆에 없으면, 연우가 심각할 정도로 불안 증세를 보여서 망설일 수밖에 없었다.

한참을 고민하던 민호는 결국 현의 재촉에 못 이기는 척 열쇠를 건네받았다. 연우가 평소 자신만큼이나 현을 잘 따르는 것을 알고 있기 때문이었다.

"그럼 금방 갔다 올게."

"나 여기서 작업하고 있을 거니까 기왕이면 방해되지 않게 천천히 오도록 해."

어깨를 툭 치며 의자에 앉는 현을 민호가 물끄러미 내려다봤다. 고마운 마음에 괜스레 그의 머리를 장난스럽게 헝클어뜨린 민호는 사물함 위에 둔 휴대폰을 손에 들며 말했다.

"올 때 뭐 사다 줄까?"

"레드불."

"너 그러다 카페인 중독으로 일찍 죽는다."

"흠, 그런데…… 안타깝게도 그 전에 편집장님 손에 죽지 않을까 싶다."

현이 지이잉 소리와 함께 손에서 울려대는 휴대폰을 들여다보며 말하자, 민호가 의아한 눈빛으로 그의 휴대폰을 흘끔 봤다.

[마녀]

편집장의 전화임을 확인한 민호가 피식 웃음을 터트렸다.

"너 설마 고모님 피해서 여기로 온 거냐?"

"무슨 그런 섭섭한 소리, 당연히 연우 걱정돼서 온 거지."

"뭐, 믿기지 않는다만 그렇다 치고, 이번엔 또 무슨 일인데?"

민호가 묻자 현이 한숨을 푹 내쉬며 대답했다.

"이번에 뫼비우스의 띠, 시나리오 작업 내가 하기로 했거든. 작업하는 대로 빨리 넘기라고 며칠 전부터 이리 성화다."

툴툴거리며 말하는 현을 지켜보던 민호가 움찔했다. 그러고 보니 뫼비우스의 띠에 출연하게 되면 현과 마주치는 건 당연한 일이었다. 지금이라도 사실대로 이혜연과의 일을 말해야 하나 한참을 고민하던 민호는, 갑자기 어깨를 툭 치는 현을 놀란 눈으로 돌아봤다.

"왜 그렇게 놀래?"

"어? 노, 놀라긴."

"나 통화 좀 하고 올게, 잠깐만 기다리고 있어."

"응…… 그래."

민호가 어색하게 시선을 돌리며 대답하자 현이 고개를 갸우뚱 기울였다. 왜 저러지? 하는 의문이 들어 그에게 시선을 떼지 못하던 현은, 계속해서 울려대는 휴대폰 진동소리에 일단 전화를 받으러 밖으로 나갔다.

─왜 이렇게 전화를 안 받아?

통화버튼을 누르자마자 귓속을 파고드는 파공음에 현이 얼굴을 잔뜩 찌푸렸다.

"진동으로……."

─또 진동으로 해 놔서 몰랐다는 허접한 핑계를 댈 거라면 당장 그 입 다무는 게 좋을 거야.

신경질적인 편집장의 목소리에 머리가 지끈거리는지, 현이 한 손으로 이마를 짚으며 말했다.

"무슨 일이신데요."

―무슨 일인지 알잖아, 이번 주까지 무슨 일 있어도 작업해서 넘겨.

"고모는 제가 무슨 도깨비 방망이인 줄 아세요? 뚝딱 하면 바로 눈앞에 대령하게."

―그러니까 누가 요새 정신 놓고 다니래? 잔소리 말고 일단 초고부터 넘겨, 다음 주에 제작사 측하고 감독님하고 각색방향 결정하기로 했으니까 절대 늦으면 안 돼! 알겠지?

막무가내로 밀어붙이는 편집장의 태도에 짜증이 치밀어 올랐지만, 현은 애써 속으로 삭이며 입을 열었다.

"초고야 제가 어떻게든 한다 치고, 시나리오 작업 들어가게 되면 혼자서 감당 못 하는 거 아시죠? 아무리 저라도 이런 빠듯한 일정에 맞춰서 시간 안에 작업 못 끝내요."

―그러니까 보조 작가 구해 준다고 했잖아.

"낯선 사람이랑 같이 일 못 하는 거 아시잖아요, 차라리 그럼 출판사 직원들 중에서……."

―고작 몇 명 있는 직원 네가 데려가 버리면 우린 어쩌고? 그러지 말고 내가 믿을 만한 사람으로 구해 줄 테니까 내 말대로 해라. 응?

달래기로 노선을 바꿨는지 편집장이 한층 부드러워진 목소리 말하자, 현이 난감한 듯 이마를 긁적였다. 작업실도 따로 없는 상황에 낯선 사람과 한 집에서 작업해야 한다니, 더구나 혹시라도 자신이 레니임이 밖으로 새어 나가지 않을까 하는 불안감이 생겼다.

하지만 그렇다고 혼자서 익숙하지 않은 시나리오 작업을 짧은 시간 안에 끝낼 자신도 없었다. 더구나 상황에 따라선 현장 각색까지 각오해야 하는 입장이니, 하루라도 빨리 보조 작가를 구해 본격적인 일이 들어가기 전, 서로에게 익숙해질 필요가 있었다.

―현아, 듣고 있어?

편집장의 목소리에 어떻게 해야 하나 한참을 고민하며 초조해하던 그때였다. 현은 문득 든 생각에 서서히 입술 끝을 위로 끌어올렸다. 언젠간 작가가 꿈이라며 관련 공부를 하고 있다는 가빈의 말이 거짓말처럼 그의 뇌리를 스쳐 지나갔다.

"고모, 보조 작가 제가 구할게요."

―뭐? 네가? 어디서?

편집장이 의아한 말투로 묻자 현이 한층 환해진 얼굴로 대답했다.

"그건 일단 나중에 말씀드릴게요, 그래도 되죠?"

―그래 뭐, 어차피 네가 같이 일할 사람이니까 그편이 낫겠지만…… 누구길래 그래?

현의 지인 중에 이런 일 할 만한 사람이 없다는 것을 잘 알고 있는 그녀가 궁금증을 참지 못하고 또다시 물었다. 현이 입가에 부드러운 미소를 지으며 대답했다.

"있어요, 아주 유능한 작가지망생, 일단 물어보고 하겠다고 하면 소개해 드릴게요."

　류목형의 호출을 받고 서둘러 집에 온 하준은, 예기치 못한 상황
에 잔뜩 굳은 표정으로 멈춰 서 있었다.

"왜 그러고 서 있어? 와서 앉지 않고."

　앉으라는 류목형의 눈짓에도 하준은 대꾸도 없이 그저 한 곳을
응시했다. 그의 시선이 닿은 곳엔 가빈이 있었다. 그녀는 하준의
등장에도 아무렇지 않은 듯, 무덤덤한 표정으로 차를 마시고 있었
다.

　집으로 들어올 거라는 가빈의 말을 충동에 의한 반항으로 치부
했던 하준은 생각지도 못한 상황에 당혹스러움을 감추지 못했다.

"오랜만이네요, 하준 씨."

　혼란스러운 눈빛으로 가빈을 살피던 하준은 이내 자연스럽게 인
사를 건네는 여자에게로 시선을 옮겼다. 그곳엔 얼마 전에 맞선을
봤던 지수가 만연의 미소를 띠운 채 앉아 있었다.

　가빈이도 모자라 지수까지 대동한 걸로 봐선 결국 자신의 뜻을
꺾고 정략결혼까지 추진시킬 모양이었다. 류목형의 의도를 정확히
알아차린 하준의 눈빛이 차갑게 가라앉았다.

"와서 앉아."

　잠깐 동안의 침묵이 흘렀음에도 미동도 없이 서 있는 하준의 모
습에 보다 못한 가빈이 입을 열었다. 어떡해서든 지금의 상황을 좋
게 넘기고 싶건만, 그녀의 바람과 달리 하준은 싸한 표정으로 말없

이 발길을 돌렸다.

"앉으라고 했다, 류하준."

애써 태연한 표정으로 차를 마시고 있던 류목형의 입에서 경고하듯 날카로운 음성이 흘러나오자, 하준이 발걸음을 멈추고 그를 돌아봤다.

"금방 옷만 갈아입고 다시 회사 나가 봐야 합니다. 하실 얘기 있으시면 나중에 따로 하시죠."

"네놈이 정말……."

"그렇게 하시죠, 회장님. 일 때문에 많이 바쁘신 것 같은데."

화를 참지 못하고 하준에게 한마디 하려던 류목형은 지수의 만류에 애써 말을 삼켰다. 평소였다면 당장에라도 버럭 소리를 내질렀겠지만, 지수 앞에서 그런 꼴을 보일 순 없어 끓어오르는 화를 겨우 억눌렀다

"그만 올라 가 보겠습니다."

하준은 작게 묵례를 하고 망설임 없이 2층으로 걸어 올라갔다. 그렇게 알아듣게 거절했음에도 다시 눈앞에 나타난 지수가 껄끄럽고 찝찝했지만, 그는 애써 깊게 생각하지 않았다.

"회장님, 저도 그만 가 보겠습니다."

한마디 말도 건네지 않고 그대로 올라가 버리는 하준을 서운한 눈빛으로 지켜보던 지수가 망설임 없이 자리에서 일어났다.

한 번만이라도 먼저 자신을 돌아봐 주었다면 조금의 희망 정도는 가질 수 있을 텐데, 한결같이 싸늘한 그의 태도는 결국 언제나

그랬듯 그녀에게 절망만 안겨 주고 끝을 냈다.

지수는 애써 쓸쓸한 마음을 숨기고 그대로 자리에서 일어나 핸드백을 어깨에 멨다.

"저녁이라도 같이 들고 가요."

"아닙니다, 저도 일 때문에 그만 회사로 들어가 봐야 해서요."

"그래요? 그럼 어쩔 수 없죠, 내가 이 회장님과 통화해서 정식으로 날 잡을 테니, 조만간 다 같이 한번 봅시다."

"네, 회장님."

싱긋 웃으며 대답한 지수는 고개를 돌려 가빈에게 인사를 건넸고, 이후 배웅하겠다며 일어선 류목형을 따라 밖으로 나갔다.

꽤 괜찮은 여자였다. 미인인 데다가 행동이나 말투에서 곱게 자란 티가 역력해, 하준의 상대로 나쁘지 않아 보였다. 그 생각과 동시에 가슴 한구석이 시려왔지만, 가빈은 애써 외면했다.

그녀는 그대로 2층 계단을 향해 발걸음을 내디뎠다. 한 계단, 한 계단 오를 때마다 힘들었던 과거의 일들이 새삼 떠오르는지 어느새 그녀의 얼굴에 침울한 빛이 감돌았다.

"꽤…… 재미있는 사고를 쳤어."

마지막 층계에 올라 방으로 향하던 가빈은, 순간 들리는 하준의 목소리에 긴장한 상태로 뒤를 돌아봤다.

계속 기다리고 있었는지 옷도 갈아입지 않은 하준이 팔짱을 낀 채 방문 앞에 비스듬히 등을 기대고 서 있었다.

"들어온다고 얘기했잖아."

온몸을 압박하는 그의 눈빛에도 흔들림 없이 대꾸한 가빈은 다가서는 그의 발걸음에 맞춰 뒤로 천천히 물러섰다.

"아버지 올라오실지도 몰라, 그러니까……."

"그러니까 뭐?"

하준의 차가운 반문에 그만 말문이 막힌 가빈은, 몸을 틀어 방문을 열려다 하준의 손길에 막혀 그대로 벽에 밀쳐졌다.

"아버지한테 이런 모습 보이기 싫으면 이 집에 들어오지 말았어야지."

"오빠."

"말해 봐, 도대체 무슨 생각으로 이 집에 들어온 건지."

숨소리가 들릴 정도로 가까이 다가선 하준이 나지막한 목소리로 묻자, 가빈의 얼굴이 순식간에 굳어졌다.

그와 눈을 마주하고 있는 게 힘겨울 정도로 심장이 뛰고 등 뒤에 식은땀이 났다. 하지만 그녀는 애써 아무렇지 않은 척 눈에 힘을 주고 천천히 입을 열었다.

"나도 아버지 딸이야, 이 집에 들어오지 못할 이유 없잖아."

날카로운 그녀의 한마디에 하준의 얼굴이 미미하게 변했다. 마치 다른 사람인 것처럼 가빈이 진지한 눈빛으로 등을 꼿꼿이 세우며 자신을 정확히 마주 보고 있었다.

요 며칠 자신을 불안하게 했던 그녀의 태도가 기분 탓이 아닌 모양이었다. 그걸 인정하는 순간, 심장 가득 두려움이 밀려들었다.

"지금 당장 집으로 돌아가, 아버지께는 내가 잘 말할 테니."

"싫어."

"너 정말!"

"그만해! 정말 그만하란 말이야! 오빠가 이런다고 뭐가 달라질 것 같아?"

냉랭하게 소리치는 가빈을 응시한 하준의 눈빛이 흔들렸다.

"뭐?"

"오빠가 이렇게 한다고 해서 우리 관계 바뀌는 거 없어, 아무리 발버둥 쳐도 결국 제자리로 돌아올 뿐이라고."

가빈이 이를 꽉 깨물고 정확히 자신을 보며 말하자, 하준은 두 손을 꽉 말아 쥐었다. 아무리 발버둥 쳐도 결국 남매인 자신들의 관계는 서로에게 상처만 남긴 채 그 굴레에서 벗어나지 못할 것이다. 그 속뜻을 알아차린 그는, 걷잡을 수 없는 감정에 가슴이 먹먹해져 왔다.

"너만 가만히 있었다면 내가……."

"아니, 오빠가 할 수 있는 건 아무것도 없어."

하준의 말을 자르며 가빈이 싸늘하게 말했다.

"그러니까 이제부턴 그저 세상에 하나밖에 없는 내 오빠 노릇이나 잘하면 되는 거야."

바깥에 비치는 조명등 이외 불빛이 없어서 분간이 되지 않는 것이라고 생각했다. 차갑게 노려보는 가빈의 눈빛이 믿고 싶지 않을 만큼 낯설게 다가왔다.

차갑게 말하고 돌아서려는 가빈을 가만히 응시하던 하준은, 결국 참지 못하고 가빈의 허리를 강하게 감싸 안았다. 자신을 속박하는 그의 손길에 놀란 가빈이 몸을 빼 보려 비틀었지만, 하준은 망설임 없이 그대로 그녀의 입술을 자신의 입술로 가로막았다.

밀어내려는 가빈의 손길도 무시한 채 거침없이 밀어붙이는 그의 뜨거운 숨결이 그녀의 입안으로 파고들어 정신을 몽롱하게 만들었다.

손끝이 파르르 떨리고 숨이 턱 밑까지 차올라 겨우 온 힘을 다해 하준을 떼어 낸 가빈은, 그제야 숨통이 트인 듯 크게 숨을 들이쉬었다 내뱉었다.

"하아…… 하아…… 지금 이게 무슨!"

"너와 난 절대 남매로 지낼 수 없어."

온몸의에 힘이 빠질 만큼 격정적인 그의 키스. 정신이 혼미할 때쯤 들린 하준의 목소리.

"너야말로 정신 차려, 류가빈."

귓불과 목덜미 사이에 닿은 그의 뜨거운 숨결에 어깨를 움츠리고 있던 가빈이 숨을 멈췄다.

"아침 식사 준비 다 됐습니다."

출근 준비를 하던 하준은, 노크 소리와 함께 들리는 가사도우미의 목소리에 짧게 대답하곤 거울 앞에 섰다.

언제나 그랬듯 클래식한 정장을 말쑥하게 차려입고, 거기에 어울리는 심플한 시계까지 찬 그의 모습엔 한 치의 흐트러짐도 보이지 않았다. 마지막으로 살짝 삐뚤어진 넥타이까지 확인하고 고쳐 맨 하준은 그대로 방문을 열고 나갔다. 준비를 마쳤는지 때마침 가빈도 방에서 나오고 있었다.

"학교 방학한 거 아니었어?"

둘 사이 흐르는 무거운 정적을 먼저 깨며 하준이 묻자, 가빈이 어색한 표정으로 대답했다.

"내일 시험 보고 나면 방학이야."

한마디 말을 꺼낸 가빈은 더는 말하고 싶지 않다는 듯, 재빨리 계단 쪽으로 발길을 돌렸다. 어제 일이 자꾸만 떠오르고 신경 쓰여 하준과 자연스럽게 얼굴을 맞대고 있을 수가 없었다. 강렬했던 키스, 아직도 손끝이 떨릴 만큼 아찔해 저절로 숨이 턱턱 막혀왔다.

"오늘 학교 앞으로 갈 테니 기다리고 있어."

계단에 발을 내딛자마자 들린 하준의 목소리에 가빈이 우뚝 멈춰 섰다.

"나 오늘 약속 있어, 오지 마."

뒤도 돌아보지 않은 채 짧게 대답한 가빈은 서둘러 계단 밑으로 내려갔다. 언제까지 이 불안한 관계가 계속 지속되어야 하는지, 앞으로의 일이 막막해 그녀의 입술 새로 한숨이 새어 나왔다.

"오랜만이구나."

계단을 다 내려올 때쯤 들린 이혜연의 목소리에 가빈의 얼굴이 순식간에 굳어졌다.

"버릇없는 건 여전하구나. 어른을 봤으면 인사부터 해야지, 그렇게 빤히 쳐다보고만 있으면 되겠니?"

팔짱을 끼고 턱을 치켜세운 채 말하는 이혜연을 유심히 바라보던 가빈이 이를 꽉 물고 작게 묵례를 했다.

"안녕히…… 주무셨어요."

힘겹게 인사말을 내뱉는 가빈을 차갑게 흘겨 본 이혜연은 곧이어 내려오는 하준을 발견하곤 가빈에게 턱짓을 하며 말했다.

"가서 네 아버지, 식사하시라고 전하렴."

이혜연의 말에 잠시 주춤거리던 가빈이 그녀를 지나쳐 류목형이 있는 방으로 향했다. 그런 가빈을 물끄러미 지켜보던 하준은 자신을 향하는 이혜연의 시선을 느끼곤 재빨리 고개를 돌렸다.

"안녕히 주무셨어요, 어머니."

하준의 인사에 뭔가 못마땅한 표정으로 그를 주시하던 이혜연이 그의 곁으로 다가서며 말을 건넸다.

"저 아이와 같이 지내는 거 불편하지 않겠니?"

입은 웃고 있었지만 눈매는 하늘을 향해 치켜 올라가 있었다. 진심이 아닌 말을 할 때 버릇처럼 나오는 이혜연의 표정, 하준은 애써 담담하게 대답했다.

"괜찮습니다."

"불편한 게 아니라 괜찮다?"

비꼬는 듯 반문하는 그녀의 눈빛에 싸늘한 기운이 잠시 비쳤다 사라졌다.

"그래, 다행이구나. 네가 가빈이를 여동생으로서 편하게 생각하고 있는 것 같으니 말이다."

"……."

"어쨌든 우리 집에 들어온 이상 잘 해줘야지 않겠니? 저 아이에게 남은 가족이라곤 이제 우리밖에 없는데."

뼈가 있는 의미심장한 말에 하준의 가슴이 서늘한 바람을 마주한 듯 시려왔다.

가족, 이 집에 가빈이가 들어온 이상 한가족으로서 지낼 수밖에 없다. 애써 외면하려 했던 현실과 마주하게 하는 그녀의 말에, 어느새 하준의 얼굴에 어두운 그림자가 드리워졌다.

"그럼 이제 그만 아침 먹으러 가자꾸나, 네 아버지 기다리시겠다."

하준은 살짝 미소를 머금고 뒤돌아 가는 이혜연을 말없이 바라보았다.

'가족이라……'

주체할 수 없는 감정이 치솟아 눈을 질끈 감았다 뜬 하준은 답답한 마음에 깊은 한숨을 몰아쉬었다.

기말고사가 끝나고 피곤한 기색으로 강의실에서 나온 가빈은, 건물 입구 앞에서 익숙한 얼굴을 발견했다.

'현이?'

의아해하는 그녀의 눈길이 닿은 곳엔, 차이나 칼라 코트와 블랙 슬랙스를 입은 현이 기둥에 등을 기댄 채 책을 보고 있었다. 힐끔거리는 여자들의 시선에도 독서에만 전념하고 있는 현을 물끄러미 바라보던 가빈은, 조심스럽게 먼저 그에게 다가갔다.

"저기 혀……."

"가빈아!"

먼저 아는 척하기도 전에 가빈을 발견한 현이 환한 미소로 그녀를 반겼다.

"이제 끝난 거야?"

귀에 꽂고 있던 이어폰을 빼며 현이 묻자 가빈이 작게 미소 지으며 대답했다.

"응, 너도 오늘 여기서 수업 있었어?"

"아니, 너 보러 왔어. 보고 싶어서."

현이 싱긋 웃으며 말했고, 가빈은 움직임을 멈췄다. 낯간지러운 말을 내뱉고도 태연한 현과 달리, 그의 말에 당황한 가빈의 얼굴은 순식간에 홍당무처럼 벌겋게 달아올랐다.

어떻게 이런 말을 생각지도 못한 타이밍에 직설적으로 할 수 있는 건지, 의문과 함께 가빈은 당혹스러움을 감추지 못했다.

"넌 기말고사 다 끝났어?"

가빈이 어색하게 말머리를 돌리며 묻자 현이 배시시 웃으며 고개를 끄덕였다.

"응, 난 저번 주에 다 끝났어."

"저번 주에? 그럼 학교엔 무슨 일로 온 거야?"

현이 씨익 입꼬리를 올렸다.

"사실 너한테 해 줄 말이 있어서 왔어."

해 줄 말? 의미심장한 그의 말에 가빈은 고개를 갸웃 기울였다.

"그게 뭔데?"

"너 혹시 보조 작가 안 해 볼래?"

"보조 작가?"

갑자기 무슨 말인가 싶어 가빈이 눈을 가늘게 떴다.

"뫼비우스의 띠라고 레니 소설 알지? 이번에 영화화하기로 한 작품."

레니라는 말에 가빈의 얼굴에 화색이 돌았다.

"응, 그럼. 잘 알지."

"사실 우리 고모가 출판사에서 일하시는데 레니하고 친분이 좀 있으신가 봐. 레니가 시나리오 작업 도와줄 보조 작가 좀 알아봐 달라는 부탁을 했었다고 나보고 해 보라는데, 난 방학 중에 계절학기 들어야 해서 안 되거든. 그래서 너 혹시 해 볼 생각 있으면 내가 소개시켜 주려고 하는데…… 어때?"

현의 말에 가빈이 얼떨떨한 표정으로 그를 바라봤다. 레니를 도와줄 보조 작가라니, 믿기지 않는지 가빈의 두 눈이 어느새 동그랗게 커졌다.

"난 그쪽 일 경력도 없고, 이제 막 공부 시작한 학생일 뿐인데도 괜찮은 거야?"

혹시라도 부족한 자신 때문에 현이나 그의 고모에게 피해가 가지 않을까, 하는 걱정에 가빈이 조심스럽게 물었다. 그러자 현이 망설임 없이 고개를 끄덕이며 대답했다.

"그럼! 그렇게 어려운 일 아닌데 뭐, 걱정하지 말고 경험 삼아서 한번 해 봐."

"경험 삼아서……?"

"너 앞으로 작가 되고 싶다며, 레니 옆에 꼭 붙어 있으면 아마 큰 도움이 될 거야."

유독 '꼭 붙어 있으면'에 힘줘 말한 현은 기대감 어린 표정으로 가빈의 대답을 기다렸다.

"혹시라도 레니 작가님이 날 마음에 안 들어 하거나⋯⋯."

"아니! 마음에 들어."

머뭇거리는 그녀의 말에 본능적으로 대답한 현은 조금 무안한지 머리를 긁적이며 말했다.

"내, 내가 만약 레니라면, 널 분명히 마음에 들어 했을 거라고⋯⋯ 하하, 그러니 그런 걱정은 하지 마."

현의 말에 한참을 고민하던 가빈이 결심한 듯 확신에 찬 목소리로 말했다.

"그럼 부탁 좀 할게, 나 그 일 꼭 해 보고 싶어."

처음 보는 의욕 넘치는 그녀의 태도에 현의 입가에 어느새 스르륵 미소가 번졌다.

"잘 생각했어, 그럼 내일 같이 출판사에 가 보자. 내가 일단 우리 고모 소개시켜 줄게."

현의 말에 고개를 끄덕인 가빈의 표정에 긴장한 빛이 어렸다. 그렇게 동경하던 레니와 만날 수 있다니, 기대감에 벌써부터 그녀의 심장이 세차게 뛰기 시작했다.

"내가 지금 중요한 약속이 있어서 오늘은 집에 못 데려다 줄 것 같은데 어떡하지."

교문 앞에 도착한 뒤, 현이 시계를 흘끔 확인하곤 그녀를 돌아보며 말했다.

"아니야, 난 신경 쓰지 말고 어서 가 봐."

손사래를 치며 말하는 가빈을 현이 미안함과 아쉬움이 뒤섞인 표정으로 바라봤다.

"그래, 그럼 조심히 들어가고 내일 보자."

"응, 그래. 잘 가."

짧게 인사를 나눈 뒤 현과 헤어지고 혼자 남겨진 가빈은, 주변을 두리번거리다 번화가 쪽으로 발길을 옮겼다.

가빈은 집에 일찍 들어가고 싶지 않은 마음에 한참 동안 멍하니 길을 걸었다. 그러다 문득 길거리에서 파는 꼬치를 발견했고, 때마침 꼬르륵거리는 자신의 배를 쓰다듬었다. 그러고 보니 시험에 신경 쓰느라 끼니를 거른 탓에 배가 무척 고팠던 찰나였다.

다른 때 같으면 그냥 지나칠 길거리 음식이었지만 오늘따라 유독 먹어 보고 싶다는 생각에, 가빈은 포장마차로 다가가 인상 좋은 아주머니에게 꼬치 하나를 가리키며 말했다.

"이거 하나만 주세요."

가빈이 주문하자 아주머니가 방긋 웃고는 꼬치 하나를 따뜻하게 데워 그녀에게 건넸다. 맛있는 냄새에 이끌려 가빈은 조심스럽게 꼬치 한 입을 베어 물었다. 생각했던 것보다 맛있는지, 그녀는 금세 한 개를 다 먹어치우곤 옆에서 같이 팔고 있는 아이스크림까지 손에 들었다.

학교 끝나면 부리나케 집으로 돌아가는 바람에 주변 번화가 한 번 제대로 돌아 본 적 없었던 가빈은, 두 눈을 빛내며 상점가 이곳저곳을 구경하기 시작했다.

아기자기한 액세서리와 개성이 넘치는 옷과 신발들, 백화점에서 보던 물건들과는 또 다른 매력에 가빈은 시선을 떼지 못했다.

그렇게 한참 동안 구경하기 여념이 없던 그녀는 가방에서 울려 대는 휴대폰 진동 소리에 걸음을 멈췄다.

'오빠?'

하준에게 걸려 온 전화임을 확인한 가빈이 선뜻 받지 못하고 한참을 망설였다. 혹시 학교 앞에 온 건 아닐까? 하는 생각에, 가빈은 다시 걸음을 돌리려했다. 그때, 진동이 멈췄고 그녀의 눈앞에 하준이 나타났다. 갑작스러운 그의 등장에 그녀는 깜짝 놀라며 한 발짝 뒤로 물러섰다.

"이제 내 전화쯤은 아무렇지도 않게 무시하네?"

손에 든 휴대폰을 흔들며 하준이 나직하게 묻자, 가빈이 얼떨떨한 표정으로 입을 열었다.

"여긴 어떻게 알고……."

"학교 앞에서부터 따라다녔는데 전혀 눈치 못 채더라, 네가 정말 둔하긴 둔한가 봐."

하준이 슬쩍 눈을 들어 올리며 말하자 가빈의 얼굴이 삽시간 붉어졌다. 전혀 낌새를 눈치채지 못했었다. 먹고 구경하는 데 정신이 팔려서.

괜스레 민망한 마음에 가빈은 하준의 시선을 피해 그를 등지고 돌아선 채로 걸어 나갔다.

"오늘 약속 있다더니, 취소됐나 봐?"

입을 꾹 다물고선 앞서 걸어가는 가빈의 곁으로 다가서며 하준이 묻자 가빈이 움찔하며 대답했다.

"조금 이따가 만날 거야."

"아, 그래? 난 네가 하도 혼자 뭘 먹고 다녀서 약속 취소된 줄 알았어."

어깨를 으쓱하고 아이스크림을 바라보는 하준의 시선에 가빈의 얼굴이 잔뜩 상기됐다. 배고픈 나머지 꼬치를 한 번에 흡입하다시피 먹었던 게 머릿속에 떠올라, 그녀의 입에서 절로 헛기침이 흘러나왔다.

"혼자 먹으니까 맛있어?"

하준이 아이스크림을 눈짓으로 가리키며 묻자 가빈이 의아한 눈빛으로 그를 흘끔 돌아봤다.

"오빠 이런 거 잘 안 먹잖아."

"네가 먹는 거 보니 맛있어 보여서."

하준의 대답에 잠시 머뭇대던 가빈이 걸음을 멈추고 아이스크림 가게가 있던 방향을 손으로 가리키며 말했다.

"먹고 싶으면 하나 사다 줄게."

가빈이 지체 없이 아이스크림 가게가 있던 곳으로 발길을 돌리자, 하준이 그녀의 손을 잡아 세웠다.

"됐어."

하준이 아이스크림을 들고 있는 가빈의 오른손을 잡아끌어 달콤한 크림을 한입을 베어 물었다. 갑작스러운 행동에 당황한 가빈이 놀란 토끼 눈을 한 것과 달리, 하준은 오히려 담담한 표정으로 입을 열었다.

"네가 먹던 거라……."

"……."

"더 맛있긴 하네."

농담인지 진담인지 모를 그의 말에 가빈의 얼굴이 순식간에 벌겋게 달아올랐다.

무심한 표정으로 어느새 자신의 손에 있던 아이스크림을 뺏어 쥐는 그를 보고 있으니, 왠지 모를 묘한 감정에 심장이 두근거렸다. 저런 모습도 있었나? 평소와 다른 느낌에 가빈은 그에게서 시선을 떼지 못했다.

"뭘 그렇게 쳐다봐?"

얼굴을 뚫어 버릴 기세로 바라보는 가빈의 시선을 의식한 하준이 돌아보며 묻자, 당황한 가빈이 고개를 푹 숙이며 대답했다.

"아니, 나……나! 약속 시간 다 돼서 그만 가 볼게, 이따 집에서 봐."

하준과 잠시라도 더 있다가는 무슨 실수라도 할 것 같은 예감에 가빈은 하준을 돌아보지도 않고 서둘러 발걸음을 재촉했다. 물끄러미 그녀를 응시하던 하준은, 아이스크림을 옆에 놓인 쓰레기통에 버리고 재빨리 그녀의 뒤를 쫓아 손목을 붙잡았다.

"잠깐 얘기 좀 하고 가."

진지한 그의 목소리에 가빈이 의아한 표정으로 그를 돌아봤다.

"무슨 얘기?"

가빈의 반문에 잠시 말을 멈췄던 그가 서서히 입을 열었다.

"만약 너와 내가 진짜 남매가 아니라면……."

우리가 남매가 아니라는 걸 네가 알게 된다면,

"내가 널 좋아해도 될까?"

거칠게 뛰기 시작하는 심장 소리를 느낀 가빈은, 자신도 모르게 한 발짝 뒤로 주춤 물러섰다. 강렬한 그의 한마디로 인해 가빈의 머릿속은 온통 새하얗게 변했고 온몸이 화염에 휩싸인 듯 뜨겁게 달아올랐다.

"지금 그게 무슨……."

"다시 말해 줘? 방금 한 말."

나직한 하준의 음성에 가빈이 흠칫 놀라며 재빨리 대답했다.

"아니, 됐어."

자신의 손목을 붙잡고 있는 하준의 손을 재빨리 떼어 낸 가빈의 얼굴에 당황한 기색이 역력했다. 그녀의 손끝이 어느새 가늘게 떨리기 시작했다.

어떻게 표정관리를 해야 할지 몰라 가빈은 잠시 시선을 아래에 둔 채 숨을 골랐다. 지우려 애썼던 과거 그에 대한 감정이, 다시 거짓말처럼 치솟아 그녀의 심장을 울리는 것만 같았다. 주체할 수 없는 감정, 당황한 가빈은 재빨리 그의 시선을 피해 몸을 돌려 그를 등지고 섰다.

"나 정말 약속 시간 늦었어, 그만 가 볼게."

애써 숨을 멈추고 겨우 한마디 내뱉은 가빈은 그대로 앞만 보고 걸어 나갔다. 계속 그와 같이 있다가는 제정신을 차릴 수 없을 것만 같았다.

어떻게서든 그의 시야에서 멀어지려 발걸음을 재촉하던 가빈은, 어느새 쫓아 와 자신을 가로막는 하준으로 인해 걸음을 멈출 수밖에 없었다.

"뭐하는 거야? 비켜."

"아직 얘기 안 끝났어."

"오빠! 그만……."

"좋아해."

가빈의 말을 끊으며 하준이 한마디 툭 내뱉었다.

"너와 내가 남매든 아니든 상관없이 널 좋아한다고."

애써 그를 외면하려 했던 가빈의 심장이 일순간 덜컥 내려앉았다.

"뭐……?"

머릿속이 멍해져 버린 그녀가 믿기지 않는다는 눈빛으로 반문했다. 망설임 없이 가빈에게 한 발짝 가까이 다가선 하준이 주춤거리는 그녀의 얼굴을 두 손으로 잡아 눈을 맞췄다.

"진심이야."

나직한 하준의 목소리가 그녀의 귓가에 퍼졌다.

"그러니까 날 좀 미치게 만들지 마."

"……."

"나한테서 자꾸 멀어지려고 하지 말란 말이야."

차분한 그의 말투에 가빈은 아무런 대꾸도 못 한 채 그저 멍하니 그를 마주 봤다. 진지한 눈빛. 처음 마주한 그의 진심 앞에 가빈은 숨이 멎은 듯 초점 없는 눈빛으로 그를 바라봤다.

"잠깐만 지나갈게요."

둘 사이 무거운 정적이 흐르고, 옆으로 지나가는 사람들의 눈총에 그제야 자신들이 길을 막고 있음을 깨달은 가빈이 화악 붉어진 얼굴로 재빨리 자리를 옮겼다.

하준에게서 멀어진 가빈은 어렵사리 정신을 차리곤 참고 있던 숨을 일순간 내뱉었다. 그녀는 뒷걸음치며 불안하게 흔들리는 눈빛으로 말했다.

"오늘 얘긴 못 들은 걸로 할게."

다가서는 하준의 모습에도 가빈은 머뭇대지 않고 이어 말했다.

"착각하지 마, 만약이란 건 없어, 오빠와 내가 아버지 자식인 이상……."

단호하게 대꾸한 가빈은 망설임 없이 그대로 뒤 돌아 걸어갔다. 하준은 돌아서는 가빈을 한참 동안 바라보다, 그녀가 눈앞에서 사라지고 나서야 천천히 발길을 돌렸다. 순식간에 밀려드는 감정의 여운을 채 떨쳐버리기도 전, 차 키를 꺼내려 주머니에 손을 넣은 하준은 라이터의 감촉을 느끼곤 그것을 꺼내 봤다.

'다시…… 처음부터 다시 시작하면 돼.'

영원히 자신을 옥죄던 과거의 굴레. 한참 동안 라이터를 손안에서 만지작거리던 하준은, 옆에 놓인 쓰레기통에 미련 없이 그것을 버렸다.

*   *   *

집 근처 카페 안, 하루 새에 폭삭 늙어 버린 듯 뼈 마디마디가 쑤셔왔다. 평소에는 잘만 돌아가던 머리가 시동이 꺼져 버린 차처럼 맥을 못 써 한숨이 나왔다. 현은 결국 일하던 걸 멈추고 그대로 병든 닭처럼 테이블 위에 축 늘어졌다.

[시험 끝나자마자 바로 네 집 앞으로 갈게.]

휴대폰에 뜬 가빈의 문자 메시지를 몇 번이나 확인한 그의 입가에 작은 미소가 번졌다. 출판사에 가기 위해 집 앞에서 가빈이와 만나기로 약속했던 현은, 벌써부터 그녀를 만날 생각에 설레는지 얼굴이 잔뜩 상기되어 있었다.

"일 안 하고 농땡이 치고 있다 이거지?"

가빈의 생각에 온통 정신이 팔려 있을 무렵, 문득 들리는 익숙한 목소리에 현은 의아한 눈빛으로 고개를 들었다. 그의 눈길이 닿은 곳에 민호가 우두커니 서 있었다.

"네가 여긴 웬일이야?"

현의 물음에 민호가 자연스럽게 맞은편 자리에 털썩 앉으며 대답했다.

"시간당 만 원짜리 알바 하러."

"갑자기 무슨 생뚱맞은 소리야?"

현이 고개를 갸웃하며 묻자 민호가 씨익 웃으며 어깨를 으쓱했다.

"아까 일 있어서 출판사 근처 갔다가 고모님 만났는데 갑자기 문제가 생겨서 일본 출장 가신다고 하시더라, 내일모레나 한국 오신다는데 그때까지 너 일 잘하고 있나 감시하고, 보고 잘하면 알바 비 두둑하게 주신다고 하시네."

"……그래서 나 감시하러 왔다고?"

"뭐, 그렇기도 하고…… 문제가 하나 더 있긴 한데……."

코끝을 긁적이며 의미심장하게 말을 길게 늘어뜨리는 민호를 못마땅한 눈빛으로 바라보던 현은, 곧이어 카페 안으로 들어서는 세련을 발견하곤 와락 인상을 찌푸렸다.

"출판사까지 쫓아가서 너 어디 있는지 찾았나 보더라, 고모님이 아주 질색하시면서 너한테 데려다 주라고 하셔서."

"야, 그럼 네가 알아서 떼어 놓고……."

"왜 전화 안 받아?"

어느새 성큼 다가와 날카롭게 묻는 세련을 올려다보는 현의 입에서 깊은 한숨이 흘러나왔다.

"네 이름 뜨길래."

네 전화라서 안 받았다는 현의 대답에 세련이 미간을 잔뜩 찌푸렸다. 차라리 화라도 내면 맞받아치며 대화라도 이어 나가겠는데, 심드렁하게 대꾸하곤 그대로 노트북으로 시선을 옮겨버리는 그의 모습에 세련은 할 말을 잃고 말았다.

"아무래도 난 가 봐야겠다, 연우 재활치료 끝날 시간이라."

둘의 눈치를 살피던 민호가 어색하게 웃으면서 일어서자 현이 민호의 손목을 잡아끌며 눈을 부릅떴다.

"알바 해야지, 어디 가?"

"연우 혼자 집으로 가게 할 순 없잖아? 친구."

"아직 끝날 시간 아니라는 거 알고 있거든?"

현이 이대로 가면 가만두지 않겠다는 듯 어금니를 꽉 깨물곤 낮은 목소리로 말하자, 민호가 난감한 표정으로 슬쩍 세련을 봤다. 어느새 선글라스까지 벗은 세련이 빨리 가라는 듯 눈짓하고 있었다.

저번에 택시 태워 보낸 일을 빌미로 삼아 자리를 피해 달라는 그녀의 부탁을 차마 거절할 수 없었던 민호는, 결국 현의 손을 억지로 떼어 내며 대답했다.

"오늘은 의사선생님하고 상담이 있어서…… 미안! 이따 집에서 보자."

"야! 황민호!"

뒤도 돌아보지도 않고 밖으로 나가버리는 민호를 쫓아나가려던 현은, 시야에서 그가 사라지자 그대로 다시 털썩 제자리에 앉았다.

"적당히 해라, 누가 보면 내가 너 잡아먹는 줄 알겠어."

어느새 그의 맞은편에 앉은 세련이 눈초리를 추켜올리며 말했지만, 현은 그녀에게 눈길 한번 주지 않고 노트북 자판을 두들기며 나직이 말했다.

"나 지금 바쁘니까 할 말 있으면 나중에 전화로 해."

차가운 그의 한마디에 기분이 상한 세련은, 무어라 대꾸하려다 재빨리 말을 삼켰다. 오늘만큼은 다투지 말고 제대로 된 이야기를 하자 마음먹었다. 그녀는 애써 끓어오르는 감정을 추스르며 침착하게 말을 꺼냈다.

"그럼 너 일 끝날 때까지 기다릴게."

"너도 일하느라 바쁠 거 아니야, 시간 낭비하지 말고 그냥……."

"나 작품 하나 끝나서 요새 시간 많아, 그러니까 신경 쓰지 말고 네 일 해."

대답 후, 세련은 팔짱을 끼며 여유롭게 의자에 등을 기댔다. 현이 기가 막힌다는 표정으로 고개를 절레절레 흔들었다. 하여튼 제멋대로 행동하는 데는 일가견이 있었다.

어차피 자신이 억지로 등 떠밀어도 눈 하나 깜짝 안 할 거라는 걸 일찍이 알고 있는 현은, 실랑이조차 벌이고 싶지 않은 마음에 세련에게서 시선을 거두곤 일에 전념했다. 현을 뚫어지게 지켜보던 세련의 표정이 미묘하게 변했다.

'나쁜 놈.'

세련의 눈에 서운함과 실망감이 고스란히 비쳤다. 적어도 먼저 말이라도 한마디 건넬 줄 알았던 세련은, 변함없이 차가운 그의 태도에 가슴 한켠이 시려오는 걸 느낄 수 있었다.

"강세련 맞지?"

"글쎄…… 맞는 것 같기도 하고."

"가까이 가서 좀 봐봐."

조금씩 모여드는 시선들에 세련이 벗어뒀던 선글라스를 재빨리 도로 썼다. 평소였다면 사람이 많은 카페 같은 곳엔 오지도 않았을 것이며, 무엇보다도 사람들의 시선을 애써 무시한 채 그의 곁에 앉아 있지도 않았을 것이다.

하지만 이상하게 두근거리는 마음이 이 모든 걸 참아 내게 만들었다. 무심하게 말하는 현의 목소리도, 일에 집중하느라 살짝 미간을 좁히고 있는 잘생긴 얼굴도, 머리에 이상이 생긴 게 아닐까 생각이 들 정도로 그녀를 설레게 했다.

"그만 좀 쳐다보지? 굉장히 부담스러운데."

현의 한마디에 세련이 어색한 표정으로 시선을 돌렸다. 너무 쳐다봤나? 괜스레 민망해진 세련은 고개를 푹 숙인 채 휴대폰을 만지작거렸다. 흘끔 세련을 쳐다본 현이 한숨을 푹 내쉬곤 자리에서 벌떡 일어섰다.

"어디 가려고?"

당황한 세련이 다급하게 물었지만 현은 대꾸조차 하지 않고 주문대 앞으로 걸음을 옮겼다. 그리고 잠시 후, 현이 커피 하나를 세련 앞에 내려놓으며 말했다.

"휘핑크림 잔뜩 올린 카페모카, 네가 좋아하는 거 맞지?"

세련이 얼떨떨한 표정으로 바라보자 현이 제자리에 앉으며 말을 이었다.

"자리만 차지하고 앉아 있는 것도 민폐거든. 그것만 마시고 가라."

무심하게 말한 현은 노트북으로 시선을 옮기곤 다시 일에 집중했다. 그 모습을 지켜보던 세련의 입에서 허탈한 소리가 흘러나왔다.

못되게 굴려면 아예 못되게 굴지. 꼭 희망고문이라도 하는 것처럼 무심코 행동하는 현이 한편으론 얄미우면서도, 점점 더 좋아하는 감정을 숨길 수 없게 만들었다.

"너 끝날 때까지 못 기다릴 것 같아."

세련이 결심이라도 한 듯 표정을 다잡고는 단호한 목소리로 말하자, 노트북에 시선을 붙박았던 현이 의아한 표정으로 그녀를 바라봤다.

"갑자기 그게 무슨 소리야?"

현이 묻자 세련이 잠시 뜸들이다 천천히 입을 열었다.

"이 말 하려고 너 보러 온 거야."

세련은 침을 꿀꺽 삼켰다.

"처음 만났을 때부터 나 너 좋……."

지이잉.

결심했던 말을 내뱉으려던 그때였다. 테이블에서 울려대는 현의 휴대폰 진동 소리에 세련은 말을 멈췄다. 왜 하필이면 이때 전화가 오는 건지 원망스러운 표정을 한 세련과 달리, 휴대폰 액정을 확인한 현은 얼굴에 만면의 미소를 띠운 채 전화를 받았다.

"웅, 가빈아."

가빈? 익숙한 이름에 세련이 한쪽 눈썹을 추켜세웠다.

"지금 오고 있다고? 아, 그래? 나 집 근처 커피숍에 있거든, 스타벅스. 응, 그럼 거기서 쭉 직진해서 오면 아마 간판 보일 거야, 일단 내가 지금 바로 나갈게. 응, 그래."

시종일관 싱글벙글한 표정으로 통화를 마친 현은, 재빨리 짐을 챙기다 문득 느껴진 세련의 시선에 그녀를 돌아보며 말했다.

"그럼 커피 마시고 가, 난 약속 있어서 먼저 간다."

싸늘하게 표정이 식어 버린 세련을 뒤로하고 노트북까지 가방에 챙겨 넣은 현은, 서둘러 자리에서 일어나 커피숍 입구를 향해 걸어갔다.

학교 방향으로 고개를 돌린 현의 눈에 주위를 두리번거리며 걸어오는 가빈이 보였다. 기쁜 마음으로 한달음에 가빈에게로 향하려는 현은, 문득 자신의 손목을 잡는 손길에 뒤로 돌아섰다.

"내 얘기 먼저 듣고 가."

진지한 세련의 목소리에도 온통 가빈에게로 신경이 쏠린 그는 손목을 붙잡고 있는 그녀의 손을 떼어 내며 무심하게 말을 던졌다.

"약속 있다고 했잖아, 할 얘기 있으면 나중에 전화로 해."

"전화로 할 얘기 아니란……."

"미안, 그럼 나 먼저 간다."

현은 세련의 말에도 아랑곳하지 않고 어느새 가까이 다가온 가빈에게로 망설임 없이 뛰어갔다.

세련을 매몰차게 두고 온 것이 내심 마음에 걸렸지만, 가빈을 마주한 순간 그 사실도 전부 잊어버렸는지 어느새 현의 얼굴엔 환한 미소만이 자리 잡고 있었다.

"시험 보느라 수고했어, 이제 다 끝난 거지?"

현이 다정하게 묻자 가빈이 작게 웃으며 고개를 끄덕였다.

"응, 그런데 강세련 씨랑 중요한 얘기 하던 거 아니야?"

세련과 현이 대화하는 걸 멀리서부터 지켜봤는지 가빈이 조심스럽게 묻자, 현이 재빨리 고개를 내저으며 말했다.

"아니야, 우연히 만났는데 그냥 인사만 한 거야."

"아, 그래?"

"일단 차에 타, 가면서 얘기하자."

현의 말에 세련에게서 시선을 거둔 가빈이 커피숍 앞에 놓인 현의 차 안에 몸을 실었다.

"배 안 고파? 맛있는 거 먹으러 안 갈래?"

현의 질문에 그녀가 의아한 눈빛으로 그를 돌아봤다.

"출판사 안 가고?"

"아, 오늘 고모 일본 출장 가셔서 내일모레에나 오신다고 하네, 미안, 미리 말해 준다는 거 깜빡했다."

사실은 가빈과 만나고 싶은 마음에 미리 연락하지 않았던 현은 어색하게 웃으며 재빨리 말을 돌렸다.

"그 대신 내가 맛있는 거 사줄게."

현이 차를 출발시키며 말하자 잠시 망설이던 가빈이 천천히 입을 열었다.

"어떡하지? 나 당분간 저녁은 집에 가서 먹어야 하는데."

"그래? 집에 누구 와 있어?"

현의 물음에 가빈이 고개를 가로저으며 대답했다.

"아니, 나 아버지 집으로 들어가게 됐거든……."

"아버지 집……?"

"응, 본가로 들어갔어. 그리고 아버지께서 당분간 저녁은 가족끼리 같이 먹자고 하셔서…… 미안하지만 저녁은 다음에 먹어야 할 것 같아."

본가로 들어갔다는 가빈의 말을 듣자마자 현의 얼굴이 어둡게 변했다. 본가로 들어갔다면 류하준과도 같이 살고 있다는 건데, 다른 것보다도 그 사실이 그의 심기를 불편하게 만들었다.

"현아?"

갑자기 말이 없자 가빈이 두 눈을 동그랗게 뜬 채 그를 불렀다.

"아, 응?"

"무슨 생각을 그렇게 해? 운전하면서."

가빈이 고개를 갸우뚱하고선 묻자 그제야 정신이 든 현이 재빨리 대답했다.

"아니야, 아무것도. 아, 그럼 내가 집까지 데려다 줄게."

"괜찮아, 여기서 지하철 타고 가면 금방인데 뭐."

"내가 데려다 주고 싶어서 그러지. 집 주소 불러 줘, 내비게이션에 입력하게."

현이 묻자 가빈이 미안한 기색이 역력한 표정으로 손사래를 치며 말했다.

"정말 괜찮다니까."

"내가 너랑 더 같이 있고 싶어서 그래, 널 위해서 그러는 게 아니라 날 위해서 그러는 거니까 걱정 말고 주소 말해."

채근하는 현의 눈짓에 한참을 망설이던 가빈이 결국 천천히 입을 열었다.

"평창동 154번지야."

"오케이."

밝게 대답한 현은 이후 가빈이 불러준 주소를 입력한 뒤 내비게이션의 안내를 따라 운전했고, 얼마 안 되어 그녀의 집 앞에 도착했다. 한적한 길목에 우뚝 선 으리으리한 저택을 흘끔 바라본 현은, 새삼 그녀가 재벌 집 딸임을 다시 한 번 깨달았다.

"고마워, 데려다 줘서."

어느새 안전벨트를 푼 가빈이 현을 돌아보며 말했다. 매번 도움만 받는 것 같아 미안한 마음이 들었다. 다음에 점심이라도 같이 먹자는 말을 하려던 가빈은, 뭔가 할 말이 있어 보이는 현의 표정에 고개를 갸우뚱 기울이며 물었다.

"혹시 할 말 있어?"

"응?"

"할 말 있는 것 같아 보여서, 네 표정이."

안절부절못하는 현이 어딘가 부자연스러워 보여, 가빈이 의아함을 담아 물었다. 한참을 망설이던 현이 그제야 결심이라도 한 듯 결연한 표정으로 입을 열었다.

"전에 내가 사귀자고 했던 말, 혹시 생각해 봤어?"

긴장한 얼굴로 묻는 현을 가빈이 난감한 표정으로 한참 동안 바라보다 조심스럽게 대답했다.

"응…… 그게 생각해 봤는데……."

"……."

"미안하지만 아무래도……."

"잠깐!"

갑작기 말을 끊는 그의 목소리에 가빈이 흠칫 놀란 표정으로 현을 돌아봤다.

"현아?"

"오늘은 내가 들을 준비가 안 된 것 같아, 다음에…… 다음에 얘기해 줘라."

가빈의 얼굴에 짧은 당혹감이 스쳐 지나갔다. 단단히 긴장한 모습, 괜스레 미안한 마음이 들었지만, 이내 태연한 표정으로 가빈은 작게 고개를 끄덕이며 대답했다.

"그래, 그럼 나 그만 들어가 볼게, 조심히 가. 현아."

어색한 분위기에 짧게 인사말을 건네고 차에서 내리려던 가빈은, 가까이 다가서는 현을 느끼곤 석고상처럼 굳어버렸다.

볼에 닿은 부드러운 감촉. 잠시 뒤 그의 따스한 숨결이 서서히 멀어졌다. 가빈은 작게 웃고 있는 그를 보며 얼떨떨한 표정을 지었다.

"난 매일 24시간 내내 네 생각만 해, 미친 게 아닌가 싶을 정도로."

"……."

"그만큼 널 좋아해, 그러니까 혹시라도…… 거절할 생각이었다면 한 번만, 딱 한 번만 더 다시 생각해 줘. 부탁이야."

현은 떨리는 음성으로 나지막하게 말했다. 그런 그를 바라보는 가빈의 눈빛이 미세하게 흔들렸다. 그의 진심이 고스란히 느껴져 숨이 턱턱 막힐 만큼 가슴이 먹먹해져 왔다.

어떻게 해야 할지 몰라 현을 피해 고개를 돌린 가빈은, 작게 숨을 몰아쉬고 천천히 차 문을 열었다.

"나 그, 그만 가 볼게."

너무 당황한 나머지 절로 딸꾹질이 나왔다. 가빈은 혹시라도 현에게 볼썽사나운 꼴을 보이진 않을까 하는 마음에, 재빨리 차에서 내려 뒤도 돌아보지 않은 채 집 대문을 향해 걸어갔다. 너무 긴장했는지 머리가 어지럽고 다리에 힘이 풀렸다.

"그만큼 널 좋아해, 그러니까 혹시라도…… 거절할 생각이
었다면 한 번만, 딱 한 번만 더 다시 생각해 줘. 부탁이야."

절실한 그의 말과 눈빛이 다시 상기됐다. 심장이 터질 듯 쿵쾅거렸다. 갑작스러운 그의 고백에 마음이 복잡 미묘하게 뒤엉켰다.

'어떡하지.'

좀처럼 가슴이 진정되지 않았다. 가빈은 겨우 호흡을 고르며 대문 앞에 그대로 털썩 쭈그려 앉았다. 그러고는 두 손으로 벌겋게 달아오른 얼굴을 감싸 쥔 채로, 의미를 알 수 없는 한숨을 몰아쉬었다.

"항상 마시던 걸로 한 잔."

평소 자주 찾던 호텔 바(bar)에 먼저 도착해 혼자 술 한 잔 기울이고 있던 하준은, 자연스럽게 자신의 옆자리에 앉으며 술을 주문하는 청우를 흘끔 돌아봤다.

"늦었네?"

"미안, 아버지하고 한바탕 하고 오느라고."

바텐더가 건네주는 잔을 건네받은 청우가 넉살 좋게 웃으면서 말하자, 하준이 고개를 기울이며 물었다.

"무슨 일인데?"

"뭐 별건 아니고……."

잠시 말을 멈춘 청우가 술을 한 모금 들이켰다.

"얼마 전에 아버지 때문에 마지못해 선을 봤는데 그 뒤로 내가 싫다는데도 결혼하라고 성화시다. 안 하면 우리 회사를 폭파시켜 버린다나 뭐라나. 노인네 늙지도 않아. 소리치는 거 보면 나보다 더 기운이 좋다니까."

"하면 되잖아."

시선을 앞으로 돌리며 하준이 무심한 말투로 말하자 청우가 인상을 찌푸리며 고개를 절레절레 흔들었다.

"난 정략결혼 같은 거 안 한다. 아버지 뜻대로 안 살려고 의대도 관두고 경영 공부해서 사업 시작한 건데, 가장 중요한 배우자를 선택하는 권리를 아버지한테 넘길 수 있나! 결혼은 내 목숨을 바칠 수 있을 만큼 사랑하는 여자하고 할 거다."

"그런 여자가 있어?"

하준이 살짝 입매를 추어올리며 묻자, 청우가 잔에 남아 있는 술을 마저 비우고 씨익 웃으며 대답했다.

"가빈이 정도면 내 목숨을 바칠 각오가······."

"닥쳐라."

하준이 정색한 얼굴로 일말의 망설임 없이 차갑게 말을 끊자, 청우가 팔짱을 낀 상태로 의미심장한 미소를 지으며 입을 열었다.

"뭐냐? 시스터 콤플렉스? 너 그거 병이야."

"······됐고, 내가 알아봐 달라고 한 건 어떻게 됐어?"

말머리를 돌리며 하준이 묻자 청우가 '아.'하는 탄성과 함께 곧이어 주문한 술을 바텐더에게 건네받으며 대답했다.

"거기, 알고 보니 그 요양병원 원장이 우리 아버지 대학 후배시더라고, 덕분에 알아보기 좀 수월했어. 먼저 네가 부탁한 여자분 환자기록 확인해 봤는데, 불면증, 우울증 증세가 꽤나 심각했더라. 꾸준히 약물치료하고 심리치료 병행했는데도 차도가 전혀 없을 정도로 말이야. 다시 말해 우울증으로 인한 자살을 예견할 수 있을 만큼 최악의 상태라고나 할까?"

그의 대답에 하준의 얼굴이 어느새 어둡게 돌변했다.

"간병인이었던 홍인숙이라는 아주머니는⋯⋯?"

"박하연이 사망하고 얼마 안 있다가 고향으로 내려가신다고 바로 짐 싸들고 나가셨대. 그 뒤로는 연락 두절이고."

"사망 전날 CCTV는 확인해 봤어?"

"아, 안 그래도 그거 보고 너한테 물어보려고 했는데⋯⋯ 박하연이라는 여자 분이랑 네 어머니랑 무슨 사이야?"

청우의 질문에 하준이 흠칫하며 그를 돌아봤다.

"그게 무슨 소리야?"

"사망 전날 네 어머니께서 그 여자분 병문안 왔던데, 몰랐어?"

"뭐?"

청우의 말에 하준의 눈동자가 파르르 떨렸다.

"네가 직접 확인한 거야?"

"응, CCTV 카피 본 보내줘서 어제 확인했지. 그러고 보니 너 준다고 가져와 놓고는 차에 두고 왔네, 이따 갈 때 줄게."

청우의 말에 하준은 불안한 눈빛으로 잔에 든 술을 모조리 입안에 털어 넣었다.

'전날 누가 찾아오긴 했었는데…… 처음 보는 얼굴이라서.'

박하연의 죽음 이후, 급작스럽게 돌변한 가빈의 행동과 홍인숙의 말이 신경 쓰여 혹시나 하는 마음에 알아봤건만, 생각지도 못한 상황에 그는 당혹스러움을 감추지 못했다.

박하연의 죽음에 이혜연이 관련이 있다? 순간 끔찍한 생각들이 떠오르며 그의 손끝이 떨리기 시작했다.

"벌써 취했냐? 표정이 왜 그래?"

벌겋게 달아오른 그의 얼굴을 걱정스러운 눈길로 유심히 바라보던 청우는, 멀리서 다가오는 한 남자를 발견하곤 눈살을 잔뜩 찌푸렸다.

"……저 자식이 왜 여기 있는 거야?"

혼란스러운 눈빛으로 생각에 잠겨 있던 하준은 청우의 말에 어느새 성큼 다가온 남자에게로 시선을 돌렸다.

"오랜만이다? 윤 청우, 이런 곳에서 우연히 다 만나고 굉장히 반갑네."

말끔한 슈트 차림을 한 남자가 술에 취한 상태로 비꼬면서 인사를 건네자, 항상 웃는 낯빛이었던 청우의 얼굴이 돌연 차갑게 변했다.

"너나 나나 이렇게 인사 나눌 사이는 아니지 않나? 그냥 모르는 척 네 갈 길 가지그래?"

"너무 그러지 마라, 난 진심으로 네가 반가워서 그러는데. 아, 이

쪽은 친구분?'

하준을 힐끔 내려다보며 남자가 묻자 청우가 하준의 어깨에 손을 올리며 말했다.

"여기서 더 이상 술 못 마시겠다. 그만 나가자."

"아무리 그래도 인사는 하게 해 줘야지. 네 친구가 곧 내 친구 아니겠냐?"

"뭐? 이런 미친……."

"청우야."

청우를 저지하는 하준을 흥미로운 눈빛으로 지켜보던 남자가, 피식 웃음을 터트리며 명함 하나를 꺼내 그에게 건넸다.

"동명 그룹의 지승찬이라고 합니다."

그에게서 명함을 건네받은 하준이 동명 그룹이란 말에 미간을 잔뜩 찌푸렸다.

"동명 그룹 차남인데 생각보다 괜찮은 청년이더구나."

언젠가 류목형이 가빈과 혼담이 오간 집안을 들먹거렸던 게 불현듯 떠오르며, 불편한 심기가 그의 얼굴에 고스란히 드러났다.

"혹시 명함 없으십니까?"

승찬이 못마땅한 눈초리로 묻자 말없이 명함을 주시하던 하준은, 무시하라는 청우의 말에도 지갑에서 명함을 꺼내 그에게 건넸다.

"류하준입니다."

하준에게서 명함을 건네받고 확인한 승찬의 표정이 일순간 묘하게 변했다.

"홍해그룹 류하준 전무님이시라니, 이런 우연이 다 있네요?"

"……."

"집안끼리 혼담을 나눴던 걸로 아는데, 그쪽 이복 여동생이랑 저."

유독 '이복'이란 단어에 힘줘 말하는 승찬을 바라보는 하준의 눈빛이 날카롭게 빛났다. 금방이라도 폭발할 듯 싸늘하게 식어 버린 그의 표정에 위험한 상황임을 감지한 청우가 다급하게 그의 팔을 잡아끌며 말했다.

"저런 놈 상종할 필요 없어, 그만 나가자."

"류 전무님, 혹시 그거 아세요? 이 혼사 깨진 이유?"

청우의 손에 이끌려 밖으로 향하던 하준이 승찬의 목소리에 천천히 몸을 돌려 냉랭한 눈빛으로 그를 응시했다.

"아무리 날고 긴다는 홍해그룹이라지만, 그 속을 들여다보면 콩가루 집안이 따로 없다는 걸 이쪽 세계에서 모르는 사람은 없잖아요? 첩을 둔 능력 좋은 회장님에, 새파랗게 젊은 남자들 스폰 하기 바쁘다는 사모님, 거기에 첩의 몸에서 태어난 사생아까지? 어휴, 막장도 이런 막장이 없는데 우리 집안이 뭐가 아쉬워서 그런 집안하고 사돈을 맺겠어요? 안 그래요?"

"야! 지승찬!"

"뭐, 인마! 친구한테 여자나 뺏긴 주제에 잘난 척은, 너도 이제 정신 좀 차려, 새끼야. 강초아 그년 헤어질 때 어찌나 질질 짜고 난리인지, 네놈 좀 골려주려고 만났다가 하마터면 제대로 엮일 뻔했잖아. 재수 없게."

빈정대며 웃는 승찬을 노려보던 청우가 더 이상 못 참겠는지 성큼성큼 그에게로 다가갔다. 그리고 한 대 칠 기세로 주먹을 말아쥔 그때, 청우는 갑자기 자신보다 앞질러 그의 멱살을 잡아 올리는 하준의 모습에 움직임을 멈출 수밖에 없었다.

밥이 입으로 들어가는지 코로 들어가는지도 모르게 저녁 식사를 마친 가빈은, 차 한잔 하자는 류목형의 말에 2층으로 올라가려던 발길을 돌려 거실 소파에 앉았다.

이제 겨우 한숨 돌렸나 싶었는데 또다시 이어진 자리에, 가빈은 체기가 있는 것처럼 가슴이 답답해져 오는 것을 느낄 수 있었다.

"방학 동안 뭐 하면서 지낼 생각이냐?"

눈을 내리뜬 채 찻잔을 매만지던 가빈은, 류목형의 물음에 잠시 망설이다 입을 열었다.

"시나리오 공부해 볼 생각이에요."

"시나리오? 작가 말이냐?"

"네."

탐탁지 않은 표정으로 되묻는 류목형의 반응에 가빈이 살짝 수그러진 목소리로 짧게 대답했다.

"작가라……."

잠시 뭔가를 생각하더니 류목형이 슬쩍 이혜연에게로 시선을 돌리며 말했다.

"당신 지인들 중에 작가들 많지 않나? 가빈이한테 도움될 만한 사람 있으면 소개 좀 시켜 주지그래?"

허리를 꼿꼿이 한 채 우아하게 차를 들이켜던 이혜연이, 그의 말에 슬쩍 가빈을 흘겨보며 대답했다.

"저 아이 수준에 맞는 사람이 있을지 모르겠네요."

"당신!"

"괜찮아요, 아버지. 저 이번에 유명한 작가님하고 같이 일하게 될지도 몰라요."

재빨리 류목형을 만류하며 가빈이 한마디 하자 이혜연의 눈매가 날카롭게 위로 올라갔다. 유명한 작가? 이혜연이 손에 든 잔을 테이블 위에 내려놓으며 입을 열었다.

"그게 누군데?"

이혜연의 질문에 가빈이 잠시 망설이다 대답했다.

"레니요."

가빈의 대답에 이혜연의 얼굴이 순식간에 일그러졌다. 레니? 그녀의 머릿속에 불편한 생각들이 스멀스멀 떠오르기 시작했다.

"레니라면 이번에 하준이가 추진하는 영화, 원작 소설가 아니야?"

"네……?"

가빈이 의아한 표정으로 반문하자 류목형이 미간을 좁히며 말했다.

"하준이가 소개해 준 것이냐?"

류목형의 물음에 가빈이 두 눈을 동그랗게 뜨며 고개를 내저었다.

"아니요."

하준이 추진하고 있는 영화라니? 뫼비우스의 띠 제작을 하준이 하고 있을 거라곤 생각도 못 했던 가빈의 얼굴에 당혹스러운 빛이 서렸다.

"그럼 네가 어떻게 레니를 알고 같이 작업을 한다는 거야?"

이혜연이 날카롭게 묻자 가빈이 애써 침착하게 마음을 가라앉히며 대답했다.

"친구 친척분이 레니와 친분이 있는데 절 소개시켜……."

"하, 친구 친척? 너 지금 그게 말이 된다고 생각하니?"

기가 막힌다는 듯 이혜연이 콧방귀를 뀌자, 가빈이 그녀에게 시선을 고정한 채 냉랭한 표정으로 입술만 움직여 대꾸했다.

"왜 말이 안 되는데요?"

"뭐?"

자신을 정확히 노려보며 날카롭게 반문하는 가빈의 모습에 이혜연의 표정이 순식간에 싸늘하게 돌변했다.

"너 지금 뭐라고……."

"그만해, 애 상대로 지금 뭐 하는 거야?"

류목형이 단호한 목소리로 말을 자르자 이혜연이 두 눈을 치켜 뜨고 그를 돌아봤다. 애써 참고 있었던 분노가 한꺼번에 치솟는 듯, 그녀의 한쪽 눈에 경련이 일었다.

"피곤할 텐데 그만 올라가 쉬어라, 이 얘긴 나중에 하자꾸나."

싸늘하게 식어 버린 분위기를 감지한 류목형이 올라가라며 채근 하자, 가빈이 지체 없이 자리에서 일어나 작게 묵례하며 말했다.

"그럼 먼저 올라가 보겠습니다."

"아, 그리고 조만간 하준이 정략결혼 문제로 세우그룹 이 회장 내외하고 저녁 식사 자리 있을지 모르니, 당분간 주말엔 중요한 약 속 잡지 말거라."

류목형의 한 마디에 가빈의 눈빛이 크게 흔들렸다. 하준의 정략 결혼이 막상 현실로 다가오자 표정관리가 되지 않을 만큼 마음에 동요가 일었다.

"네…… 아버지."

마음을 누그러뜨린 상태로 최대한 침착하게 대답한 가빈은 뒤도 돌아보지도 않고 그대로 2층 계단으로 올라섰다. 가슴이 답답하고 속이 울렁거리는 게 느껴졌다.

채기가 아직 가시지 않은 건가? 하는 생각에 잠시 멈춰 선 채 가 슴을 쓸어내리던 가빈은, 주머니에서 울리는 진동소리에 휴대폰을 꺼내 받았다.

"여보세요?"

─가빈이니?

낯선 남자 목소리에 다시 한 번 번호를 확인한 그녀는 의아해하며 대답했다.

"네, 누구세요?"

─청우 오빠야, 밤늦게 전화해서 미안하다.

청우? 방으로 들어선 가빈은 무슨 일인가 싶어 작게 고개를 저으며 말했다.

"아니에요. 그런데 무슨 일이세요?"

─아, 사실 지금 하준이한테 문제가 좀 생겼는데…… 괜찮으면 네가 좀 와줄 수 있나 해서.

"네?"

하준에게 문제가 생겼다는 말에 가빈의 얼굴이 사색이 되었다.

─큰일 아니니까 너무 놀라진 말고, 혼자 올 수 있겠어?

조심스럽게 묻는 청우의 목소리에 가빈은 재빨리 카디건을 손에 챙겨 들고 망설임 없이 대답했다.

"네, 지금 갈게요. 어디로 가면 돼요?"

"어서 와, 가빈아."

얼떨한 표정으로 안으로 들어서는 가빈을 청우가 환하게 웃으며 맞았다. 처음 경찰서 앞으로 오라는 연락을 받은 그녀는 온갖 걱정을 하며 급하게 뛰어갔었다.

하지만 그들이 경찰서가 아닌 경찰서 앞 술집에 있는 것을 보곤, 허탈감과 안도감이 뒤섞인 눈빛으로 가쁜 숨을 길게 몰아쉬었다.

"오빠는요?"

룸 안에 하준이 없는 것을 확인한 가빈이 다급하게 묻자, 청우가 진정하라는 듯 자리에서 일어나 물 한 컵을 따라 주었다.

"일단 앉아서 이것 좀 마셔."

청우가 건네준 물을 들이켜고 그의 맞은 편 자리에 앉은 가빈은, 옆에 놓인 하준의 코트를 발견하고는 고개를 살짝 기울였다.

"잠깐 화장실 갔어, 곧 들어올 거야."

"어떻게 된 거예요? 오빠한테 무슨 일 생겼다고……."

"아, 사실 별일은 아니고, 흠…… 잘 해결됐어. 괜히 걱정시킨 것 같아서 미안하다."

어색하게 웃은 청우가 앞에 놓인 술을 한 모금 들이켜며 시선을 돌렸다. 막상 가빈과 마주하고 보니, 오늘 일에 대해 아무에게도 말하지 말라는 하준의 경고도 잊고 말할 뻔했다. 불과 한두 시간 전에 있었던 일이 그의 머릿속에서 회상되었다.

"한마디만 더 해 봐, 그땐 네 입을 이렇게 뭉개 버릴 테니."

지승찬의 멱살을 잡고 있는 상태에서, 하준은 싸늘한 표정으로 테이블 위에 놓여 있던 술을 그의 머리 위에 전부 다 부어 버리곤, 컵을 그대로 바닥에 떨어뜨려 짓밟아 버렸다.

옆에서 지켜본 청우조차 말없이 마른침만 꼴깍 삼킬 정도로 살기 어린 그의 눈빛에, 순식간에 바(bar)안에 서늘한 분위기가 감돌았다. 그의 기세에 눌려 잔뜩 얼어 버린 지승찬은, 한참 뒤에나 벌

젊게 달아오른 얼굴로 하준에게 가만두지 않겠다, 라는 말을 남기고 헐레벌떡 자리를 떠났다.

이후 지승찬이 하준에게 협박을 당했다며 경찰에 신고를 했고, 그들은 경찰서까지 연행되었다. 하지만 허무하게도 중간에 지승찬이 사라지는 바람에 별 탈 없이 풀려났고, 술 한 잔 더 하자는 청우의 제안에 그들은 근처 술집에 온 상황이었다.

'멍청한 새끼.'

청우는 지승찬의 생각에 미간을 잔뜩 찌푸렸다. 하여튼 태생부터 쓰레기 같은 놈이었다. 겉으론 누구보다 건실한 청년인 것처럼 행세하지만, 속은 뼛속까지 새까만 속물인 데다 추잡하기 그지없었다.

경찰서에서 자신들을 엿 먹이고 몰래 내 뺀 걸 생각하면 다시금 분노가 치솟는지, 청우는 잔뜩 굳은 표정으로 앞에 놓인 술을 단번에 들이켰다.

"무슨 일 있었는지 말해 주시면 안 돼요?"

무언가 불안함을 느낀 가빈이 조심스럽게 묻자, 청우가 황급히 테이블 위에 잔을 내려놓으며 대답했다.

"아, 그게…… 하준이 녀석, 술에 잔뜩 취했거든. 혼자 집에 보내기가 불안해서 부른 거야, 그런데 이 자식은 왜 이렇게 안 와?"

애써 말머리를 돌리며 재빨리 휴대폰을 집어 든 청우는, 마침 방문을 열고 들어오는 하준을 발견하곤 어색하게 손짓했다.

"좀 괜찮냐? 가빈이 왔다."

청우의 말에 하준은 살짝 놀란 기색으로 가빈을 돌아봤다. 설마 진짜로 불렀을 거라곤 생각지도 못한 하준은, 자신을 멀뚱히 바라보고 있는 가빈을 확인하자마자 상의를 주섬주섬 챙기고 있는 청우를 무섭게 노려봤다.

"윤청우…… 너, 진짜 부른 거였어?"

낮고 음산한 그의 목소리에 청우는 움찔하며 용수철처럼 자리에서 벌떡 일어섰다.

"하하, 가빈아, 그럼 하준이 잘 부탁한다."

"너 정말!"

눈살을 찌푸리는 하준의 곁으로 다가선 청우가 곰살궂게 웃으며 그의 어깨에 팔을 둘렀다.

"나 꼭두새벽부터 회의 있다고 했던 말 기억하지? 타의 모범이 되어야 할 사장인 내가 잠 한숨 못 자고 꼬질꼬질한 상태로 회의에 참석하면 되겠냐?"

"그게 지금 이 상황하고 무슨 상관인 건데?"

"상관있지! 너 아까 오늘 밤에 우리 집에서 자고 가도 되냐며?"

"뭐?"

"난 남자와 한 공간에서 자면 온몸에 두드러기가 나는 병이 있어서. 그러니까 딴생각하지 말고 얌전히 집으로 들어가라, 굳이 더 보태지 않아도 오늘 너, 나한테 다양한 모습 많이 보여줬다."

장난스럽게 웃으며 청우가 가출한 애 취급하듯 말하자, 하준이 황당하단 얼굴로 그의 팔을 툭 쳐냈다.

도대체 무슨 속셈으로 이러는 건지 이해할 수 없다는 표정을 짓고 있는 하준과 달리, 청우는 여유롭게 마지막 인사를 건넸다.

"그럼 가빈아, 우린 나중에 또 보자."

"아, 네…… 안녕히 가세요."

가빈이 자리에서 일어나 인사하자 청우가 흐뭇한 표정으로 고개를 끄덕이곤, 자신을 뚫어지게 쳐다보고 있는 하준의 곁에 다가섰다.

"나 먼저 간다."

"너 도대체 가빈이는 왜 부른 거야?"

"확인하고 싶어서."

"……."

"네 표정을 보니까 확신이 선다, 너 시스터 콤플렉스 맞아."

청우가 곁눈질로 하준을 바라보며 피식 웃음을 터트렸다.

"그럼 난 먼저 간다. 집에 조심히 들어가."

금방이라도 차갑게 한마디 할 것 같은 하준의 눈빛에, 청우는 재빨리 그의 어깨를 툭툭 치고는 말릴 새도 없이 밖으로 나갔다.

결국 하준과 가빈만이 덩그러니 방안에 남겨졌고, 순식간에 적막감이 감돌았다.

"휴우…… 우리도 그만 가자."

작게 한숨을 내쉰 하준이 관자놀이를 검지로 툭툭 치며 말하자, 어색한 표정으로 그의 눈치를 살피던 가빈 역시 기다렸다는 듯 재빨리 자리에서 일어나 대답했다.

"응, 그래."

"오빠 먼저 들어가."

택시에서 내린 가빈은 혹시 같이 집에 들어가다 류목형이나 이혜연이 보면 오해하지 않을까 하는 걱정이 들었다. 하준에게 먼저 들어가라고 말했지만, 그는 그럴 생각이 없는지 가빈을 지나쳐 대문 옆 벽에 기대섰다.

"됐으니까 너 먼저 들어가."

술기운이 오르는지 어딘가 힘겨워 보이는 하준을 유심히 살피던 그녀가 걱정스러운 표정으로 그에게 조심스럽게 다가섰다.

"술도 많이 마신 것 같은데, 그러지 말고 먼저……."

"그럼 둘 다 들어가지 말까?"

생각지도 못한 타이밍에 말을 가로채며 하준이 묻자 가빈이 움찔하며 한 발자국 뒤로 물러섰다. 술을 마신 탓에 살짝 풀어진 그의 두 눈을 마주한 가빈은, 치솟는 묘한 감정에 어느새 얼굴이 잔뜩 상기됐다.

"아니, 나 먼저 들어갈게."

한시라도 빨리 자리를 피해야겠다는 생각에 가빈은 뒤돌아섰다. 그녀가 발을 내딛는 순간, 하준이 팔목을 잡아당겨 뒤에서 끌어안았다. 갑작스러운 포옹에 가빈은 두 눈을 동그랗게 뜬 채 숨을 멈출 수밖에 없었다.

"잠시만…… 이러고 있자."

귓속을 파고드는 나지막한 그의 음성. 가빈은 얼음처럼 잔뜩 굳은 채로 멍한 표정을 지었다. 따뜻한 그의 체온이 온몸을 감싸며, 동시에 몸이 작게 떨리는 게 느껴졌다.

혹시라도 그걸 하준이 느낄까 잔뜩 몸을 움츠린 그녀는 떨리는 입술을 간신히 열어 목소리를 냈다.

"이거 놔, 여기 집 앞……."

"넌 날 어떻게 생각해?"

말을 가로막으며 내뱉은 그의 짧은 질문에 가빈은 얼떨한 표정으로 반문했다.

"뭐?"

"넌 한 번도 날 오빠가 아닌 남자로 생각해 본 적 없어?"

하준은 그녀를 더욱 세게 끌어안으며 물었다. 가빈은 벌겋게 달아오른 얼굴로 당혹감을 감추지 못한 채, 자신을 감싸고 있는 그의 팔을 재빨리 붙잡으며 말했다.

"이거 놓고 얘기해."

"너 먼저 얘기해. 너와 내가 남매 사이인 것 때문에 날 밀어내는 건지, 단순히 내가 싫어서 밀어내는 건지, 아니면 또 다른 이유가 있는 건지…… 대답하면 그때 놔줄게."

얘기하기 전까지 놓지 않겠다는 그의 말에, 가빈은 난감한 표정으로 입을 꽉 다물었다. 그의 숨소리가 귓가에 닿을 때마다 숨이 멎을 정도로 심장이 쿵쾅거려 정신이 몽롱해지는 것 같았다.

"말해 봐, 정말로 날 오빠가 아닌 남자로 한 번도 느껴 본 적 없는지."

채근하듯 묻는 그의 목소리에 선뜻 대답하지 못하던 가빈이 결국 두 눈을 질끈 감았다 뜨곤 결심한 듯 입을 열었다.

"남매 사이라서 안 돼."

가빈의 입에서 작은 목소리가 이어 들렸다.

"오빠와 나, 남매 사이라서…… 그래서 안 된다고."

단호한 목소리에 하준이 기다렸다는 듯 천천히 품에 안은 그녀를 놔주었다. 따뜻했던 체온이 점차 멀어지자, 그제야 참고 있던 숨을 내뱉은 가빈은 상기된 표정으로 천천히 하준을 돌아봤다. 아까와는 달리 또렷한 그의 검은 동공이 정확히 가빈을 향하고 있었다.

"그게 이유라면 됐어."

짧은 한마디를 내뱉곤 하준은 가빈에게 가까이 다가가 그녀와 시선을 마주하고선 말을 이었다.

"그게 문제라면 내가 알아서 해결하면 될 일이니."

"……뭐?"

영문을 모르겠다는 듯 가빈이 고개를 갸웃하자, 하준이 한껏 편안해진 표정으로 그녀의 머리를 쓰다듬으며 말했다.

"네 대답 들었으니 됐어. 이제 그만 들어가, 난 조금 더 있다 들어갈게."

얼른 들어가라며 어느새 등까지 떠미는 하준의 행동에, 가빈이 주춤거리며 그를 돌아봤다. 도대체 무슨 생각인 건지 되묻고 싶었지만 차마 어떤 답변이 돌아올지 몰라, 두려운 마음에 가빈은 결국 발길을 돌릴 수밖에 없었다. 그녀의 심장이 여전히 세차게 뛰고 있는 것이 느껴졌다.

*　　*　　*

"8번 출구로 나오면 태현빌딩 바로 보일 거야, 그 건물 앞에
서 4시까지 보자."

하준과의 일이 있고 마음이 복잡해 집에서 잘 나오지 않던 가빈은, 출판사에 같이 가자는 현의 연락에 오랜만에 외출을 했다. 어느새 가을이 지나가고 겨울이 찾아온 듯 바람이 차가워졌다.

가빈은 어깨를 웅크린 채 역 앞 태현 빌딩 앞에서 걸음을 멈추고 주변을 둘러봤다. 아직 도착하지 않은 모양인지 현은 보이지 않았다. 가빈은 휴대폰을 꺼내봤다.

약속시간까지 한 시간 정도 남아 있었다. 너무 일찍 왔나? 하는 생각에 들어가 있을 곳을 찾던 가빈은, 근처에 커피숍이 있는 것을 발견하곤 그곳을 향해 발길을 돌렸다.

꽤 많은 사람들이 자리를 잡고 있어 잠시 망설이며 안을 살피던 가빈은, 그때 마침 문을 열고 나오는 여자를 발견하곤 두 눈을 동그랗게 떴다.

강세련? 매니저로 보이는 남자와 함께 손에 커피를 들고 나오는

그녀의 모습에, 가빈은 다가가 어색한 미소로 인사를 건넸다.

"안녕하세요?"

가빈의 목소리에 세련이 걸음을 멈추고 고개를 돌렸다.

"아…… 요즘 자주 보네요. 여긴 어쩐 일로?"

고개를 기울이며 세련이 묻자 가빈이 살짝 미소를 머금은 상태로 대답했다.

"이 근처에서 약속이 있어서요."

"약속? 혹시 현이랑 만나기로 했어요?"

말이 떨어지기 무섭게 돌변해선 날카롭게 묻는 세련의 태도에 가빈이 얼떨떨한 표정으로 고개를 작게 끄덕였다.

"아, 네."

가빈의 대답에 세련의 표정이 일순간 싸하게 변했다. 조금 전까지 그렇게 전화를 해대도 무시하더니 결국 저 여자 만나려고 그랬던 모양이었다.

세련은 애써 목까지 차오른 뜨거운 감정을 삼키며 아랫입술을 질끈 베어 물었다. 분노와 질투심으로 인해 표정관리가 좀처럼 되질 않았다.

"둘이 데이트라도 하는 거예요?"

적대적으로 대하는 세련의 태도에 가빈이 의아해하며 고개를 저었다.

"아니요, 일 때문에 보는 거예요."

"그래요? 나도 현이한테 볼일 있는데…… 괜찮으면 같이 봐도 될까요?"

갑작스러운 그녀의 제안에 가빈이 선뜻 대답하지 못하자, 세련이 먼저 앞서 매니저를 돌아보며 말했다.

"오빠, 잠깐 차에서 기다리고 있어."

"뭐? 너 이따 스케줄……."

"늦지 않게 갈 거니까 걱정 말고 가서 기다리고 있어."

빨리 가라는 듯 길가에 세워 둔 차를 세련이 흘끔 쳐다보며 낮은 음성으로 말했다. 어차피 말려도 듣지 않을 거란 걸 익히 알고 있는 매니저는, 결국 머뭇대다 작게 한숨을 내쉬고 뒤돌아 갔다.

"어디서 만나기로 했어요? 커피숍?"

상대의 의견 따윈 애초에 중요하지 않은 듯 막무가내식인 뻔뻔한 세련의 태도에, 가빈이 난감한 표정으로 조심스럽게 입을 열었다.

"아니요, 그런데 저 오늘은 중요하게 가 볼 곳이 있어서요, 죄송하지만……."

"어디 가는 데요?"

말을 자르며 묻는 세련을 가빈이 대꾸 없이 바라보았다. 오로지 자신을 기준에 둔 직설적인 그녀의 화법에 가빈의 말문이 저절로 막혔다.

이대로 가다간 그녀에게 휩쓸릴 것 같다는 불길한 예감이 들어, 가빈은 일부러 휴대폰을 슬쩍 확인하며 대답했다. 일단 자리를 피하자는 생각이었다.

"그만 가 봐야 할 것 같아요, 오늘 만나서 반가웠어요. 그럼 나중에 또 뵐게요."

황급하게 자리를 떠나는 가빈을 세련이 망설임 없이 뒤쫓아 붙잡았다. 그러곤 혹시나 하는 생각에 그녀가 향하던 방향에 보이는 건물을 슬쩍 보며 말했다.

"혹시 라임 출판사 가는 거예요?"

세련의 시선이 닿았던 곳이 태현빌딩임을 확인한 가빈이 의아한 눈빛으로 물었다.

"현이 고모님, 아세요?"

"잘 알죠, 적어도 그쪽보다는."

새침한 표정으로 세련이 턱을 치켜세우며 말했다. 어딜 가나 했더니 출판사라…… 의미심장한 표정으로 가빈을 바라보던 세련이 그녀의 곁으로 다가서며 말했다.

"어차피 출판사 가는 길이면 같이 올라가서 기다리죠, 마침 저도 출판사에 볼일이 있거든요."

세련의 말에 가빈이 복잡한 표정으로 쭈뼛거렸다. 혹시나 현이나 현이 고모님께 폐를 끼치는 건 아닌가 조심스러운 마음에 가빈이 망설이자, 그녀를 유심히 지켜보고 있던 세련이 재빨리 그녀의 팔을 붙잡아 억지로 끌고 가며 말했다.

"얼른 가요, 현이한테는 출판사로 바로 올라오라고 하고요."

"저기 강세련 씨, 잠깐만요."

가빈의 만류에도 세련은 성큼성큼 빌딩 안으로 들어갔다. 그녀는 엘리베이터에 잽싸게 올라탄 뒤, 라임 출판사가 있는 5층을 눌렀다. 잠시 틈도 주지 않고 태연하게 행동하는 그녀를 지켜보던 가빈의 얼굴에 당혹스러움이 묻어났다.

"그런데 출판사에는 무슨 일로 가는 거예요?"

손에 든 커피를 한 모금 들이켜며 세련이 묻자, 가빈이 재빨리 현에게 문자 한 통을 보내곤 대꾸했다.

"부탁드릴 일이 좀 있어서요."

띵—

가빈의 대답과 함께 엘리베이터 문이 열리고, 가빈은 세련의 시선을 피해 라임 출판사라는 간판이 붙은 회사 안으로 먼저 들어갔다. 막상 안으로 들어서니 누굴 찾아가야 할지 몰라 난처한 표정으로 주변을 두리번거리던 그녀는, 결국 뒤이어 들어오는 세련을 다시 돌아봤다.

"편집장 실로 가면 돼요, 따라와요."

피식 웃으며 앞서가는 세련을 마지못해 따라가던 가빈은, 노크 후 편집장실 안으로 아무렇지 않게 들어가는 그녀의 행동에 살짝 놀라며 멈춰 섰다.

"안녕하세요, 편집장님."

"너, 여기 그만 찾아오라니까 또 왔어?"

세련을 발견한 편집장이 미간을 좁히며 달갑지 않게 반응하자, 가빈은 잔뜩 긴장한 표정으로 제자리에 선 채 안을 조심스럽게 살폈다.

"오늘 손님이랑 같이 왔어요, 들어와요."

들어오라는 세련의 말에 가빈이 주춤거리며 방 안으로 들어서자, 편집장이 의아한 눈빛으로 그녀를 천천히 훑어봤다.

"누구?"

"오늘 현이랑 같이 오기로 한 손님이요."

마치 대변인이라도 되는 양 가빈을 소개한 세련은 자연스럽게 소파로가 털썩 자리에 앉았다.

"아! 우리 현이 여자친구?"

편집장이 환하게 웃으며 반문하자, 당황한 가빈이 손사래를 치며 대답했다.

"여자 친구는 아니고, 그냥 친구예요."

"훗, 어쨌든 반가워요. 이리 와서 앉아요."

소파를 가리키며 앉으라는 편집장의 말에 가빈이 긴장한 얼굴로 세련의 맞은편 자리에 앉았다.

"현이는 같이 안 온 거예요?"

"지금 오고 있다고 했으니까 곧 도착할 거예요."

작게 웃으며 대답하는 가빈을 편집장이 호기심 가득한 눈초리로 이리저리 살펴봤다. 평생 여자라고는 쳐다보지도 않던 돌부처가 웬일로 그렇게 적극적으로 좋아하나 했는데, 막상 만나고 보니 이해가 갔다.

여성스럽고 차분한 데다 꽤 미인이었다. 더구나 어딘가 모르게 사람을 끌어당기는 묘한 매력이 느껴졌다. 세련과는 정 반대의 스타일. 편집장은 흐뭇한 미소로 가빈을 바라봤다.

"레니 보조 작가로 일하고 싶다고 했다고요?"

편집장이 묻자 가빈이 기대감이 어린 눈빛으로 작게 고개를 주억거렸다.

"네, 그런데 제가 경력이 없어서 오히려 레니 작가님께 해가 되는 건 아닌지……."

"잠깐, 아까 일 때문에 온다는 게 레니 보조 작가 한다는 얘기였어요?"

세련이 말을 끊으며 눈을 치켜세우고 묻자, 미처 그녀를 신경 쓰지 못한 편집장이 난감한 표정으로 이마를 긁적이며 말했다.

"강세련, 네가 끼어들 자리가……."

"당신, 레니가 누구인지 알고 하는 얘기예요?"

세련의 물음에 가빈이 어리둥절한 표정으로 작게 고개를 저었다.

"아직 소개받지는 못해서……."

말끝을 흐리며 말하는 가빈을 지켜보던 세련의 입에서 허탈한 웃음이 흘러나왔다. 이건 또 무슨 상황인가 싶어 편집장을 흘끔 바라본 세련은, 입 다물라는 그녀의 입 모양에 대충 상황파악이 되는지 입꼬리를 올린 채 팔짱을 끼며 말을 꺼냈다.

"나랑 레니랑 스캔들 났던 건 알죠?"

세련의 질문에 가빈이 문득 생각났는지 고개를 끄덕이며 대답했다.

"아, 네. 알고 있어요."

"강세련, 너 조용히 안 해!"

그만하라며 만류하는 편집장의 말에도 세련은 그럴 생각이 없는지, 흥미로운 표정으로 가빈을 응시한 채 피식 웃음을 터트리며 말했다.

"남궁현, 진짜 못됐네. 왜 정작 중요한 걸 숨겨?"

"네?"

영문을 모르겠다는 가빈의 표정에 세련이 입이 간질거려서 못 참겠다는 듯, 편집장의 날카로운 시선에도 싱긋 웃으며 망설임 없이 대답했다.

"내 스캔들 상대이자 레니가 바로 현이에요."

세련은 도도하게 턱을 치켜들었다.

"그쪽이 알고 있는 남궁현."

뭐?

잠시 멍한 눈빛으로 세련을 응시하던 가빈이 느릿하게 입을 열었다.

"제가 지금 이해가 안 가서 그러는데요. 누가…… 현이라고요? 아니, 레니가 누구라고요?"

가빈이 횡설수설 묻자, 골이 지끈지끈 쑤시는지 편집장이 얄밉게 웃고 있는 세련을 노려봤다. 저 화상이 기어코 사고를 치는구나. 당장에라도 세련의 입을 한 대 치고 싶은 걸 간신히 참으며 편집장이 깊은 한숨을 내쉬었다.

자신이 레니인 걸 직접 밝힐 테니, 가빈이 앞에서 혹시라도 실수하지 말라며 며칠 전부터 현이 신신당부했던 일이었다.

그런데 그걸 세련이 입방정 한 번으로 망쳐버리고 말았다. 편집장이 흘끔 가빈을 쳐다봤다. 혼란스러워하는 게 고스란히 그녀의 얼굴에 드러나 있었다.

"다시 말해 줘요? 레니가 바로……."

"일단 현이 오면 얘기하죠, 불청객은 내보내고."

편집장이 확인 사살하려는 세련의 말을 재빨리 가로막으며 가빈에게 말했다. 그러자 세련이 불쾌하단 표정으로 그녀를 홱 돌아보며 소리쳤다.

"제가 왜 불청객이에요? 엄연히 저도 현이 만나러 온 손님이라고요."

"손님은 무슨. 내 예상하건대, 이 시간 이후로 현이는 널 철천지원수로 생각하지 않을까 싶다."

냉랭한 편집장의 반응에 세련이 억울하다는 표정으로 내뱉듯 말했다.

"제가 뭘 그렇게 잘못했는데요? 보조 작가까지 제안할 정도면 어차피 현이도 자기가 레니인 거 밝히려고 한 것 같은데……."

"그러니까 현이가 알아서 할 얘길 네가 왜 나서서 하는데?"

편집장이 말을 끊으며 사납게 다그치자 세련이 입술을 삐죽하게 내밀며 중얼거렸다.

"어차피 알게 될 사실인데 누가 먼저 말하든 그게 뭔 차이라고."

"뭐?"

세련의 말에 편집장이 기가 막혀 하며 허탈한 소리를 냈다. 아니 뭐 저런 것이 다 있나 싶은 마음에 입속에서 맴도는 욕을 방출하려던 편집장은, 말없이 앉아 있던 가빈이 자리에서 벌떡 일어나자 의아한 표정으로 그녀를 올려다봤다.

"저기……"

"저, 죄송하지만 오늘은 그만 가 보겠습니다."

세련을 상대하느라 가빈을 미처 신경 쓰지 못한 편집장은 미안한 표정으로 자리에서 일어나 그녀를 만류했다.

"곧 현이 올 텐데 보고……."

"아니요, 현이한테 제가 따로 연락하겠습니다."

"그래도……."

"죄송합니다, 그럼 먼저 실례하겠습니다."

편집을 향해 작게 묵례를 한 가빈은 잔뜩 굳은 표정으로 문을 향해 걸어갔다. 뭔가를 생각하려고 하면 할수록 머릿속이 터질 것만 같았다.

현이 레니라니? 듣고서도 믿어지지 않는 사실에 한참 동안 생각에 잠겨 있던 가빈은, 형용할 수 없는 복잡 미묘한 감정에 가슴 한켠이 저릿해져 오는 것을 느낄 수 있었다.

"아, 아! 나도 좋아해, 레니 작품."

"보조 작가 안 해 볼래? 뫼비우스의 띠라고 레니 소설 알지?

내가 소개시켜 주려고 하는데 어때?"

"내가 만약 레니라면, 널 분명히 마음에 들어 했을 거야."

끊임없이 떠오르는 현의 말들. 일부러 속인 건지, 아니면 단순히 말을 하지 않은 것뿐인지, 갖가지 의문에 속이 답답하고 숨이 막혀오는 기분이 들었다.

일단 이곳을 벗어나 복잡한 생각을 정리하자는 마음에 문을 열고 나가려던 가빈은, 때마침 자신을 향해 걸어오는 현을 발견하곤 그대로 멈춰 섰다.

"아, 가빈아!"

현이 환하게 웃으며 성큼성큼 다가서자 가빈이 주춤거리며 뒤로 물러섰다. 어딘가 어색하게 느껴지는 행동. 무슨 일인가 싶어 유심히 그녀를 살피던 현은, 어깨에 핸드백을 메고 있는 가빈의 모습에 고개를 갸우뚱 기울였다.

"어디 가려고?"

의아한 표정으로 현이 묻자 가빈이 애써 표정관리를 하며 대답했다.

"갑자기 일이 생겨서 가 봐야 할 것 같아."

"그래? 안 좋은 일이야? 급한 일이면 내가 데려다 줄게."

걱정스러운 눈빛으로 현이 말하자 가빈이 난처한 표정으로 고개를 저었다.

"아니야, 내가 알아서 갈게."

슬쩍 시선을 피하는 가빈을 본 현의 눈빛이 살짝 흔들렸다. 뭔가를 숨기는 듯 주춤거리는 그녀의 행동에 그는 자꾸만 신경이 쓰였다.

"혹시 무슨 일 있었어?"

불길한 예감에 현이 물었지만, 가빈은 표정없이 입을 꾹 다물었다. 무슨 일 있었구나. 그때, 가빈의 너머로 보이는 편집장이 고개를 절레절레 흔들며 사무실 안 소파를 가리키는 게 그의 눈에 들어왔다. 현은 망설임 없이 사무실 안으로 걸어갔다.

"강세련?"

소파에 여유롭게 앉아 있는 세련의 본 순간, 그의 뇌리에 익숙한 노래 가사가 떠올랐다.

강세련이 있을 것 같다는 슬픈 예감은 왜 한 번도 틀린 적이 없는 건지, 오늘따라 하늘에 따져 묻고 싶은 걸 참으며 현이 입을 열었다.

"어떻게 된 거야? 왜 네가 여기 있어?"

현이 묻자 세련이 몸을 일으키며 대답했다.

"아무리 전화를 해도 안 받길래 네가 살아는 있나 확인 차 와 봤어."

입술을 비틀며 장난스럽게 웃는 세련을 바라보는 현의 얼굴이 어느새 싸늘하게 식었다.

더 이상 상대조차 하고 싶지 않다는 듯, 두말도 안 하고 그녀를 등지고 돌아선 현은 가빈과 눈을 마주한 상태에서 조심스럽게 말을 꺼냈다.

"쟤가 무슨 말을 했는지 모르겠지만, 신경……."

"네가 레니라고 얘기했어."

세련의 한 마디, 현은 순식간에 석고상처럼 굳은 얼굴로 가빈의 얼굴을 훑었다.

"……그게……."

뭐라고 변명이라도 해야 한다는 생각에 힘겹게 입술을 움직인 현은, 갑작스러운 가빈의 휴대폰 진동소리에 말을 삼켰다. 가빈은 그에게서 시선을 거두고 휴대폰 액정화면을 확인했다.

[새어머니]

평생 연락 한 번 하지 않는 그녀에게서 걸려 온 전화에, 가빈이 살짝 긴장한 얼굴로 자리를 옮겨 전화를 받았다.

"네."

—어디니?

특유의 앙칼진 목소리가 울리자 가빈은 잠시 말을 멈췄다 다시 입을 뗐다.

"잠깐 친구 만나러 나왔어요."

—회장님이 당분간 주말에 약속 잡지 말라고 하셨다던데 그새 잊은 거니?

가빈은 하준의 정략결혼 문제로 조만간 세우그룹과 식사자리가 있을 거란 류목형의 말이 불현듯 떠올랐다. 설마 오늘이 그날 인가 싶어 조심스럽게 입을 열었다.

"혹시 오빠 정략결혼 문제로……."

―그래, 오늘 저녁에 세우그룹하고 상견례 자리 있으니 지금 바로 청담동으로 넘어오도록 해.

"청담동이요? 왜……?"

―설마 어설픈 꼴을 하고선 그 자리에 나갈 생각은 아니지? 여기 내가 자주 오는 디자이너 샵이니까 지금 당장 오도록 해. 준비하고 여기서 네 아버지 만나 같이 호텔로 가기로 했으니.

"……."

―얘! 너 내 말 듣고 있니?

하준의 상견례라는 말에 순간 말문이 막힌 가빈은 수화기 너머로 들리는 날카로운 목소리에 화들짝 놀라며 대답했다.

"네, 지금 바로 출발하겠습니다."

뚝.

대답을 듣는 것과 동시에 이혜연이 전화를 끊자, 가빈의 입술 새로 작은 한숨이 흘러나왔다.

하준이 결혼한다? 걷잡을 수 없이 밀려드는 묘한 공허감. 동시에 가빈의 얼굴엔 어두운 그림자가 드리웠다.

"가빈아?"

통화를 끝나자마자 현이 기다렸다는 듯이 다가서자 가빈이 어색하게 시선을 돌리며 말했다.

"미안, 나 급한 일이 생겨서 그만 가 볼게."

'그럼 내가 데려다 줄게.'

버릇처럼 이 한마디를 하려던 현은, 자신을 불편해하는 가빈의 마음을 읽고는 작게 고개를 끄덕였다.

"⋯⋯그래, 조심히 가."

쓸쓸한 마음을 숨기고 애써 밝게 웃어 보이는 현을 뒤로하고 가빈은 자리를 떠났다. 그녀가 눈에서 사라지자 현의 얼굴이 조금 전과는 달리 얼음장처럼 차가워졌다.

"어떻게 된 거야?"

"응?"

처음 듣는 냉랭한 그의 음성에 세런이 움찔했다.

"내가 없는 동안 가빈이한테 무슨 소리 했는지 한 마디도 빠짐없이 모조리 말해."

"이렇게 비싼 걸 입는 사람이 있구나, 진짜."

백화점 탈의실 안, 민호는 눈앞에서 보고도 믿기지 않은 옷의 가격에 욕이 절로 튀어나오려는 것을 가까스로 참았다.

몇백만 원대를 호가하는 C사의 정장. 처음엔 가격이 믿기지 않아 혹시 0이 하나 더 붙은 건 아닌가 하는 의심까지 했었다. 민호는 눈앞에서 찬란하게 빛나고 있는 이 옷의 가치가 왜 이렇게 대단한 건지 한참 동안 고민하지 않을 수 없었다.

"안 나오고 뭐 해?"

탈의실 밖에서 들리는 이혜연의 목소리에 뭉그적거리던 민호가 부랴부랴 옷을 갈아입었다. 몸에 착 감기는 옷의 재질에 놀라며 재빨리 밖으로 나온 민호는, 자신을 향한 날카로운 이혜연의 눈빛에 흠칫 놀라며 어색한 미소를 지었다.

"정장 한 벌 갈아입는데 시간이 왜 그렇게 오래 걸려?"

"단추가 많아서……."

"그건 그렇다 치고, 흠…… 이건 좀 색이 별로인 것 같은데? 좀 더 밝은색으로 입혀봐."

"네, 사모님."

TV에서나 보던 광경이 지금 눈앞에 펼쳐지고 있다는 사실이 실감이 나지 않으면서도, 민호의 마음 한구석은 무척이나 불편했다. 이혜연의 제안을 대놓고 거절하지 못한 자신의 모습이 한심했지만, 한편으론 에라 모르겠다, 라는 심정이었다.

요즘 들어 빈번해지는 사건 사고들 때문에 하루하루 버텨나가는 것조차 힘이 드는 그에게, 거칠게 몰아쳐 오는 파도를 거슬러 올라갈 만한 힘이 지금은 없었다. 일단은 순응하고 살아보자 라는 심정뿐이었다.

"그래, 이제 좀 낫네."

여러 벌의 옷을 민호에게 인형 옷 입혀 보듯 하던 이혜연이, 드디어 마음에 드는 걸 찾았는지 처음으로 만족하는 미소를 지어 보였다.

연극 무대에 섰을 때도 느껴보지 못한 버름함. 민호는 괜스레 머리를 긁적였다.

"저 아이가 입고 왔던 옷이랑 세 번째로 입혔던 옷, 포장해 줘."

"네, 사모님."

이혜연의 말에 순간 정신이 번쩍 드는지 민호가 그녀에게 다가가 손사래 치며 말했다.

"이 옷 제가 입기에는 너무 비싸……."

"며칠 있다 감독하고 작가 미팅 있다며? 그때 입고 나가."

이혜연이 그를 지나쳐 바깥쪽으로 나가는 사이, 민호는 점원이 포장한 옷을 챙겨 들고 재빨리 뒤를 쫓아갔다.

말로만 듣던 스폰을 받는다는 게 이런 건가? 왠지 씁쓸한 생각과 함께 언젠간 치러야 하는 대가에 대한 두려움이 물밀 듯이 밀려들었다.

"사모님, 어서 오십시오."

아무 말 없이 이혜연의 뒤를 뒤따르던 민호는 근처 또 다른 의상 숍에 들어서자마자 두 눈을 동그랗게 떴다.

고급스러운 인테리어와 화려한 의상들에 시선을 떼지 못하던 그는, 어디선가 들리는 익숙한 목소리에 고개를 돌렸다.

"오셨어요?"

"그래, 생각보단 일찍 왔구나."

가빈?

"민호? 황민호?"

민호가 잔뜩 얼어붙은 얼굴로 그녀를 바라봤다. 이혜연과 함께 언젠간 가빈과 마주칠 거라 예상은 했지만, 이렇게 짧은 시간 안에 만나게 될 줄은 상상도 못 했다.

"둘이 아는 사이니?"

이혜연이 의아한 눈초리로 묻자 가빈이 살짝 고개를 끄덕이며 대답했다.

"네, 고등학교, 대학교 동창이에요."

동창? 이혜연이 흥미롭다는 눈빛으로 입술 끝을 위로 끌어당겼다.

"그래? 그거 아주 잘 됐구나."

의미심장한 눈초리로 민호를 돌아보며 말하자, 그가 움찔하며 시선을 다른 곳을 돌렸다.

"그런데 어떻게 같이……?"

가빈이 의아한 표정으로 묻자 이혜연이 그의 어깨를 툭 치며 말했다.

"아, 내가 요즘 배우로 키우려는 아이란다. 너 소개 시켜 줄까 해서 데리고 왔는데, 알고 보니 동창생이라니 인연도 이런 인연이 없구나."

평소와 달리 호의적인 그녀의 말투에 민호가 두 눈을 가늘게 떴다. 도대체 무슨 꿍꿍인지 감조차 잡히지 않는 상황에 그는 유심히 이혜연을 훑어봤다.

"사모님, 곧 회장님 도착하신다는 연락 왔습니다."

이제 막 흥미로운 대화를 시작하려던 이혜연은 김 비서의 말에 김샌 표정으로 민호와 가빈을 번갈아 봤다. 하필 이 시점에, 하여튼 도움이 안 되는 노인네였다.

"넌 준비 다 한 거니?"

이혜연이 도착하기 전 미리 준비를 마친 가빈이 짧게 대답했다.

"네."

"그럼, 오늘 넌 그만 돌아가도록 해. 나중에 보지 뭐."

돌아가라며 이혜연이 손짓하자 민호가 주춤거리다 작게 고개를 숙였다.

"네, 그럼 그만 가 보겠습니다."

"너희 둘은 인사 안 하니?"

그대로 돌아서려던 민호는, 이혜연의 목소리에 어색한 표정으로 뒤돌아 가빈을 바라봤다.

혹시 그녀가 스폰 관계라는 것을 눈치챘을까? 설마 그걸 알았더라도 다른 사람들한테 말하지 않겠지?

갖가지 고민들로 골머리가 아픈지 그의 얼굴에 어두운 기색이 엿보였다. 하지만 그와 반대로 가빈은 환하게 웃으며 그에게 인사를 건넸다.

"잘 가, 민호야."

"으, 응. 나중에 또 보자."

민호는 차마 그녀와 눈을 맞추지 못한 채 서둘러 밖으로 나갔다.

"하준 씨!"

류목형의 전화를 받고 회의가 끝나자마자 호텔로 온 하준은, 엘리베이터를 기다리다 들린 익숙한 목소리에 뒤를 돌아봤다.

이제 막 호텔에 들어섰는지 지수와 세우그룹 이혁민 회장이 입구에서부터 걸어오는 것이 그의 눈에 들어왔다.

"생각보다 일찍 오셨네요?"

마치 이곳에서 만나기로 약속된 것처럼 묻는 지수를 의아한 표정으로 바라보던 하준은, 먼저 악수를 청하는 이혁민의 손을 맞잡곤 작게 묵례했다.

"오랜만일세, 류 전무."

"네, 오랜만에 뵙습니다. 회장님."

류목형의 출판기념회 때 이미 하준과 안면을 익혔던 이혁민은, 언제 봐도 반듯한 그의 모습을 내심 흐뭇해하며 말했다.

"회사 일로 바빠서 늦을지도 모른다고 지수가 그러던데, 어떻게 시간 맞춰서 왔구먼?"

"네……?"

영문을 모르겠단 표정으로 하준이 짧게 반문하자 그의 눈치를 살피던 지수가 재빨리 끼어들며 이혁민에게 말했다.

"아버지, 먼저 올라가 계시겠어요? 전 잠깐 하준 씨랑 할 얘기가 있어서요."

지수의 말이 끝나기가 무섭게 엘리베이터 문이 열렸고, 어서 먼저 올라가라는 그녀의 재촉에 이혁민은 마지못해 엘리베이터에 몸을 실었다. 이후 하준과 함께 남게 된 지수는 대충 상황 파악이 끝난 듯, 어느새 얼굴이 굳어진 그에게 조심스럽게 다가가 물었다.

"회장님께 얘기 못 들으신 거예요? 오늘 다 같이 저녁……."

"내가 분명히 다신 보지 말자고 얘기했던 것 같은데 왜 자꾸 내 눈앞에 나타나는 겁니까?"

차갑게 돌변한 하준의 눈빛과 말투에 지수는 턱밑까지 차오른 뜨거운 무언가를 억지로 삼키며 힘겹게 입을 열었다.

"꼭 그렇게밖에 말 못 하겠어요? 나도 자존심이라는 게 있어요."

"자존심이 있는 분이 하는 행동치곤 너무 안이하고 유치하다는 생각밖에 안 드는군요."

냉소적인 그의 말에 지수가 울분을 삼키며 목소리를 높였다.

"이봐요, 류 하준 씨."

띵―

감정이 복받쳐 지수가 한마디 하려던 순간, 다시 엘리베이터가 열렸다. 하준은 지수를 돌아보지도 않은 채 엘리베이터에 탑승했다.

"아직 난 얘기 안 끝났어요."

지수가 다급하게 소리쳤지만 하준은 무감한 표정으로 천천히 입을 열었다.

"이미 벌어진 일이니 장단은 맞춰드리죠."

"……"

"그럼 먼저 올라가 보겠습니다."

조금의 주저함도 없이 하준이 엘리베이터 버튼을 눌렀다. 문이 닫히고 결국 혼자 남게 된 지수는, 순식간에 일어난 상황에 망연자실한 표정으로 고개를 푹 숙였다.

노력하면 언젠간 자신의 마음을 알아줄 거라 믿었건만, 변함없는 그의 태도에 또다시 마음이 무너지고 말았다.

"휴우……."

답답한 마음에 지수는 긴 한숨을 뱉어냈다. 사랑 앞에 장사 없다더니, 그 말이 지금 자신과 딱 들어맞았다.

하준의 앞에만 서면 냉철했던 머리와 가슴이 속절없이 무너져 허탈한 웃음마저 나왔다. 난생처음 해 보는 경험.

'그래, 어차피 자존심 따위 버리고 시작한 사랑, 죽도록 차이더라도 갈 데까지 가 보자.'

후회할 바엔 최선을 다하는 쪽을 선택하자는 생각에, 지수는 애써 마음을 다잡으며 위로 향하는 엘리베이터 버튼을 눌렀다.

레스토랑 안, 사업에 관련된 얘기를 주축으로 시작된 류목형과 이혁민의 대화가 메인 음식이 나올 때까지 이어졌다. 상견례라기보다는 비즈니스 모임 같은 분위기에, 둘을 제외한 나머지 사람들은 말없이 식사에 집중할 수밖에 없었다.

한참 둘 사이 대화가 오가고, 문득 지수를 돌아본 이혁민은 그녀의 눈치를 받자 그제야 분위기 파악이 됐는지 환하게 웃으며 말했다.

"이렇게 아이들과 함께 식사를 하니 느낌이 새롭습니다, 류 회장님."

이혁민의 말에 류목형도 그제야 이 자리의 본 목적을 깨달았는지 한결 편안한 표정을 대꾸했다.

"그러게 말입니다. 앞으론 이런 자리를 자주 마련하도록 하죠."

"그거 좋은 생각입니다. 어차피 아이들 결혼 문제도 있고 하니 말입니다."

결혼이란 단어에 조용히 식사를 하던 하준이 포크와 나이프를 내려놓고 물을 한 모금 들이켰다.

이 자리가 누구보다 불편한 하준은 흘끔 고개를 돌려 가빈을 바라봤다. 음식을 먹는 둥 마는 둥 하는 걸 봐선 그녀 역시 꽤나 불편한 듯 보였다.

괜스레 신경이 쓰여 하준이 가빈에게서 시선을 떼지 못하자, 반대편에서 그들을 유심히 지켜보던 이혜연이 지수에게 말을 건넸다.

"지수 양은 듣던 것보다 훨씬 미인이네요."

"아, 아니에요. 저보다 어머니와 가빈 양이 훨씬 미인이신걸요"

지수가 가빈을 돌아보며 대답하자 일순간 모두의 시선이 가빈을 향했다.

"그러고 보니 가빈 양도 이제 좋은 짝을 만날 때가 되지 않았나요?"

이혁민도 아까부터 가빈을 유심히 지켜봤는지, 지수의 말이 떨어지기가 무섭게 류목형을 바라보며 물었다.

"아직은 결혼할 나이가……."

"어디 좋은 혼처라도 있으세요? 회장님?"

말을 가로채며 이혜연이 묻자 류목형을 비롯해 하준과 가빈의 표정이 동시에 굳어졌다.

미묘하게 변한 분위기, 하지만 이혁민은 눈치채지 못했는지 흐뭇한 미소로 가빈을 바라보며 대답했다.

"이거 이제라도 알아봐야겠군요, 가빈 양 정도면 어느 집 자제라도 마다치 않을 테니 제가……."

"있습니다. 사귀는 사람."

과묵하게 앉아 있던 하준이 망설임 없이 대답하자, 류목형과 이혜연의 얼굴이 종이 구겨지듯 일그러졌다.

"그런가? 하긴 요즘 젊은 사람들 중에 남자친구 하나 없는 사람 있나, 아마 우리 딸 뿐일 걸세."

"아빠!"

어느새 서로 티격태격하는 이혁민과 지수와 달리, 가빈은 하준의 대답에 당황한 듯 잔뜩 얼어 있었다. 류목형은 금방이라도 폭발할 듯 잔뜩 날이 선 눈빛으로 하준을 매섭게 노려봤다.

이 자리가 어떤 자리인데, 아직도 상황 분간 하나 못하는 하준의 행동에 류목형은 인내심의 한계를 느꼈다.

"그럼 이제 아이들 결혼 문제에 대해 얘기를 해볼까요?"

류목형과 하준 사이에 흐르는 묘한 분위기를 바꾸려는 듯 이혜연이 이혁민을 돌아보며 물었다. 하준의 결혼이 현실로 성큼 다가오자 묘한 감정에 목이 타는지 가빈은 천천히 물 잔을 들었다.

오지 말아야 할 곳을 온 것에 대한 후회가 가슴 깊이 밀려오는 것 같았다.

"아무래도 결혼은 내년 봄에⋯⋯."

"올해 안에 했으면 합니다."

하준의 한마디.

땡그랑—

가빈은 자신도 모르게 손에 든 물 잔을 놓쳤다.

4화
어두운 그림자가 드리우다

"괜찮아요, 가빈 씨?"

"이런, 괜찮은 겐가?"

물 잔을 떨어뜨린 가빈의 행동에 놀란 지수와 이혁민이 재빨리 웨이터를 불러 주변을 치우게 했다.

순식간에 어수선해진 분위기, 가빈은 지수가 건네준 냅킨으로 옷에 묻은 물기를 닦아 내며 흘끔 하준을 바라봤다.

올해 안에 결혼했으면 한다니? 생각지도 못한 상황에 가빈은 자신도 모르게 손끝이 떨리고 심장이 쿵쾅대는 것을 느낄 수 있었다.

"조심 좀 하지 않고."

이혜연은 이혁민과 지수의 눈을 피해 가빈을 흘겨보며 낮은 음성으로 책망했다. 하지만 가빈은 별다른 반응 없이 공허한 눈빛으로 자리에서 일어섰다.

"죄송합니다, 몸이 안 좋아서 먼저 가 보겠습니다."

"괜찮은 게냐? 얼굴색이 너무 안 좋구나."

류목형이 걱정스러운 눈빛으로 따라 일어서며 묻자, 가빈이 고개를 작게 내저으며 대답했다.

"괜찮아요, 아버지. 신경 쓰지 않으셔도 돼요."

류목형이 따라나서려는 걸 겨우 만류한 가빈은, 지체 없이 손에 코트를 들고 이혁민과 지수에게 인사한 뒤 밖으로 나왔다.

이후 가빈은 문 앞에 잠시 우두커니 선 채 자신도 모르게 하나, 둘, 셋…… 머릿속으로 의미 없는 숫자를 셌다.

'지금 뭐 하고 있는 거야, 너.'

혹여 하준이 따라 나오진 않을까 작은 기대를 가지고 있었던 걸 깨닫는 순간, 가빈은 주체할 수 없는 감정에 입술 새로 헛웃음이 새어 나왔다.

처음 동경이란 감정으로 시작해서 그를 향한 마음이 언젠가부터 다른 형태로 변질되었다. 현실에선 절대 있어서는 안 되는 감정.

가빈은 애써 지우려는 듯 두 눈을 질끈 감았다 뜨곤 망설임 없이 엘리베이터를 타고 1층으로 내려왔다.

밖에 어느새 비가 주룩주룩 내리고 있었다.

지이잉……지이잉…….

갑자기 들리는 진동소리에 가빈은 휴대폰을 꺼내 봤다.

[남궁현]

가빈이 복잡한 표정으로 잠시 망설이다 전화를 받았다.

"응, 현아."

—응, 가빈아, 혹시 바빠? 급한 일은 잘 해결됐고?

평소와 달리 어딘가 긴장감이 묻어나는 그의 목소리에 가빈이 애써 밝게 대답했다.

"응, 그런데 어쩐 일이야?"

—아, 아까 그렇게 보내고 나서 미안하기도 하고, 할 말도 있고…… 그래서 말인데 괜찮으면 나 지금 네 집…….

"미안, 현아. 우리 나중에 통화하면 안 될까? 내가 지금 전화 받기 좀 곤란해서."

통화 중에 상견례를 끝내고 사람들이 내려오지 않을까 하는 불안한 마음에, 뒤를 흘끔거리며 가빈이 입구로 향했다.

—그래. 그럼 내가 나중에 전화할게.

"응, 들어가."

현과 통화를 마친 가빈은 왠지 힘없는 그의 목소리가 마음이 걸리는지, 한참 동안 휴대폰을 들여다봤다.

레니가 현이라는 사실. 속였다는 사실에 실망한 것보다, 자신을 믿지 못해 말해 주지 않았나 하는 생각에 서운한 마음이 더 컸다.

막상 만나서 얘기하면 금방 풀어질 문제였지만 다른 일들로도 충분히 머릿속이 복잡한 이때, 현의 문제까지 떠안아 깊게 생각할 만큼의 여유가 그녀에겐 없었다.

'일단 집으로 가자.'

가빈은 하루 종일 있었던 많은 일들을 곱씹어 생각하며, 자신의 앞에 멈춰 선 택시에 올라탔다.

"올해 안에 결혼하자는 말, 진심이에요?"

상견례가 끝난 후, 지수는 급한 일이 생겼다며 자리를 뜨려는 하준을 류목형의 도움으로 붙잡아 호텔 카페로 왔다. 그러고는 자리에 앉자마자 진지한 표정으로 그에게 물었다. 올해 안에 결혼했으면 한다는 그의 말, 몇 번을 곱씹어 생각해도 이해가 가지 않았다.

혹시 상견례를 하고 나니 심경의 변화라도 생긴 건 아닌가 하는 생각도 들었다. 하지만 질문과 동시에 무심하게 이어진 그의 대답에 기대감은 순식간에 연기처럼 사라지고 말았다.

"아니요."

짧은 그의 대답. 마음에 없는 여자와 결혼할 만큼 속된말로 비위가 좋은 사람은 아니라는 걸 알고 있었지만, 막상 그에게 냉정한 대답을 듣고 나니 지수는 서운한 감정을 숨기지 못했다.

"그럼 왜 부모님들 앞에서 그런 말을 한 거죠?"

지수의 질문에 하준이 태연하게 대답했다.

"어차피 하지 않을 결혼, 올해든 내년이든 상관없으니까요."

하준의 대답에 지수가 기가 막힌다는 듯 허탈한 소리를 냈다.

"류하준 씨, 결혼이 장난도 아니고 어른들 다 계시는 자리에서 뭐 하는……."

"전 단지 제가 한 말에 대한 책임을 진 것뿐입니다."

"그게 무슨……?"

"이미 벌어진 일이니 장단은 맞춰 드리죠."

평소엔 금방 있었던 일도 잘 잊어버리던 그녀의 머릿속에 불현듯 그가 한 말이 떠올랐다. 엘리베이터 안에서 자신을 바라보며 차갑게 내뱉었던 한마디. 지수는 주먹을 꽉 말아 쥔 상태로 말을 이었다.

"차라리 그럴 필요 없이 상견례 자리에서 나와 결혼하기 싫다고 말하지 그랬어요?"

지수가 치솟는 울분을 겨우 삼키며 날카롭게 반문하자 하준이 잠시 말을 멈췄다.

마음 같아선 지수 말대로 하는 편이 자신의 성격상 더 맞는 처사였다. 하지만 류목형이 어떤 사람인지, 아들인 자신이 누구보다 잘 알고 있었기에 그럴 수 없었다.

말도 없이 급작스럽게 추진된 상견례 자리에 자신과 가빈을 함께 참석시킨 것은 일종의 경고였다. 가빈과 자신의 사이가 남매임을 일깨우는 동시에, 가만히 두고 보지 않겠다는 의미가 포함되어 있을 것이었다.

그런 상황에 상견례 자리를 엉망으로 만들어 버렸다면, 류목형이 그것을 빌미로 어떤 최악의 상황까지 만들어 낼지 짐작조차 가지 않았다.

결국 결론은 한 가지, 이 모든 상황을 끝내기 위해선 눈앞의 여자가 스스로 이 모든 걸 정리하게 하는 수밖에 없다.

결자해지. 복잡하게 얽인 저 여자가 스스로 자신과의 결혼을 포기한다면 모든 것은 제자리로 돌아올 수 있으리라.

"나보다는 당신이 그렇게 하는 게 훨씬 더 확실하고 모양새가 보기 좋을 겁니다."

"결국 내가 이 결혼을 파기하라?"

잔인한 그의 한마디에 지수의 입술 끝이 부르르 떨리기 시작했다.

"당신 완전 나쁜 사람이야."

잠시나마 그의 한마디에 가슴이 뛰었던 심장을 도려내고 싶을 만큼, 지수의 마음은 참담하기 이를 데가 없었다.

걸핏하면 자존심에 상처 입히고 단 한 번도 환하게 웃어 주지 않았지만, 그래도 그의 얼굴을 바라보고만 있어도 행복해서 결혼까지 마음먹을 수 있었던 거였다.

하지만 잔인하게도 그는 변함없이 상대의 상처 따윈 안중에도 없다는 듯, 무심한 표정으로 저를 바라보고 있었다.

"이제라도 알았으니 당신에게 나쁠 건 없는 제안이라 생각됩니다만."

"제안……이라고요?"

"어차피 정략결혼이라는 건 양쪽 집안 간의 거래, 그 이상 그 이

하도 아니라는 것쯤은 전에도 얘기했듯 이제 알 만한 나이도 되지 않았나요?"

하준의 말에 지수가 아랫입술을 꼭 깨물었다. 작은 기대라는 걸 가지고 있었다. 무심한 성격이라 표현을 안 할 뿐이지 자신에게 아예 관심조차 없을 거라는 생각은 하지 않았었다.

이 생각이 비록 자만이라 할지 몰라도, 평생을 대접만 받고 살아왔기 때문에 너무나도 당연하다 생각했었다. 하지만 결국 둘 사이가 좁혀질 거라는 기대는 혼자만의 착각으로 끝나고 말았다.

"조금은 이해가 가네요."

지수가 작게 한숨을 내쉬었다.

"드라마에서 왜 여자들이 남자의 얼굴에 물을 들이붓나 했더니, 이런 기분이라면 가능하겠어요."

진심이었는데 상대방은 그것을 유치한 치기 정도로만 여겼던 것이다. 이제 그만 정신 차리라는 듯한 그의 눈빛을 마주 보고 있으니 지수는 초라한 기분마저 들었다.

"좋아요, 나도 더 이상은 못 하겠어."

너무나도 좋아하기에 더 이상 매달릴 수도 없었다. 어차피 길지 않았던 일방통행 짝사랑이었고, 짝사랑의 끝은 언제나 모 아니면 도라는 것도 잘 알고 있었다.

그래서 처음 느껴 보는 감정에 최선을 다했고, 이제 더 이상은 힘에 부쳐 저 남자를 감당할 자신이 없었다.

"얘기 다 끝나셨으면 이만……."

"한 가지 궁금한 게 있어요."

망설임 없이 자리에서 일어나려던 하준이 지수의 말에 의아한 표정으로 그녀를 마주 봤다.

"혹시 좋아하는 사람 있어요?"

지수가 조심스럽게 묻자 하준이 말문이 막힌 듯 입을 꾹 다물었다. 지수의 입에서 실소가 터져 나왔다. 혹시나 하는 생각이 맞았나 보다.

주변에서 듣고 경험해 본바, 저런 남자는 자신이 좋아하는 여자가 있지 않고서야 회사를 위해서라도 정략결혼은 당연한 순리로 여기고 받아들였을 것이다.

다만 실소가 흘러나온 것은, 적어도 자신이 원인이 되어 정략결혼이 무산된 것이 아니라는 작은 위안을 할 수 있었기 때문이었다. 한편, 저렇게 냉정하고 차가운 남자에게도 사랑이라는 게 있다는 생각에, 굳게 먹었던 마음이 또 갈대처럼 흔들렸다. 지수는 그에게 미련이 남는 자신의 모습이 한심했다.

"대답을 듣지 않아도 표정 보니 알 수 있겠네요."

하준이 끝까지 부정도 긍정도 하지 않자 그녀가 씁쓸한 미소를 지어 보였다. 차라리 거짓말이라도 아니라고 했다면 좋았을 텐데, 저 남자는 끝까지 진실만을 얘기했다. 그게 가슴을 설레게 하면서도 무너져 내리게도 만들었다.

"제가 모셔다 드리겠습니다."

살짝 수그러진 하준의 태도에 잠시 동안 그를 말없이 주시하던 지수가 미소를 머금은 상태로 차분히 말을 꺼냈다.

"저 솔직히 뒤끝 있는 여자예요, 그래서 나 싫다는 당신하고 끝까지 결혼하려 했던 거고요. 거기다 미련도 많아서 방금 당신에게 우리 친구라도 하자고 말하려고 했는데, 없던 자존심이 생기기라도 한 건지, 쿨 하지 못한 건지, 차마 그 말이 입 밖으로 나오진 않네요."

"……."

"다행이라 생각해요. 적어도 당신에게 최악의 여자로 기억되진 않을 테니까, 아니면 벌써 최악의 여자라고 생각하고 계신가?"

지수가 어깨를 으쓱하며 묻자 하준이 망설임 없이 대답했다.

"조금 전까지는요."

"당신, 이럴 때는 거짓말이라도 해 줘야 하는 거 아니에요?"

지수가 장난스럽게 웃으며 자리에서 일어났다.

"이왕 이렇게 된 거, 아버지께는 제가 당신을 최악의 남자로 말할 수밖에 없어요."

"상관없습니다."

"누군지 몰라도 그 여자 분이 당신을 확 차버렸으면 좋겠네요."

지수가 허공에 대고 공을 차는 듯한 동작을 보이자, 물끄러미 지켜보던 하준이 어이없다는 듯 입술 끝을 살짝 추켜올렸다.

"웬만하면 앞으로 서로 마주치지 않도록 하죠."

싱긋 웃으며 마지막 말을 남긴 지수는, 그대로 뒤도 돌아보지 않은 채 카페 밖으로 걸어나갔다. 지수의 뒷모습을 우두커니 지켜보던 하준은 더 이상 그녀가 보이지 않자 그제야 깊은 한숨을 내쉬었다.

앞으로 벌어질 일들에 대한 걱정에 머리가 벌써 지끈거렸다. 하지만 골머리 썩는다고 해결될 일도 아니기에, 하준은 상의 안주머니에서 휴대폰을 꺼내 급하게 어디론가 전화를 걸었다. 하지만 자동응답으로 넘어갈 때까지 상대방이 전화를 받지 않자, 그는 망설임 없이 카페 밖으로 향했다.

미리 챙겨갔던 우산을 쓴 채 집 근처 번화가를 배회하던 가빈은, 점점 빗줄기가 굵어지자 하는 수 없이 집으로 발길을 돌렸다.

주택가까지 가는 길이 꽤 멀어 몇 번이나 택시를 탈까 고민했지만, 머리를 식힐 요량으로 천천히 발걸음을 옮기던 그녀의 머릿속에 오늘 있었던 일들이 번뜩였다.

현이 레니라는 사실, 그리고 새어머니와 민호와의 관계, 그리고 하준의 결혼 문제까지…… 생각만으로도 머리가 터질 것만 같았다. 그중에서도 하준이 상견례 중 했던 강렬한 한 마디, 올해 안에 결혼했으면 한다는 그의 말이 아직도 귓가에 맴돌아 심장을 찌릿하게 만들었다.

지이잉……지이잉…….

한참을 걸어 집에 거의 다다를 때쯤 울리는 휴대폰 진동소리에 가빈이 휴대폰을 확인했다.

[오빠]

망설이던 가빈은 끊겼다 다시 울리는 진동소리에 결국 전화를 받았다.

─어디야?

하준의 목소리에 잠시 대답을 망설이던 가빈이 천천히 입을 열었다.

"집 앞이야."

─들어가지 말고 그 앞에 있어.

뚝.

하준은 언제나 그랬듯 일방적으로 전화를 끊었다. 가빈은 뿔이 난 표정으로 휴대폰을 손에 꽉 쥐었다. 왠지 모를 짜증이 치밀었다. 괜스레 그에게 화가 나고 투정을 부리고 싶었다.

왜 갑자기 이러는 걸까? 자문을 던진 그녀의 마음이 뒤숭숭해졌다. 여느 때 같으면 그의 뜻대로 집에 들어가지 않고 기다렸겠지만, 오늘만큼은 그러고 싶지 않았다.

가빈은 망설이던 발걸음을 대문 쪽으로 돌렸다. 하지만 막 발을 내딛기도 전에 그녀의 등 뒤로 헤드라이트 불빛이 번쩍였다. 가빈은 눈을 가늘게 뜬 상태로 뒤를 돌아봤다. 하준의 차였다.

가빈을 발견했는지 차가 유유히 그녀의 앞으로 멈춰 섰고, 하준은 차에서 내려 재빨리 가빈이 쓰고 있는 우산 속으로 뛰어들었다.

"왜 전화를 안 받아? 몇 번이나 했는지 알아?"

하준이 다그치듯 말하자, 가빈은 그를 올려다보며 조용히 대답했다.

"몰랐어, 빗소리 때문에."

가빈의 대답에 하준이 작게 한숨 쉬었다. 류목형의 눈치를 보느라 혼자 보낸 것이 내심 계속 마음에 걸렸던 그는, 그나마 이렇게라도 만난 것에 안도감을 느꼈다. 가빈의 얼굴을 천천히 훑어보던 하준은 그녀의 코가 추위에 벌게진 것을 보곤 자신의 코트를 벗어 그녀의 어깨에 둘러 줬다.

"괜찮아, 필요 없어."

"일단 입어."

가빈은 하준이 입혀 준 코트를 손을 매만지며 그를 빤히 바라봤다. 여러 가지 생각들이 교차했다. 그가 상견례 자리에서 했던 말과 행동, 그리고 지금 자신에게 보여주는 다정한 모습까지. 그의 진심은 뭘까? 가빈은 세차게 뛰는 심장 소리를 죽이며, 그에게 목까지 차오른 말을 꺼냈다.

"지수 언니는 집에 잘 데려다 주고 온 거야?"

하준은 뜬금없는 그녀의 질문에 의아해하며 대답했다.

"같이 차 한잔 하자고 해서 마시고 왔어."

"둘이서만?"

가빈이 황망히 반문하자 하준이 묘하게 입술 끝을 위로 추켜올렸다. 어딘가 어색한 그녀의 표정과 말투가 묘하게 가슴을 간질였다.

"그럼 노인네들하고 같이 마셨을까?"

"아, 그렇지……."

가빈이 눈을 내리뜨며 말꼬리를 길게 늘였다. 그런 그녀의 말투에 하준은 의미심장한 표정으로 고개를 기울였다.

"혹시 질투하나?"

하준이 피식 웃음을 터트리며 말하자, 가빈은 속마음을 들킨 듯 뜨끔 놀랐다. 순식간에 그녀의 얼굴이 벌겋게 달아올랐다.

평소와 다른 그녀의 반응에 하준은 장난스럽게 손가락을 빙빙 돌리며 가빈의 얼굴을 가리켰다.

"네 표정이 그래 보여서."

일 년에 몇 번 볼까 말까한 그의 작은 미소에 가빈은 당혹스러운 표정으로 고개를 푹 숙였다.

하준이 했던 말이 머릿속을 괴롭히듯 자꾸만 떠올랐다. 올해 안에 지수와 하준이 결혼한다는 사실이 그녀를 계속해서 자극했다.

"난 오빠 동생일 뿐인데, 왜 내가 지수 언니를 질투해."

잔뜩 상기된 표정으로 가빈이 말하자, 하준이 우산을 쥐고 있는 그녀의 손을 꽉 잡으며 대답했다.

"네가 왜 내 동생이야?"

"……."

"내 여자지."

정확히 마주한 하준의 눈빛에 가빈은 숨을 멈춘 채 입을 꾹 다물었다. 심장 소리가 빗소리를 뚫고 그녀의 귓가에 세차게 들려왔다. 그의 진심을 마주한 순간 거짓말처럼 정신이 번쩍 들었다. 온몸이 긴장감으로 떨렸고 입이 바짝 말라 오는 게 느껴졌다.

'위험해.'

그의 진심을 통해 제 진심을 깨우치고 만듯했다. 가빈은 스스로에게 경고를 내렸다. 오른손으로 가슴을 움켜쥐었다. 제발 그에게 반응하지 마, 심장에게 애원했다.

'착각일 뿐이야.'

그래, 단순한 착각. 분위기에 휩쓸려 그의 마수에 걸리고 만 것이다. 정신 차려야 한다.

가빈은 하준을 응시하며 힘겹게 입을 뗐다.

"그런 말 아무렇지 않게 하지 마. 우린 아버지가 같은 남매야, 상식적으로 말이……."

"만약 남매가 아니라면?"

방어의 일환으로 지난 날 꺼냈던 말을 앵무새처럼 반복해서 말하던 가빈은, 그의 반문에 눈을 동그랗게 떴다.

"뭐?"

"만약 너와 내가 남매가 아니라면 넌 날 어떻게 생각할 건데?"

"그건……."

"전에도 물었었어, 그리고 넌 도망갔지."

하준이 가빈의 어깨에 둘러 준 자신의 코트를 느릿하게 잡아당겼고, 둘 사이는 숨소리가 들릴 만큼 가까워졌다.

"그냥 게임 같은 거라고 생각해. 만약 너와 내가 남매가 아니라면, 이란 질문에 넌 네 마음 내키는 대로 대답하면 되는 거야."

볼에 닿는 그의 숨결이 아찔했다. 어깨를 잔뜩 움츠린 가빈은 그저 말없이 입을 꾹 다물었다. 차마 입이 열리지 않았다. 쏴아아 빗소리와 함께 뒤섞인 모든 복합적인 생각들이 그녀의 머릿속을 압박했다.

"날 어떻게 생각하는데?"

고개를 숙여 귀에 입술을 가져가 속삭이는 하준의 행동에 가빈이 움찔하며 뒤로 물러서려다, 그의 손길에 막혀 우뚝 멈춰 섰다. 비가 내리는 주변 분위기와 맞물려 뭐에 홀린 듯 몽롱한 기분마저 들었다.

"남매가 아니었다면, 오빠가 새엄마의 아들이 아니었다면……."

가빈이 말끝을 흐리며 하준과 눈을 마주한 채 마른침을 한 차례 꿀꺽 삼켰다. 순간 떠오른 얼마 전의 일.

"네 엄마를 내가 술집에 팔아넘겼었다는 사실 말이다."

수없이 괴롭히던 이혜연의 목소리. 박하연이 말을 못 하게 된 이유가 이혜연이라는 사실을 알고, 가빈은 류목형에게 진실을 물었었다. 그리고 돌아온 대답은 사실이 아니라는 것과 어머니의 병은 자신과 헤어진 충격에 의해 얻었다는 이야기였다.

이혜연이 그런 말을 한 건 단순히 자신을 괴롭히기 위한 것일 뿐. 죄를 물으려면 자신에게 물으라며 힘들어하던 류목형의 모습이 아직도 그녀의 눈앞에 선했다.

무엇이 진실이고, 거짓일까? 정의를 내리지 못한 상황에서 이혜연 때문에 끊임없이 하준을 밀어내기엔, 이미 그녀의 마음속에도 하준의 존재가 너무나 커져 있었다. 아니, 그렇게 핑계를 대서라도 그에게 가까이 다가가고 싶은 진심을 깨닫고 말았다.

"오빠를 좋아했을 거야."

겨우 한마디를 내뱉은 이후, 치솟는 감정에 두려움이 드는지 그녀가 하준의 팔을 꽉 붙잡으며 말을 이었다.

"그런데 이게 말이 안 되는 거잖아, 만약에 그렇게 된다면 오빠나 나나 미친 거야. 이건 말도 안……."

가빈이 말을 채 다하기도 전에 하준이 가빈의 어깨에 두른 옷을 잡아당겨 입을 맞췄다. 부드러운 그의 입술이 닿는 촉감에 가빈의 정신이 아찔할 때쯤, 하준이 더욱더 격렬하게 다가섰다. 가빈은 그런 그를 필사적으로 밀어내다 이내 멈추고 말았다.

온몸을 녹여낼 듯 그의 뜨거운 혀가 입안을 훑으며 그녀를 얽혀 왔다. 다른 세상에 존재하는 것만 같았다. 빗줄기가 그들의 보호막이 되어 투명하게 감싸는 듯 착각마저 일었다.

"너만 내 옆에서 떠나지 않으면 돼."

가빈의 입술을 삼키듯 소유하던 그의 입술이 그녀의 귀에 대고 자그맣게 속삭였다.

"네가 걱정하는 문제는 내가 알아서 해결할 거니까."

귓속을 간질이는 그의 음성에 가빈은 눈을 번쩍 뜨며 그를 확 밀어냈다. 둘 사이가 순식간에 벌어졌다. 하준이 우산을 들고 있던 탓에 빗속에 그대로 노출된 가빈은 세차게 내리는 비로 인해 금방

물에 젖은 생쥐 꼴이 됐다.

"가빈……."

"오지 마."

가빈은 시선을 아래로 내린 채로 어금니를 꽉 깨물었다.

"집에 먼저 들어갈게."

가빈은 혼란스러운 눈빛으로 뒤도 돌아보지 않고 집 안으로 뛰어 들어갔다. 짧지만 강렬했던 키스, 혼자 우두커니 남겨진 하준은 옅은 미소를 지었다. 일방적으로 끝나 버린 감정싸움, 하지만 전처럼 실망스럽진 않았다.

'곧 받아들이게 될 거야…….'

하준은 자신의 입술을 손으로 살짝 매만지고는 그대로 차를 향해 발길을 돌렸다.

편집장에게서 자초지종을 들은 현은, 일단 가빈을 만나 잘못을 빌고 오해가 될 만한 부분이 있다면 풀어야겠다는 일념으로 무작정 가빈의 집으로 찾아왔다.

혹시 부담스러워 하진 않을까 한참을 고민 끝에 전화를 했지만, 가빈은 그의 예상대로 평소와 다르게 자신을 대했고 현은 절망했다.

마음이 초조하고 일 분 일 초가 숨이 턱턱 막힐 정도로 답답하게 느껴졌다. 혹시라도 자신이 자리를 비운 동안 집으로 들어갈까 봐, 갑자기 비가 내렸음에도 고스란히 맞으며 멀뚱히 그녀가 오기만을 기다렸다.

그렇게 몇 시간이나 지났을까, 현은 멀리서 우산을 쓰고 걸어오는 가빈을 발견했다. 반가운 마음에 재빨리 그녀에게 뛰어가려다, 비에 홀딱 젖은 자신을 보고 혹시 당황하지 않을까 싶어 조금 망설여졌다.

그때였다. 그녀의 옆으로 익숙한 고급차량이 멈춰 섰고, 거기서 하준이 내리는 것을 발견한 현은 불길한 예감에 휩싸였다.

한 우산 아래 마주 선 그들은 뭔가 대화를 나누는 듯했고, 인정하고 싶지 않았지만 멀리서 본다면 연인 사이라고 믿어도 될 만큼 분위기가 묘했다.

그렇게 한참 동안 둘이 대화를 나누는 모습을 지켜보던 그때. 현의 두 눈이 크게 뜨여졌다. 가빈의 입술을 덮치는 하준의 행동. 그는 하얗게 질린 얼굴로 그들을 멍하니 지켜볼 수밖에 없었다.

'내가 지금 보고 있는 게 현실인가?'

보통 남매들과는 다르다는 건 알고 있었다. 백번 양보해 혹시 서로를 이성으로 보는 건 아닐까라는 생각도 분명히 하고 있었다. 하지만 어디까지나 상상에 의한 예측일 뿐이었다. 현실에서 남매끼리, 그것도 피가 섞인 남매가 키스를 할 거라곤 소설에서 소재로 삼아 본 적도 없는 일이었다. 그런데 눈앞에 그런 일이 벌어지고 있었다. 그것도 자신이 좋아하는 여자에게서 말이다.

현은 그들에게 다가서지도, 뒤돌아 가지도 못한 채 한참 동안 그들을 주시했다. 잠시 후, 가빈은 집으로 황급히 들어갔고 하준은 차를 타는 것이 그의 눈에 비쳤다.

현은 주체할 수 없는 분노에 미쳐 버릴 것만 같았다. 그는 망설이지 않고 재빨리 하준의 차로 뛰어가 그의 운전자석의 유리창을 두드렸다. 하준이 그를 발견하고 유리창을 내렸다.

"네가…… 왜 여기 있지?"

비에 홀딱 젖은 현의 모습에 하준이 의아한 듯 미간을 좁히며 묻자 현이 날카롭게 치켜뜬 눈으로 나직이 말했다.

"잠깐 얘기 좀 하시죠, 류하준 대표님."

"타."

하준이 조수석에 앉으라는 듯 눈짓하자, 현이 망설임 없이 반대편으로 걸어가 차에 올라탔다. 오랜 시간 비를 맞았는지 온몸이 흠뻑 젖은 상태였고, 그의 입술은 새파랗게 질려 있었다. 현을 흘끔 본 하준은 그가 몸을 가늘게 떨고 있자 히터를 켰다.

"이 시간에 여긴 왜 온 거야?"

하준의 물음에 현이 머리카락에서부터 얼굴로 뚝뚝 떨어지는 빗물을 손으로 쓰윽 닦아 내며 대답했다.

"일단 출발하죠, 동대입구로 가주세요."

"너 지금 이걸 택시로 착각한 거 아냐?"

"남자 둘이서, 그것도 비 내리는 차 안에 우두커니 앉아 얘기하는 것보단 그편이 낫지 않겠어요?"

하준의 눈썹이 꿈틀거렸다. 전부터 느꼈지만 또박또박 말대답하는 게 꽤나 거슬리는 놈이었다. 마음 같아선 도로 장대비 속으로 쫓아내고 싶었지만, 일단 무슨 용건인지 들어 보자는 생각으로 그는 애써 화를 삼키며 천천히 액셀을 밟았다.

"혹시 수건 없어요?"

자연스럽게 차 안으로 살피는 현을 하준이 못마땅한 표정으로 흘끔 보며 입을 열었다.

"이번엔 이곳을 찜질방이라고 착각한 건가?"

"농담입니까?"

"용건이나 말해."

냉소적인 그의 반응에 현은 천천히 고개를 돌려 그를 바라봤다. 철갑을 두른 게 아닌가 싶을 정도로 표정이 없는 얼굴이었다. 도무지 속을 알 수 없는 그를 한참 동안 노려보던 현은, 잠시 숨을 고르고 천천히 말을 꺼냈다.

"얼마 전에 가빈이한테 고백했습니다. 좋아한다고."

현의 한마디에 하준의 눈빛이 흔들렸지만, 이내 무덤덤하게 대꾸했다.

"그런데?"

하준의 반문에 현이 천천히 고개를 돌려 그를 바라보며 말했다.

"아무렇지도 않으십니까? 제가 가빈이를 좋아한다는데."

의미심장한 그의 말에 하준이 눈을 가늘게 뜨고선 말없이 그를 응시했다.

"대표님도 가빈이를 좋아하지 않습니까? 여자로서."

날카로운 현의 말에 하준의 얼굴이 미묘하게 일그러졌다.

"지금 무슨 소리……."

무슨 소리를 지껄이냐 소리치려던 하준은 문득 드는 생각에 입을 다물었다. 하준은 마침 신호등 걸려 차가 멈춰 서자마자 고개를 돌려 현을 마주 봤다.

분노마저 느껴지는 서슬 퍼런 그의 눈빛에 하준은 자신의 예상이 틀리지 않음을 직감하곤 보이지 않게 주먹을 말아 쥐었다.

"봤습니다. 가빈이와 키스…… 하는 거."

"그래서 하고 싶은 말이 뭔데?"

낮고 서늘한 그의 음성에 현이 딱 잘라 대답했다.

"피가 섞인 남매간의 그런 부적절한 관계가 현실에서 인정될 거라고 생각하신 건 아니시겠죠."

"……뭐?"

"이 이상 가빈이에게 동생 이상의 감정으로 다가서지 마십시오."

현이 잠시 말을 멈췄다가 다시 이어 말했다.

"가빈이에게 상처로 남게 될 당신의 이기적인 사랑, 이쯤에서 접으란 말입니다."

현의 말에 하준의 표정이 싸늘하게 식었다.

이기적인 사랑? 왠지 모르게 폐부를 찌르는 그의 말에 하준은 불편한 기색을 내비쳤다.

"도가 지나치군."

하준이 입술 끝을 비틀며 이어 말했다.

"무슨 자격으로 네놈이 내게 이런 말을 하는 건지 모르겠지만,

너야말로 쓸데없는 오지랖은 이쯤에서 그만두는 게 좋을 거야."

"대표님."

"딱 여기까지야, 이 이상 건방지게 끼어들거나 함부로 입을 놀리면……."

하준의 날카로운 눈빛이 현을 정확히 향했다.

"그땐, 정말 가만두지 않을 테니 알아서 해."

소름이 돋을 정도로 냉랭한 그의 말투에 현은 자신도 모르게 어금니를 꽉 깨물었다.

"여기서부터 알아서 가."

근처 지하철역에 차를 세운 하준이 차가운 눈초리로 돌아보며 말하자, 현이 가만히 그를 응시했다. 표정, 말투에서 그의 말이 진심임을 확인하고 보니 마음 한구석이 저릿해져 오는 것이 느껴졌다.

"여기까지 태워다 주셔서 감사합니다."

무심하게 말을 내뱉은 현은 지체 없이 안전벨트를 풀고 차 문을 열었다.

"대표님 말씀대로 하죠, 둘 사이에 제가 끼어드는 일은 없도록 하겠습니다."

장대비를 고스란히 맞으며 현은 마지막으로 그를 정확히 응시하며 말했다.

"그러니 대표님도 앞으로 저와 가빈의 일에 끼어드는 일 없도록 해 주십시오."

"……."

"그럼 조심히 들어가십시오."

탁.

미련 없이 차 문을 닫고 그대로 지하철역으로 향하는 현을 하준이 가만히 지켜봤다. 앞으로 자신도 가만히 지켜보고만 있지 않겠다는 듯, 선전포고를 하고 가는 현의 모습에 하준이 허탈한 소리를 입술 새로 뱉어냈다.

'남궁현이라…….'

창문 밖으로 시선을 돌린 하준의 얼굴에 어느새 어두운 그림자가 드리웠다.

*　　*　　*

"39도. 안 되겠다, 당장 병원 가자."

이불을 몸에 돌돌 만 상태로 거실 테이블 앞에 앉아 있는 현을 민호가 심각한 표정으로 바라보며 말했다.

"괜찮아."

"곧 죽게 생겼는데 괜찮긴, 그러게 왜 진작 연락을 안 한 거야? 미련한 놈."

요 며칠 여러 가지 문제로 연락이 뜸했다 싶어, 오랜만에 같이 저녁이나 먹자 하는 생각으로 민호가 현의 집에 놀러 온 참이었다.

초인종을 눌러도 조용하고, 전화를 해도 받지 않아 어쩔 수 없이 되돌아가려던 그때, 서서히 문이 열렸고 민호는 좀비와 조우했다.

감기에 걸린 상태로 무리해서 일을 했는지 다크서클이 턱밑까지 내려와 있었고, 고열로 인해 그의 걸음걸이는 불안정해 보였다. 그런데도 그 와중에 일한답시고 노트북 앞에 앉는 현의 모습에 민호는 새삼 경악하지 않을 수 없었다.

"어쩌다 감기에 걸린 거야?"

민호의 물음에 현의 머릿속에 가빈과 하준의 키스가 떠오르며 인상이 구겨졌다.

"어쩌다 걸렸어."

현이 심드렁하게 대꾸하곤 노트북 자판을 두들기자 민호는 고개를 저었다. 독한 놈. 속으로 한마디를 삼키며, 그는 일단 달래서 병원에 데리고 가자는 생각으로 그의 팔을 잡아끌었다.

"그만하고 일어나, 병원 가자!"

"됐어, 내일 감독님하고 미팅도 있어서 그 전에 어느 정도 작업해 놔야 해."

현의 말에 민호가 자신도 모르게 그의 팔을 스르륵 놔주었다. 감독과의 미팅, 그러고 보니 내일 '뫼비우스의 띠'를 연출하는 감독과 출연 배우들의 미팅이 있다던 사장의 말이 그의 뇌리를 스쳐 지나갔다. 민호의 얼굴이 어느새 잔뜩 굳었다.

"나 물이나 한 잔 갖다 줘."

현이 휴지로 콧물을 닦아 내며 말했지만 민호는 멍한 눈빛으로 미동조차 하지 않았다.

"황민호!"

현이 소리치자 그제야 정신을 차린 민호가 얼떨떨한 표정으로 그를 돌아봤다.

"응?"

"물 한 잔만 좀 갖다 달라고."

"아, 알았어. 잠깐만."

소파에서 몸을 일으킨 민호는 부엌에서 물을 한 잔 따라와 거실에 앉아 있는 현에게 건넸다. 목이 많이 탔는지 단숨에 컵을 비우는 현을 물끄러미 지켜보던 민호가 걱정스러운 표정으로 그의 옆에 털썩 앉으며 말했다.

"너 이래서 내일 미팅 갈 수 있겠어?"

"나도 별로 안 내키는데 고모가 이번에 참석 안 하면 같이 살 줄 알라고 해서서."

"……그건 좀 너무 하신 거 아니야?"

"상상만으로도 끔찍한 일이긴 하지."

"그래도 너 이렇게 몸 안 좋은 거 알면……."

"행여 고모한테 말할 생각 하지 마, 나 아픈 거 알면 또 얼마나 호들갑을 떨지 상상만으로도 골이 아프니까."

현이 고개를 절레절레 흔들면서 말하고는 더 이상은 버티기 힘든지 그대로 소파 위로 올라가 몸을 눕혔다.

"병원 가자니까."

"됐어, 좀 누워서 쉬고 나면 괜찮아질 거야. 너 요새 연극 준비하느라고 바쁜 것 같은데 그만 가 봐."

현의 말에 민호가 움찔했다. 지금이라도 이혜연의 스폰을 받아 기획사에 들어간 데다, 그곳에서 뫼비우스의 띠 준비로 한창 관리를 받느라 바빴다는 이야기를 해야 하건만, 차마 입 밖으로 나오질 않았다.

한참 동안 어떻게 해야 하나 망설이던 민호는, 오늘만큼은 꼭 말하자 결심한 듯 목에 힘을 준 상태로 조심스럽게 입을 열었다.

"나 사실 너한테 할 말 있는데……."

"사랑 고백이면 오늘은 피곤하니까 다음에 해."

현이 자신을 등지고 누운 채 말하자 민호가 작게 한숨을 내쉬며 말했다.

"아픈 와중에도 그런 농담이 나와?"

"입은 멀쩡하니까."

"……."

"나 한숨 자야겠다. 그러니까 내 걱정하지 말고 그만 가 봐."

현의 말에 민호는 조개처럼 입을 꾹 다물었다. 몸도 안 좋은데 괜히 오늘 무리해서 우울한 얘기까지 보탤 필요가 있을까. 민호는 결국 고민 끝에 말을 삼켰다.

그래, 내일 만나게 되면 그때 사정을 얘기하면 되겠지…… 작게 한숨 쉰 민호는 자리에서 일어서자마자 상의 주머니에서 울리는 진동소리에 휴대폰을 꺼냈다.

[사장님이 찾으신다, 사무실로 와.]

갑자기 무슨 일이지? 매니저의 문자에 민호는 의아한 표정으로 고개를 살짝 기울였다.

"왜 안 가? 얼른 가라니까."

휴대폰 진동 소리에 몸을 돌려 민호를 마주 본 현이 얼른 가라며 손짓하자, 민호가 걱정 가득한 표정으로 말했다.

"진짜 병원 안 가 봐도 되겠어? 너 열이 39도야."

"됐으니까 그만 말 시키고 좀 가라, 너하고 실랑이하는 게 더 힘들다."

귀찮다는 듯 현이 손을 휙휙 내저으며 말하자, 민호가 결국 밖을 향해 발길을 돌렸다.

"볼일만 잠깐 보고 바로 올게."

"그래, 그래."

"많이 아프거나 무슨 일 있으면 바로 전화해."

"……."

"아! 그리고 올 때 죽 사올게."

나가는 순간까지도 들리는 민호의 목소리에 현이 피식 웃음을 터트렸다. 현은 민호가 나가길 기다리다 문이 쾅 닫히는 소리가 들림과 동시에 천천히 몸을 일으켰다.

머리가 어지럽고 몽롱했으며 한기로 인해 손까지 저절로 떨렸다. 현은 바닥에 널브러져 있는 이불을 몸에 칭칭 감았다. 일을 하기 위해 소파 아래로 향했지만, 머리가 울리는 고통에 결국 그는 움직임을 멈출 수밖에 없었다.

아무래도 무리인가? 결국 일하기를 포기한 현은 다시 털썩 몸을 눕혔다.

'그래, 한숨만 자고 일어나서 하자.'

차라리 조금이라도 컨디션을 회복하고 일을 하는 편이 수월하겠다는 생각에 천천히 눈을 감은 현은, 얼마 시간이 지나지 않아 그대로 깊은 잠에 빠졌다.

띵동—

현은 귓속을 파고드는 초인종 소리에 천천히 눈을 떴다. 문득 고개를 돌려 시계를 확인한 그는, 잠든 지 두세 시간밖에 지나지 않았음을 깨닫고 의아한 표정으로 이마를 긁적였다.

'벌써 왔나?'

민호가 왔나 싶은 생각에 천천히 몸을 일으킨 현은 아까보다 상태가 더 나빠진 것을 느끼며 현관문으로 다가가 문을 열었다.

"왜 벌써……."

"현아."

현은 자신의 눈앞에 서 있는 가빈의 모습에 환영이라도 본 것처럼 놀랐다.

"가빈이 네가 여길 어떻게……?"

힘겹게 몸에 힘을 주고 버티고 선 현은 믿기지 않는다는 듯 얼떨떨한 표정으로 그녀에게서 시선을 떼지 못했다.

"민호한테 연락받았어, 네가 감기 걸려서 아무것도 못 먹고 누워 있다고…… 좀 가 봐 달라고 해서."

현이 대답도 없이 멍한 눈빛으로 서 있자, 가빈이 걱정스러운 눈빛으로 말을 이었다.

"너 괜찮은 거야?"

가빈의 물음에 그제야 정신을 차린 현이 살짝 옆으로 비켜서며 말했다.

"아, 일단 들어와."

들어오란 현의 말에 가빈이 작게 고개를 끄덕이고선 안으로 들어섰다.

오랜만에 방문한 현의 집은 처음 왔을 때와 별반 다르지 않았다. 조금 달라진 점이라면 그때보다 훨씬 책의 양이 늘었고, 일하던 중이었는지 자료로 보이는 갖가지 서류들이 거실에 널브러져 있었다.

"집이 조금 지저분하지? 요즘 통 정신이 없어서……."

어색하게 웃으며 말하는 현을 돌아본 가빈이, 잠깐 서 있는 것조차 힘들어 보이는 그의 손을 잡아끌어 소파에 앉히며 말했다.

"너 많이 안 좋아 보여."

가빈은 자연스럽게 그의 이마에 손을 가져다 댔다. 현이 흠칫 놀라며 갑작스러운 그녀의 행동에 눈을 동그랗게 떴다.

"이마가 불덩인데 당장 병원 가 봐야 하는 거 아냐?"

손으로 전해진 이마의 열기에 놀라며 가빈이 묻자, 현이 그제야 작은 미소와 함께 고개를 가로저었다.

"아니야, 괜찮아."

"약은? 먹었어?"

다정하게 묻는 가빈을 현이 그저 흐뭇하게 바라보며 대답했다.

"아직, 이제 먹어야지."

"약도 아직 안 먹은 거야?"

"일해야 하는데 감기약 먹으면 너무 졸려서……."

"아무리 그래도 몸이 먼저인데 그러면 안 돼. 잠깐만 기다려, 내가 죽 사가지고 왔거든, 이거부터 먹고 약 먹자."

죽이 든 쇼핑백을 들어 보이며 가빈이 옅게 미소 짓자, 현이 천천히 고개를 끄덕였다. 답답했던 가슴이 뻥 뚫리면서 거짓말처럼 고통이 사그라지는 기분이 들었다.

현은 부엌이 있는 쪽으로 발길을 돌리려는 가빈을 물끄러미 바라봤다. 그녀가 자신의 눈앞에 있다는 것이 그저 꿈처럼 느껴졌다. 주체할 수 없을 만큼 가슴이 뛰고, 설레었다.

함께 있는 지금이 그저 계속 지속되었으면 좋겠다는 욕심이 거짓말처럼 치솟는 순간, 현은 충동을 이기지 못하고 그대로 가빈의 허리를 끌어안았다.

"혀, 현아?"

"……잠깐만…… 이대로 있어 줘."

현이 그녀를 끌어안은 손에 힘을 줬다. 며칠 동안 악몽처럼 머릿속을 헤집어 놓은 하준과 가빈의 기억이 또다시 떠오르며 그를 괴롭혔다. 어떻게든 가빈을 붙잡고 싶었다.

생각하고 싶지도, 상상하고 싶지도 않은, 끝이 뻔히 보이는 아슬아슬한 둘의 관계에서 가빈이를 빼내고 싶은 마음이 간절했다.

"좋아해, 정말."

마치 자신의 감정을 가빈에게 각인시키려는 듯, 현이 목에 힘을 주고 말했다. 그러고는 간절한 마음을 담아 천천히 입을 열었다.

"오늘 밤은 내 옆에 있어 줘."

가빈은 갑작스러운 상황에 당혹스러움을 감추지 못했다. 허리를 감싸는 따뜻한 온기와 귓가에 닿는 나직한 현의 목소리. 긴장감에 온몸이 굳고 목이 바짝바짝 타들어 갔다.

"죽, 식었겠다. 데워올게."

가빈은 상황을 모면하고자 허리를 감싸고 있는 현의 손을 떼어내고 부엌을 향해 몸을 돌렸다. 그 순간, 가빈의 손목을 다시 낚아챈 현이 그대로 그녀를 소파 위에 눕혔다. 쇼핑백에 든 죽은 요란한 소리를 내며 그대로 바닥에 떨어졌다.

순식간에 집 안에 정적이 밀려들고, 둘 사이에는 야릇한 분위기가 감돌았다. 현은 그녀의 손목을 꼭 붙잡은 채 천천히 입을 열었다.

"네 얘기 듣고 싶어."

"현아, 이거 놓고 얘기……."

가빈이 벌게진 얼굴로 그에게 붙잡힌 손목을 빼고 몸을 일으키려 했지만, 현이 그대로 가빈을 위에서 덮쳐왔다.

갑작스러운 행동에 당황한 가빈이 그의 어깨를 밀치려 손을 뻗었다. 하지만 현의 무게에 그대로 둘의 몸이 밀착되었다. 자신도 모르게 두 눈을 질끈 감고선 몸을 움츠린 가빈은 이후 현이 미동도 없자 천천히 눈을 떴다.

"현아?"

귓가를 감싸는 뜨거운 그의 입김과 불규칙한 호흡, 그리고 전신에서 느껴지는 불덩이 같은 열에 가빈은 놀라며 힘겹게 현을 옆으로 밀어냈다. 그러자 마치 인형처럼 현이 힘없이 그대로 밀려났다.

소파의 공간이 협소한 탓에 현과 떨어지자마자 바닥에 툭 떨어진 가빈은, 아픔을 느낄 새도 없이 현의 상태를 살폈다.

그는 열꽃이 핀 듯 고열로 인해 얼굴이 벌겋게 달아올라 있었고, 호흡이 불안정한 데다 몸을 가늘게 떨고 있었다.

"현아! 괜찮아?"

재빨리 현을 편안하게 눕힌 가빈은, 한기로 인해 몸을 떨고 있는 그의 모습에 소파에 있는 이불을 덮어줬다.

"병원에 가자, 너 정말 이러다 큰일 나겠어."

"괜찮으니까 걱정하지 마."

현이 천천히 무거운 몸을 일으켰다. 눈앞이 어질어질하고 숨쉬기가 어려웠지만, 애써 아무렇지 않은 척 그는 담담하게 웃어 보였다.

"약 먹고 쉬면 돼."

"그런 상태가 아니……."

"걱정 안 해도 된다니까, 그렇게 걱정되면 약 먹게 가서 물이나 한 잔 갖다 줘."

상체를 소파에 기댄 채 현이 단호하게 말하자, 가빈은 결국 말없이 부엌을 향해 걸어갔다. 찬물이 해가 될까 커피포트에 물을 데워 챙긴 가빈은, 문득 소파에 기대 눈을 감고 있는 현을 물끄러미 바라보았다. 팔로 눈을 가린 채 힘없이 축 처진 그는 보기에도 안쓰러워 보였다.

"약 먹어, 현아."

앞으로 다가가 가빈이 약과 물을 내밀자 현이 고맙다는 짧은 한마디와 함께 약을 먹었다. 가빈은 그런 현을 걱정스러운 눈길로 지켜봤다.

"나 안 죽어."

가빈의 시선을 느낀 현이 힘겹게 입꼬리를 올리며 말했다.

"걱정돼서 그래, 그만 고집부리고 병원 가자."

"지금 시간이면 병원 문 닫았어."

"응급실로 가면 되잖아."

"응급실 싫어, 시끄럽고, 소독약 냄새도 많이 나고…… 생각만으로도 멀미난다."

현이 어린애처럼 투정부리자 가빈이 더 이상은 안 되겠다 싶었는지, 망설임 없이 그가 몸에 두르고 있는 이불을 홱 걷어내며 말했다.

"싫어도 가, 밤새 끙끙 앓기 싫으면."

단호한 가빈의 말에 현은 잠시 멍한 얼굴로 그녀를 바라봤다. 어떻게서든 병원에 데리고 가겠다는 결의가 찬 가빈의 표정에, 현은 자신도 모르게 실소를 터트렸다. 새삼스레 그녀에게 다시 한 번 반한 기분이었다.

"왜 웃어?"

현이 큭큭 대며 웃자 가빈이 영문을 모르겠단 표정으로 고개를 갸우뚱 기울였다.

"네가 너무 귀여워서."

"뭐……?"

현의 한마디에 가빈이 얼굴에서부터 귀까지 벌겋게 달아올랐다.

"지, 지금 무슨 소리……."

"나 자다가 죽을지도 몰라, 그러니까 어디 가지 말고 오늘 밤엔 꼭 내 옆에 있어줘."

현은 가빈의 말은 끝까지 들어 보지도 않고 그대로 소파 위에 털썩 누웠다. 처음 보는 그의 막무가내적인 태도에 가빈은 어쩔 줄 몰라 하며 물끄러미 서서 그를 내려다봤다. 상태로 봐선 당장 병원에 데려가야 할 것 같은데, 도무지 자신의 말을 들을 생각이 없어 보였다.

아무래도 민호에게 연락을 해야겠다는 생각에, 가빈은 소파에 누워 있는 현을 등지고 선 채 가방에서 휴대폰을 꺼냈다. 그리고 민호에게 전화를 걸려던 순간, 가빈은 언제 일어났는지도 모르게 다가선 현에게 휴대폰을 빼앗기고 말았다.

"이리 줘."

"민호한테 연락하지 마, 요즘 많이 바쁜 것 같은데 신경 쓰이게 하고 싶지 않아."

현이 이마에 흐르는 식은땀을 스윽 닦으며 말하자, 가빈이 걱정 가득한 얼굴로 대꾸했다.

"민호가 상태 봐서 너 안 좋으면 부르라고 했어."

"괜찮다니까 그러네. 그리고 나 정말 응급실 가는 거 싫어서 그래, 누나들 때문에 안 좋은 기억이 있어서."

현이 무거운 발걸음으로 소파에 털썩 앉으며 말하자 가빈이 입을 꾹 다물었다. 과거, 현이 자살로 인해 죽음의 문턱까지 갔었던 누나들에 대해 해줬던 얘기가 그녀의 뇌리를 스쳐 지나갔다.

"그런…… 거였어?"

가빈이 어두워진 표정으로 반문하자 현이 한숨을 푹 내쉬며 대답했다.

"별거 아닌 거 가지고 또 혼자 심각하게 반응한다. 됐으니까 그만하고 이리 와 앉아."

현이 소파에 누워 천연덕스럽게 옆에 앉으라며 손짓했다. 잠시 머뭇대던 가빈은 결국 졌다는 듯 그에게 다가가 소파 아래 바닥에 주저앉으며 말했다.

"그럼 너 잠든 것만 보고 갈게."

자신의 머리맡에 등지고 앉은 가빈의 모습에 현이 피식 웃으며 그녀에게 손을 스윽 내밀었다.

"기왕이면 손잡고 있어 줘."

현의 행동에 당황한 가빈은, 재빨리 눈앞에 보이는 노트북과 대본을 들여다보며 말을 돌렸다.

"시나리오 작업 중이었나 봐?"

가빈이 허둥지둥 종이를 넘기며 묻자, 그가 아쉬운 표정으로 손을 거두며 대답했다.

"응, 내일 오전까지 마무리해야 하는데 아직 교정 작업을 못 했어. 한숨 자고 일어나서 해야지."

"몸이 그렇게 아픈데 어떻게 하려고."

가빈이 슬쩍 고개를 돌려 물었다. 현은 약 기운에 잠이 오는지 눈을 끔뻑끔뻑거렸다.

"그래도 해야지, 일인데."

"내가 도와줄까?"

가빈이 대뜸 묻자, 현이 심각해진 표정으로 조심스럽게 입을 열었다.

"미안해."

갑작스러운 현의 말에 가빈이 의아한 눈빛으로 몸을 돌려 그를 마주 봤다.

"갑자기 무슨 말이야?"

"내가 레니인 거 숨겨서."

현이 의기소침하게 말했다.

"일부러 그런 건 아니야. 사실 진작 말하려고 했는데……."

"괜찮아."

예상과 다른 그녀의 반응에 현은 다소 놀란 눈빛으로 그녀를 응시했다.

"뭐?"

"네가 일부러 나 속이려고 말하지 않았다고 생각 안 해. 처음엔 솔직히 살짝 서운하긴 했는데, 그래도 지금은 오히려 난 네가 레니라는 게 너무 자랑스러운데? 평소 존경하고 좋아하던 작가가 친구였다니, 내가 다 우쭐해진다."

가빈은 싱긋 웃어 보였다. 처음엔 당혹스럽기도 하고 새삼 믿기지도 않았었다. 현이 베스트셀러 작가라니, 더구나 평소 그렇게 좋아하던 레니라니. 좀처럼 현실로 다가오지 않았다. 하지만 찬찬히 되짚어 생각하니 오히려 대견하기도 하고 안쓰럽기도 했다.

그렇게까지 노출되지 않으려 노력하는 이유를 알 순 없었지만 궁금하진 않았다. 오히려 '레니의 신분을 숨기기 위해 평소 얼마나 절제하고 폐쇄적인 생활을 했을까?' 하는 생각에 다독여주고 싶은 마음이 들었다.

'가족도 없이 혼자 얼마나 힘들었을까.'

가족 없이 혼자 버틴다는 것은 외딴 섬에 홀로 버려진 것과 다를 바가 없었다. 그 사실을 누구보다 잘 알고 있던 그녀는 그를 측은하게 바라보았다.

"정말…… 그렇게 생각해?"

현은 가빈의 눈치를 보며 조심스럽게 물었다. 그러자 가빈은 크게 고개를 끄덕이며 긍정의 말을 꺼냈다.

"응, 정말 그렇게 생각해."

현은 가빈의 환한 표정에 속으로 안도의 한숨을 내쉬었다. 혹시 오해해서 멀어지지 않을까 내심 노심초사했었는데, 불안했던 마음이 한순간 눈 녹듯이 사그라지는 듯했다.

"이제 그만 자, 너 자는 동안 내가 나름대로 작업해 놓을게."

테이블에 놓인 종이들을 가빈이 정리하며 말하자, 현이 재빨리 소파에서 내려와 그녀와 마주 보고 앉은 상태로 물었다.

"그럼 너 오늘부터 내 보조 작가 해 주는 거야?"

가빈은 멈칫했다. 현의 진심을 느끼면 느낄수록 드는 감정에 대한 죄책감이 물밀 듯이 밀려왔다. 더는 그 감정에 휩싸이지 않고 어떻게든 거리를 둬야 한다는 생각에, 가빈은 결심이라도 한 듯 진지한 표정으로 현에게 말했다.

"아니, 오늘만 도와주는 거야."

"……왜?"

현의 반문에 가빈이 잠시 마음을 정리하고 천천히 입을 열었다.

"네가 날 좋아해 주는 건 정말 고마워, 하지만 난……."

"그만해!"

현이 말을 가로막으며 웃음기가 사라진 얼굴로 소리치자, 가빈이 멍하니 그를 응시했다

"현아?"

"이건 내가 널 좋아하는 것하고 다른 문제야, 네가 작가가 되고

싶다고 해서 내가 기회를 준 것뿐이고, 넌 내 감정과 무관하게 네 꿈을 생각해서 결정하면 되는 문제라고."

현의 말에 가빈은 선뜻 대꾸하지 못하고 시선을 아래로 내렸다. 어릴 적부터 작가라는 꿈을 꿨지만 이제 겨우 대학교라는 문턱을 넘었을 뿐, 실질적으로 도움이 될 만한 일은 정작 용기가 없어 하나도 해내질 못했다.

현의 도움이 있다면 지금보다 훨씬 빨리 꿈을 향해 한 발자국 내디딜 수 있을 테지만, 그의 감정을 이용하는 것 같아 마음이 내키지가 않았다.

"그래도 이건⋯⋯."

"뫼비우스의 띠, 시나리오 작업만 도와줘."

가빈이 말을 채 내뱉기도 전에 현이 먼저 말을 꺼냈다.

"너도 알다시피 내가 언론에 노출되면 안 되는 입장이라 이제 와서 믿을 만한 보조 작가를 구할 시간이 없어. 이건 부탁이야, 네가 날 친구로 생각한다면 이 정도 부탁은 들어줄 수 있지?"

현의 부탁에 가빈은 혼란스러운 표정을 지었다. 부탁이란 그의 말을 차마 거절할 수도, 그렇다고 받아들이기도 모호한 상황.

한참을 생각에 잠겨 있던 가빈은, 결국 결정을 내렸는지 깊은 한숨을 푹 내쉬었다.

"알겠어, 그럼 이번 작품만 도와줄게."

가빈의 대답에 현의 입가에 미소가 번졌다.

"고마워."

"일단 내가 최대한 작업 해 놓을 테니까 넌 이제 걱정 말고 한숨 자."

"응."

현은 그제야 안도한 듯 한결 편안해진 표정으로 천천히 눈을 감았다. 그 모습을 가빈이 물끄러미 바라보다 이내 벽시계로 시선을 돌렸다.

'괜찮겠지.'

늦은 시간이었지만 택시 타고 가면 되겠지, 라는 생각에 가빈은 이후 기지개를 켜곤 일에 집중하기 시작했다.

―고객님의 전화기가 꺼져 있어 음성사서함으로 연결…….

수화기 너머 들리는 자동응답 안내에 하준은 불안한 기색이 역력한 표정으로 통화종료 버튼을 눌렀다. 벌써 몇 시간째 전화기가 꺼져 있는 데다, 확인해 본 바로는 집에도 아직 들어오지 않은 상황이었다.

하준은 불안한 마음에 한쪽 눈을 살짝 찡그린 상태로 관자놀이 부근을 손가락으로 꾹꾹 눌렀다.

마음 같아선 지금이라도 당장 뛰쳐나가 찾고 싶었지만, 곧 류목 형이 참석하는 중요한 회의가 있어 그럴 수도 없었다.

똑똑―

불안한 마음에 이리저리 의자 주변을 서성이던 하준은, 노크 소리에 우뚝 멈춰 서고 문 쪽으로 시선을 옮겼다.

"들어오세요."

하준의 목소리에 달칵 소리와 함께 김 비서가 사무실 안으로 들어섰다.

"임원진 회의까지 아직 시간이 남지 않았나요?"

손목시계를 흘끔 확인하고 하준이 묻자, 김 비서가 차분한 음성으로 대답했다.

"오늘 회의 미뤄졌다고 방금 연락받았습니다."

"회의가 미뤄졌다고요? 왜요?"

"회장님께서 그렇게 지시하셨다고 합니다."

하준의 얼굴에 의아한 빛이 서렸다. 한 번도 자신의 의지로 회의 시간을 미루거나 취소한 적이 없던 류목형이었다. 그런데 이렇게 갑자기 회의를 미루다니? 하준이 눈을 가늘게 뜨고선 김 비서에게 물었다.

"이유는요?"

"그게 저도 자세히는……."

쾅!

김 비서가 대답이 채 끝나기도 전에, 사무실 문이 큰 소리를 내며 열렸다. 하준이 놀란 눈빛으로 시선을 돌리자, 그의 눈에 잔뜩 표정이 굳은 류목형과 현 실장이 사무실 안으로 들어서는 게 보였다.

온몸을 잠식하는 불길한 예감, 하준은 애써 침착한 표정으로 입을 열었다.

"무슨 일이십니까?"

"다들 나가 있어."

갑작스러운 상황에 김 비서는 잔뜩 얼어붙은 표정으로 현 실장과 함께 조용히 밖으로 나갔다. 사무실 안이 휑뎅그렁한 분위기에 휩싸였다. 하준은 말없이 류목형을 응시했다.

웬만해선 자신의 사무실에 찾아오는 일 없던 그가 회의까지 취소하고 다짜고짜 찾아온 것이 아무래도 마음에 걸렸지만, 하준은 표정변화 없이 담담하게 말을 꺼냈다.

"갑자기 무슨 일로……."

짝!

"네놈이 집안에 먹칠을 해도 유분수지!"

다짜고짜 뺨을 내려치는 류목형의 행동에 하준은 입술을 꼭 깨문 채 금방이라도 폭발할 기세로 그를 노려봤다.

"이게…… 무슨 짓입니까?"

갑작스러운 그의 행동, 치솟는 분노를 하준이 애써 억누르며 나지막한 목소리로 묻자 류목형이 그를 맞서 쏘아보며 입을 열었다.

"오늘 세우그룹에서 이번 결혼은 없던 일로 하자고 연락이 왔다. 그쪽에선 지수가 원하지 않는다고 했지만 원인은 네놈이겠지, 미치지 않고서야 이런 식으로 세우그룹과의 혼사를 망쳐?"

"……."

"분명 경고했고, 일을 그르치지 않을 거라 믿었다. 그런데 끝끝내 네놈이 이 아비 얼굴에 먹칠을 하는구나."

류목형이 눈을 부릅뜨고 말하자, 하준은 들끓는 화를 참으려 이를 꽉 다물었다. 홍해 그룹에 먹칠하지 마라, 아비 얼굴에 먹칠하지 마라, 전신을 옭아매는 저 말이 너무나도 싫었다.

　하지만 싫다는 이 감정조차 세월이 지나 굳은살이 배긴 것처럼 무뎌져, 이젠 아버지를 향한 서운함이나 분노는 가벼운 감정 따위로 치부해 버리고 잊으려 한 지 오래였다.

　그래, 단순한 치기. 그것은 단지 아버지와 자신 사이에 있어서 사치나 다름없는 감정이다. 마음을 다잡은 하준의 표정이 냉랭하게 변했다.

　"아버지께서 항상 말씀하신 대로 비즈니스일 뿐입니다."

　"뭐?"

　"세우그룹과 합작하기로 계획했던 프로젝트 하나가 무산되었을 뿐이라고 말씀드리는 겁니다."

　딱딱하고 귀를 거슬리게 하는 하준의 말투에 류목형의 눈썹이 꿈틀했다.

　자신이 심혈을 기울였던 혼사를 망가뜨려 놓고, 단지 비즈니스 세계에서 일어날 수 있는 단순한 일 정도로 치부하는 하준의 태도에 그는 말문이 막히고 말았다.

　마치 자신이 가리킨 방향으로 올곧게 가고 있다는 듯, 무심하게 내뱉는 저 말과 행동에 소름이 돋을 정도였다.

　존재하는 모든 이유를 사업에 관련지어 생각하고 살아왔던, 그 잔인하고도 후회스럽기 짝이 없는 자신의 모습이 하준에게 투영되어 비치는 것만 같았다. 류목형은 참을 수 없을 만큼의 분노가 일었다. 하지만 그는 애써 감정을 죽이고 강경한 어조로 말했다.

"좋다. 네 말대로 그리되었다고 치자, 그렇다면 그에 상응하는 대가도 당연히 각오했겠지."

류목형이 냉정하고도 이성적인 말투로 말을 이었다.

"네가 하고 있는 엔터테인먼트 사업, 당장 접고 해외 지사로 나갈 준비해."

"아버지!"

생각지도 못한 그의 말에 당황한 듯 하준의 눈빛이 흔들렸다.

"이제껏 경험이다 생각하고 이사진들의 반대를 무릅쓰면서까지 네놈 하는 꼬락서니를 두고 봐줬지만, 이렇게 된 거 헛짓 그만하고 제대로 경영 공부하도록 해."

"이 사업 시작한 지 이제 얼마 되지도 않았습니다. 이제 겨우 첫발을 내디뎠는데……."

"헛소리 그만해!"

류목형이 소리치자 하준이 입을 다물었다. 한마디라도 더 하면 가만두지 않겠다는 듯, 류목형의 눈에 서슬 퍼런빛이 감돌았다.

"마지막 경고다. 내가 네놈 때문에 가빈이를 내쫓는 불상사가 생기기 전에, 네가 알아서 먼저 박차고 나갈 준비를 하는 게 좋을 거야."

생각지도 못한 그의 발언에 하준의 눈빛이 크게 흔들렸다.

"무슨 뜻으로 하시는 말씀이십니까."

"이 결혼, 네놈이 가빈이 때문에 깬 걸 내가 모를 거라 생각한 게냐?"

"그건……."

말끝을 흐린 하준의 눈에 불안한 기색이 비쳤다.

"못난 놈, 뭐? 동생을 마음에 품어? 너나 네 어미나 하는 짓이 상식 밖인 건 똑같구나."

류목형의 말에 하준이 싸늘하게 식은 표정으로 대꾸했다.

"말씀이 지나치십니다."

"지나치다? 네놈, 왜 가빈이 친모가 그런 몰골이 되었는지 알고 그런 말을 하는 게냐?"

하준이 그의 말에 미간을 찌푸렸다.

"그게 무슨……."

"너와 가빈이가 설사 남남이라도 절대 이어질 수 없는 이유가 바로 네 어미 때문이라는 걸 얘기하고 있는 거다."

어머니 때문에 가빈이와 안 된다? 류목형의 말에 불현듯 그의 뇌리로 청우가 했던 말이 스쳐 지나갔다.

"사망 전날, 네 어머니께서 그 여자분 병문안 오셨던데, 몰랐어?"

"설마……."

"가빈이 친모가 말을 하지 못하게 된 건, 네 어미가 하연이를 술

집으로 팔았었기 때문이다. 알겠느냐?"

류목형의 말에 하준은 망치로 뒤통수를 맞은 듯한 충격을 느꼈다.

"가빈아, 그만 일어나."

현의 목소리에 잠이 깬 가빈은 이상한 기분에 놀란 눈으로 벌떡 자리에서 일어섰다. 일하다 보니 잠이 쏟아져 잠깐만 눈을 붙일 요량으로 책상에 엎드렸는데, 그새 깊이 잠이 들었던 모양이었다.

어느새 환하게 태양이 떠오른 바깥 풍경에 이게 현실인지 꿈인지 분간하기가 어려워, 가빈은 멍한 표정으로 현을 돌아보며 물었다.

"혹시…… 지금 몇 시야?"

가빈이 불안한 표정으로 묻자 현이 슬쩍 벽에 걸린 시계를 가리키며 말했다.

"11시 되기 10분 전?"

"뭐?"

깜짝 놀라며 두 눈을 동그랗게 뜨고 가빈이 반문하자, 현이 멋쩍게 이마를 긁적이며 대답했다.

"미안, 어제 너 깨워서 보냈어야 했는데 나도 깊이 잠들어서……."

가빈은 미안한 기색이 역력한 현을 뒤로하고 일단 재빨리 가방 속에서 휴대폰을 꺼내 들었다.

평생 동안 혼자 살면서도 외박조차 해본 적 없는 자신이 아버지와 함께 살고 있는데 말도 없이 외박이라니. 떨리는 마음을 뒤로하고 휴대폰을 확인한 가빈의 표정이 암담하게 일그러졌다. 휴대폰이 꺼져 있었다.

배터리가 충분히 남아 있었던 걸 확인했던 가빈은 당황한 기색이 역력한 표정으로 재빨리 휴대폰을 켰다. 그리고 그 순간, 쏟아지는 부재중 통화와 문자들로 인해 그녀의 휴대폰이 호들갑스럽게 울리기 시작했다.

"아!"

전부 류목형과 하준에게서 연락 온 것을 확인한 가빈이 안절부절못하며 겉옷을 챙겨 들었다. 일단 집에 가자는 생각으로 마지막 인사를 하려고 현을 돌아본 가빈은, 전날보다 안색이 좋지 않은 현의 모습에 그만 멈칫할 수밖에 없었다.

"내가 데려다 줄게, 옷만 얼른 갈아입고 나올 테니까 잠깐만 기다려."

몸이 좋지 않음에도 불구하고 데려다 주겠다며 방으로 들어가는 현을 가빈이 만류하며 말했다.

"아니야, 너 몸도 안 좋은데, 나 데려다 줄 생각하지 말고 넌 병원으로 가."

"혼자?"

불쌍한 표정으로 현이 반문하자 가빈이 난감한 표정을 지어 보였다.

"그게······."

"농담인데 진지하긴, 너 데려다 주고 안 그래도 가려고 했어. 걱정하지 마."

가빈이 선뜻 대답하지 못하자 그녀의 얼굴을 살피던 현이 피식웃으며 대꾸했다. 어딘지 모르게 씁쓸한 미소를 느낀 가빈은, 한숨을 내쉬고 베란다로 발길을 돌리며 말했다.

"나 잠깐 아버지하고 통화 좀 할게, 넌 그동안 옷 갈아입어."

"그래."

현이 방 안으로 들어간 것을 확인한 가빈은 이후 류목형과 통화했다.

혼자 사는 친구가 갑자기 아파 응급실에 데려다 주고 돌봐 주느라 못 들어갔다, 자세한 건 나중에 집에 들어가서 설명 드리겠다. 대충 얼버무려 통화를 마친 가빈은, 하준의 문자메시지를 확인하려다 멈칫했다.

왠지 모를 불안함에 한참을 망설이던 그녀는 작게 한숨 쉬곤 메시지를 열어보았다.

[어디야? 바로 전화해.]
[메시지 확인하는 대로 바로 전화해.]

어제저녁을 기점으로 두 건의 메시지 이후 연락이 없었다. 의아했지만 그나마 다행이라는 생각에 가빈이 안도하자 마침 현이 옷을 갈아입고 방에서 나왔다.

"그만 가자."

가자고 재촉하는 현의 목소리에 하준의 메시지를 한참 바라보던 가빈이 시선을 거두고 작게 고개를 끄덕였다.

지금 연락해봤자 괜히 오해만 불러일으킬 것 같다는 생각에, 가빈은 그대로 휴대폰을 가방에 도로 집어넣고 현을 따라 밖으로 나섰다.

병원에서 진료를 받고 난 후, 현이 어제 돌봐 준 선물이라며 막무가내로 옷을 새로 사준 바람에 가빈은 새로 옷을 갈아입은 상태였다. 괜히 부담스럽긴 했지만 오히려 기뻐하는 현을 보고 있자니 가빈은 애써 동조하지 않을 수 없었다.

결국 미안한 마음에 가빈이 밥을 사주겠다고 제안하자, 현은 망설이지 않고 먹고 싶은 음식이 있다며 근처 브런치 카페에 들어섰다. 아기자기한 소품들이 가득한 예쁜 카페였다. 그들은 자리에 앉자마자 갖가지 브런치 음식들을 주문했다.

"우리 같이 사진 안 찍을래?"

음식을 먹던 중, 현이 멀뚱히 바라보며 묻자 가빈이 고개를 기울였다.

"사진?"

"응, 나 예전부터 너하고 같이 사진 찍고 싶었는데 괜찮지?"

싱긋 웃으며 현이 제안하자 가빈이 선뜻 답하지 못하고 머뭇댔다. 그러자 현이 망설임 없이 자리에서 일어나 가빈의 옆자리에 털썩 앉고선 휴대폰을 꺼내 들었다.

"웃어, 그래야 예쁘게 나오지."

자연스럽게 어깨에 팔을 둘러 감싸 안는 현의 행동에, 당황한 가빈의 얼굴이 살짝 상기됐다.

"이거 봐, 잘 나왔지?"

자신이 찍은 사진을 보여주며 웃는 현의 모습에 가빈은 어색해하다가 이내 고개를 끄덕였다. 그러고 보니 자신도 누군가와 휴대폰으로 사진을 찍는 건 처음이었다.

"너한테도 보내줄게."

"아, 응…….."

현과 함께 있으면 왠지 모르게 기분이 좋아져 저절로 웃음이 지어졌다. 편하다고 할까?

신이 난 얼굴로 휴대폰을 들여다보는 현을 신기한 듯 이리저리 바라보던 가빈은, 이내 그가 고개를 들자 재빨리 시선을 돌리며 말했다.

"이것만 먹고 난 그만 집에 갈게."

현의 얼굴에 웃음기가 조금 사라졌다. 그러고 보니 아픈 걸 핑계로 너무 오래 붙잡긴 했다, 미안한 마음이 들었지만 현은 잠시 망설이다 천천히 말을 꺼냈다.

"이따가 뫼비우스의 띠 관련해서 미팅이 있어, 너한테 많은 도움이 될 자리니까 거기 잠깐 들렀다 가."

현의 말에 가빈이 잠시 머뭇거리다 작게 고개를 내저으며 말했다.

"아버지께서 많이 걱정하셔서."

"조민국 감독님도 오실 거고 출연하는 배우들도 다 오는 자리야, 그래도 안 갈 거야?"

망설여지는 마음에 가빈이 선뜻 거절하지 못했다. 가 보고 싶은 자리이긴 했다. 하지만 그렇다고 무턱대고 가기엔 부담스럽기도 한 데다, 전날 외박까지 했는데 더 늦게 집에 들어간다는 것이 마음에 걸렸다.

"그럼 얼굴만 비추고 가, 나도 몸이 안 좋아서 잠깐 있다 눈치 봐서 나올 거야."

어떡해서든 데려가려고 회유하는 현의 태도가 의아했지만, 가빈은 마지막 그의 말에 마음이 기울였는지 결국 고개를 끄덕였다. 현의 배려를 더는 거절할 수 없는 것도 이유 중 하나였다.

"알겠어, 그럼."

"잘 생각했어, 시간 다 됐으니까 그럼 슬슬 출발할까?"

손목시계로 시간을 확인한 현이 지체 없이 자리에서 일어났다. 오늘 미팅은 제작사 대표인 류하준이 참석하기도 하는 자리였다. 치졸한 것 같아 마음에 내키지 않았지만, 그래도 이런 식으로라도 가빈이와 그를 멀어지게 하고 싶은 게 솔직한 심정이었다.

'차라리 네가 다른 사람을 좋아했더라면…….'

현은 믿고 싶지 않은 현실에 두 손을 꼭 말아 쥐었다. 남매간의 사랑이라니, 절대 있어서는 안 될 일이었다.

"현아, 안 가?"

우두커니 선 채 미동도 없는 현을 가빈이 의아한 눈빛으로 돌아 봤다. 그제야 생각을 멈춘 현은 가슴이 저미는 감정에 천천히 숨을 몰아쉬었다. 그래, 이건 모두를 위한 일이야. 그리 마음을 정리한 현은 옅은 미소를 지으며 가빈을 마주 봤다.

"가자, 늦기 전에."

하준은 차를 주차시킨 뒤 그대로 눈을 감고 의자에 몸을 기댔다. 류목형과 한바탕 전쟁을 치른 후, 일을 핑계로 집에 들어가지 않은 하준은 어제 회사에서 하룻밤을 꼬박 새웠다. 그 탓에 머리가 지끈거리고 피로감이 밀려들어 그는 버릇처럼 관자놀이 부근을 손가락으로 꾹꾹 눌렀다.

'이제 완전히 틀어져 버린 건가.'

하준은 어제 일을 회상하며 미간을 잔뜩 찌푸렸다.

"가빈이 친모가 말을 하지 못하게 된 건 네 어미가 그녀를 술집으로 팔았기 때문이다. 알겠느냐."

류목형의 말에 하준은 주체할 수 없는 분노에 휩싸였다. 심장이 세차게 뛰고 손과 발이 차갑게 식어가는 느낌마저 들었다. 하지만 하준은 곧이어 든 생각에 이내 평정심을 찾았다.

이미 전에 겪어 본 적 있는 정신적 고통이었다. 과거 이혜연은 자신과 유진에게 돌이킬 수 없는 죄를 지었었고, 어머니란 이유로 한 번의 용서를 했었던 일이 있었다.

만약 한 번만 더 같은 일을 벌일 시엔 절대 어머니여도 용서하지 않겠다, 그리 다짐도 했었다. 그런데 그녀는 거짓말처럼 또다시 잔인한 일을 반복하고 말았다.

하준은 힘겹게 붙잡고 있었던 어머니에 대한 연민이 일순간 뚝, 하고 끊어지는 걸 느낄 수 있었다. 만약 이 모든 게 사실이라면 더이상은 모든 걸 감내하고 그녀를 이해할 자신이 없었다. 그리 마음을 정리하자, 하준은 머리가 차갑게 식어갔다.

"가빈이도 알고 있습니까?"

하준이 짧게 묻자, 류목형이 그를 응시하며 대답했다.

"네 어미가 말하지 않았다면 모르겠지."

"끝까지 모르게 해 주십시오."

하준의 한마디에 류목형이 못마땅한 표정으로 그를 바라봤다.

"네놈이 굳이 당부하지 않아도 그렇게 할 생각이다."

"가빈이가 아버지의 친딸이 아닌 것은……."

"그것 또한 내가 죽는 한이 있더라도 밝힐 생각 없고, 반드시 네놈도 그래야 할 것이야."

단호하게 말을 내뱉은 류목형은 턱을 치켜세운 채 하준을 내려다보며 이어 말했다.

"가빈이가 이 모든 사실을 알게 되면 그 아이 성격에 하루라도 빨리 우리 곁을 떠나려 할 것이다. 그걸 알기 때문에 네놈도 함부로 못 밝히는 걸 테고."

"……."

"거기다 만약 네 어미가 이 사실을 알게 된다면 그 아이를 가만두지 않을 거라는 것도 잘 알고 있겠지?"

대꾸도 없이 듣기만 하는 하준을 류목형이 눈을 가늘게 뜨고 바라봤다. 일종의 회유였다. 가빈이를 위해서라도 넌 더 이상 그 아이에게 다가가서도 안 되고, 마음에 품어서도 안 된다. 노골적으로 그를 옥죄었다. 하지만 그런 류목형의 생각을 비틀기라도 하듯 하준은 냉담한 어조로 힘줘 말했다.

"두 분께서 어떻게 나오셔도 전 제 뜻대로 할 겁니다."

짧은 한마디, 류목형의 얼굴이 와락 일그러졌다.

"류하준!"

"사업도 계속 진행할 겁니다, 막으려면 막아 보십시오. 어차피 아버지로부터 독립하기 위해 시작한 사업입니다."

"네놈이 정말!"

금방이라도 폭발할 듯 입술 끝을 부르르 떠는 류목형을 끝까지 바라보며 하준은 무감한 표정으로 차분히 말했다.

"분명 말씀 드렸습니다, 그 아이는 제 전부라고요. 전 이제 제 전부를 얻기 위해 아버지도 어머니도 버릴 생각입니다."

그의 검은 눈동자 안에 푸르스름한 냉기가 돌았다.

"그러니 회장님께서도 각오 단단히 하시는 게 좋을 겁니다. 자식을 한순간에 전부 잃고 싶지 않으시다면 말입니다."

똑똑, 한참 생각에 잠겨 있던 하준은 창문을 두드리는 소리에 천천히 눈을 떴다.

"전무님, 그만 일어나시죠?"

창문을 두드린 게 라임 출판사의 편집장임을 확인한 하준은 한쪽에 던져 놓은 휴대폰을 챙겨 들곤 차에서 내렸다. 찬바람이 이마를 스치고 지나가자 몽롱했던 정신이 돌아오는 듯, 하준은 한결 편안해진 표정으로 편집장에게 인사를 건넸다.

"오랜만에 뵙습니다."

"네, 그러네요. 요즘 많이 피곤하신가 봐요?"

편집장이 걱정스러운 말투로 묻자 하준이 고개를 작게 저으며 대답했다.

"아닙니다. 그럼 그만 들어가시죠."

더 이상 대화를 이어 나가고 싶지 않다는 듯 냉정하게 돌아서는 하준을 편집장이 물끄러미 바라봤다. 하여튼 인간이 조금의 틈도 보이질 않으려 하니, 보는 것만으로도 가끔은 숨이 턱턱 막힐 지경이었다.

"잘생겨서 그나마 봐 준다."

입술을 삐쭉하게 내민 편집장은 툴툴거리다 이내 그의 뒤를 곧

바로 따라갔다.

　미팅 장소 앞에 도착한 현은 가빈을 흘끔 바라봤다. 차를 타고 오는 내내 불안하고 초조한 기색을 감추지 못하고, 휴대폰만 만지작거리던 가빈의 모습이 못내 그의 마음에 걸렸다. 외박까지 한 상황에 자신의 욕심으로 가빈을 난감하게 만든 것은 아닌지, 현은 뒤늦은 후회에 가던 길을 멈추고 뒤돌아섰다.

　"왜 안 들어가?"

　가빈이 의아한 눈빛으로 묻자 현이 잠시 망설이다 반문했다.

　"지금이라도 집으로 갈래?"

　"응? 갑자기 왜⋯⋯?"

　"어제 나 때문에 집에도 못 들어가고, 네가 여러 가지로 곤란할 텐데 내가 너무 생각 없이 여기 오자고 고집부린 것 같아서⋯⋯."

　하준에 대한 질투와 분노에 정작 가빈을 배려해 주지 못한 거 같아 현은 미안한 마음에 시선을 아래로 내렸다. 가빈은 재빨리 손사래를 치며 말했다.

　"아니야, 아까 통화하면서 아버지께 대충 상황 설명 드려서 괜찮아. 오히려 좋은 경험이 될 자리에 데리고 와 줘서 고마워."

　"그래도⋯⋯."

　"정말 괜찮아, 그러니까 신경 쓰지 말고 얼른 들어가자."

　가빈의 재촉에도 현은 선뜻 따라나서지 못하고 망설였다. 현은 겉으로 드러내진 않았지만 내심 크게 동요했다.

좋은 의도가 아닌 하준을 가빈에게서 멀어지게 하려는 이기적인 생각으로 데리고 온 이상 그의 마음이 편할 리가 없었다. 하지만 이제 와 돌이킬 수 없기에 현은 밀려드는 불안함을 잠재우며 예약된 방으로 향했다.

"오빠……?"

길목 중간에 놓인 문 너머로 편집장과 얘기 중인 하준을 발견한 가빈과 현은 마치 약속이라도 한 듯 그대로 멈춰 섰다. 가빈의 얼굴이 어느새 잔뜩 굳었다. 왜 이곳에 하준이 있나 의문을 갖자마자, 가빈의 뇌리로 문득 잊고 있었던 생각이 스쳐 지나갔다.

그러고 보니 이혜연이 뫼비우스의 띠 제작을 하준이 한다고 했었다. 그러니 뫼비우스의 띠 첫 정식 미팅 자리에 그가 나오는 것은 당연히 예견할 수 있는 문제였다. 그런데 왜 그 사실을 이제야 기억해 낸 건지, 가빈은 무지한 자신을 탓함과 동시에 당혹스러운 상황 앞에 어찌할 바를 몰랐다.

"저기…… 현아, 아무래도 오늘은……."

"네가 왜 여기 있어?"

어느새 가빈을 발견한 하준이 그들 앞에 성큼 다가섰다. 싸늘하게 식은 표정, 위험한 상황임을 감지한 가빈이 다급하게 입을 열었다.

"내가 설명할게."

"제가 설명 드리겠습니다, 어제 일은……."

"그 입 닥쳐."

난처해하는 가빈을 대신해 변론하려던 현은 심장을 찌르는 듯 잔뜩 날이 선 그의 말과 눈빛에 말문이 막혔다. 마치 설원 위에 놓인 것처럼 냉랭한 분위기 속에, 하준은 지체 없이 가빈의 팔을 잡아끌고 현을 지나쳐 밖으로 향했다.

혼자 덩그러니 남겨진 현은 들끓는 감정을 참지 못하고 그들을 쫓아가려다 손목을 잡는 편집장의 손길에 멈춰 섰다.

"저 아이, 어쩐지 낯이 익다 했더니 류목형 회장 딸이었어?"

"나중에 얘기해요."

편집장의 손을 탁 쳐내며 현이 밖을 향해 발길을 돌렸다. 갈급한 모습, 편집장의 얼굴이 어둡게 변했다.

"류 전무는 우리 현이가 가빈이 남자친구로 마음에 안 드나?"

싸늘하게 현을 바라보던 하준의 눈빛이 떠오르며 울컥 감정이 치민 편집장은, 속으로 하준을 실컷 욕을 하는 것과 동시에 현에 대한 걱정에 한숨지었다. 그렇게 좋아하는 여자애가 하필 재벌 집 공주님이라니,

"하여튼 평범하게 살지를 못하는구나, 우리 조카님은."

편집장은 기막힌 상황에 고개를 절레절레 흔들곤 곧이어 천천히 발걸음을 옮겼다.

하준의 손에 이끌려 밖으로 나온 가빈은, 이윽고 근처 골목길에 들어서자마자 거칠게 벽으로 밀어붙이는 그의 행동에 본능적으로 몸을 움츠렸다.

"어제 저 녀석하고 같이 있었던 거야?"

하준이 사납게 몰아붙이며 묻자 가빈이 겨우 참고 있던 숨을 몰아쉬며 힘겹게 입을 뗐다.

"사정이 있었어, 어제 현이가 많이 아파서……."

"아프다고 해서 하룻밤을 같이 보내 주기라도 했다?"

"지금…… 무슨 뜻으로 하는 말이야?"

미간을 좁히며 가빈이 반문하자 하준이 최대한 서로의 몸을 밀착시킨 후, 그녀의 오른쪽 뺨에 입술을 가까이 가져가 대며 말했다.

하준의 입술이 뺨에 닿자마자 가빈이 벌게진 얼굴로 고개를 옆으로 홱 돌렸다. 갑작스럽게 내뱉은 그의 한마디에 가빈은 마른침을 꿀꺽 삼키곤 천천히 입을 열었다.

"그건……."

변명이라도 할 생각으로 한마디 하려던 가빈은, 자신의 턱을 잡는 손길을 느낄 새도 없이 입술 위로 아슬아슬하게 닿은 하준의 뜨거운 숨에, 저도 모르게 몸에 힘을 바짝 줬다.

"이곳에 했나?"

"그런 거 아니……!"

"아니면 이곳?"

낮게 가라앉은 목소리가 귓가에 채 닿기도 전에 목덜미를 자극하는 아찔한 감촉에 가빈은 두 눈을 질끈 감고 재빨리 그의 팔을 붙잡았다.

"그만해, 그런 거 아니라고 했잖아!"

소리치는 가빈의 목소리 끝이 긴장감에 떨리고 있었다. 그걸 느꼈는지 하준이 목까지 차오른 감정을 겨우 삼키며 천천히 가빈에게서 떨어졌다.

주체할 수 없는 감정에 미쳐 버릴 것만 같았다. 하지만 하준은 애써 마음을 추스르며 귀까지 벌겋게 달아오른 가빈의 얼굴을 정확히 마주 보곤 천천히 입을 열었다.

"그럼 뭔데?"

"……."

"어제는 휴대폰을 꺼놓질 않나, 오늘은 켜놓고도 안 받질 않나, 거기다 설상가상 네가 그놈 따라서 이곳에 나타나질 않나…… 너, 누구 미치는 꼴 보고 싶어서 이러는 거야?!"

하준이 상기된 표정으로 소리쳤다. 진심 어린 걱정, 가빈은 저릿한 감정에 숨을 길게 삼켰다.

"차에 가서 기다리고 있어."

치솟는 감정을 삼키며 하준이 가빈에게 차 키를 내밀었다. 일단 미팅에 참석하고 난 후 이야기를 이어나갈 생각이었지만, 가빈은 그럴 생각이 없는지 그의 손을 툭 쳐내며 퉁명스럽게 대꾸했다.

"나 여기 볼일 있어서 온 거야."

"무슨 볼일?"

하준의 반문에 가빈이 곧은 시선으로 그를 말끄러미 바라보며 대답했다.

"이번에 뫼비우스의 띠 보조 작가로 일하기로 했어."

예상치 못한 가빈의 한마디에 하준의 얼굴이 싸늘하게 변했다. 현과 밤새 함께 있었다는 사실만으로도 미칠 지경인데, 작가와 동고동락해야 하는 보조 작가 일을 하겠다니? 절대 용납할 수 없는 일이었다.

하준은 머리끝까지 차오르는 분노를 겨우 삭이며 차 키를 억지로 그녀의 손에 쥐어 줬다.

"안 돼, 차로 가 있어."

"오빠!"

"안 된다고 했잖아!"

하준의 강경한 태도에 가빈이 잔뜩 상기된 표정으로 차 키를 쥔 손을 꽉 말아 쥐었다. 숨이 턱턱 막혔다. 매번 자신의 품 안에서 옴짝달싹 못 하게 하는 그의 행동들이 날이 갈수록 버겁고 힘겨웠다.

어차피 둘 사이에 더 이상의 진전은 있을 수 없다는 걸 알고 있는데, 끊임없이 몰아치는 그의 행동에 더는 무의미하게 끌려다니고 싶지 않았다.

가빈은 빨리 차로 가라며 채근하는 하준의 눈빛을 미동도 없이 가만히 응시했다. 더 이상은 주눅 들고 위축된 모습으로 하준을 대하고 싶지 않았다. 그리 결심한 가빈은 단호한 표정으로 망설임 없이 손에 든 차 키를 그를 향해 집어 던졌다.

"작가를 꿈꿨던 내게 온 첫 번째 기회야, 그런데 오빠가 무슨 자격으로 그걸 가로막는 건데?"

"……."

"꼭 해 보고 싶었던 일이야, 그러니까 더는 간섭하지 마."

하준을 똑바로 마주 보며 말을 내뱉은 가빈은, 망설임 없이 그의 곁을 지나쳐 걸어갔다. 가슴 한켠이 아려오고 체한 것처럼 답답했지만, 가빈은 애써 모든 생각과 감정들을 무시하고 억누르려 애썼다.

한시라도 빨리 자리를 벗어나야겠다는 생각에 가빈은 발걸음을 재촉했다. 그리고 골목길을 막 벗어나려는 순간, 가빈은 어느새 쫓아와 손목을 붙잡는 하준의 손길에 뚝, 멈춰 섰다.

"네가 원하는 그 기회, 내가 얼마든지 줄 수 있어. 그러기 위해 시작한 사업이니까."

귓전에 스치는 의미심장한 말에 가빈이 의아한 표정으로 하준을 돌아봤다.

"그게…… 무슨 소리야?"

가빈의 물음에 하준이 가만히 그녀를 응시하며 이어 말했다.

"뫼비우스의 띠 아니더라도 네가 작가의 꿈을 키울 수 있는 기회는 앞으로 얼마든지 많이 생길 거야. 내가 그렇게 되도록 할 거니까, 이번 일은 그만둬."

"오빠."

"차에서 기다리기 싫으면 택시 타고 먼저 집에 가 있어, 미팅 끝나는 대로 집으로 갈 테니."

자신의 의견은 묵살하고 막무가내로 밀어붙이는 하준의 태도에,

가빈은 붉으락푸르락한 얼굴로 손목을 붙잡고 있는 그의 손을 탁 쳐냈다. 동시에 하준의 표정도 미묘하게 변했다.

"너……."

"미팅하러 가, 내 일에 신경 쓰지 말고."

차갑게 말을 내뱉곤 가빈은 뒤도 돌아보지 않고 그대로 골목길을 벗어나 도로로 향했다. 마음이 복잡하고 기분이 썩 좋지 않은 탓에 그녀의 얼굴이 잔뜩 굳어 있었다. 이런 상황에 하준과 함께 있어야 하는 미팅에 참석할 자신이 없었다.

가빈은 차라리 집으로 돌아가야겠다는 생각에 때마침 보이는 빈 택시를 재빨리 잡았다. 망설임 없이 택시를 타려던 그녀는 앞서 문고리를 잡는 현의 손길에 놀라 멈칫했다.

"현아?"

"데려다 줄게, 타."

싱긋 웃으며 현이 말하자 잠시 그에게서 시선을 떼지 못하던 가빈이 고개를 작게 저으며 대답했다.

"넌 미팅 가야지, 내 걱정하지 말고……."

"그럼 먼저 탄다."

가빈의 말이 채 끝나기도 전, 현이 먼저 문을 열고 탔다. 어서 타라는 현의 눈짓에도 머뭇대던 가빈은, 결국 택시기사의 눈치에 차에 몸을 실었다. 그러곤 자신의 집 주소를 기사에게 말하는 현을 걱정스럽게 바라보며 말했다.

"너 중요한 미팅인데 빠지면 어떡해."

"편집장님이 참석하셔서 굳이 내가 안 가도 괜찮아, 신경 쓰지 마."

짤막하게 말을 끝낸 현은 문득 고개를 돌리다 창밖에 보이는 하준을 발견하곤 눈을 가늘게 떴다. 가빈과 함께 자신이 택시를 타는 것을 지켜보고 있었는지 날카롭게 변한 그의 시선이 정확히 택시를 향하고 있었다.

"뫼비우스의 띠 아니더라도 네가 작가의 꿈을 키울 수 있는 기회는 앞으로 얼마든지 많이 생길 거야. 내가 그렇게 되도록 할 거니까, 이번 일은 그만둬."

그들의 뒤를 쫓아갔다 듣게 된 하준의 한마디가 머릿속에 되뇌여 지며, 묘하게 그의 신경을 자극했다.

"너 몸은 좀 괜찮아?"

얼굴이 어둡게 변한 것을 느낀 가빈이 걱정스러운 눈길로 묻자, 생각에 잠겨 있던 현이 그제야 작게 미소를 지으며 대답했다.

"응, 괜찮아."

"다행이다, 걱정했는데."

싱긋 웃으며 말하는 가빈을 물끄러미 지켜보던 현은 문득 떠오른 생각에 망설임 없이 말을 꺼냈다.

"아 참, 뫼비우스의 띠 첫 촬영 날은 사흘 뒤야, 너도 그날 꼭 와."

"사흘 뒤? 그럼 그날 촬영장으로 바로 가야 하나?"

가빈이 묻자 현이 고개를 끄덕이며 대답했다.

"응, 너랑 같이 움직이면 좋은데, 난 그전에 미리 가서 준비할 게 좀 있어서…… 장소가 좀 외진 곳이라 찾아오기 힘들 테니 꼭 택시 타고 와."

"그래, 알겠어."

가빈의 대답에 현이 아쉬운 표정을 지었다. 혼자 오라는 게 마음에 걸렸지만 그렇다고 새벽부터 데리고 가면 피곤해 할 것 같아 선뜻 그러자고 할 수도 없었다.

"장소는 문자로 보내 줄게, 도착하면 바로 전화해, 앞으로 데리러 나갈게."

현이 미안한 마음에 한 마디 덧붙이자 가빈이 알겠다며 방긋 웃었다. 짧은 대화를 나누고 정적이 흘렀다. 현은 마음에 걸렸던 말을 조심스레 꺼냈다.

"미안, 어제 나 때문에 외박하고, 아버지께 크게 혼날 텐데 미안해서 어떡하지?"

머리를 긁적이며 난감해하는 현을 가빈이 슬쩍 돌아보곤 고개를 저었다.

"괜찮아. 우리 아버진, 평생 나한테 화 한 번 내보신 적 없는걸."

"아…… 그래?"

웃고 있지만 어딘가 쓸쓸함이 느껴지는 그녀의 미소에 현은 고개를 갸웃했다. 화를 내지 않는 게 오히려 서운하다는 듯, 말을 꺼내는 그녀의 얼굴색이 어딘가 어색해 보였다. 한 번씩 드러나는 가빈의 묘한 표정이 마음에 걸리는지 오늘따라 현은 그녀를 유심히 바라봤다.

　뫼비우스의 띠 첫 촬영 당일. 촬영 현장에서 현을 만나기로 하고 집을 나선 가빈은, 차를 세워두고 기다리고 있는 하준의 모습에 걸음을 멈췄다. 미팅이 있던 날 이후부터 하준과 거리를 두기 위해 그를 피해 다녔던 가빈은 뜻하지 않은 상황에 속으로 당황했다.

　일부러 기다린 건가? 하는 의문은 정확히 자신을 향하는 그의 시선을 마주한 순간 확신으로 바뀌었다. 그 순간 전신에 긴장감이 흐르는 것을 느낄 수 있었다.

　마음 같아선 당장 다시 집 안으로 들어가고 싶었지만, 가빈은 애써 태연한 표정으로 그에게서 시선을 거두고, 차가 있는 반대 방향으로 발길을 돌렸다.

　"억지로 태우기 전에 타."

　등 뒤에서 들리는 하준의 단호한 목소리에도 애써 외면한 채 유유히 걸어가던 가빈은, 기습적으로 앞으로 다가와 자신을 어깨에 들쳐 메는 하준의 행동에 놀라 순식간에 얼굴이 벌겋게 달아올랐다.

　"뭐, 뭐 하는 거야! 당장 내려 줘!"

　"경고했어, 억지로 데려간다고."

　무심하게 한마디 내뱉은 하준은 거리낌 없이 차로 다가가 보조석 문을 열고 들쳐 멘 가빈을 조심스럽게 자리에 앉혔다.

그는 가빈이 도망가지 못하게 꼼꼼하게 안전벨트까지 채워 준 뒤, 운전석으로 돌아와 뚱한 표정으로 앉아 있는 그녀를 돌아보며 말했다.

"반항이라면 적당히 하는 게 좋을 거야, 나도 슬슬 인내심의 한계를 느끼고 있거든."

날이 선 하준의 말에도 가빈은 대꾸도 없이 홱 창문 밖으로 시선을 돌렸다. 차 안에 어색한 기운이 감돌았다.

그 가운데 한참 동안 차가 움직이지 않는 것을 느낀 가빈은, 그제야 불안한 눈빛으로 천천히 하준을 돌아봤다. 하준의 두 눈이 가빈에게 고정되어 있었다. 둘은 순간적으로 서로 시선을 마주했다.

속을 알 수 없는 묘한 눈빛, 가빈은 본능적으로 심장이 움찔하는 것을 느끼곤 재빨리 시선을 아래로 내렸다. 그러곤 마른 입술을 혀로 적시고 애써 아무렇지 않은 척 말을 꺼냈다.

"오늘 뫼비우스의 띠 첫 촬영 날이라 거기 가 봐야 해."

가빈의 말에 그제야 시동을 켠 하준이 무덤덤하게 말을 내뱉었다.

"알아, 나도 거기 가려던 참이야."

액셀을 밟고 차를 출발시킨 하준은 곧이어 그녀에게 옆에 놓인 커피를 건네며 말했다.

"마셔, 좀 식었지만."

낯선 그의 행동에 가빈이 선뜻 받지 못하자, 하준은 지체 없이 손을 거두며 말했다.

"마시기 싫으면 말고."

"줘, 마실 거야."

어색한 분위기 속에서 차라리 뭐라도 마시고 있는 편이 낫겠다는 생각이 들었다. 커피를 받아 든 가빈은 손끝에서 전해지는 미지근한 온도에 별 생각 없이 한 모금 훅 들이켰다. 그 순간 가빈은 혀에서 느껴지는 엄청난 고통에 입에 머금고 있던 커피를 뿜어내고 말았다.

순간의 정적, 주체할 수 없는 창피함에 가빈은 석고상처럼 몸이 굳어 버렸고, 마침 신호등 앞에 차를 멈춘 하준은 황당한 표정으로 그녀를 돌아보았다.

"너…… 뭐한 거야, 지금?"

얼굴에 불이라도 지핀 듯 가빈의 얼굴이 홍당무처럼 붉게 달아올랐다. 입술 새로 삐져나오는 웃음을 가까스로 참은 하준은 잔뜩 상기된 표정으로 티슈를 꺼내 가빈에게 내밀었다.

쥐구멍이 있다면 찾아 들어가고 싶은 심정으로 티슈를 받아 든 가빈은, 주변에 묻는 커피의 잔해를 닦아 내곤 아무 일 없는 듯 말없이 다시 창문 밖으로 시선을 돌렸다. 치솟는 창피함에 가빈은 속으로 스스로를 원망하며 눈을 질끈 감았다.

"뭐 해?"

그렇게 한참 동안 말없이 두 눈을 감고 있던 가빈은 하준이 말을 걸자 차마 고개를 돌리지 못하고 창문 밖에 시선을 고정한 상태로 대답했다.

"피곤해서 눈 감고 있었어."

가빈이 어색한 말투로 대답하자 하준이 의아한 표정으로 그녀를 바라보며 말했다.

"그럼 안 내릴 거야?"

하준의 반문에 가빈이 그제야 서서히 눈을 뜨고 정면을 바라봤다. 어느새 촬영 장소에 도착했는지 그녀의 눈에 줄지어 서 있는 차량 버스와 수많은 스태프들이 오고 가는 것이 보였다.

"이제 내려."

안전벨트를 풀며 하준이 말하자 가빈도 그제야 정신을 다잡고 차에서 내렸다. 뜨겁게 달아오른 얼굴에 차가운 바람이 스치고 지나가자, 그제야 정신이 조금 맑아진 듯 가빈은 굳어 있던 표정을 풀고 차에서 내리는 하준을 바라봤다. 평소와 다를 바 없는 모습, 괜스레 혼자 긴장한 것 같아 다시 한 번 창피함이 밀려왔다.

"와, 저기서 촬영 하나 봐."

유독 사람들이 몰려 있는 곳을 발견한 가빈이 그곳을 향해 몸을 돌렸다. 처음 오는 촬영장에 마음이 들떴는지 밝아진 가빈을 흐뭇하게 지켜보던 하준은, 주머니에서 느껴지는 진동에 휴대폰을 꺼내 들고 액정화면을 확인했다.

[청우]

하준은 가빈을 돌아보며 말했다.

"먼저 들어가, 통화 좀 하고 갈 테니까."

하준의 말에 잠시 머뭇대던 가빈이 천천히 고개를 끄덕였다. 어차피 현을 만나러 온 만큼 서로를 위해 따로 움직이는 편이 낫다 생각이 든 가빈은, 망설임 없이 촬영장소를 향해 발걸음을 옮겼다.

'오늘 대본은 더 고칠 필요도 없이 이대로 진행해도 될 것 같네, 수고했어. 남궁 작가.'

유독 꼼꼼하기로 소문난 조 감독이라서 바짝 긴장하고 첫 촬영 현장에 임했던 현은, 예상보다 좋은 반응에 흡족해하며 근처 벤치에 털썩 앉았다. 새벽부터 수정작업에 열을 올렸던 만큼 잠을 제때 자지 못해 피곤이 밀려들어 잠시 눈을 감은 그는, 눈앞에 그늘이 지자 움찔 놀라며 눈을 떴다.

"키스라도 할까 했더니 반응속도가 무지 빠르네?"

세련이 얼굴을 바짝 댄 상태로 장난스럽게 웃는 것을 본 현이 굳은 표정으로 자리에서 벌떡 일어났다.

"뭐야? 너 촬영 안 해?"

뫼비우스의 띠, 여주인공으로 출연하게 된 세련은 자연스럽게 그의 팔짱을 끼며 대꾸했다.

"쉬는 시간이거든, 같이 차 마시자."

"됐어, 그럴 시간이 있으면 가서 대사나 한 줄 더 외워."

현이 팔을 빼며 매몰차게 말하자 세련의 미간이 순식간에 구겨졌다. 날이 가면 갈수록 차가워지는 그의 태도에 기분이 상할 대로 상했지만, 그렇다고 해서 포기할 마음은 없는지 세련은 자리를 피하는 그의 뒤를 졸졸 쫓으며 말했다.

"저번 미팅 때 아파서 못 왔다며? 지금은 괜찮은 거야?"

"응."

"나 오늘 촬영 일찍 끝날 것 같은데 저녁 같이 안 먹을래?"

"됐어."

"그럼…… 간단하게 술 한 잔 어때? 내가 좋은 곳 알고 있는데 거기……."

"강세련."

세련이 끊임없이 말을 걸며 따라오자, 더는 참지 못하겠는지 현이 잔뜩 굳은 표정으로 멈춰 서 그녀를 돌아봤다.

"그만해, 저번에 말했잖아, 좋아하는 사람 있다고."

단호한 그의 한마디에 세련의 눈빛이 크게 흔들렸다. 알고 있다, 좋아하는 사람이 있다는 거. 하지만 보면 볼수록 좋아하는 감정이 커져 자꾸만 그 사실을 잊게 했다. 아니, 어떻게든 부정하고 붙잡고 싶은 게 그녀의 솔직한 심정이었다.

"사귀는 건 아니잖아."

"그건……."

"네 성격에 고백 안 했을 리는 없고, 지금까지 사귀지 않는 걸 보면 네가 차인 것 같은데 내 말이 맞지?"

직설적인 물음에 현이 선뜻 대답하지 못하자 세련이 피식 웃음을 터트리며 그에게 다가섰다.

"아마도 그 앤 좋아하는 사람이 따로 있겠지?"

"뭐?"

"내가 봤을 때 너 정도면 여자애들이 좋아할 만한데 안 넘어온 걸 보면 뻔한 거 아니겠어?"

세련이 한쪽 뺨을 쓰다듬으며 말하자 현이 기분 나쁘단 표정으로 그녀의 손을 툭 쳐내며 입을 열었다.

"나한테 신경 꺼."

"싫은데?"

장난스럽게 반문하는 세련을 피해 자리를 옮기려던 현은, 멀리서 보이는 익숙한 얼굴에 표정이 돌변했다. 못마땅하던 표정이 환한 빛을 머금은 듯 밝아지자, 세련은 고개를 돌려 그의 시선이 닿은 곳을 바라봤다.

"쟤가 왜 여기 있어?"

가빈을 발견한 세련의 표정이 일순간 싹 굳었다. 가빈을 보고 기쁜 표정을 감추지 못하는 현의 모습에, 세련은 화를 참기 위해 입을 꽉 다물곤 부르르 떨리는 손을 강하게 말아 쥐었다.

"네가 부른 거야?"

"상관 하지 마."

현이 차갑게 한 마디 남기고 재빨리 가빈에게로 뛰어가자 세련은 가슴이 무너져 내렸다. 치솟는 감정을 이겨 내지 못하고 버릇처럼 손톱 끝으로 손바닥을 긁어댄 탓에 피가 배어 나왔고, 눈에서 차가운 한기마저 느껴졌다.

"너 여기서 뭐 해! 이제 곧 촬영 시작한다는데."

매니저는 촬영 때문에 한창 정신없이 바쁠 시간에 말없이 사라진 세련을 발견하곤 다가서자마자 소리쳤다. 하지만 세련은 그가 눈에 들어오지도 않는 지, 한 곳에 시선을 고정시키고 입술만 움직여 말했다.

"당장 조진웅 기자한테 레니에 대한 정보 흘려."

세련의 말에 매니저는 아차 싶었는지 다급한 표정으로 그녀를 만류했다.

"세련아, 너 또 왜 그러냐? 네가 기자한테 정보 흘린 거 나중에라도 현이가 알게 되면 너 그 애랑 진짜 끝이야."

"알아, 끝내려고 이러는 거야. 그러니까 오빠 잔말 말고 내 말대로 하기나 해."

"세련아……!"

"아니면 내가 직접 가서 말할까? 아예 대형사고 쳐 주길 바라는 거야? 지금?"

세련이 서슬 퍼런 눈빛으로 들이대자 매니저는 더는 말을 잇지 못하고 조용히 긍정의 의미로 고개를 끄덕였다. 사장님조차 세련의 한 마디에 쩔쩔매는 시국에, 한낱 매니저에 불과한 자신이 어쩔 도리가 있겠나 싶어 그는 더 이상 토를 달지 않고 발길을 돌렸다.

먹고 살려면 어쩔 수 없이 눈치껏 성질 죽여주고 사는 수밖에 없었다. 이것이 곧 세상 사는 이치이자 진리임을 그는 몸소 깨닫고 있었다.

'네가 날 돌아봐 주지 않는다면 내가 직접 돌아보게 하는 수밖에.'

무서운 집념, 현을 지켜보는 그녀의 눈동자가 깊어졌다.

처음 와 보는 촬영장 분위기에 설레던 마음도 잠시, 수많은 사람들 사이를 혼자서 돌아다니려다 보니 가빈은 잔뜩 위축될 수밖에 없었다.

한쪽엔 촬영 탑차와 버스를 비롯해 연예인들이나 타고 다니는 벤이 줄지어 서 있었고, 그 사이를 사람들이 정신없이 뛰어다니고 있었다.

굉장히 부산한 분위기. 어찌할 바를 몰라 한쪽 모퉁이에 서서 주변을 둘러보던 가빈은, 자신의 눈길을 끄는 사람의 모습에 자신도 모르게 그쪽으로 발걸음을 옮기고 있었다.

"강진우?"

TV에서나 보던 연예인을 직접 봤다는 사실에 뭐에 이끌린 듯 그에게 가까이 다가서던 가빈은, 자신을 가로막는 한 남자의 등장에 발걸음을 멈췄다.

"이봐요, 여기 들어오면 안 돼요."

촬영장 스텝으로 보이는 남자가 귀찮다는 듯, 가빈을 막아서며 손을 휘휘 저었다. 갑작스러운 상황에 당황한 가빈은 얼굴이 붉어진 상태로 한 걸음 뒤로 물러섰다.

"아, 참! 여기서 얼쩡거리지 말고 가라고요!"

아쉬운 마음에 머뭇거리는 가빈이 귀찮다는 듯, 남자가 그녀의 어깨를 툭, 치자 가빈은 살짝 뒤로 밀려났다. 무례한 남자의 행동에 어느새 그녀의 얼굴이 붉게 달아올랐다.

마음 같아선 뭐라고 한마디 하고 싶었지만, 혹시라도 주변에 피해를 주지 않을까 하는 생각에 그녀는 결국 화를 삭일 수밖에 없었다.

애써 마음을 다독이고 몸을 돌려 걸어가려던 가빈은, 자신의 손목을 붙잡는 누군가의 손길에 흠칫 놀라며 제자리에 멈춰 섰다.

"당신, 지금 뭐 하는 거예요?"

현? 갑작스러운 그의 등장에 놀란 듯, 가빈은 두 눈을 동그랗게 뜨곤 그를 멀뚱히 바라봤다.

"넌 또 뭐야? 안 그래도 정신없어 죽겠는데."

"왜 사람을 밀쳐요? 당장 사과 안 해요?"

가빈의 어깨를 밀치는 모습을 봤는지 현이 잔뜩 화가 난 얼굴로 남자에게 소리쳤다. 하지만 콧방귀를 뀐 남자는 손에 든 종이를 휘휘 저으며 말했다.

"이봐, 여기 일반인 출입금지라고! 저 앞에 표지판 안 보여?"

"하, 여기 뭐 얼마나 대단한 사람들이 있다고 사람을 이렇게 함부로 대하는 건데요?"

"현아, 그만해."

점점 고조되는 분위기에 주변 사람들이 웅성거리며 모여들기 시작했다. 좋지 않은 상황, 가빈은 당황한 표정으로 현의 팔을 붙잡고 만류했지만 상황은 점차 악화됐다.

"아, 진짜 안 그래도 짜증 나 죽겠는데 이제 별 게 다 사람 성질을 긁네?"

"이 봐요, 누군 말 짧게 못 하는 줄 알⋯⋯."

"혹시 레니 작가님 아니세요?"

그때, 기자로 보이는 한 남자가 다가서며 묻자, 현은 잔뜩 굳은 표정으로 입을 꾹 다물었다.

"서울스포츠의 조진웅 기자입니다. 레니 작가님 인터뷰 좀 하고 싶은데요. 괜찮으실까요?"

"아, 저 죄송하지만⋯⋯."

"레니?"

"저 사람이 레니 작가라고?"

"이봐! 카메라, 카메라!"

현이 당황하며 잠시 머뭇대는 그때였다. 기자들이 눈 깜짝할 새에 그들을 에워싸며 몰려들었다. 순식간에 주변이 북적였고, 현의 곁에 멀뚱히 서 있던 가빈은 기자들에 의해 정신없이 바깥쪽으로 밀려났다.

"아!"

파도에 떠밀린 듯 나가떨어진 가빈은 중심을 잃고 바닥에 넘어졌다. 눈앞에서 가빈이 사라진 것에 놀란 현은 주변을 두리번거리며 소리쳤다.

"가빈아!"

현의 목소리에 가빈이 힘겹게 자리에서 일어나려 애썼지만, 발목이 접질렸는지 고통에 몸을 일으킬 수 없었다. 어찌할 바를 모르고 도움을 청하기 위해 현을 찾으려 두리번거리던 가빈은, 갑작스레 자신의 얼굴을 감싸는 목도리와 손길에 놀라 뒤를 돌아봤다.

"너까지 스캔들에 휩싸이고 싶은 거야?"

나직한 목소리, 가빈은 자신을 번쩍 들어 올리는 하준을 당황한 표정으로 올려다봤다.

촬영장을 벗어나 차 보조석에 가빈을 앉힌 하준은, 한쪽 무릎을 꿇고 앉은 상태로 그녀를 올려다봤다.

"어느 쪽 발을 다친 거야?"

하준이 묻자 가빈은 쭈뼛 주뼛 다리를 뒤로 빼며 대꾸했다.

"괜찮아, 살짝 삐끗했는데 지금은 괜찮……."

말을 끝내기도 전에 자신의 신발을 벗기기 시작하는 하준의 행동에 가빈이 놀란 눈으로 재빨리 그의 손길을 막았다.

"괜찮다니까."

"가만히 있어 봐."

기어코 신발을 벗긴 하준은 왼쪽 발목이 살짝 부은 것을 확인하곤 도로 신발을 신겨 주며 말했다.

"병원 가자."

"아니야, 전에 다친 이후로 자주 삐끗하고 그래, 집에 가서 찜질하면 괜찮아지니까 신경 쓰지 마."

가빈이 재빨리 손사래를 치며 말하자, 하준이 말없이 그녀의 다리를 차 안으로 밀어 넣어 주곤 안전벨트를 매 주었다. 그가 운전석으로 돌아와 시동을 켜자, 가만히 지켜보던 가빈이 불현듯 떠오른 생각에 그의 손을 붙잡으며 말했다.

"오빠, 현이는? 도와주고 가……."

"넌 신경 쓸 필요 없어."

딱 잘라 냉정하게 말하는 하준의 태도에 가빈이 미간을 좁히며 대꾸했다.

"어떻게 신경을 안 써? 그러지 말고 오빠가 가서 좀 도와줘, 갑자기 기자들이 몰려서 혼자 빠져나오기 쉽지 않을 거란 말이야."

가빈이 애원하듯 말하자 그녀를 물끄러미 바라보던 하준이 짧게 한숨을 내쉬곤 일단 시동을 껐다.

마음에 들지 않는 녀석이긴 하지만 어찌 되었든 자신의 사업에 없어서는 안 되는 인물이기도 하니, 마냥 두고 볼 수만도 없는 일이긴 했다. 휴대폰을 꺼내 든 하준은 그대로 편집장에게 전화를 걸었다.

"접니다, 편집장님. 지금 어디 계십니까?"

―아, 전무님. 지금 막 촬영장에 왔는데 현이한테 곤란한 일이 생겨서요. 지금은 자세한 설명 드리기 힘드니 일단 나중에 통화하죠.

"알겠습니다."

전화를 끊은 하준은 걱정스러운 눈빛으로 자신을 바라보고 있는 가빈에게 짧게 한숨을 내쉰 뒤 말했다.

"편집장님이 같이 계신다니까 걱정할 필요 없어."

"그래? 정말 다행이다."

안도의 한숨을 내쉬는 가빈을 물끄러미 지켜보던 하준이 말없이 시동을 켜고 차를 출발시켰다. 동시에 무거운 정적이 밀려들고, 싸늘하게 식은 하준의 분위기를 감지한 가빈은 말없이 창문 밖으로 시선을 돌렸다.

내가 뭘 잘못했나? 확인하고자 묻고 싶었지만, 차마 용기가 나지 않아 입을 꾹 다물고 있을 수밖에 없었다. 그렇게 서로 말없이 차를 타고 온 지 40여 분 만에 집 앞에 도착했고, 가빈은 천천히 고개를 들어 하준의 눈치를 살폈다.

"오빠, 다시 촬영장 안 가 봐도 돼?"

가빈의 물음에 하준이 시동을 끄며 대답했다.

"뒷수습하려면 회사로 출근해야지, 옷 갈아입고 갈 거야."

"아, 그래……."

짧게 대화를 마치고, 가빈이 어색해진 분위기에 재빨리 안전벨트를 풀었다. 차에서 내리려던 그때, 옆에서 들린 하준의 목소리에 가빈은 움직임을 멈췄다.

"너, 남궁현 어떻게 생각하고 있는 거야?"

하준의 물음에 가빈이 얼떨한 표정으로 그를 돌아보며 반문했다.

"어떻게 생각……하냐니?"

"혹시, 좋아해?"

연이은 하준의 질문에 가빈은 선뜻 답하지 못하고 말머리를 돌렸다.

"그런 걸 왜 물어? 그만 내려."

다급하게 차 문을 연 가빈은 왼쪽 발목에서 느껴지는 통증에도 꾸역꾸역 발을 내디뎠다. 전신에 찌릿찌릿한 느낌이 전해졌지만 애써 무시하고 힘겹게 한 발 한 발 걸어 나가던 가빈은, 뒤에서 자신의 어깨를 붙잡는 하준의 손길에 멈춰 섰다.

"내 팔 잡아."

"혼자 걸을 수 있어."

"집까지 안고 갈까?"

더 고집부렸다간 멋대로 하겠다는 듯 경고하는 하준의 눈빛에, 가빈은 결국 그의 곁에서 팔을 붙잡고 섰다. 그러자 하준이 기다렸다는 듯이 그녀의 앞을 가로막은 채로 내려다보며 천천히 입을 열었다.

"너하고 남궁현, 무슨 사이냐고 물었어, 넌 대답 안 했고."

가빈은 난감한 표정으로 눈을 내리뜨고 대답했다.

"아무 사이 아니야, 그냥 서로 친구일 뿐이야."

"확실해?"

가빈의 손을 포개어 잡고선 하준이 묻자 가빈이 짧게 한숨을 내쉬며 대답했다.

"그래, 그러니까 그만해."

유치하게 질투라도 하는 건가 싶어 허탈한 소리를 낸 가빈은, 자연스럽게 그를 오빠가 아닌 남자로 인식한 것에 대해 속으로 내심 놀랐다. 이러면 안 되는데…… 매번 힘겹게 다잡은 마음이 힘없이 무너지고 있음에 가빈은 속으로 크게 당황했다.

"바보 같아."

"뭐?"

속으로 한 혼잣말이 갑자기 입 밖으로 튀어나오자, 가빈이 놀란 눈빛으로 하준을 바라보며 고개를 세차게 저었다.

"아니야, 아무것도."

한시라도 빨리 들어가 쉬고 싶은 마음에 발걸음을 재촉하려 애쓰던 가빈은, 대문을 막 들어서려던 중, 자신의 팔을 밀어내는 하준의 행동에 의아해하며 그를 돌아봤다.

"왜?"

"먼저 들어가, 차에 뭘 두고 왔어."

하준의 말에 가빈은 작게 고개를 끄덕이곤 천천히 한 발 한 발 움직여 대문 안으로 들어갔다.

가빈이 눈앞에서 천천히 멀어지자, 그녀를 물끄러미 지켜보고 있던 하준이 차가 아닌 반대 방향으로 걸어갔다. 그가 담벼락 옆, 높이 솟아있는 전봇대에 다다를 때쯤이었다. 익숙한 얼굴이 마치 기다렸다는 듯 하준에게 다가섰고, 그는 작게 묵례로 인사했다.

"오랜만입니다, 아주머니."

화답이라도 하는 듯 홍인숙도 환한 미소를 지으며 그에게 인사했다.

"오랜만이에요, 하준 군."

갑작스러운 세련의 연락을 받고 술집에 들어선 민호는, 룸에 들어서자마자 보인 광경에 짙은 한숨을 내쉬었다. 테이블 위에 양주와 안주들이 널브러져 있었고, 바닥엔 마이크가 선이 꼬인 채 나뒹굴고 있었다.

"어? 왔어요?"

민호는 자신을 발견하곤 환하게 웃으며 반기는 세련의 얼굴을 곰곰이 뜯어봤다. 술을 많이 마셨는지 눈이 풀리고 얼굴이 벌겋게 달아올라 있었다. 거기다 제대로 술독에 빠질 요량인지 손에는 술을 가득 채운 잔이 들려 있었다.

"왜 혼자 있어요? 매니저는요?"

민호가 맞은편 자리에 앉으며 묻자 세련이 잔에 든 술을 들이켜며 대답했다.

"보냈어요, 그쪽 온다고 해서."

세련의 말에 민호가 장난스러운 미소를 지으며 어깨를 으쓱했다.

"영광이네요, 강세련 씨가 저랑 단둘이 있으려고 매니저까지 보내다니."

"정말 그렇게 생각하는 거 맞아요? 표정은 그렇지 않은 거 같은데?"

세련이 초점을 잃고 반쯤 풀어진 눈을 끔뻑끔뻑 거리며 말하자, 민호가 피식 웃으며 대꾸했다.

"귀찮았음 여기까지 오지 않았죠, 저 생각보다 바쁜 사람이거든요."

"뭐하는데 바빠요? 대학생 맞죠? 지금 방학 아닌가?"

세련이 소파에 몸을 기대며 묻자 민호가 잠시 생각하는 듯하더니 대답했다.

"내일이면 알게 되겠네요. 내가 왜 바쁜지."

"내일이요?"

무슨 소리냐는 듯 세련이 고개를 기울이자 민호가 상체를 꼿꼿이 세운 상태로 웃으며 대답했다.

"앞으로 자주 보게 됐어요, 이번 뫼비우스의 띠에서 강승윤 역을 맡게 되었거든요."

민호의 말에 세련이 순간 술이 확 깨는지 두 눈을 동그랗게 뜨며 반문했다.

"정말이에요?"

"네."

"그럼 왜 얼마 전 미팅에……."

"아, 그건 사정이 좀 있어서 참석 못 했어요. 그런데…… 뭔가 굉장히 못마땅한 표정이네요? 내가 강승윤 역할 하는 게 그렇게 마음에 안 드나?"

민호가 천연덕스럽게 웃으며 묻자 세련이 심드렁한 표정으로 대답했다.

"뭐, 그런 건 아니에요. 축하해요."

"고맙습니다. 영혼 없는 축하."

능글맞게 대꾸하는 민호를 세련이 물끄러미 바라봤다. 분명 빈정대는 것 같은데 묘하게 밉거나 거슬리지 않았다. 오히려 편하다고 할까? 자신이 남자를 편하게 생각하다니, 신기하단 생각에 민호를 한참 동안 훑어보던 세련은 문득 떠오른 생각에 한숨을 푹 내쉬고 입을 열었다.

"오기 전에 기사 봤어요? 레니 기사."

허를 찌르듯 훅 들어오는 세련의 질문에, 잔을 들던 민호가 흘끔 그녀를 바라봤다.

"뭐, 오늘 하루 종일 떠들썩했던 사건이니 못 봤을 리 없겠죠, 더구나 상대가 친군데."

"현이는…… 별말 없던가요?"

세련이 평상시와 달리 진지한 얼굴로 묻자 민호가 그녀를 유심히 지켜보다 술을 한 모금 들이켜며 대답했다.

"무슨 말이요?"

"뭐 그냥……."

"강세련 씨가 기자한테 레니가 현이라고 흘린 거?"

폐부를 찌르는 민호의 말에 세련이 움찔하며 동작을 멈췄다. 새파랗게 질려가는 얼굴, 그 모습을 가만히 지켜보던 민호가 짧게 한숨을 내쉬곤 입을 열었다.

"맞나 보네? 설마 했는데."

"……."

"왜 그랬어요? 현이가 레니라고 밝혀지는 거 죽기보다 싫어한다는 걸 모르진 않았을 텐데."

아까와 달리 민호가 진중한 표정으로 물었다. 세련이 잠자코 손
에 든 잔을 만지작거리다 내려놓았다. 그러곤 민호와 눈을 마주 본
상태로 천천히 말을 꺼냈다.

"기사 타이틀이 주로 뭐라고 나왔는지 확인했어요?"

세련의 물음에 민호가 잠시 머릿속의 기억들을 되돌려 생각한
뒤 대답했다.

"'강세련의 연인, 레니. 알고 보니 초절정 꽃미남 작가'라는 유독
낯간지러운 기사 제목이 떠오르긴 하네요."

"내 스캔들하고 연계해서 타이틀 잡으라고 요청했어요, 사실 그
렇게라도 엮이고 싶었거든요, 현이하고."

"……."

"뭐, 치졸하지만 그렇게라도 붙잡고 싶은…… 최후의 발악이라
고나 할까?"

세련이 씁쓸하게 웃고선 잔에 술을 채워 단숨에 들이켰다. 어릴
적부터 연예계에서 산전수전 겪으며 남자라면 혐오스럽게 여기던
자신이 처음으로 마음을 주고 좋아했던 사람이었다.

자기 자신이 구차하고 궁색한 걸 알면서도 자꾸만 멀어지려는
현을 도저히 참고 지켜보고만 있을 수 없었다. 차라리 억지로라도
자신의 옆에 있게 하고 싶었다.

비록 끝은 최악일지 몰라도 그렇게라도 해 보고 포기하는 게 차
라리 덜 괴로울 것 같았다. 이기적인 걸 알면서도.

세련은 밀려드는 두통에 한쪽 눈을 찡그리며 짧은 한숨을 뱉어

냈다. 갑자기 술기운이 올라오는 기분이었다.

"괜찮아요?"

가만히 세련을 주시하던 민호가 상체를 휘청거리는 그녀의 모습에 걱정스러운 눈빛으로 물었다.

"뭐, 아직까진?"

"그만 가요, 데려다 줄게요."

가자는 민호의 말에 세련이 고개를 세차게 내저으며 말했다.

"됐어요, 저번처럼 길거리에 버려두고 가게요? 이따 매니저 오빠 오기로 했으니까 가려면 당신이나 가요."

손을 휙휙 저으며 말하곤 세련이 거짓말처럼 그대로 소파에 스르르 쓰러졌다. 놀란 민호가 자리에서 일어나 곁으로 다가섰지만, 그녀는 이미 잠든 상태였다.

황당함에 피식 웃음을 터트린 민호는 그대로 쪼그려 앉아 세련을 우두커니 바라보며 중얼거렸다.

"우리 현이가 능력자는 능력자네, 천하의 강세련이 이렇게까지 집착하는 걸 보면…… 부러운 자식."

한참 동안 세련을 바라보던 그는 주머니에서 느껴지는 휴대폰 진동 소리에 몸을 일으켜 확인했다.

[사이코]

사장임을 확인한 민호의 얼굴이 순식간에 어두워졌다. 받기 싫은 마음에 한참을 망설이던 그는, 끊임없이 울려대는 진동소리에 결국 조심스레 통화버튼을 눌렀다.

"여보세요."

—뭐하는데 전화를 이렇게 늦게 받아?

날카로운 사장의 목소리에 미간을 찌푸린 민호가 최대한 감정을 억제하곤 애써 담담한 어조로 말했다.

"죄송합니다. 진동을 못 느꼈어요."

—됐고, 여기 '레드홀스'야, 당장 이리로 와. 소개시켜 줄 사람 있으니까.

소개란 말에 그의 얼굴이 종잇장처럼 구겨졌다. 기획사에 들어간 이후로 잦아진 술자리, 갈 때마다 겪은 끔찍한 경험들이 불현듯 머릿속에 떠올라 민호는 입술을 꽉 깨물고 속으로 숨을 삼켰다.

"오늘은 제가 약속이 있어……."

—이 미친 새끼가 지금 뭐라고 하는 거야? 당장 안 튀어와?

"사장님."

—너, 내일 첫 촬영 펑크 내고 싶지? 어?

사장의 협박에 분노가 치솟았지만 그는 애써 억제하며 차분히 대답했다.

"알겠습니다. 지금 바로 출발하겠습니다."

뚝, 통화를 마친 민호는 주체할 수 없는 감정에 이를 꽉 다물고 눈을 질끈 감았다 떴다.

지옥, 만약 지옥이 있다면 자신이 경험하고 있는 지금 현세가 바로 지옥일 것이다. 암담함에 숨이 멎을 것처럼 갑갑해져 왔다.

"휴우……."

답답함에 길게 숨을 뱉은 그는 새근새근 잠이 든 세련을 우두커니 내려다봤다. 그러곤 일단 깨워야겠다는 생각에 민호는 그녀의 어깨를 잡고 흔들기 시작했다.

"강세련 씨, 좀 일어나 봐요."

"으음……."

서서히 정신이 드는지 천천히 상체를 일으키는 세련을 맞은편에 서서 지켜보던 그가 속으로 안도했다. 혹시 저번처럼 인사불성이진 않을까 걱정했던 민호는 다행이란 생각과 함께 그녀에게 손을 내밀었다.

"휴대폰 주세요, 제가 매니저한테 연락할게요."

민호의 목소리에 눈을 게슴츠레 뜬 세련이 말없이 한참 그를 바라보다 천천히 입을 열었다.

"가려고요?"

"아, 제가 갑자기 일이 생겨서…… 어?"

민호는 말하는 도중 자신의 멱살을 잡아 앞으로 잡아당기는 세련의 행동에, 상체가 앞으로 쏠려 엉거주춤한 자세가 되어 버렸다.

"앗!"

"왜? 이번에도 혼자 버려두고 가게요?"

"저, 저기 강세련 씨…… 이거 좀 놓고 얘기……."

"다른 남자들은 나랑 말 한마디라도 섞어 보려고 난린데! 왜 당신이나 현은 날 그렇게 무시하는 건데?"

"강세련 씨……?"

"내가 그렇게 여자로서 별로예요?"

눈물을 글썽이며 묻는 세련의 모습에 말문이 막힌 민호가 멍하니 그녀를 바라봤다. 울컥했는지 한번 숨을 들이켠 세련이 그를 정확히 바라보며 말을 꺼내기 시작했다.

"나도 알아! 안다고! 철없고 이기적인 거! 그런데 어떡해? 항상 받기만 해서 이렇게밖에 표현을 못 하겠는데…… 너무너무 좋아하는데 모르겠단 말이야, 어떻게 해야 개가 날 좋아할지! 어떻게 해야 내가 개 옆에 있을 수 있는지 모르겠다고."

"……."

"하아…… 그런데 당신이 봐도 내가 정말 별로야? 응? 나 정도면 괜찮지 않아?"

한참을 횡설수설 말하던 세련이 고개를 갸웃거리며 묻자, 민호가 그런 그녀가 귀엽다는 듯 바라보며 입을 열었다.

"지금 나 유혹하는 겁니까?"

민호의 장난스러운 목소리에 세련이 미간을 좁히며 턱을 위로 치켜세웠다.

"유혹한다고 당신이 넘어올 거야?"

"물론."

냉큼 대답한 민호는 오른손으로 세련의 턱 끝을 잡고 그대로 자신의 입술을 세련의 입술에 포갰다.

갑작스러운 상황에 당황한 세련이 두 눈을 동그랗게 떴지만, 이내 입술 새로 부드럽게 들어오는 혀의 감촉에 두 눈을 질끈 감고 먹살을 잡고 있는 손에 힘을 꽉 줬다.

세련은 정신이 몽롱해지고 몸이 뜨겁게 달아오른 것을 느꼈다. 한참 동안 온몸을 녹여 버릴 듯 달콤하게 입안을 맴돌던 혀가 천천히 멀어지고, 세련은 그제야 조심스럽게 눈을 떴다. 그녀는 벌겋게 달아오른 얼굴로 민호를 응시했다.

"가, 갑자기 이게……."

"강세련 씨 같은 여자 분이 유혹하면 나 같이 외로운 놈은 홀라당 넘어갈 수밖에 없어요."

민호가 능청스럽게 말하곤 멍한 눈빛을 하고 있는 세련의 왼쪽 뺨에 살짝 키스를 했다. 그러곤 놀란 눈으로 마주 보는 세련에게 특유의 반달 같은 눈웃음을 지어 보이며 말을 이었다.

"고마워요, 덕분에 지옥행 열차 타기 전에 천국 구경 제대로 하고 가요."

"황민호…… 씨?"

"이제 어느 정도 정신 차린 것 같으니 전 이만 가 볼게요."

민호가 석고상처럼 여전히 자신의 멱살을 잡고 있는 세련의 손을 부드럽게 떼어 냈다. 그러곤 묘한 표정으로 세련에게 손 인사를 한 뒤, 그대로 밖을 향해 걸어갔다.

6화

돌아서 갈 곳은 보이지 않는다

홍인숙을 바라보는 하준의 눈빛에 의아함과 불안함이 담겨 있었
다. 박하연이 세상을 떠나고, 고향으로 내려간 이후로는 연락조차
되지 않던 그녀가 갑자기 나타나다니. 하준은 잠시 생각 끝에 천천
히 입을 열었다.

"갑자기 연락도 없이 여긴 어쩐 일이십니까?"

경계심이 느껴지는 하준의 눈빛에 홍인숙은 가빈이 안으로 들어
간 대문을 흘끗 한번 바라보곤 눈시울을 붉히며 말했다.

"가빈이가 잘 지내는지 궁금해서요."

"······."

"가빈이가 너무 보고 싶기도 하고······."

홍인숙이 겨우 눈물을 삼키곤 부르르 떨리는 입술 새로 힘겹게

말을 내뱉었다. 그러고는 말없이 하준을 응시했다.

아들을 먼저 하늘로 보내고, 이후 고아원에서 알게 된 박하연을 딸처럼 여기며 돌봤던 홍인숙은, 그녀마저 세상을 떠나보내고 난 뒤 삶의 이유를 잃어버리고 말았다.

절망했다. 자신 때문에 꽃 같은 인연들이 줄줄이 세상을 떠나는 것 같아 하루하루가 지옥과 같았다. 그들을 따라 죽을 생각으로 고향에 내려가 수면제를 먹고 자살시도까지 했지만, 얄궂게도 주변 이웃에 의해 발견되어 질긴 목숨 줄을 연명할 수밖에 없었다.

그 뒤로 그녀는 저는 죽을 가치조차 없는 사람인가 보다, 라는 생각으로 정신을 놓은 사람처럼 집 안에 처박혀 살았었다. 가빈이가 그립고 보고 싶었지만, 박하연이 자신 때문에 죽은 것 같아 연락도 끊고 숨죽이고 살았다.

그런데 어느 날 갑자기 류목형이 보낸 사람이 그녀의 집을 찾아왔고, 그는 만나자는 제안을 해 왔다. 마음 같아선 보고 싶지 않았지만 박하연과 가빈이를 생각해 그의 제안을 고민 끝에 받아들이고 그녀는 오늘 류목형을 만났다.

"하연이가 언젠가 제게 말하더군요, 가빈이의 출생에 대해 아주머니께서도 전부 다 알고 있다고."

만나자마자 자신에게 건넨 그의 한마디, 이후 류목형은 평생 구경조차 못 할 돈을 건네며 말을 이었다.

"전부 다 잊고 멀리 떠나세요, 오늘부터 하연이를 비롯해 가빈이 일은 다 잊고, 그 아이 앞에도 절대 나타나지 말란 말입니다. 아시겠습니까?"

안 그래도 죽은 사람처럼 살려 했다며 한사코 돈을 거절했음에도, 류목형은 통장으로라도 입금할 테니 일 두 번 하게 하지 말라는 차가운 말로 그녀를 옭아맸다. 하지만 홍인숙은 끝끝내 돈을 거절했고, 이후 지체 없이 고향으로 돌아가기 위해 버스터미널로 향했다.

차표를 사기 위해 가방을 뒤적거리던 그녀는 넣어 둔 채 잊고 있었던 일기장을 뒤늦게 발견하곤, 순간적으로 박하연을 떠올리며 가빈이 있는 곳으로 발길을 돌릴 수밖에 없었다.

"이기적인 욕심으로 그 아이를 낳았는데, 결국 끝까지 책임지지도 못하고 가빈이를 그 사람에게 보냈어요. 불쌍한 그 아이가 지금보단 좋은 환경에서 자라길 바라는 마음으로…… 정말 그 아이를 위하는 길이다 싶어 믿고 보냈는데…… 사실은 말도 못 하고 심신이 미약한 내가 그 아이를 책임질 자신이 없어 하는 비겁한 변명일 뿐이었어요. 가빈이는 원하지 않았는데 내가 내 마음 편하자고 그 아이를 억지로 그 집에 보낸 거예요. 모든 사람을 속이면서까지, 잔인하게도."

가빈이를 류목형에게 보낸 것에 대한 후회를 하며 오열하던 박하연의 모습,

　　"그 사람은 말렸지만 난 할 수만 있다면 나중에라도 가빈이에게 진실을 말하고, 그 아이가 원하는 삶을 살게 해 주고 싶어요."

　힘겹게 자신의 손바닥 위에 글씨를 써내려가며 애원하던 박하연이 떠오르며, 홍인숙은 자신도 모르게 가빈이 사는 곳에 이끌리듯 찾아왔다.
　가빈이가 태어난 순간부터 박하연이 쓰기 시작한 일기장, 모든 비밀이 담긴 이 일기장을 가빈에게 넘겨줘야 한다. 그래서 모든 것은 그 아이가 판단해야 한다는 생각이 홍인숙의 머릿속을 온통 지배하고 있었다.
　"아주머니?"
　한참을 말없이 우두커니 서 있는 그녀를 하준이 부르자, 홍인숙이 움찔 놀라며 마른침을 꿀꺽 삼켰다.
　"어디 편찮으세요? 얼굴색이 안 좋은데⋯⋯."
　조심스럽게 하준이 묻자 멍한 눈빛을 하고 있던 홍인숙이 그제야 정신을 차리곤 고개를 저으며 대답했다.
　"아니에요, 괜찮아요."
　어색하게 웃은 뒤, 홍인숙은 잠시 망설이다 천천히 입을 뗐다.

"저 미안하지만…… 가빈이 좀 잠깐 불러 줄 수 있을까요?"

홍인숙의 부탁에 하준은 선뜻 대답하지 못하고 물끄러미 그녀를 바라봤다. 왠지 모를 불길한 기운이 엄습해 그를 주저하게 만들었다.

"죄송하지만, 오늘 가빈이가 발목을 접질려서 밖으로 나오기 곤란한 상황입니다."

조금 전 가빈이 발을 절뚝거렸던 모습을 떠올리며 홍인숙은 걱정 가득한 눈빛으로 다급하게 물었다.

"많이 다쳤나요? 어쩌다 그렇게……."

"사고가 좀 있었습니다, 다행히 많이 다치진 않았으니 걱정 안 하셔도 됩니다."

가빈이 크게 다쳤을까 봐 가슴이 철렁했던 홍인숙은, 하준의 말에 그제야 작게 안도의 한숨을 내쉬곤 가방끈을 붙잡고 있는 손에 힘을 꽉 쥐었다. 정황상 오늘 꼭 가방 속에 든 일기장을 건네줘야 하건만, 그럴 수 없는 상황에 그녀는 고민할 수밖에 없었다.

"제가 가시는 곳까지 모셔다 드리겠습니다."

어떻게 해야 하나 주저하던 홍인숙은 하준의 호의에 재빨리 손사래를 치며 거절했다.

"아니에요, 난 내가 알아서 갈 테니 하준군은 그만 들어가서 가빈이 좀 돌봐주세요."

"그래도……."

"아! 그러고 보니 차 탈 시간 다 되어 가네요, 그럼 전 이만 가 볼게요."

아무래도 오늘은 안 되겠다 싶은 마음에 대충 핑계를 대고 발길을 돌리려던 홍인숙은, 앞을 가로막는 하준에 의해 우뚝 멈춰 설 수밖에 없었다.

"사실 여쭙고 싶은 말이 있습니다."

진중한 그의 표정에 그녀는 의아한 표정으로 고개를 끄덕였다.

"네, 물어보세요."

"선생님께서 돌아가시기 전, 여자 한 분이 선생님을 찾아왔었다고 하던데 혹시 기억하시나요?"

하준의 물음에 홍인숙은 망설임 없이 대답했다.

"네, 기억해요. 꽤 미인인 데다 고급스러운 옷차림을 한 여자였어요, 나이는 우리 하연이 또래쯤으로 보였고요."

"머리스타일이……."

"짧은 커트 머리였어요, 이렇게 비대칭으로 빗어 넘긴."

홍인숙이 손으로 머리카락을 한쪽 방향으로 쓸어 넘기며 설명하자, 그날 찾아갔던 사람이 자신의 어머니인 이혜연임을 확신한 하준의 얼굴이 급격히 어두워졌다.

"혹시 아시는 분이신가요?"

홍인숙이 묻자 잠시 생각에 빠져 있던 하준이 숨을 들이켜며 대답했다.

"아닙니다. 아, 차 시간 다 되셨을 것 같은데 그러지 말고 제가 데려다……."

"정말 괜찮아요, 내가 알아서 갈 테니 신경 쓰지 말아요."

데려다 주겠다는데도 홍인숙이 한사코 거절하자 하준은 결국 포기하고 그녀가 지나갈 수 있도록 옆으로 비켜섰다.

"그럼 조심히 내려가십시오."

하준이 살짝 묵례하며 인사하자 홍인숙이 잠시 망설이며 가방을 매만지더니 이내 옅은 미소를 띠우며 말했다.

"네, 고마워요. 아! 그리고 우리 가빈이 잘 좀 부탁해요."

홍인숙의 당부에 작게 고개를 끄덕이며 대답한 하준은, 돌아서 가는 홍인숙을 물끄러미 바라보다 집을 향해 발길을 돌렸다. 뭔가 찝찝했지만 기분 탓으로 돌린 그는 초인종을 누르고 문이 열리기를 기다렸다.

그때였다. 걸음을 옮기려던 하준은 자신의 어깨를 잡는 누군가의 손길에 멈춰 섰다.

"오늘은 어떻게 일찍 들어왔구나?"

이혜연의 목소리, 하준은 생각지도 못한 그녀의 등장에 의아해하며 고개를 돌렸다.

"잠시 촬영장에 갔다 문제가 생겨서요, 본사로 들어가기 전 옷 갈아입고 가려고 들렀습니다. 어머니께선 어디 다녀오시는 길이세요?"

하준이 묻자 이혜연이 의미심장한 표정으로 그의 얼굴을 훑어보더니 싱긋 웃으며 대답했다.

"이제 곧 네 외할아버지 생신 아니니? 선물 사러 백화점에 다녀

왔단다."

"아, 네……."

"바쁠 텐데 그만 들어가 보렴, 난 김 실장하고 잠깐 할 얘기가 있어서."

이혜연이 자신의 뒤에 서 있는 김 실장을 눈짓으로 가리키며 말하자 하준이 짧게 묵례를 하고 집 안으로 들어갔다.

"김 실장, 아까 하준이랑 얘기하던 아줌마에 대해 자세히 알아봐."

하준이 시야에서 사라지자마자 표정이 싸늘하게 변한 이혜연이 기다렸다는 듯이 김 실장을 돌아보며 말했다. 낯익은 얼굴인데 묘하게 기억나지 않았다. 그게 이상할 정도로 그녀의 신경을 거슬리게 만들었다.

"네, 사모님."

김 실장이 짧게 대답함과 동시에 이혜연은 입술을 잘근 씹었다. 하준의 차가 집 앞에 들어설 때부터 지켜보고 있었던 이혜연은, 하준이 가빈과 함께 있던 모습을 회상하곤 치솟는 분노에 손끝을 부르르 떨었다.

"그게…… 내 경고를 무시했다 이거지."

이혜연의 입에서 낮고 음산한 목소리가 흘러나왔다. 한동안 눈에 띄지도 않고 잠잠하기에 이제 주제 파악 좀 하고 사나 보다 했건만, 큰 오산이었던 모양이었다.

이혜연은 애써 마음을 냉정히 가라앉히려는 듯 떨리는 손을 꽉 말아 줬었다. 그러곤 날이 잔뜩 선 눈빛으로 가빈의 방이 있는 2층을 가만히 응시하며 김 실장에게 말을 건넸다.

"회장님이 가빈이 저 아이 상대로 삼진물산 장남을 생각하고 있다고 했나?"

"네, 최근에 얘기가 오간 걸로 알고 있습니다."

김 실장의 대답에 이혜연이 미간을 잔뜩 찌푸렸다. 삼진물산이라면 자신의 친정과 척을 질만큼 사이가 좋지 않은 기업이었다. 그런데도 그곳과 혼담을 주고받았다면, 필시 그건 자신과의 인연을 끊어내려는 마음이 어느 정도 있단 얘기였다.

이혜연의 입가에 경련이 일었다. 끝끝내 류목형, 그 작자는 인생에 있어 단 한 번도 자신을 돌아봐 주지 않았다. 여자로서도, 부인으로서도, 한 아이의 엄마로서도.

"뫼비우스의 띠 촬영이 끝나자마자, 황민호 그 아이와 가빈이 약혼식 추진할 거니까 내가 전에 얘기했던 대로 차질 없이 준비해."

"네, 사모님."

빈껍데기나 다름없는 남자와 살면서 산전수전 다 겪은 자신이었다. 그런데 이제 와 하준이가 홍해그룹 회장직에 오르는 걸 보기도 전에 이혼당할 순 없는 일이었다.

대주주란 명목하에 끈질기게 붙어 있다 하준이 회장 자리에 오르게 되면 스스로 무너지는 류목형을 꼭 두고 볼 생각이었다.

"그만 가 봐."

작게 묵례를 하고 선 김 실장이 자리를 뜨자, 이혜연도 그제야 2층에 붙박았던 시선을 거뒀다. 그러곤 아무 일 없었다는 듯 무표정한 얼굴로 유유히 집 안으로 들어갔다.

*　　*　　*

[속보! 신비주의에 감춰져 있던 작가 레니, 드디어 모습을 공개하다.]

[작가 레니, 세계적인 톱모델이자 배우 강세련의 연인으로 알려져…….]

[꽃미남 작가, 레니. 그의 실체를 낱낱이 파헤치다.]

[작가 레니, 20대 초반의 꽃미남 외모를 가진 대학생으로 밝혀져.]

[배우 강세련 측 해명, '그저 배우와 작가로서 친한 사이일 뿐 연인관계 아니다.']

'랭킹뉴스 점령한 것도 모자라 실시간 검색어 1위에서 10위까지 올 킬이라…… 생각보다 여파가 크네.'

소파에 앉아 태블릿 pc를 들여다본 편집장은 걱정 가득한 눈빛으로 말없이 노트북 앞에 앉아 일을 하고 있는 현을 슬쩍 바라봤다.

기자들 사이에서 겨우 빠져나와 집으로 돌아온 현은, 그날 이후 그저 아무 말 없이 일에만 집중하고 있었다. 그 모습이 언제 터질

지 모를 시한폭탄처럼 불안해 보였다. 편집장은 그의 눈치를 살피며 조심스럽게 다가가 앉았다.

"오늘은 좀 쉬지그래? 피곤해 보이는데."

편집장이 말을 건네자 현이 샐쭉해진 표정으로 볼멘소리를 냈다.

"살다 보니 고모가 일을 쉬라는 소리를 다 하시네요."

"아니 뭐, 아무래도 요 며칠 새 네가 안 좋은 일을 겪었으니까……."

"언젠간 제가 언론에 노출될 거라고 예상하셨잖아요."

"이런 식은 아니었지."

"그럼 어떤 걸 예상하셨는데요?"

현이 눈길조차 주지 않은 채 퉁명스럽게 묻자, 편집장이 한숨을 푹 내쉬며 대답했다.

"적어도 이런 스캔들에 휩싸여 어처구니없게 얼굴을 알리게 될 줄은 몰랐지."

그녀는 현이 무조건 기자회견장에서 작품을 통해 얼굴을 공개할 것이라 생각했었다. 이번 작품이 성공하고 그의 마음이 여유로워지면, 자연스럽게 신비주의를 벗으리라.

저 아이가 자신의 누이들을 생각해 참아 왔던 이런 답답한 상황을, 적어도 최소한의 상처만 안은 채 풀어낼 수 있을 거라 믿고 기다려 왔던 것이었다.

그랬는데…… 이렇게 허무하게 가십거리로 전락해 세상 밖에 던져질 거라곤, 그녀는 조금도 생각하지 못했었다.

"강세련과의 스캔들이야 시간이 지나면 점차 누그러질 테니 누나들 얘기만 사람들 입에 오르락내리락하지 않게 신경 써서 막아 주세요."

"그래, 내 인맥 총동원해서라도 그것만은 막을 테니까 걱정하지 마."

"그리고 아버지께서…… 전화하셨는데 일부러 안 받았어요, 고모께서 알아서 잘 얘기해 주시고요."

씁쓸하게 말하는 현의 모습에 편집장이 말없이 고개를 끄덕였다.

"흠, 그럼 나 정말 쉬어도 괜찮은 거죠?"

기지개를 켜고 일어서며 현이 말하자, 편집장이 아까와는 달리 불안한 기색이 역력한 표정으로 반문했다.

"얼마나 쉬려고 그렇게 되묻는 거야?"

"여자가 한 번 내뱉은 말은 지켜야죠, 여아일언 중천금이란 말도 모르세요?"

"몰라, 몰라! 나 그런 말 몰라!"

귀를 막고선 고개를 절레절레 흔드는 편집장을 뒤로한 채, 현은 재빨리 방으로 들어가 옷을 갈아입고 나왔다. 그는 테이블 위에 놓인 차 키와 휴대폰을 손에 쥐며 말했다.

"저 그럼 밖에 좀 나갔다 올게요."

현의 말에 편집장이 화들짝 놀라며 벌떡 자리에서 일어섰다.

"지금 밖에 기자들 있을 텐데 어딜 가겠다는 거야? 지금!"

"이렇게 하고 가면 아무도 몰라요."

현은 안경을 쓴 상태로 캡 모자를 푹 눌러 쓰고, 목도리로 목에서부터 입 부근까지 칭칭 동여맨 채 싱긋 웃어 보였다.

"난 줄 모르겠죠?"

"지금 장난해? 안 돼! 당분간은 밖에 나가지 말고 집에 붙어 있어!"

"죄인도 아닌데 뭐, 그럴 필요까지 있어요? 고모도 제 걱정 그만하고 답답하실 텐데 참지 말고 클럽이나 가세요."

"야! 남궁현!"

"그럼 저 나갑니다."

현은 황급히 자신의 손을 잡는 편집장의 손을 밀치듯 놓고 밖으로 나갔다. 편집장은 눈앞에서 현이 사라지자 머리가 지끈거리는지, 이마를 감싸 쥐고 그대로 소파에 털썩 앉았다. 그 순간 그녀의 입에서 절로 짙은 한숨이 길게 뿜어져 나왔다.

"늦게 배운 도둑질에 날 새는 줄 모른다더니, 저게 아주 연애에 정신을 놨지."

가빈에게 갔을 것이라 지레짐작한 편집장이 피식 웃음을 터트렸다. 차라리 다행이다 싶은 생각도 들었다. 예전 같았으면 현 성격에 지금과 같은 상황을 견디지 못해 집에 처박혀 우울해하고 있었을 것이다. 그녀는 그가 그러지 않는 것만으로도 그저 감사할 따름이었다.

"그럼 난 본격적으로 이번 일 수습 좀 해볼까."

휴대폰을 손에 든 편집장은 이리저리 전화부를 뒤지더니 누군가에게로 망설임 없이 전화를 걸었다. 이후, 상대방이 전화를 받았고 편집장은 환한 얼굴로 먼저 인사를 건넸다.

"나예요, 라임 출판사 편집장 남궁은숙, 그동안 잘 지내셨어요?"

"지금 집 앞에 와 있어, 괜찮다면 잠깐 나와 줄래?"

현의 갑작스러운 연락을 받고 집 밖으로 나온 가빈은, 익숙한 차량을 발견하곤 망설임 없이 다가가 보조석에 몸을 실었다.

"어? 가빈아, 왔어?"

눈을 감은 채 뭔가 생각에 빠져 있었던 현은 보조석 문이 열리며 가빈이 들어와 앉자 놀랐는지 눈을 동그랗게 뜨며 반겼다.

"응, 그런데 너 괜찮은 거야? 이렇게 밖에 돌아다녀도?"

나오기 전까지도 인터넷으로 기사를 확인한 가빈이 걱정스러운 표정으로 묻자, 현이 자연스럽게 그녀의 안전벨트를 메주며 말했다.

"얼마나 대단한 일이라고, 신경 쓰지 마. 어차피 며칠 있으면 수그러들 거야."

"그래도……."

"일단 어디 가서 얘기하자, 여긴 좀 답답하다."

현이 희미한 미소를 지으며 말하자 가빈이 묘하게 변한 그의 분위기를 눈치채곤 고개를 살짝 끄덕였다.

"그래."

가빈의 대답에 현은 만족한 듯 미소를 머금은 채로 시동을 켜고 차를 출발시켰다. 그리고 30여 분이 지난 뒤, 한강 둔치에 차를 세운 현은 탁 트인 한강 전경에 기분이 좋아졌는지 한결 환해진 얼굴로 가빈을 돌아보며 말했다.

"밖에서 커피 한잔 하자."

어딘가 들떠 보이는 그의 모습에 가빈은 맞장구치듯 가볍게 웃어 보였다. 차에서 내린 가빈은 현의 부축을 받으며 벤치로 다가가 앉았다. 추위에 그녀가 어깨를 웅크리자, 현이 자신의 목도리를 풀러 가빈의 목에 둘러주며 주변을 살펴봤다.

"잠깐만 여기서 기다려, 금방 커피 사가지고 올게."

"너도 추운데 목도리하고 있어."

가빈이 도로 목도리를 풀자 현이 재빨리 다시 그녀의 목에 감겨주며 단호하게 말했다.

"나 때문에 여기까지 나와 줬는데 네가 감기라도 걸리면 내가 미안해서 안 되지, 나를 위한 일이다 생각하고 두르고 있어."

"그러다 네가 감기 걸리면 어떡하려고."

"나 이 정도 추위에 감기 안 걸려, 걱정 마! 그럼 나 매점에 다녀올게."

"근처에 매점이 있어?"

주변을 둘러보며 가빈이 묻자, 현이 그녀의 뒤쪽을 손가락으로 가리켰다.

"저기 뒤에 있어, 금방 뛰어갔다 올 테니까 주머니에 손 넣고 있어."

가빈이 미안하단 표정으로 작게 고개를 끄덕이자, 현이 그제야 매점을 향해 뛰어갔다. 혼자 남게 된 가빈은 오랜만에 와 보는 한강을 이리저리 살펴보았다. 살결을 스치는 차가운 바람에 코끝이 시렸지만, 확 뚫린 전경을 보고 있자니 답답했던 속이 뚫리며 눈이 번쩍 뜨이는 기분마저 들었다.

주변에서 산책하는 사람들과 데이트하는 연인들을 구경하기에 여념이 없던 가빈은, 잠시 후 멀리서 뛰어오는 현을 발견하곤 시선을 그에게로 붙박았다.

"천천히 와도 되는데 왜 힘들게 뛰어 와?"

"하아, 오랜만에 운동하고 좋지 뭐. 춥지? 손 좀 줘 봐."

갑작스러운 현의 말에 가빈은 의아한 표정으로 손을 슬쩍 내밀었다. 그러자 현이 한쪽 주머니에서 캔 커피 하나를 꺼내 그녀의 손에 쥐여 준 상태로 뜨거운 입김을 불어 줬다.

"손이 많이 차다, 꼭 쥐고 있어."

손을 감싸는 현의 입김에 가빈은 당황하며 재빨리 그에게서 손을 뺐다. 괜히 민감하게 반응하는 것 같아 가빈은 어색한 표정으로 시선을 돌리며 말을 꺼냈다.

"여기 되게 전망 좋다, 한강 자주 와 봤어?"

가빈이 조금 과장된 목소리로 묻자 현이 피식 웃으며 그녀의 옆에 털썩 앉았다.

"아니, 나도 어렸을 적에 와 보고 처음이야."

대답 후, 현은 주머니에서 캔 커피 하나를 더 꺼내 가빈이 손에 쥔 커피와 맞바꾸며 말했다.

"그걸로 마셔, 이건 식었겠다."

현이 다정하게 말하자 가빈이 미안한지 말없이 손에 쥔 커피를 내려다봤다. 그는 잠시 뭔가 망설이더니 코끝을 긁적이며 천천히 입을 뗐다.

"스캔들 기사 말이야, 그거 믿는 거 아니지?"

현의 말에 가빈이 천천히 고개를 들어 그를 바라봤다.

"강세련 씨하고 스캔들? 믿었는데, 적어도 강세련 씨는 널 좋아하는 것 같아서."

차분한 음성으로 가빈이 말하자 현이 잔뜩 상기된 표정으로 고개를 홱홱 내저으며 말했다.

"그걸 믿었단 말이야? 아니야! 그건 완벽한 오보고, 난 오로지 너만 좋아해."

단호한 한 마디, 가빈은 굳은 얼굴로 시선을 앞으로 돌렸고, 현은 진지한 표정으로 숨을 크게 들여 마시고 말을 이었다.

"진심이야, 널 향한 내 마음, 진심이라고."

마치 머릿속에 새겨 넣겠다는 듯, 한 글자 한 글자 힘줘 말하는 현의 목소리에 가빈은 입이 바짝 말라오는지 마른침을 꿀꺽 삼키

곧 그를 돌아봤다.

간절한 눈빛. 현이 진심으로 다가서자, 가빈은 더는 물러설 수 없음을 깨닫곤 다짐이라도 한 듯 손에 힘을 꽉 준 채 조심스럽게 입을 열었다.

"알아, 너 진심인 거."

짙은 갈색을 띤 그녀의 눈동자가 정확히 현을 향했다.

"그런데 미안해, 난 네 마음을 받아 줄 수가 없어."

망설임 없이 말을 내뱉은 가빈은 이후 크게 흔들리는 현의 눈동자를 마주하곤 미안함에 고개를 떨어트릴 수밖에 없었다.

그 순간 그녀의 주머니에서 진동이 울리기 시작했고, 현의 눈치를 살피며 가빈이 휴대폰을 꺼내 확인했다. 얄궂게도 하준의 전화였다. 가빈은 재빨리 진동소리를 끈 채 휴대폰을 주머니에 집어넣었다.

"오빠야?"

한참 말이 없던 현이 무미건조한 목소리로 묻자 가빈이 당혹스러운 표정으로 입을 꾹 다물었다.

"너도 네 오빠 좋아하는 거야?"

심장을 찌르는 한 마디에 가빈은 놀란 눈으로 현을 올려다보았다. 그녀는 상처받은 듯 처연한 눈빛을 한 그를 마주하곤 숨을 멈출 수밖에 없었다.

몹시 당혹스러워 할 말을 잃은 가빈은 고개를 돌려 현의 시선을 피했다. 마치 치부를 들키기라도 한 듯, 심장이 쿵쾅거리고 머릿속이 온통 새하얗게 물들어갔다.

둘 사이에 흐르는 정적. 가빈은 당황한 표정으로 일단 재빨리 캔 커피를 한 모금 들이켰다. 목을 타고 넘어가는 커피의 따뜻한 기운이 그녀의 가슴속에 잔잔하게 퍼져갔다.

"가빈아?"

가빈은 자신을 부르는 현의 음성에 움찔 놀라며 천천히 고개를 돌렸다. 현의 눈에서 자신의 대답을 듣고야 말겠다는 결연한 의지가 느껴졌다. 왜 그런 걸 묻는 걸까? 오빠와의 사이에서 뭔가를 느끼기라도 한 걸까?

끊임없이 마음속으로 자문하던 가빈은 대답을 재촉하는 듯한 현의 눈빛에, 결국 바짝바짝 말라오는 입술을 한 차례 혀로 훑고선 어물어물 대답했다.

"그럼 좋아하지, 오빤데. 가족이잖아."

현은 유독 가족이란 단어를 강조하며 어색하게 미소 짓는 가빈을 빤히 바라봤다. 애써 태연한 척하는 방어적인 태도에 그의 가슴 한구석이 쓰라리게 반응했다.

현은 자신의 반응을 살피며 안절부절못하는 가빈을 보며 이를 악물었다. 의심이 확신으로 점차 바뀌며 지켜보는 것조차 힘이 들었다.

"그래……?"

현이 묘하게 말꼬리를 늘이며 반문하자 가빈이 작게 고개를 끄덕였다.

"응, 네가 네 누나들 좋아하는 것처럼."

말의 뉘앙스가 묘하게 이상하다는 걸 느꼈지만, 가빈은 일단 불편한 상황을 모면하고자 애써 덤덤한 표정을 지어 보였다. 하지만 여전히 현의 얼굴엔 의미심장함이 묻어 있었다.

마음이 불편해진 가빈은 어떡해서든 분위기를 바꿔보고자, 재빨리 시선을 한강 쪽으로 돌리며 과장된 말투로 말을 이었다.

"와, 오랜만에 오니까 좋다, 여기."

"한강 자주 왔나 봐?"

현이 곧바로 묻자 가빈이 뜨끔한 마음을 숨기려 마른침을 꿀꺽 삼킨 후 대답했다.

"자, 자주 온 건 아니고, 그냥 차 타고 지나가다 많이 봐서 그런가? 되게 익숙하기도 하고 그래서 오, 오랜만에 온 것 같은 기분이 든다고나 할까……? 아! 그러고 보니까 저번에 TV에서 누가 밤에 한강 보면 꼭 도토리묵 같다고 했었는데 진짜 그렇게 보이네? 신기하다, 그렇지?"

"풉."

가빈이 어쩔 줄 몰라 하며 횡설수설 말하자 현이 순간 웃음을 터트렸고, 그녀는 영문을 모르겠다는 표정으로 그의 눈치를 살폈다.

"왜, 왜 웃어?"

가빈이 상기된 표정으로 더듬거리며 물었다. 현은 아무 말 하지 않고 미소 띤 얼굴로 바람에 휘날리는 그녀의 머리카락을 귀 뒤로 넘겨주었다. 그러곤 진지한 표정으로 가빈의 얼굴을 응시했다. 보면 볼수록 만나면 만날수록 그녀에 대한 마음이 점점 더 깊어지는 게 느껴졌다.

자꾸만 욕심이 생겨 눈앞에 보이는 것마저 외면하게 되고, 하준을 향한 그녀의 마음조차 진심이 아닐 것이라 절실히 부정하게 만들었다.

'단순히 착각하고 있는 것이 분명하다, 그저 멋있고 매력적인 오빠라서 동경했고, 그 감정을 사랑이라 오인하고 있을 뿐. 그 이상 그 이하는 아닐 것이다. 차후 좋아하는 사람이 생기면 지금 가지고 있는 감정은 한낱 추억으로 힘없이 잊혀 질 게 분명하다……'

현은 어느 순간부터 진실 따윈 상관없다며, 자신의 생각이 맞을 거라며 마음을 다독이고 있었다.

현은 천천히 가빈에게서 시선을 거두고 한강을 바라봤다. 가슴이 뻥 뚫리고 시원할 줄 알았건만 오히려 더 답답해질 뿐이었다.

"우리 좀 걸을까?"

현이 시선을 앞에 둔 채 묻자, 가빈이 난감한 표정으로 왼쪽 다리를 뒤로 빼며 대답했다.

"그게…… 지금 다리가……."

"아! 미안, 잠깐만."

때마침 전화가 오는지 현이 주머니 속에서 휴대폰을 꺼내 들자 가빈이 하던 말을 멈추고 입을 꾹 다물었다.

내심 다행이다, 라는 생각과 함께 가빈은 현에게 어서 전화를 받으라며 재빨리 손짓했다. 미안한 표정으로 망설이던 현이 잠깐만 기다리는 말과 함께 자리를 옮겼다.

현은 혼자 앉아 있는 가빈이 신경 쓰이는지 슬쩍 한 번 바라보곤 전화를 받았다.

"네."

—어디야? 별일 없는 거지?

혹시 기자들에게 들키진 않았을까 걱정하며 묻는 편집장의 목소리에 현은 장난스럽게 주변을 휙휙 살피며 대답했다.

"생각보다 저한테 관심들이 없네요, 걱정한 게 민망할 정도로."

—그래? 그럼 다행이긴 한데, 어디 숨어서 지켜볼지도 모르니까 조심해. 항상 주변 살피고.

편집장의 말에 현이 피식 웃으며 대꾸했다.

"무슨 첩보영화 찍는 것도 아니고 뭘 그렇게까지 해요, 그렇다고 제가 연예인도 아닌데."

—그래도…….

"알아서 조심할 테니 걱정하실 필요는 없어요. 그나저나 갑자기 전화는 왜 하신 거예요?"

현이 묻자 곧바로 편집장의 목소리가 수화기를 통해 들렸다.

—아, 맞다! 감독님한테 전화 왔었어, 다음 주 진주에서 지방 촬영이 있는데 너도 꼭 같이 내려갔으면 좋겠다고.

"전주요?"

가빈의 고향이 전주였던 걸 떠올린 현이 멍하니 앉아 있는 그녀를 응시했다.

─응, 강세련하고 같이 촬영가는 거라 기자들 때문에 나도 이래 저래 걱정이긴 한데…… 일단 가긴 가야 하는 상황인 것 같더라고, PPL 때문인지 갑자기 촬영 현장이 바뀌는 바람에 시나리오 변경이 불가피한 상황이라, 네가 현장에 꼭 있어야 하는 모양이야. 일단 일에 지장 있으면 안 되니까 내가 알겠다고 대답은 했는데, 괜찮지?

　"의견을 묻는 게 아니라 통보네요."

　─뭐, 그런 셈이 되긴 했는데…… 왜? 가기 싫니?

　"가기 싫다고 우기면 안 가도 되는 거예요?"

　─설마, 너 잠들었을 때 사람 시켜서 침대 채로 전주로 옮겨놓을 생각까지 했는데.

　"……."

　─흠흠, 암튼 가는 걸로 알고 있을 테니까 나중에 딴소리하지 마라. 아! 그리고 가빈이만 괜찮다면 데리고 와도 돼. 아무래도 현장 일이라 너도 정신없을 텐데 한 명이라도 도와줄 사람 있으면 좋지.

　편집장의 말에 현이 잠시 뭔가 생각하더니 천천히 입을 뗐다.

　"당일 촬영 아닐 거 아니에요?"

　─3박 4일 촬영이긴 한데, 걘 상황 봐서 일찍 올라가라고 하면 되지. 너의 사기 진작을 위한 제안이니 알아서 잘 꼬드겨 보도록.

　수화기 너머로 편집장이 실실대는 소리가 들리자 현이 한숨을 푹 내쉬었다. 하여튼 쓸데없이 오지랖이 넓다.

　"아무튼 알겠습니다."

　짧게 대답한 현은 뒤이어 들리는 편집장의 목소리에도, 못 들은 척 재빠리 종료 버튼을 눌렀다.

"미안해, 통화가 좀 길었지?"

꽤 오랜 시간 혼자 기다린 가빈에게 다가서며 현이 물었다.

"아니야, 괜찮아. 사람들 구경하는 것도 재밌는데 뭐."

싱긋 웃으며 대답하는 그녀의 얼굴이 어느새 추위에 얼어 벌겋게 변한 것을 본 현은 그녀의 어깨를 잡아 일으켜 세웠다.

"춥다. 얼른 차로 가자."

현은 말과 동시에 먼저 앞서 걸어가 차 문을 열어줬다. 가빈은 그의 호의에 주춤거리다 결국 고맙다는 말과 함께 차에 천천히 올라탔다.

"나 때문에 괜히 추위에 고생했네, 히터 켰으니까 곧 따뜻해질 거야."

운전석에 앉자마자 히터부터 작동시킨 현은 바로 액셀을 밟고 차를 출발시켰다. 잠시 후 차 안에 온기가 돌았고, 한결 편안해진 분위기 속에서 현이 조심스럽게 입을 열었다.

"가빈아, 혹시 다음 주에 시간 괜찮아?"

"다음 주?"

가빈이 의아한 표정으로 반문하자, 현이 작게 고개를 끄덕이며 대답했다.

"응, 뫼비우스의 띠 지방 촬영 가는데 전주에서 하나 봐. 너만 괜찮다면 내 일도 도와줄 겸 같이 가면 좋을 것 같은데, 어때?"

갑작스러운 현의 제안에 가빈이 머뭇대며 천천히 입을 뗐다.

"괜히 따라갔다 오히려 방해만 되는 거 아닌지……."

"일하러 가는 건데 방해될 게 뭐 있어! 전주면 네 고향이기도 하니까 오히려 도움되고 좋지, 너무 어렵게 생각할 거 없고 가서 보조만 맞춰 주면 돼."

현의 말에 골똘히 고민하던 가빈은, 기왕지사 보조 작가 일을 도와주기로 한 거 끝까지 책임지잔 생각에 작게 고개를 끄덕이며 긍정했다.

"알겠어, 그럼 날짜하고 시간, 문자로 보내 줘."

가빈의 대답에 내심 속으로 초조해하던 현이 흐뭇한 미소를 지어 보였다.

"응, 정해지는 대로 바로 보내 줄게."

현은 기다렸다는 듯이 대답하곤 운전에 집중했다. 가빈의 집 앞에 도착한 현은 차를 세운 뒤, 애써 아쉬운 표정을 감추며 그녀를 돌아봤다.

"고마워, 오늘 나와 줘서."

"아니야, 네 덕에 바람 잘 쐬었어."

환하게 웃으며 대답한 가빈은 이후, 안전벨트를 풀고 차 밖으로 나가 현을 돌아보며 인사했다.

"운전 조심해, 그리고 오늘 고마웠어."

"그래, 그럼 조심히 들어가고 다음 주에 보자."

서로 짧게 인사를 나누고 가빈은 한결 밝아진 표정으로 집으로 발길을 돌렸다. 현과 헤어지고 나서 긴장감이 풀려서인지, 그제야 왼쪽 발목이 욱신거리는 게 느껴졌다.

가빈은 힘겹게 한 발 한 발 내디뎌 걷기 시작했다. 초인종을 누르려던 그때, 가빈은 자동문처럼 스르륵 열리는 대문에 흠칫 놀라며 두 눈을 동그랗게 떴다.

"오……빠?"

설마 하준이 대문 너머에 있을 것이라 상상조차 못 한 가빈은 의아한 눈빛으로 그를 응시했다.

"여기서 뭐 해?"

가빈의 반문에 하준이 냉랭한 표정으로 현의 차가 있던 곳을 흘끔 바라보고선 입을 열었다.

"어디 갔다 오는 거야?"

"어? 그냥 잠깐 앞에…… 아!"

하준의 시선을 피하며 대답하던 가빈은 자신의 턱을 잡아 추켜올리는 하준의 행동에 놀라며 말을 삼켰다.

"거짓말할 거면 차라리 아무 말도 하지 마."

"……."

"따라와."

가빈의 얼굴에서 손을 뗀 하준은 지체 없이 집 안으로 향했다. 찬바람 쌩쌩 부는 하준의 태도에 놀란 가빈은, 잠시 멈춘 상태로 그를 물끄러미 지켜봤다. 뭔가 불길한 예감이 그녀를 끊임없이 자극했다.

한참을 주춤거리던 가빈은, 더 이상 그가 보이지 않자, 그제야 천천히 발걸음을 옮겨 집 안으로 들어섰다. 가사도우미들의 인사를 받고 긴장한 표정으로 계단을 올라선 그녀는, 서서히 눈에 보이는 하준의 모습에 자신도 모르게 숨을 깊게 들이켰다.

"내 방으로 갈까? 네 방으로 갈까?"

마치 유혹이라도 하듯 하준이 나직이 묻자, 가빈이 침을 한 번 꿀꺽 삼키고는 대답했다.

"그냥 여기서 얘기해."

"네 방이 낫겠군."

한 마디 내뱉은 하준은 망설임 없이 성큼성큼 가빈에게 다가서 그녀의 손목을 홱 잡아끌어 당겼다. 그러자 순간적으로 발목에 무리가 갔는지 가빈의 다리가 풀리며 몸이 앞으로 기울어졌다.

신형이 무너지며 바닥에 닿기 직전, 다행히 하준의 팔이 아슬아슬하게 그녀의 허리를 감쌌고, 고통에 미간을 잔뜩 찌푸린 가빈은 코앞까지 다가선 그를 놀란 눈빛으로 올려다봤다.

"괜찮아?"

"……아, 응."

"이렇게 아픈데도 그 녀석을 만나러 나갔다 왔단 말이지?"

잔뜩 날이 선 그의 목소리에 가빈이 움찔하며 입을 꾹 다물자, 하준이 자리에서 일어나 자연스럽게 그녀를 두 팔에 안았다.

"여기 집이야! 빨리 내려 줘!"

가빈이 붉게 달아오른 얼굴로 낮게 소리치자, 하준이 무심한 표정으로 그녀를 내려다보며 중얼거리듯 말했다.

"그래, 집이지. 그러니까 조용히 해."

경고하듯 말을 내뱉은 하준은 가빈을 안고선 그대로 그녀의 방 안으로 들어갔다. 눈앞에 보이는 침대 위에 가빈을 조심스럽게 내려 준 하준은, 자연스럽게 한쪽 무릎을 꿇고 앉은 뒤 그녀의 왼쪽 발에 신겨진 양말을 벗겨냈다.

"지, 지금 뭐 하는 거야!"

생각지도 못한 그의 행동에 당황한 가빈이 손으로 저지하자 하준이 날카로운 눈빛으로 그녀를 올려다봤다.

"얌전히 있는 게 좋을 거야, 확 덮쳐 버리기 전에."

진담인지 아닌지 가늠하기 힘든 그의 말에 할 말을 잃은 가빈은 결국 입을 꾹 다물고 그를 지켜봤다. 그녀의 머릿속에 본능적으로 적색등이 켜졌고, 버릇처럼 그의 눈치를 살피기 시작했다.

하준은 발목을 이리저리 살피더니 잠시 후 자리에서 일어나 말 없이 밖으로 나갔다. 그렇게 5분 정도의 시간이 흐르고 난 뒤, 그는 손에 찜질 주머니를 손에 든 채 다시 방 안으로 들어왔다. 하준은 가빈을 내려다보며 말을 툭 내뱉었다.

"코트 벗어."

그의 말에 영문을 모르겠단 표정으로 방설이던 가빈은 빨리 벗으라는 그의 재촉에 결국 쭈뼛쭈뼛 외투를 벗었다. 그러자 하준이 그 옷을 받아 휙 의자에 걸쳤고, 이후 자신 역시 겉옷을 벗어 그녀의 옷 위에 포개어 놨다.

"뜨거우면 말해."

하준이 무심한 어조로 말하곤 찜질 주머니를 발목에 대자 가빈이 살짝 당황하며 그를 응시했다. 어느새 태연한 표정으로 자신의 발을 찜질하는 그를 보고 있자니, 마치 롤러코스터를 타고 막 내려온 듯 정신이 몽롱해지는 기분마저 들었다.

가빈은 발을 간질이는 그의 손길에 아찔해져 아랫입술을 꽉 깨물었다. 점차 묘해지는 기분. 더 이상 참기 힘든지 결국 그녀는 고요한 정적을 깨며 조심스럽게 입을 열었다.

"내가 할게, 이리……."

"마음 같아선 널 어디에라도 가둬두고 아무도 못 만나게 하고 싶어."

귓가를 파고드는 나지막한 그의 음성에 가빈이 멈칫했다.

"뭐?"

"네가 고3 때, 아버지께서 수능을 핑계 삼아 널 잠깐 우리 집에 데리고 들어왔던 거 기억해?"

하준의 질문에 가빈이 의아한 눈빛으로 미간을 좁혔다.

"그때 얘긴 갑자기 왜?"

"난 그때 네게 분명 기회를 줬어, 나한테서 멀어질 수 있는 기회."

"……지금 그게 무슨 소리……."

"내가 널 원하기 전에 내게서 멀어지는 게 좋을 거야, 그러니 앞으론 내 앞에서 함부로 웃지도, 다가서지도 마."

머릿속에 낙인처럼 찍힌 듯, 순간적으로 떠오른 그의 말에 가빈이 입을 닫았다. 둘의 사이가 걷잡을 수 없는 소용돌이에 휩싸인 듯 급변하기 시작했던 시점. 그 기억에 가빈의 몸이 민감하게 반응하며 살짝 떨리기 시작했다.

"됐으니까 그만 나가, 피곤해."

그때를 기억하고 있자니 잊고 있었던 다른 과거들이 속속들이 떠올라 그녀를 당혹스럽게 만들었다.

침대 위에서 등을 돌리고 앉은 가빈은 하준이 빨리 나가기만을 잠자코 기다렸다. 불편한 기운이 전신을 감싸고 있는 지금 이 시간이 빨리 지나가기만을 바랐다.

"싫어."

등 뒤에서 들린 그의 한마디. 황망하게 고개를 돌린 가빈은, 자신의 어깨를 잡은 채 그대로 침대로 드러눕히는 하준의 손길에 당황하며 다급하게 소리쳤다.

"무슨 짓이야! 이거 놔!"

위에서 자신을 내려다보는 하준의 눈빛과 자세에 가빈의 얼굴과 목 주변이 온통 새빨갛게 달아올랐다.

가빈은 어떡해서든 그의 손길에서 벗어나려 버둥거렸지만, 이내 하준의 무감한 시선에 움찔하며 뭐에 홀린 듯 입술을 닫고 그를 마주 봤다.

"날 자꾸 불안하게 만들지 마, 그럴수록 너만 더 힘들어질 테니."

상체를 내려 가빈의 귀와 목덜미 사이에 입술을 가져가 속삭인 그는, 아찔한 기분에 두 눈을 질끈 감는 가빈을 흘긋 돌아보며 말을 이었다.

"앞으론 남궁현 그 자식하고 같이 있는 모습 내 눈에 띄지 않도록 조심하는 게 좋을 거야, 류가빈. 알겠어?"

온몸을 옥죄는 강압적인 그의 말에 가빈은 숨을 들여 마시고 가만히 그를 응시했다. 속을 알 수 없는 냉랭한 그의 얼굴을 마주 보고 있자니, 선뜻 입에서 말이 튀어나오질 않았다.

둘 사이에 묘한 기류가 흐르고, 한참 동안 가만히 가빈을 내려다보던 하준이 먼저 시선을 거두며 천천히 몸을 일으켰다. 그는 바닥에 내려놓은 찜질 주머니를 그녀의 손에 쥐여 주며 말했다.

"찜질하고 자."

하준은 의자에 걸쳐 둔 코트를 손에 들며 한 마디 더 덧붙였다.

"그리고 보조 작가 일은 당장 그만둬."

하준의 냉담한 어조에 반응하듯 재빨리 몸을 일으킨 가빈은 붉으락푸르락한 얼굴로 목에 힘을 꽉 준 채 말을 내뱉었다.

"내가 처음으로 하고 싶어서 한 일이야! 이건 오빠가 간섭할 문제가 아니라고!"

흥분한 그녀의 목소리에 하준이 방문 손잡이에서 손을 떼며 가빈을 돌아봤다.

"앞으로 그런 기회는 얼마든지 있다고 얘기해 줬을 텐데."

"오빠!"

"멋대로 하고 싶다면 그렇게 해, 하지만 뒷감당은 각오해야 할 거야."

하준은 차갑게 마지막 말을 내뱉곤 그대로 문을 열고 밖을 나왔다. 뒤이어 가빈의 목소리가 들렸지만 하준은 애써 외면했다. 그때, 누군가 밑으로 내려가는 소리가 들렸다.

누구지? 재빨리 계단 아래로 내려간 하준은 먼저 눈에 띈 가사도우미를 붙잡고 애써 침착하게 물었다.

"방금 누가 2층에서 내려왔을 텐데, 혹시 못 봤어요?"

"아, 네. 방금 회장님께서 내려오셨는데⋯⋯."

"아버지께서요?"

류목형이 2층에 올라왔었다는 소리에 하준의 얼굴이 어둡게 돌변했다. 아마 둘이 함께 있는 모습을 보고 말없이 내려왔을 것이리라.

하준은 류목형이 있는 방 쪽을 슬쩍 바라봤다. 어차피 끊임없이 부딪쳐야 하는 문제, 이제 와 돌이킬 수도, 그럴 마음도 없다. 그리 결론지은 하준의 얼굴에 결연한 빛이 서렸다.

"알겠습니다, 가서 일 보세요."

가사도우미를 보낸 하준은 한동안 말없이 우두커니 선 채로 류목형의 방문을 지켜봤다.

뫼비우스의 띠 지방 촬영장으로 향하는 차 안에 탄 가빈은, 불안한 표정으로 휴대폰을 만지작거렸다.

발목도 좋아지고 류목형에게 허락도 받고 온 상태였지만, 하준

몰래 온 것이 아무래도 마음에 걸리는지 그녀는 연신 손톱을 물어 뜯으며 공허한 눈빛으로 창밖을 내다봤다.

"무슨 일 있어? 표정이 안 좋은데."

옆에서 지켜보던 현이 걱정스러운 눈빛으로 묻자 가빈이 흠칫 놀라며 그를 돌아봤다.

"아! 속이 좀…… 안 좋아서."

"그래? 그럼 휴게소에 잠깐 들리라고 할까?"

"아니, 살짝 멀미가 나서 그래. 물 마시면 괜찮아지니까 걱정 안 해도 돼."

손에 든 물을 한 모금 들이켜며 말하는 가빈을 현이 안타까운 표정으로 바라보았다.

"이럴 줄 알았으면 그냥 내 차로 올 걸 그랬다."

스태프들이 탑승한 버스에 탄 것을 후회한다는 듯 현이 말하자, 가빈이 재빨리 손사래를 쳤다.

"아니야, 스태프들하고 당연히 같이 움직여야지. 저기 톨게이트 지나면 금방 도착하니까 걱정하지 마."

한옥 기와 형태의 톨게이트를 확인한 가빈은, 고개를 돌려 창밖을 내다봤다. 박하연이 죽고 오랜만에 찾아온 고향, 새삼 감회가 새로운지 좀 전과 달리 그녀의 얼굴에 옅은 미소가 떠올랐다.

"호텔 다 왔다."

톨게이트를 얼마 지나지 않은 상황에서 보인 호텔이 반가운지, 현이 싱긋 웃으며 밖을 가리켰다. 가빈은 그의 손끝에서 눈에 뒤덮인 호텔을 발견했고, 답답한 차 안을 벗어날 생각에 한결 편안해진 얼굴로 숨을 내쉬었다.

"가빈아, 그만 내리자."

호텔에 도착하자마자 부랴부랴 밖으로 향하는 현을 가빈이 짐을 챙긴 뒤 뒤따랐다. 차에서 내리자 눈이 소복이 쌓인 전경이 보였다. 그 순간 답답했던 가슴이 탁 트이며 기분이 상쾌해지는 것이 느껴졌다.

"들어가자."

"응."

주변을 두리번거리던 가빈은 그만 들어가자는 현의 말에 발길을 돌렸다. 많은 스태프들이 로비를 가득 채웠고, 가빈은 신기한 눈빛으로 바쁘게 움직이는 그들을 유심히 살폈다.

"점심부터 먹고, 오늘 할 일 체크해 줄게."

현이 손에 든 일정표를 살피며 말하자 그녀는 세차게 고개를 끄덕였다.

"촬영은 몇 시부터 시작인데?"

"아마 점심 먹고 바로 촬영 들어갈 거야, 일정이 빠듯해서."

"남궁 작가!"

한참 현과 대화를 나누던 가빈은 우렁찬 목소리에 고개를 돌렸다. 그녀의 눈길이 닿은 곳에 조 감독과 익숙한 남자가 보였다. 설마 하는 마음에 두근대는 심장을 잠재우며 그녀는 앞을 똑바로 응시했다.

오빠? 결국 그가 하준임을 확인한 가빈은 깜짝 놀라며 입을 벌린 채 멍하니 다가서는 그를 바라봤다.

"오느라 고생했어, 어서 짐 풀고 같이 점심이나 하지."

"아, 네……."

말끝을 흐리며 대답하는 현의 시선이 하준을 향하고 있음을 느낀 조 감독이 그를 가리키며 소개했다.

"아, 이쪽은 A&T 기획 류하준 대표님, 서로 이미 안면 있는 걸로 알고 있는데 인사해."

조 감독이 인사를 권유하자 현이 먼저 흘끔 가빈을 바라봤다. 하준이 오는 걸 전혀 몰랐는지 그녀의 얼굴에도 당혹스러운 기색이 역력했다.

"오랜만에 뵙는군요. 작가님."

하준이 태연한 얼굴로 악수를 청하자 현의 눈썹이 살짝 구겨졌다. 속내를 알 수 없는 그의 얼굴을 마주하고 있자니 속이 답답했다.

"남궁 작가, 뭐 해?"

멀뚱히 서 있는 현의 모습에 조 감독이 의아한 얼굴로 그에게 눈짓을 보냈다. 그러자 그제야 현이 그의 손을 잡으며 작게 웃어 보였다.

"이런 곳에서 뵈니까 더 반갑습니다. 대표님."

현이 말을 끝내자마자 둘은 누가 먼저라고 할 것도 없이 굳은 표정으로 서로의 손을 탁 놨다.

그 순간 둘 사이에 난폭한 겨울바람이 몰아치듯 싸늘한 기운이
감돌았고, 가빈의 얼굴은 서서히 새파랗게 질려가기 시작했다.

7화

날카로운 감정들이 충돌하다

　새하얀 눈발이 날리는 오후, 이혜연은 자연스럽게 담배에 불을 붙이고 깊게 한 모금 빨아들인 뒤 허공에 짙은 연기를 혹 내뿜었다.

　매캐한 향이 차 내부에 퍼졌고, 순간적으로 코끝을 찡그린 그녀는 고개를 돌려 창문을 열었다. 차가운 공기가 맹렬히 내부로 빨려들어와 숨통을 조이던 냄새를 밀어냈다.

　그나마 담배 연기로 인해 뿌옇던 시야가 일순간 탁 트였다.

　"오늘따라 더 춥네."

　매서운 바람이 얼굴을 스치자 이혜연이 한마디 중얼거리곤 천천히 창문을 올렸다. 그러고는 옆에서 잔뜩 긴장한 채 몸을 가늘게 떨고 있는 홍인숙을 돌아봤다.

누구에게 맞기라도 한 듯 얼굴 한쪽 뺨에 피멍이 들어 있었고, 입술은 터져 혈흔이 말라붙어 있었다.

한참을 무감한 표정으로 홍인숙을 뜯어보던 이혜연이 손에 든 담배를 재떨이에 비벼 껐다. 옆에 놓인 티슈 한 장을 꺼낸 그녀는, 홍인숙에게 건네며 닦으라는 듯 자신의 입술을 손가락으로 툭툭 쳤다.

"깡패 놈들이라 좀 거칠죠?"

이혜연이 눈초리를 추어올리며 묻자 입술 주변을 티슈로 닦아내던 홍인숙이 굳은 표정으로 그녀를 돌아봤다.

"그러게 나이 생각해서 적당히 버텼어야죠. 꼴사납게 그게 뭐람."

"그만하고 할 말 있으면 빨리하시죠."

홍인숙의 날카로운 반응에 이혜연이 어깨를 으쓱하곤 옆에 내려 놓은 일기장을 그녀 무릎 위에 툭 던졌다.

"얼마 전 우리 남편 만난 걸로 알고 있는데…… 박하연, 그 여자가 남긴 이 일기장 내용 우리 회장님도 알고 있나요?"

이혜연의 질문에 홍인숙이 미간을 좁히며 되물었다.

"어떤 내용 말입니까?"

"류가빈, 그 아이가 회장님 딸이 아니라는 사실."

불시에 폐부를 찌르는 한 마디, 홍인숙은 떨리는 가슴을 애써 차분하게 잠재우며 표정관리를 했다.

"우리 하연이, 정신병원에서 우울증에 가끔 정신도 오락가락해서 치료받던 아이예요. 그러니 그런 애가 쓴 일기장이 정상적일 리가……."

"거기서 입 닥치는 게 좋을 거야, 당신."

홍인숙은 자신의 말을 차갑게 자르며 노려보는 이혜연의 눈초리에 입을 꾹 다물었다. 어느새 그녀의 얼굴에 희미하게나마 보이던 미소마저 사라져 있었다.

"앞으로 한 번만 더 헛소리 지껄이면, 당신도 박하연 그 여자 옆으로 가는 거야. 알겠어?"

나직이 경고하는 이혜연의 음성에 홍인숙은 작게 몸을 떨며 시선을 아래로 내렸다. 차 안에 냉랭한 기운이 감돌고, 유심히 홍인숙을 응시하던 이혜연이 시선을 옮겨 자연스럽게 담배 케이스에서 담배 하나를 꺼내 물었다.

"다시 묻죠, 류가빈 그 아이가 회장님 딸이 아니라는 거…… 박하연 그 여자만 알고 있던 사실이에요? 아님, 류목형 회장 그 사람도 알고 있는 사실이에요?"

이혜연이 입에서 뿌연 연기를 훅 뿜어내며 묻자, 홍인숙이 머뭇거리며 입을 열었다.

"전 아무것도……."

"모릅니다란 말이 나오는 순간, 저 밖에 있는 남자들이 당신을 어떻게 할지 모르는데?"

이혜연이 창밖에 대기하고 있는 검은 정장을 입은 남자들을 가리키며 경고하자, 홍인숙이 손을 바르르 떨며 입술을 꼭 깨물었다.

조금 전까지 겪었던 끔찍한 상황이 또다시 반복될지도 모른다는 그녀의 말에, 홍인숙은 어찌할 바 모른 채 두 눈을 질끈 감았다.

"이번이 대답할 수 있는 마지막 기회예요."

재떨이에 담뱃재를 툭툭 털어내며 이혜연이 차갑게 말을 이었다.

"박하연 그년 혼자서 계획하고 날 엿 먹인 건지, 아니면 그년하고 빌어먹을 남편 놈하고 작당해서 날 엿 먹인 건지……."

"……."

"죽고 싶지 않으면 당장 대답하는 게 좋을 거야. 아줌마."

호텔 식당에서 점심을 먹던 가빈은 평소와 다른 현의 모습에 그를 흘끔 쳐다봤다. 조 감독이 하준과 함께 점심을 먹자 제안했지만, 현은 가빈을 핑계로 거절했다. 그는 이후 생각에 잠긴 채 식사조차 먹는 둥 마는 둥 했다.

아마도 그 이유가 하준 때문이라 지레짐작한 가빈은, 괜히 자신으로 인해 현이 곤란해진 것 같아 불편한 마음에 결국 식사를 멈추고 천천히 포크를 내려놨다.

"벌써 다 먹은 거야?"

현이 아직 반도 비우지 못한 그녀의 접시를 보며 묻자 가빈은 작게 고개를 끄덕였다.

"응, 입맛이 별로 없어서, 난 신경 쓰지 말고 넌 어서 먹어."

"아니야, 나도 다 먹었어."

가빈의 말이 떨어지기가 무섭게 포크를 내려놓은 현은 이후 물을 한 모금 마시곤 자신의 손목시계를 흘끗 확인했다.

"아직 촬영장 가려면 시간 좀 남았는데, 카페 가서 커피 한 잔 마실래?"

현의 제안에 가빈이 고개를 살짝 갸웃했다.

"일해야 하는 거 아냐? 갑자기 촬영 현장 바뀌는 바람에 시나리오 대폭 수정해야 한다며?"

"아, 시나리오는 이미 수정해서 감독님께 넘겼어. 중요한 장면들은 직접 현장에서 감독님과 체크하기로 했고."

며칠 밤을 꼬박 새워 가며 작업했던 게 순간적으로 생각났는지, 현이 질렸다는 표정으로 어깨를 으쓱하자 가빈이 의아한 표정으로 그에게 물었다.

"수정 이미 다 끝났다고?"

"응."

"언제?"

"전주 내려오기 전에?"

"그럼 난 여기 왜 온 거야?"

마지막으로 던져진 가빈의 질문에 현이 움찔하며 입을 꾹 다물었다. 그의 머릿속에 '내가 너랑 같이 있고 싶어서'란 이유가 떠올랐지만, 차마 입 밖에 꺼내진 못하고 어색하게 웃어 보였다.

"하하, 왜 오긴? 당연히 내 일 도와주러 왔지!"

난감한 표정으로 이마를 긁적이는 현의 모습에 가빈의 눈이 가늘어졌다.

"어떤 일?"

가빈이 의미심장한 표정으로 집요하게 묻자, 현이 자리에서 벌떡 일어나 다급하게 말머리를 돌렸다.

"그건 차차 얘기해 줄게, 일단 나가자."

현이 의자에 둔 가방을 챙겨 들며 황급히 돌아섰다. 아무 말 않던 가빈이 작게 한숨을 내쉬며 입을 열었다.

"일부러 나 때문에 보조 작가 구한다고 한 거야? 내가 작가 되고 싶다고 해서?"

등 뒤로 들리는 가빈의 나지막한 목소리, 현이 난감한 표정으로 가던 걸음을 멈추고 돌아섰다.

"아니야, 그런 거."

"그러고 보면 난 매번 너한테 폐만 끼치는 것 같아."

가빈의 진지한 표정에 당황한 현이 황망히 반문했다.

"갑자기 그게 무슨 소리야?"

"단순히 보조 작가로서 일하게 되면 너에게 작게나마 도움을 줄수 있을 거라 생각했는데, 그건 단지 내 욕심이고, 오히려 신경 쓰이게 하고 상황만 곤란하게 만든 것 같아."

돌이켜 생각해 보면 사업상 하준과 현이 좋은 관계에 있어야 함에도 불구하고 자신으로 인해 마치 원수 사이인 것처럼 멀어져 버리고 말았다.

사실 처음부터 자신이 끼지 말았어야 할 자리였다. 가빈은 그것을 이제야 깨달은 것에 자책하며 뒤늦은 후회를 했다.

"약속한 거라 뫼비우스의 띠 끝날 때까지만 네 일 도와주려고 했는데…… 차라리 지금이라도 그만 두…….."

"현!"

무겁게 가라앉은 둘 사이의 분위기를 깨며 등장한 세련이 현을 뒤에서 확 끌어안았다. 갑작스러운 상황에 놀란 가빈은 말을 삼켰다.

"언제 왔어? 지금 온 거야?"

세련이 귓가에 속삭이며 묻자, 현이 당황해서 벌게진 얼굴로 그녀를 재빨리 밀어냈다.

"너 이게 무슨 짓이야!"

"반가워서 그러지, 정색하긴."

"여기 기자들 있을지도 모르는데 너 생각이 있는 거야?"

현이 황급히 가빈의 옆으로 자리를 옮기며 소리치자 그제야 가빈을 발견한 세련이 못마땅한 얼굴로 그녀에게 인사를 건넸다.

"오랜만이네요."

"아, 네. 오랜만이에요. 세련 씨."

짧은 인사를 나눈 가빈은 서둘러 자신의 가방을 챙겨 들고 테이블 위에 올려놓은 키를 주머니에 넣었다.

"현아, 나 잠깐 밖에 좀 나갔다 올게."

"어? 잠깐 얘기 안 끝……."

"어디 가! 감독님이 너 아까부터 찾는데!"

세련의 소리침에도 꿋꿋이 가빈의 뒤를 쫓아가던 현이, 자신을 돌아보는 가빈의 모습에 멈춰 섰다.

"어디 가는 건데?"

"잠깐 가 볼 곳이 있어서 그래, 내가 촬영장으로 찾아갈 테니까 먼저 가 있어."

오지 말라는 듯 손짓하고 돌아서는 가빈에게 현은 선뜻 다가서지 못하고 그저 멍하니 바라보기만 했다. 순간적으로 둘 사이에 폭풍우가 휘몰아친 듯 급변한 상황에, 현은 넋이 나간 듯 허탈한 표정을 지었다.

"쟤는 왜 여기까지 데리고 온 거야?"

세련의 물음에도 현은 대꾸도 없이 휙 몸을 돌려 테이블로 다가가 가방을 챙겨 들었다.

"현아."

"따라오지 마."

낮게 가라앉은 차가운 말투, 세련은 움찔하며 뒤로 물러섰고, 현은 굳은 표정으로 식당 밖을 향했다. 자신의 방으로 가기 위해 엘리베이터 앞으로 다가가던 현은, 익숙한 얼굴을 발견하곤 우뚝 멈춰 섰다.

"황민호?"

현은 어리둥절한 표정으로 멍하니 엘리베이터 앞에 서 있는 민호를 바라봤다.

호텔에서 나온 가빈은 펑펑 쏟아지는 눈을 맞으며 일단 주변을 두리번거렸다. 익숙한 풍경이었다. 어디로 갈 것인지 미리 마음속으로 정해 놨었던 그녀는 망설임 없이 발길을 돌렸다.

10분 정도 걸어가면 나오는 한옥 마을, 익숙한 거리인지 자연스럽게 앞을 걸어가던 가빈은, 머릿속에 현과의 일을 떠올리곤 짙은 한숨을 내뱉었다. 왜 조금 더 신중하게 생각하지 못하고 우유부단하게 행동한 건지 그저 스스로가 답답했다.

"류가빈?"

갖은 생각에 잠겨 멍하니 앞을 걸어가던 가빈은, 뒤에서 들린 익숙한 목소리에 흠칫 놀라며 고개를 돌렸다.

그녀의 눈길이 닿은 곳에 조 감독과 류하준이 서 있었다. 갑자기 그를 만나게 될 줄을 생각도 못 했던 가빈은, 당황한 표정으로 자신도 모르게 한 발자국 뒷걸음쳤다.

"아까 남궁 작가랑 같이 있던 아가씨 아닌가? 그 보조 작가라는……."

"아, 감독님. 먼저 들어가시죠, 전 차에 두고 온 게 있어서."

"그래요? 그럼, 이따 호텔에서 봅시다."

조 감독을 먼저 보내고 하준은 두 눈을 동그랗게 뜬 채 자신을 바라보고 있는 가빈에게 다가갔다.

"여기서 혼자 뭐해?"

머리 위에 쌓인 눈을 툭툭 털어 주며 하준이 묻자, 가빈이 얼떨떨한 표정으로 반문했다.

"이 근처 식당에서 밥 먹은 거야?"

"응, 넌? 그 자식하고 밥 먹은 거야?"

갖은 핑계를 대며 식사자리에서 빠지려 애쓰던 현이 생각났는지, 하준의 한쪽 눈이 살짝 찡그려졌다.

"응, 호텔 식당에서."

짧게 대답한 가빈은 이내 어색해진 분위기를 감지하고는 천천히 뒤로 물러서며 말했다.

"그럼 먼저 들어가, 난 잠깐 가 볼 곳이 있어서."

"어디 가려고?"

"아, 그냥 오랜만에 한옥 마을 가 보려고……."

"같이 가, 그럼."

가빈의 오른손에 깍지를 껴 맞잡은 뒤 자신의 주머니에 쏙 집어넣으며 하준이 말을 이었다.

"마침 나도 할 일 없으니까."

오른손을 감싸는 그의 따뜻한 촉감에 당황한 가빈이 벌게진 얼굴로 손을 빼내려 안간힘을 썼다.

"이거 놔, 누가 보면 어쩌려고."

"뭐, 보면 그냥 연인인가 보다 생각하겠지."

표정하나 변하지 않고 무심하게 말하는 그의 능청스러움에 가빈은 할 말을 잃고 말았다.

"뭐 해? 안 가고?"

"손 놓기 전에 안 갈 거야."

"그럼 안고 갈까?"

이젠 버릇처럼 내뱉는 그의 말에 가빈이 결국 졌다는 듯 고개를 절레절레 흔들곤 앞질러 걸어갔다. 하준과 실랑이 벌여 봤자 손해 보는 건 자신이란 걸 몸소 깨달은 가빈은 그저 말없이 걷기만 했다.

10분 정도 걷자 그들은 한옥 마을에 도착했고, 가빈은 생각보다 한산한 거리에 만족하며 상점 이곳저곳을 둘러봤다.

불과 몇 년 전만 하더라도 한옥만 가득했던 곳에 아기자기한 가게들이 많이 들어서 있었다. 그 모습이 신기한 듯 그녀는 한껏 들뜬 표정을 감추지 못했다.

"여기 예전에 엄마랑 자주 왔던 곳인데."

골목을 지나 보이는 작은 카페에 도착한 가빈은, 옛 추억이 새록새록 떠오르는지 묘한 표정으로 한참 동안 그 앞에 서 있었다.

유난히 책 읽기를 좋아하던 박하연이 자주 찾았던 곳이었다. 볕이 쨍쨍 내리쬐는 날이면 몇 시간이고 카페에 앉아 책도 읽고 담소도 나눴었는데…….

이젠 추억이 되어 버린 현실 앞에 가빈은 쓸쓸한 미소를 지어 보였다.

"들어가 볼래?"

하준이 흘끔 돌아보며 묻자 가빈이 고개를 내저으며 대답했다.

"됐어, 그만 가자."

카페 안에 들어갔다가는 금방이라도 눈물이 쏟아질 것 같았다.

가빈은 애써 다른 곳으로 발길을 돌렸다. 그리고 한참 거리를 거닐다 어떤 곳을 발견하곤 피식 웃음을 터트렸다.

"저기 들어가 보자."

가빈이 한 곳을 가리키며 말하자 하준이 천천히 시선을 옮겼다. 주막? 하준은 의아해하며 가빈을 돌아봤다.

"막걸리 마시자고? 아직 낮인데?"

"조금만 마시면 되지, 저거랑 먹고 싶었어."

'해물파전'이라고 쓰여 있는 글씨를 가리키며 가빈이 말하자 하준은 미간을 좁혔다.

"저걸 지금 먹겠다고?"

"전주에서 막걸리 유명해. 왔으니까 먹고 가야지."

"방금 밥 먹은 거 아냐?"

하준이 고개를 살짝 기울이며 묻자 가빈은 그를 묘한 표정으로 올려다보며 대답했다.

"그럼 간단하게 맛만 보자."

가빈은 못마땅해하는 그를 설득하려 '간단히'라는 단어에 유독 힘줘 말했다. 결국 하준은 알겠다는 듯 고개를 끄덕였고, 가빈은 앞서 주막 안으로 들어가 힘차게 막걸리와 파전을 주문했다. 그리고 몇 시간이 흐른 뒤.

"벌써 어두워졌네?"

가빈이 한껏 달아오른 얼굴을 하고선 환하게 웃었다. 맛만 보자던 첫 말과 달리, 가빈은 한번 막걸리를 입에 대자 아예 자리를 잡고 마시기 시작했다. 결국 어둠이 깔리고서야 그들은 주막을 나올 수 있었다.

적당히 취기가 오르자 하늘에 붕 뜬 듯 기분이 좋은지, 가빈은 평소와는 다르게 많이 들떠 보였다.

"너 괜찮은 거야?"

하준이 불안한 눈빛으로 묻자 가빈이 고개를 끄덕이며 대답했다.

"나 술 세다고 했잖아."

막걸리 3병을 마시고도 멀쩡히 걷는 가빈의 모습에 하준이 놀라며 속으로 피식 웃었다. 새삼 그녀의 새로운 모습을 알아가는 것 같아 하준도 내심 기분이 좋았다.

"아! 여기 엄마랑 자주 산책 왔었는데……."

새하얀 눈이 뒤덮인 경기전 안, 눈앞에 보이는 아름다운 전경에 또다시 박하연과의 추억을 떠올린 가빈이, 성큼성큼 앞을 걸어가면서 하준을 돌아봤다.

"오빠는 여기 처음 와 보나?"

"응."

주변을 살피며 하준이 짧게 대답하자 가빈이 피식 웃으며 말했다.

"엄마가 여기서 산책할 때면 오빠 얘기 많이 했는데."

"내 얘기?"

의외라는 듯 고개를 갸웃하는 하준을 물끄러미 바라보며 가빈이 크게 숨을 들이켰다.

"맨날 하는 얘기가 '내가 없으면 오빠가 널 지켜 줄 거야.' 였어."

"……."

"그러고 보면 엄마가 오빠 참 많이 좋아했어. 오빠도 그랬나? 우리 엄마 좋아했어?"

가빈이 장난스럽게 웃으며 물었고, 하준은 그녀를 진지한 표정으로 응시하며 대답했다.

"응."

"대답이 그게 뭐야, 하여튼."

무뚝뚝한 그의 대답에 못 말린다는 듯 가빈이 피식 웃자, 하준이 그녀에게 다가서 손을 잡으며 낮은 목소리로 말했다.

"좋아해."

두근, 심장이 툭 떨어지는 기분을 느낀 가빈은 경직된 표정으로 재빨리 시선을 돌렸다. 엄마를 좋아하냐는 질문에 단지 좋아한다고 답했을 뿐, 자신에게 하는 말이 아니다.

애써 마음을 달래며 가빈은 조심스럽게 입을 열었다.

"그, 그래? 오빠도 우리 엄마 좋아했구나."

"사랑해."

순간적으로 이어진 그의 말, 가빈은 숨이 멎는 기분에 멍한 눈빛으로 천천히 그를 돌아봤다. 차가운 바람이 그녀에게 불어왔고, 머리카락이 날리며 그녀의 시야를 가렸다.

"뭐?"

가빈이 떨리는 눈동자로 되묻자, 하준은 소중하게 잡고 있던 가빈의 손에 천천히 키스를 했다. 그녀와 시선을 정확히 마주한 그는 나지막한 목소리로 읊조리듯 말했다.

"사랑해."

아찔한 그의 한 마디.

"사랑한다, 류가빈."

감미롭게 울리는 그의 고백에 가빈은 넋을 놓은 채 말없이 그를 응시했다. 진심이 느껴지는 그의 눈빛을 마주하자, 술기운이 돌며 온몸에 열이 나고 심장이 미친 듯이 뛰기 시작했다.

가빈은 귓전에 감도는 쿵쾅거리는 소리에 흠칫 놀라며, 재빨리 그의 입술이 닿았던 손을 거뒀다. 손등에서 짜릿한 전율이 느껴지면서 몽롱했던 정신이 서서히 맑아지는 것이 느껴졌다.

"수, 술을 너무 많이 마셨나 봐…… 머리가 어지럽다."

본능적으로 분위기를 바꿔야겠다는 걸 느낀 가빈이, 벌게진 얼굴로 시선을 내리며 이마를 만지작거렸다. 잔뜩 긴장한 탓에 손이 부르르 떨리고, 입술이 바짝바짝 말라왔다.

이 상태론 정신을 차리기도 전에 하준에게 이끌려 돌이킬 수 없는 길에 빠져들 것만 같아 두려웠다. 가빈은 재빨리 그를 등지고 돌아섰다.

"나 아무래도 취한 것 같아, 그만 호텔로 돌아가자."

황급히 호텔 방향으로 걸음을 재촉하는 가빈을 그가 재빨리 붙잡아 돌려세웠다. 가빈의 얼굴이 어느새 잔뜩 상기되어 있었다. 하준은 천천히 그녀의 얼굴을 두 손으로 감쌌다.

차가운 자신의 손길이 얼굴에 닿자 가빈이 흠칫 놀라는 게 그의 눈에 비쳤다. 그는 조금 더 가까이 가빈에게 다가갔다. 망설임 없이 그녀의 이마에 키스한 하준은 낮은 목소리로 달콤하게 속삭였다.

"사랑해."

야릇하게 울려 퍼지는 그의 목소리,

"대답은?"

가빈은 숨 쉴 틈 없이 정신을 혼미하게 만드는 그의 행동에 입을 꾹 다물었다. 온 신경을 자극하는 그의 눈빛을 바라보면 금방이라도 다리에 힘이 풀릴 것만 같았다.

위험하다. 끊임없이 머릿속을 울려대는 경고음을 느끼며 가빈이 재빨리 고개를 숙였다. 이 상황을 어떻게든 모면해야 하건만, 긴장감에 마치 내 몸이 아닌 것처럼 몸이 움직여지지 않았다.

가빈이 어쩔 줄 몰라 하며 애꿎은 입술만 물어뜯었다. 가만히 지켜보던 하준이 이번엔 왼쪽 뺨에 망설임 없이 키스했다.

"대답은?"

이어진 같은 물음. 숨 돌릴 틈도 없이 귓속에 파고드는 그의 낮은 음성에, 가빈이 마른침을 꿀꺽 삼키며 멍하니 그를 바라봤다. 진지한 그의 눈빛을 마주 보고 있자니 얼굴이 화끈거리고 숨이 턱턱 막혀왔다.

어쩔 줄 몰라 하던 가빈이 재빨리 자신의 뺨을 감싸는 그의 손을 떼어 내려 했다. 그러자 기다렸다는 듯, 그가 가빈의 턱을 부드럽게 올렸다.

순식간에 숨소리가 들릴 만큼 둘 사이가 가까워졌고, 하준은 이어 그녀의 오른쪽 뺨에 키스했다.

"대답, 안 할 거야?"

하준이 무감한 표정으로 재차 묻자, 가빈이 벌게진 얼굴로 재빨리 그에게서 멀어지려 몸을 틀었다.

"놓고 얘기해."

"대답부터 해, 아니면 계속 할 거니까."

"뭐, 뭘 계속 한다는……."

말을 내뱉던 가빈은 망설임 없이 자신의 입을 막는 그의 입술에 놀라며 숨을 들이켰다. 이후 입술에 전해지는 짜릿한 느낌에 놀랄 새도 없이, 천천히 입술 사이를 가르며 부드러운 혀가 밀려 들려왔다. 가빈은 머리칼이 곤두서는 느낌에 그만 두 눈을 질끈 감고 말았다.

거침없이 몰아치기만 했던 그전 키스와 달리, 부드럽게 때론 다정하게 어르듯 능숙하게 휘감는 감촉에 전신이 저릿해지고 흥분으로 손끝이 떨려왔다.

"대답은?"

한참 동안 온몸을 녹일 듯 키스한 후, 하준이 천천히 입술을 떼며 묻고는 자연스럽게 그녀의 입술을 손가락으로 어루만졌다.

대답을 재촉하는 그의 행동에 서서히 눈을 뜬 가빈은, 세차게 요동치는 가슴을 겨우 달래며 천천히 입을 열었다.

"나도……."

가빈이 뭐에 홀린 듯 작게 한마디 내뱉곤 입을 도로 다물자, 하준이 그녀를 끌어안고 귀에 자신의 입술을 가져가 속삭였다.

"나도 뭐?"

그의 따뜻한 입김이 느껴지자 민감하게 반응하며 가빈이 어깨를 움츠렸다.

"계속 말해."

하준이 허리를 더욱더 세게 끌어안으며 강요하자, 가빈이 한 번 더 침을 꿀걱 삼키며 입을 뗐다.

"나도 오, 오빠를……."

지이잉…….

얄궂게도 그녀의 주머니에서 진동 소리가 울리기 시작했고, 당황한 가빈이 말을 멈추고 더듬더듬 휴대폰을 찾으려 손을 바삐 움직였다. 가빈을 주시하던 하준이 직접 손을 뻗어 그녀 대신 주머니에서 휴대폰을 꺼냈다.

[남궁현]

하준은 못마땅한 표정으로 휴대폰 전원을 꺼버렸다. 그러고는 도로 그녀의 주머니에 집어넣으며 나직이 말했다.

"하고 싶은 대로 하라고 했던 말, 잊어."

"……뭐?"

가빈이 반문하자 하준이 그녀의 목덜미에 키스하고 말을 이었다.

"넌 온전히 내 것이어야만 해."

가빈을 품에서 서서히 놔주며 하준이 그녀의 한쪽 뺨을 어루만졌다.

"절대 아무한테도 널 보내지 않을 거야."

무덤덤했던 그의 눈빛이 묘하게 변하자, 섬뜩한 불안감이 그녀의 온 신경을 맹렬히 자극했다.

촬영장에 알아서 찾아오겠다고 했던 가빈이 오지도 않고 하루 종일 연락 두절인 데다 밤늦게까지 방에 없자, 현은 걱정되는 마음에 결국 뜬눈으로 밤을 꼴딱 새우고 말았다.

'설마 둘이 같이 있을까?'

혹시나 싶어 전날 하준을 찾아갔던 현은 그 역시 방에 없는 것을 확인했다. 그는 그 뒤로 불안한 기색을 감추지 못했다. 둘이 무슨 일이라도 있겠나 싶다가도, 머릿속에 끊임없이 그려지는 갖가지 상상에 현은 괴로워하지 않을 수 없었다.

가빈을 여자로 바라보던 하준의 눈빛, 하준에 대한 일이라면 민감하게 반응하던 가빈의 행동, 그 외 모든 것들이 복합적으로 그의 신경을 날카롭게 만들었다.

전날부터 아침 해가 뜰 때까지 안절부절못하며 방안을 서성이던 현은, 결국 참지 못하고 다시 가빈에게로 전화를 걸었다. 수화기 너머로 연결 음이 들렸고, 현은 애타는 마음으로 주문을 외듯 중얼거렸다.

"받아라…… 받아라……."

간절히 바랐건만, 현은 잠시 뒤 자동응답으로 넘어가며 들린 익숙한 멘트에 좌절하며 결국 휴대폰을 침대 위로 집어던졌다. 머리가 지끈거리고, 뒷목이 당겨 오는 것이 느껴졌다.

현은 이마를 감싸 쥐며 침대 옆 소파에 털썩 앉으며 시계를 확인했다. 어느새 오전 9시가 넘어가고 있었다.

촬영이 시작되기 전 다시 한 번 그녀가 방으로 돌아왔는지 확인하자는 생각에, 그는 자리에서 벌떡 일어나 방문을 향해 성큼성큼 다가갔다. 그리고 막 문을 열어젖힌 순간, 막 벨을 누르려던 민호를 발견하곤 현은 멈칫했다.

"너……!"

"굿모닝, 친구!"

민호가 자연스럽게 손짓하며 인사를 하자, 현이 입 밖으로 허탈한 소리를 냈다. 어제 우연히 그를 발견한 현은 이후 아는 척하려 뛰어갔지만, 아쉽게도 그가 탄 엘리베이터의 문은 닫혀버리고 말았었다.

혹시나 싶어 현은 재빨리 민호에게 전화를 걸었지만 끝내 받지 않았고, 그 뒤로는 종적을 찾을 수가 없어 단념했었다. 그런데 뜬금없이 아침에 직접 방으로 찾아오다니?

현은 혹시 잠을 못 자 헛것을 보는 건가 싶어, 곰곰이 그의 얼굴을 뜯어봤다.

"뭐냐, 그 강렬한 눈빛은?"

민호가 장난스럽게 웃으며 고개를 갸웃하자, 현이 그제야 현실임을 깨닫곤 미간을 좁히며 물었다.

"어떻게 된 거야? 왜 네가 여기 있는 건데?"

현이 묻자 민호가 어색하게 코끝을 긁적이더니 이내 그의 어깨를 팔로 두르며 말했다.

"일단 아침부터 먹으러 가자."

"먼저 말해."

"가면서 얘기해 줄게, 나 배고프단 말이야."

민호가 칭얼대듯 말하며 발길을 재촉하자, 현이 못 말리겠다는 듯 고개를 절레절레 흔들었다. 하여튼 저놈의 넉살은 당해낼 재간이 없었다.

현은 자신의 어깨를 짓누르는 그의 팔을 쓰윽 밀어내며 한숨을 푹 내쉬었다.

"잠깐 어디 좀 들리고."

"어디?"

"가빈이 방, 넌 먼저 식당에 가 있어."

현의 말에 민호가 의아한 눈빛으로 그를 바라보며 입을 열었다.

"가빈이는 내가 아까 먼저 식당에 가 있으라고 보냈는데?"

"뭐?"

예상치 못한 말에 현이 놀란 눈빛으로 반문했지만 민호는 대수롭지 않게 웃으며 말을 이었다.

"네 보조 작가일 도와주러 왔다며? 나 처음에 가빈이 보고 얘가 왜 여기 있지? 하고 놀랐잖아, 하하. 암튼 가빈이가 안 그래도 너랑 같이 아침 먹자고 하려고 여기 왔더라고, 그래서 내가 너 데려간다고 먼저 식당에 가 있으라고 했지."

민호의 말이 끝나자마자 현이 망설임 없이 엘리베이터 쪽으로 발걸음을 옮겼다. 다행이다 싶은 생각이 들면서도 곧바로 이어지는 의문들을 당장 해결하지 않으면 속이 답답해 미쳐 버릴 것만 같았다. 민호는 어느새 표정이 돌변한 현을 물끄러미 지켜봤다. 어딘가 초조해 보이는 모습이었다.

"가빈이 하고 무슨 일 있어?"

민호가 그에게 다가가 조심스럽게 묻자, 현이 버튼을 누르며 그를 돌아봤다.

"아니야, 아무것도."

"흠…… 그래?"

"그래, 그러니까 이제 네 얘기나 해 봐, 어떻게 된 거야?"

현의 재촉에도 민호가 선뜻 대답하지 못하고 그저 머리만 긁적였다. 매번 고민하고, 또 고민했었다. 스폰 받아 영화에 출연하게 됐다는 사실을 있는 그대로 말해야겠다 싶다가도, 그의 얼굴을 막상 마주하고 보니 쉽사리 입이 열리지 않았다.

"이번에 뫼비우스의 띠 강승윤 역할로 출연하게 됐어."

민호의 대답에 현이 눈을 동그랗게 떴다.

"정말? 그런데 왜 그걸 이제야 말하는 건데?"

"너도 시나리오 준비하느라 바쁜데 나까지 신경 쓰이게 하고 싶지 않아서."

"별소리를 다 한다, 당연히 말했어야지! 그럼 이제껏 연극 준비 때문에 바쁘다는 게 이번 영화 때문이었어?"

"응, 사실 이번에 기획사 들어가게 되면서 영화 출연하게 된 거거든, 워낙 액션신도 많고 영어도 잘해야 하는 캐릭터라 준비할 게 많아서 이래저래 바빴어. 그리고 보니 넌 왜 이렇게 이 캐릭터를 어렵게 만든 거야?"

민호가 너스레를 떨며 말하자, 현이 피식 웃으며 어느새 도착한 엘리베이터에 올라타곤 그를 돌아봤다.

그렇게 자신이 출연제의 했음에도 불구하고 친구의 힘으로 작품에 출연하고 싶지 않다며 한사코 거절하던 민호가, 이제는 스스로 출연을 결정했다니 새삼 묘한 기분이 들었다.

"가장 애착 가는 캐릭터였는데 네가 연기한다니까 기분이 이상하다."

"그거 굉장히 부담되는 발언인데?"

"저번에 나 아팠을 때 할 말 있다고 꼼지락대더니 이 말 하려고 했던 거야?"

"응, 사실 그리고……."

땡.

얄궂게도 중요한 타이밍에 엘리베이터 문이 열리자, 민호가 조개처럼 입을 딱 다물었다. 한참을 망설인 끝에 스폰에 관해 조심스럽게 말을 꺼내려 했던 민호는, 눈앞에 보이는 수많은 사람들로 인해 안 되겠다 싶어 마음을 접었다.

"나중에 말하자, 일단 밥부터 먹고."

그의 말에 고개를 끄덕인 현은 이후 재빨리 가빈을 찾기 위해 이리저리 눈을 굴렸다. 현은 금새 스태프들 사이에서 가빈을 발견했다. 그는 밝은 표정으로 재빨리 그녀에게로 다가서다 걸음을 멈췄다.

"가빈이하고 강세련 씨, 같이 밥 먹을 정도로 친했나?"

하준과 세련, 가빈이 함께 식사를 하고 있었다. 생각지도 못한 조합, 민호가 의아한 표정으로 그들을 바라보며 물었고, 현은 굳은 표정으로 입을 꾹 다물었다.

살얼음판 위에 놓인 듯 냉랭한 분위기에 가빈은 눈치를 살피며 식사를 했다. 어제 멋대로 사라져 버려 현에게 사과할 겸 함께 아침을 먹으려 했던 가빈은, 의도치 않게 커져 버린 자리에 난감하기만 했다.

생각지도 못하게 하준이 식당에 나타나더니 곧바로 세련이 등장해 갑자기 합석하게 됐다. 이후 현과 민호가 나타나면서 미묘하게 얽힌 그들이 한자리에 모이게 되었다.

가빈은 흘끔 현을 돌아봤다. 그의 표정이 평소와는 다르게 어두워 보였다. 가빈은 그게 자신의 탓인 것 같아 불편한 마음에 작게 한숨을 폭 내쉬었다.

"둘이 아는 사이인 것 같던데 무슨 사이세요?"

조용한 분위기 속 식사를 이어 나가던 중, 세련이 무거운 침묵을 깨며 하준에게 묻자 모두의 시선이 한 곳으로 향했다.

분위기가 급변했고 가빈이 불안한 표정으로 하준의 눈치를 살피며 물을 연신 들이켰다. 그러자 보다 못 한 현이 세련을 타박하듯 말을 꺼냈다.

"그냥 조용히 밥이나 먹지?"

"너한테 안 물어봤거든?"

자신의 경고에도 지지 않고 반문하는 세련의 태도에 현이 눈살을 찌푸렸다. 하여튼 낄 데 못 낄 데 구분 못 하는 것도 능력이라면 능력이었다.

그때, 테이블 위에 놓아둔 하준의 휴대폰이 울렸다. 하준은 흘끔 액정화면에 뜬 이름을 확인하며 그대로 자리에서 일어났다.

"잠깐 실례하겠습니다."

나직이 한마디 내뱉곤 하준은 바깥쪽으로 걸어나갔다. 그러자 현이 마치 기다렸다는 듯 자리에서 일어서며 말했다.

"나도 잠깐 화장실 좀 다녀올게."

현은 한마디 하곤 서둘러 하준이 사라진 방향으로 재빨리 발걸음을 옮겼다. 이쯤 되니 여러 가지 묻고 싶었고, 확인하고 싶었다. 도대체 무슨 생각인 건지, 왜 자꾸만 가빈을 위험한 늪을 향해 걸어가게 만드는지 따지고 싶고, 그만두라고 강하게 밀어붙이고 싶었다.

현은 마음을 갈무리한 채 일단 하준을 찾아 이리저리 주변을 살폈다. 그리고 이내 화장실로 향하는 길목에 들어섰고, 익숙하게 들리는 그의 목소리에 현은 제자리에 우뚝 멈춰 섰다.

"다른 건 내가 알아서 준비하고 있으니까 일단은 네 동생한테 부탁한 가빈이 유전자 검사 결과만 나오는 대로 연락 줘."

벽에 몸을 숨긴 채 그의 목소리에 귀를 기울인 현은 문득 들린 그의 말에 한쪽 눈썹을 찡그렸다. 유전자 검사? 현의 심장이 쿵쾅거리며 뛰기 시작했다.

"소송은 아버지 동의 없더라도 진행할 거야, 아직 급하게 생각할 건 아니니까 그건 차차 얘기하도록 하자."

이어진 그의 의미심장한 말들,

"그래, 자세한 건 만나서 얘기해. 서울 가서 연락할게."

통화를 마쳤는지 이후 그의 깊은 한숨 소리가 들렸고, 현은 멍하니 벽에 기대고 섰다. 그의 머릿속이 복잡하게 뒤엉키며 생각하고 싶지도 않은 어떤 결과를 도출해냈다.

설마, 아닐 것이다. 애써 부정하며 머리를 세차게 내젓던 현은, 그때 마침 눈앞에 모습을 드러낸 하준을 발견하곤 순간적으로 숨을 들이켰다.

"너…… 여기서 뭐 하는 거야?"

하준이 나지막한 목소리로 묻자 현이 재빨리 정신을 차리며 허리를 꼿꼿하게 세운 채 대답했다.

"대표님과 할 얘기가 있습니다."

진지한 그의 말투에 하준이 못마땅한 표정으로 그를 흘겨보며 말했다.

"난 없어."

한 마디 짧게 내뱉곤 지나치는 하준의 팔을 현이 강하게 붙잡아 세웠다.

"어제 가빈이랑 같이 계셨나요?"

현의 물음에 하준이 자신의 팔을 붙잡은 그의 손을 툭 처내며 반문했다.

"그걸 왜 내가 대답해야 하지?"

"대표님!"

"저번에도 경고했을 텐데? 건방지게 끼어들거나 함부로 입 놀리지 말라고."

서슬 퍼런 경고에도 조금의 흔들림도 없이 그를 마주 본 현은, 낮게 가라앉은 목소리로 중얼거리듯 말을 내뱉었다.

"당신, 제정신 아니야."

날카롭게 울리는 그의 한마디에 하준의 얼굴이 일그러졌다.

"너, 지금 뭐라고⋯⋯."

"가빈이는 여동생이잖아요, 그런데 어떻게⋯⋯! 사심을 품을 수가 있단 말입니까?"

현이 그를 정확히 직시하고 목에 힘을 꽉 쥔 채 참아왔던 말을 터트리듯 내뱉었다.

"미쳤어, 당신. 정말 혐오⋯⋯."

퍽!

현이 말을 끝내기도 전에 하준이 결국 참지 못하고 그의 얼굴을 주먹으로 내려쳤다.

"……하!"

얼떨한 표정으로 입술을 매만지던 현이 작게 실소를 터트렸다. 하준은 날이 잔뜩 선 눈으로 그를 노려봤다.

"죽고 싶지 않으면 입단속 잘하는 게 좋을 거야."

나지막한 그의 목소리에도 현은 한 치의 기죽음도 없이 그를 노려봤고, 모여드는 사람들의 시선에 하준은 식당으로 발길을 돌렸다. 현은 그에게 맞은 입술 부근을 손으로 매만졌다.

세게 맞았는지 입안이 얼얼했다. 그는 찢어진 입술위로 베어 나오는 피를 손으로 대충 닦고 식당으로 들어갔다.

"너, 얼굴이 왜 이래?"

가빈은 현이 자리에 앉자마자, 그의 입술 근처에 상처가 있는 것을 발견하곤 깜짝 놀라며 물었다.

"뭐야! 현아, 너 왜 이러는 거야!"

가빈에 이어 세련이 호들갑스럽게 반응하자 현이 반사적으로 말했다.

"괜찮아, 아무것도 아니야."

현이 슬그머니 시선을 돌려 하준을 노려보자, 뭔가 낌새가 이상한 것을 느낀 가빈이 혹시나 싶은 마음에 그에게 물었다.

"……혹시 오빠가 때린 건 아니지?"

하준은 대답하지 않았다. 그것만으로도 대충 상황 파악이 된 가빈은, 훅 치미는 화를 겨우 잠재우며 현의 손을 잡아끌었다.

"일어나, 가서 약 바르자. 상처 덧나겠다."

"아니, 현이는 내가……!"

"세련 씨는 좀 빠지시고."

둘을 따라 나서는 세련을 민호가 만류하자, 가빈이 현의 손목을 잡아채며 식당 밖으로 향했다. 가빈은 하준이 현에게 폭력을 썼다는 것에 분노했다. 가빈은 일단 엘리베이터를 타고 자신의 방으로 향했다.

"가빈아?"

심상치 않은 기류를 느낀 현이 조심스럽게 말을 붙이자 가빈이 경직된 표정으로 그를 돌아봤다.

"아, 미안."

"미안? 네가 왜 미안해?"

현이 피식 웃으며 고개를 갸웃거렸다. 그제야 조금 긴장감이 풀린 듯 가빈이 안타까운 표정으로 그의 입술에 난 상처를 바라보며 입을 열었다.

"아플 텐데 웃음이 나와?"

"안 아파, 네 얼굴 보니까."

그의 한마디에 가빈이 못 말리겠다는 듯 고개를 작게 흔들었다. 하준에게 맞았다면 마음이 상했을 텐데, 애써 아무렇지 않은 듯 행동하는 그를 보고 있자니 괜스레 그녀의 마음이 더 좋지 않았다.

"이리 앉아."

방에 들어서자마자 구급함을 꺼내와 앉은 가빈은, 일단 소독약을 꺼내 그의 입술에 난 상처를 소독했다. 따끔거리는지 그가 눈 끝을 살짝 찡그렸고, 당황한 가빈은 아무 생각 없이 재빨리 그의 입술 근처를 호호 불어 주었다.

따뜻한 가빈의 숨이 그의 입술에 닿았고, 현은 갑작스러운 그녀의 행동에 심장이 가슴을 뚫고 튀어나올 듯 세차게 뛰기 시작했다.

"아파도 조금만 참아."

"응⋯⋯."

어색하게 대답한 현은 이후 연고를 발라주는 그녀의 얼굴을 물끄러미 쳐다봤다. 숨소리가 들릴 만큼 가까운 거리. 현은 혹여 자신의 심장 소리가 들릴까 조마조마한 마음으로 약을 다 바르고 멀어지는 그녀를 물끄러미 바라봤다.

잠시 후 시선이 점차 가빈의 입술로 향했고, 현은 자신도 모르게 그녀의 한쪽 어깨를 붙잡은 상태로 얼굴을 가까이했다. 그러자 가빈이 흠칫 놀라며 팔로 그의 가슴을 밀어낸 뒤 고개를 돌렸다.

그 순간 둘 사이에 묘한 긴장감이 흘렀다. 시선을 내려뜨린 가빈을 말없이 지켜보던 현이 천천히 입을 열었다.

"네가 네 오빠를 남자로서 좋아하고 있는 거 알고 있어."

심장을 날카로운 송곳으로 찌르는 듯 날카로운 그의 한마디에 가빈이 놀란 눈으로 그를 올려다봤다.

"현아, 그게⋯⋯."

"근데 그러면 안 된다는 거, 너도 알지?"

현이 어린애를 달래듯 조심스럽게 말하자, 가빈이 말없이 파르르 떨리는 입술을 꼭 깨물었다. 현은 안타까운 표정으로 바라보며 말을 이었다.

"내가 먼저 마음대로 널 좋아한 거니까 기다리는 것쯤은 얼마든지 할 수 있어."

현이 그녀의 손을 꼭 붙잡았다.

"언제든 네가 마음을 정리하고 싶을 때 내가 도와줄게."

"……."

"네가 원할 때 내가 널 붙잡아 줄게, 그 사람이 아닌 나만 바라볼 수 있게."

귓전을 맴도는 그의 따뜻한 말. 하지만 진심 어린 그의 말에도 가빈의 표정은 여전히 어두웠다. 그 순간 현은 뭔가 불길한 낌새를 느꼈다. 한마디 덧붙이려 입을 떼려던 순간, 방문이 달칵 열리며 하준이 그들이 있는 방안으로 들어섰다.

하준은 방안에 들어서자마자 묘한 분위기를 풍기는 가빈과 현을 매서운 눈초리로 훑어봤다. 먼저 얼굴이 잔뜩 상기되어 있는 가빈과, 그녀의 손을 꼭 붙잡고는 자신을 못마땅한 표정으로 보고 있는 현이 눈에 들어왔다.

몹시 거슬렸다. 동시에 그의 표정이 삽시간 무섭게 돌변했다.

"나와."

가빈은 뇌리를 강하게 강타하는 하준의 짧은 한마디에 움찔하며 버릇처럼 몸을 움츠렸다. 금방이라도 무슨 일이 일어날 것만 같은 싸한 기분이 전신을 옭아맸다.

가빈은 흘끔 현을 돌아봤다. 조금 전 둘 사이 있었던 마찰 때문인지, 현의 표정도 전과 다르게 냉랭하게 굳어 있었다.

"류가빈, 내 말 안 들려?"

머뭇거리는 사이 이어 들리는 싸늘한 그의 목소리에 가빈이 결국 이대로는 안 되겠다 싶었는지 몸을 일으키려 했다. 하지만 이내 순간적으로 자신을 잡아당기는 힘에 도로 앉을 수밖에 없었다. 현이 절대 놓치지 않겠다는 듯, 그녀의 손을 꽉 잡고 있었다.

가빈은 갑작스러운 그의 행동에 놀라며 손을 빼내려 애썼지만, 그럴수록 더 세게 조여 오는 힘에 당혹감을 감추지 못했다.

"현아, 이것 좀 놓고……."

"가빈이하고 아직 할 얘기가 남았습니다. 그러니 자리 좀 비켜 주십시오."

가빈의 말을 가로막으며 현이 망설임 없이 하준에게 입을 열었다. 절대 이번만큼은 순순히 물러서지 않겠다는 듯, 그의 눈빛엔 강한 의지마저 서려 있었다.

갑작스러운 현의 변화에 가빈은 어쩔 줄 몰라 했고, 하준의 얼굴은 순식간에 구겨졌다. 한 치도 물러섬이 없는 둘의 대치에 어느샌가 방안에 전운이 감돌기 시작했다.

"해 봐, 어디 그럼."

서슬 퍼런 칼날 위에 서 있듯 아슬아슬하게 이어지는 분위기 속에서 하준이 팔짱을 끼고 눈을 가늘게 뜬 채 현에게 한 마디 툭 내던졌다.

할 말이 있다면 자신 앞에서 해 보라는 듯, 강하게 대응하는 그의 모습에 현이 미간을 잔뜩 좁혔다.

"오빠, 그만해."

더는 둘 사이를 가만히 두고만 볼 수 없단 생각에 가빈이 만류했지만, 하준은 그만둘 생각이 없는지 날카로운 눈빛으로 현을 응시했다.

자신의 시선에 맞서며 자존심을 자극하는 그의 행동과 말로 인해 하준은 점차 인내심의 한계를 느끼고 있었다.

"뭐 해? 말하지 않고."

"오빠! 제발 그만……."

"널 진심으로 좋아해."

뭐? 하준을 향해 있던 가빈의 시선이 현에게로 느릿하게 옮겨졌다. 똑바로 맞닿은 시선, 그의 표정이 어느 때보다도 진지했다.

"우리 사귀자, 정식으로."

숨 돌릴 틈도 없이 이어진 현의 고백에 가빈은 말문이 막힌 듯 아무 말도 하지 못했다. 하준의 앞에서 현이 고백할 거라곤 꿈에서조차 상상한 적 없었던 가빈은, 아연실색하며 하준의 눈치를 살피기 시작했다.

슬쩍 보기만 했는데도 살기가 고스란히 느껴졌다. 가빈은 어쩔 줄 몰라 하며 그저 긴장감에 마른 입술을 혀로 적셨다. 어떤 식으로라도 지금의 상황을 정리해야 하는데 감조차 잡히지 않았다.

"가빈아?"

심각한 표정으로 그저 하준의 눈치를 살피는 가빈의 모습에, 현이 이름을 재차 부르려다 말았다.

대답을 듣지 않아도 그녀의 표정과 행동을 통해 어떤 생각을 하고 있는지 눈치챌 수 있었다. 속이 쓰려왔다.

예상했고 그래서 최대한 마음을 다잡은 상태로 고백했지만, 막상 진심을 마주하고 보니 가슴으로 전해지는 충격이 생각보다 크게 다가왔다.

"일어나, 지금 당장 서울 올라갈 거니까."

말없이 둘을 주시하던 하준이 싸늘하게 식어 버린 표정으로 말했다. 현의 고백을 끝으로 더는 두 사람을 두고 볼 인내력은 남아 있지 않았다.

하준은 가빈이 움직이기도 전에 먼저 방으로 들어가 그녀의 짐이 든 가방을 챙겨 들고 나왔다.

"류가빈, 일어나란 말 안 들려?"

하준이 어느새 그녀의 앞에까지 다가와 재촉하자, 가빈이 혼란스러운 표정으로 시선을 아래로 내렸다. 그러자 그녀의 눈에 아직까지도 자신의 손을 붙잡고 있는 현의 손이 보였다. 어느 순간부터 미세하게 그의 손이 떨리고 있었다.

가빈은 천천히 고개를 들어 현을 바라봤다. 그가 간절한 눈빛이 저를 향하고 있었다. 제발 가지 마, 직접적으로 말하지 않아도 눈빛을 통해 전해지는 그의 진심에 가빈은 가슴 한켠이 아려오는 것을 느낄 수 있었다.

"오빠랑 같이 서울 올라갈 테니까…… 잠깐만 밖에서 기다리고 있어."

나지막하게 퍼지는 가빈의 목소리. 하준이 그녀의 말에 한마디 하려다 말을 삼켰다.

"금방 갈게, 나가 있어."

단호함이 느껴지는 가빈의 눈빛에, 하준은 결국 작게 한숨을 내쉬곤 그대로 뒤 돌아 방문을 열고 나갔다.

문이 쾅 닫히는 소리와 함께 방안에 고요함이 찾아오고, 가빈과 현은 한참을 말없이 서로를 마주 봤다. 누구 한 사람 먼저 선뜻 말을 내뱉지 못하고 망설이던 그때, 가빈이 먼저 달싹이는 입술 새로 조심스럽게 말을 꺼냈다.

"미안해, 현아. 매번 나 때문에 곤란한 상황 겪게 해서."

한마디 하곤 가빈이 잠시 뜸을 들이다 다시 말을 이었다.

"오늘은 꼭 말해야 할 것 같아, 사실 그 전에 해야 했던 말이었는데…… 막상 얘기 꺼내려고 할 때마다 혼란스럽고 망설여져서 못했는데 이제라도 할게, 먼저 정말 고마워. 매번 내 얘기 들어 주고 친절하게 대해줘서. 그리고…… 좋아해 줘서."

그녀의 말 속에서 뭔가 불안한 기운을 느낀 현의 눈빛이 크게 흔들렸다.

"가빈아?"

"처음엔 나도 널 좋아한다고 생각했는데…… 사실은 그저 친구로서 널 잃기 싫어서, 내 욕심에 단지 네 옆에 있고 싶어서, 그래서 네 마음 모르는 척했던 것 같아, 바보같이. 미안해, 정말."

"……."

"미안해, 현아……."

"……."

"나 기다리지 마."

가빈이 멍하니 자신을 바라보고 있는 현에게서 자신의 손을 빼내며 자리에서 일어섰다. 그러곤 숨을 깊게 들이마신 뒤 천천히 내뱉으며 말했다.

"나중에라도…… 혹시라도 지금 이 순간을 후회하는 날이 온다 하더라도 나 너한테 못 가. 그러니까 나, 기다리지 마."

어렵사리 말을 끝낸 가빈은, 속이 점점 답답해지며 숨이 턱턱 막히는 기분을 느꼈다. 마치 하지 말아야 할 말을 내뱉는 것처럼, 한 마디 한 마디 내뱉을 때마다 목에 가시가 걸린 듯 따끔거리고, 눈이 시큰거리는 느낌이 들었다.

왜 이러는 걸까? 말하고 나면 속이 시원할 줄 알았는데, 조금은 홀가분해질 거라 생각했는데, 조금만 건드리면 눈물이 터질 것처럼 가슴이 아팠다.

가빈은 아무 말 없이 소파에 앉아 있는 현을 내려다봤다. 대꾸도 없이 조용히 듣기만 하고 있는 그를 보고 있으니, 못 할 짓을 한 것만 같은 죄책감마저 들었다.

더는 지켜볼 용기가 나지 않아 말없이 옷걸이에 걸려 있는 겉옷을 챙겨 든 가빈은 다시 한 번 마지막으로 그를 돌아봤다. 잔뜩 굳어 있는 얼굴 뒤로 낙심함이 느껴졌다.

"나 그만 가 볼게."

버릇처럼 나중에 연락하자, 란 말을 내뱉으려다 겨우 삼킨 가빈은 이후 망설임 없이 문을 열고 나갔다. 하준이 문 옆 벽에 등을 지고 선 채 그녀의 가방을 들고 있었다.

"가자."

가자는 그녀의 말에도 그저 냉담히 먼저 앞질러 가는 하준의 뒤를 가빈이 천천히 따라갔다. 통로를 지나 엘리베이터 앞에 당도하자 기자로 보이는 몇 명의 사람들이 보였고, 그들과 함께 세련이 인터뷰 중이었다.

"현이 어디 있는 줄 알아요? 방에 없던데."

세련이 잠시 인터뷰를 끊고 말을 걸어오자, 가빈이 난감한 표정으로 시선을 돌렸다. 자신의 방에 있다고 하자니 기자들 앞에서 괜한 오해를 살 것 같아 쉽사리 입이 떨어지지 않았다.

"아, 그게 지금……."

"날 왜 찾아."

그때 마침, 뒤에서 현의 목소리가 들렸고 세련이 환한 미소로 재빨리 그에게로 다가갔다.

"괜찮은 거야? 아, 잘생긴 얼굴에 흉터 지면 안 되는데."

"아, 두 분! 너무 보기 좋네요, 같이 인터뷰 진행해도 될까요?"

그들을 지켜보던 기자가 다가와 말을 건네자 세련이 즉시 현의 팔짱을 꼈다.

"뭐, 어차피 너 얼굴도 공개됐는데 괜찮지?"

세련의 물음에도 현은 마치 마네킹처럼 한마디 대꾸도 없이 그저 한 곳을 가만히 응시하고 있었다.

평소와 다른 모습에 의아해하며 그의 시선이 머문 곳을 확인한 세련은 그게 가빈임을 깨닫곤 아랫입술을 꽉 깨물었다. 정말……좋아한다 이거지, 질투심이 주체할 수 없을 만큼 치솟자 세련의 얼굴이 금세 붉게 달아올랐다.

"두 분, 아무리 봐도 친구 사이라기보단 연인 같은데…… 정말 교제 중 아니세요?"

여기자가 웃으며 묻자, 현이 굳은 표정으로 자신의 팔짱을 끼고 있는 세련을 살짝 밀어내며 대답했다.

"아닙니다, 그냥 친구 사이 입니다."

현이 단호하게 딱 잘라 대답하자, 세련이 씁쓸한 표정으로 말했다.

"네, 뭐 아직까진 친구사이예요."

"그래요? 저희는 세련 씨가 좋아하는 사람이 있다고 해서 당연히 레니 작가님인 줄 알았는데, 아닌가요? 그럼?"

여기자의 질문에 끝나자마자 '맞아요.' 라고 대답하려던 세련은 현이 날카롭게 노려보자 떨떠름한 표정으로 대답했다.

"일단은 아니라고 하죠."

"그럼 레니 작가님은 현재 여자 친구 없으신가요?"

가만히 그들을 대화를 듣던 가빈이 여기자의 질문에 자신도 모르게 잔뜩 긴장했다. 그 순간, 엘리베이터가 도착했고, 가빈은 천천히 하준의 뒤를 따라 발걸음을 옮겼다. 그리고 앞을 응시한 그때, 가빈은 자신을 향한 현의 시선에 곤혹스러움을 감추지 못했다.

"저, 작가님?"

"여자 친구 말고, 짝사랑하는 사람은 있습니다."

현의 말에 세련의 얼굴은 잿빛으로 변했고, 가빈의 눈빛은 파르르 떨렸다.

"작가님께서 짝사랑을요? 그럼 고백은 하셨나요?"

여기자가 흥미롭다는 표정으로 묻자, 현이 가빈에게 시선을 붙박은 상태로 대답했다.

"네, 하지만 차였습니다, 가슴 아프게도."

그의 마지막 말에 스르르 닫히려는 엘리베이터 문을 가빈이 재빨리 열었다.

"어머, 이렇게 멋지신데…… 정말 그분은 보는 눈이 없으신가 보네요."

곧바로 이어진 기자의 아쉬운 목소리와 함께 엘리베이터가 다시 열리는 걸 본 현은, 살짝 입가에 미소를 머금은 채로 대답을 이어갔다.

"그러게요, 하지만 그렇다고 해서 포기할 생각은 없습니다."

거리낌 없는 한 마디, 이후 현은 가빈을 똑바로 바라보며 거침없이 말을 내뱉었다.

"언제까지고 기다릴 생각입니다. 힘들고 지치면 언제든지 돌아올 수 있게 항상 이 자리에서, 올 때까지."

"이런, 그러다가 만약 안 오면요?"

가만히 옆에서 지켜보던 하준이 날카로운 눈으로 엘리베이터 버튼을 눌렀다. 스르르 문이 닫히기 시작하자, 현이 끝까지 가빈을 응시하며 입을 열었다.

"만약 안 오면……."

"……."

"그땐 직접 데리러 갈 겁니다, 반드시."

차 안, 가빈은 한참 동안 말없이 공허한 눈빛으로 창밖을 내다봤다.

"그러다 만약 안 오면요?"

여기자의 질문에 대한 현의 답을 가빈은 듣지 못했다. 하지만 그가 어떤 대답을 했을지 예상은 됐다. 그래서 마음이 무거웠다. 가빈은 작게 한숨지었다. 그의 진심을 거절한 것에 대한 죄책감에 고통스러웠다.

"그만해, 류가빈."

운전 중이던 하준의 입에서 흘러나온 말에 가빈이 의아한 표정으로 그를 돌아봤다.

"뭘?"

"그 자식 생각, 그만하라고."

하준이 차갑게 치켜뜬 눈으로 경고하자, 가빈이 뜨끔 놀라며 고개를 돌렸다. 마치 속마음을 들여다본 것처럼 어쩜 이리도 자신의 생각을 잘 맞추는지, 가끔은 섬뜩한 기분마저 들었다.

"잠깐 휴게소 좀 들려, 화장실 가고 싶어."

괜스레 마음이 불편해진 가빈은 화장실을 핑계로 분위기를 바꿔보자는 생각에 휴게소에 들리자 제안했다. 평일이라 그런지 생각보다 휴게소 안이 한산했다.

"오빠는 안 내려?"

안전벨트를 풀며 가빈이 묻자, 하준이 갔다 오라는 듯 눈을 감고 의자에 몸을 기댄 채 휙휙 손을 휘저었다.

잘못 건드리면 혹시나 터지지 않을까? 시한폭탄 같은 하준의 상태에 가빈은 더는 말을 붙이지 않고 재빨리 차에서 내려 화장실로 향했다.

간단히 손을 씻고 나온 가빈은 차로 향하다 오랜만에 들린 휴게소를 호기심 가득한 눈빛으로 둘러봤다.

그녀는 먼저 호두과자 파는 곳으로 한달음에 달려가 봉지 한 개를 구입했다. 이후 손금을 볼 수 있는 기계를 지나치지 못하고, 어린아이처럼 주변을 서성였다.

"손금 보시려고요?"

이런 게 다 있구나, 하며 신기하게 구경하던 가빈은 갑자기 말을 거는 낯선 남자의 목소리에 흠칫 놀라며 뒤를 돌아봤다. 두 명의 남자가 그녀에게 웃으며 다가섰고, 가빈은 당황한 눈빛으로 한 발자국 뒤로 물러서며 손을 내저었다.

"아니에요."

재빨리 대답하고 하준이 있는 차로 향하려던 가빈은, 자신의 앞을 가로막는 남자의 행동에 우뚝 멈춰 설 수밖에 없었다.

"아, 저기…… 그쪽이 제가 좋아하는 스타일이라서 그런데 번호 좀 알려 주시면 안 될까요?"

"네?"

"여기, 휴대폰에 좀 찍어 주세요."

남자가 휴대폰을 내밀자 가빈이 어찌할 바를 몰라 몹시 당혹스러워했다.

"아, 그게…… 죄송합니다만, 제가 일행이 있어서요. 얼른 가 봐야 해요."

"번호만 일단 알려주시면……."

"뭐야, 너."

차 안에서 지켜보던 하준이 뭔가 이상한 낌새를 눈치챘는지 곧바로 그들에게 다가섰고, 남자는 하준의 등장에 당황하며 재빨리 휴대폰을 거뒀다.

"아, 남자친구 분이 계신지 모르고, 죄송합니다."

하준의 차가운 눈초리에 기가 잔뜩 눌린 남자들이 재빨리 자리를 피하자, 그는 가빈의 손목을 잡아채 차로 끌고 갔다.

"오빠, 아파! 이것 좀 놓고 가!"

"타."

하준이 차 문을 열고 그제야 손목을 놔주며 타라고 턱짓하자 가빈이 쭈뼛쭈뼛 차에 올라탔다. 불안한 마음으로 하준이 운전석에 탈 때까지 유심히 지켜보던 가빈은, 그가 타자 재빨리 시선을 거두며 부랴부랴 안전벨트를 매기 위해 손을 뻗었다.

하지만 긴장한 탓인지 순간적으로 안전벨트를 잡자마자 놓쳤고, 그 모습을 지켜보던 하준이 그녀에게 상체를 밀착시키며 안전벨트를 매주기 위해 다가섰다.

"이제 하다 하다 그런 날파리 같은 놈들까지 꼬이는 꼴까지 내가 봐야 되겠어?"

고개를 돌린 하준의 낮은 음성이 얼굴에 닿자, 가빈의 얼굴이 순식간에 달아올랐다.

"내가 맬게, 비켜."

가빈이 그의 어깨를 밀어내려 손을 뻗었지만, 하준은 그녀의 허리를 잡아당겨 품에 안은 채로 귓가에 나직이 속삭였다.

"진짜 어디 가둬 두기라도 해야 하나?"

하준이 허리를 감싸 안은 손을 서서히 아래로 내리자 가빈이 소스라치게 놀라며 소리쳤다.

"그만해! 뭐 하는 거야!"

"항상 잊지 마, 넌 내 거라는 거."

둘 사이에 거리를 살짝 둔 채로 그녀의 턱을 잡아 올린 하준은 가볍게 그녀에게 키스한 뒤, 안전벨트를 손수 매줬다. 그러곤 시동을 켜고 다시 운전에 집중했다. 저돌적인 그의 행동에 당장 한 마디 소리치려던 가빈은, 오늘따라 유독 사건 사고가 많은 것에 애써 화를 참아 내며 시선을 밖으로 돌렸다. 그저 한시라도 빨리 집에 가고 싶은 마음밖에 들지 않았다.

정적이 흐르는 분위기 속에서 30분 정도를 겨우 견뎌 낸 가빈은, 집 앞에 도착하자마자 뒤에 실은 가방을 챙기지도 않고 재빨리 차에서 내렸다. 그녀의 머릿속은 온통 쉬고 싶다는 생각뿐이었다.

"가방 안 챙겨?"

대문 앞에 도착한 하준이 차 뒷문을 열고 크게 소리치자, 결국 가빈이 다시 되돌아 차로 향했다. 그냥 좀 들고 오면 어디가 덧나나?

속으로 불만 가득한 소리를 내뱉은 그녀는 가방을 든 채 뒤도 안 돌아보고 다시 집으로 향했다. 그리고 대문 앞에 도착해 문을 열고 발걸음을 내디디려는 찰나, 자신의 어깨를 잡아 돌리는 하준의 행동에 가빈은 가방을 바닥에 떨어트리고 말았다.

"왜 네가 뚱한 표정을 짓는 건데? 화가 나는 건 난데."

하준이 작게 눈썹을 찡그리며 말하자 가빈이 애써 아무렇지 않은 척 대꾸했다.

"뚱한 표정 지은 적 없어. 피곤해, 그만 가서 쉴래."

가빈이 무심하게 반응하자 하준이 잠시 그녀의 얼굴을 유심히 뜯어보더니 작게 한숨을 푹 내쉬며 말했다.

"매일 매일 불안하다, 너 때문에."

가빈이 그저 멀뚱히 바라보자 하준이 잠시 말을 멈췄다 다시 이었다.

"차라리 집 나와서 둘이 같이 살자."

"뭐?"

생각지도 못한 그의 말에 가빈이 의아심을 느끼며 물었다.

"갑자기…… 그게 무슨 소리야?"

"진심으로 하는 말이니까 잘 생각해 봐, 어차피 너도 이 집에서 계속 살고 싶은 생각 없잖아."

그의 진중한 태도에서 가볍게 넘어갈 문제가 아님을 직감한 가빈이, 선뜻 대답하지 못하고 주저했다.

"그건……."

"어렵게 생각할 거 없어, 어차피 준비는 내가……."

"너네 거기서 뭐 하니?"

그 순간, 둘의 대화를 자르며 나타난 이혜연의 모습에 하준의 얼굴이 서서히 굳어갔다.

"내가 다시 전화할게."

이혜연이 시선을 둘에게 붙박은 채 싸늘한 표정으로 전화를 끊었다. 분위기가 심상치 않게 돌아갈 것을 예감한 하준은, 뒤돌아서려는 가빈을 잡아 세웠다.

일단은 가빈이 이혜연과 부딪치지 않게 하는 것이 급선무임을 느꼈다. 하준은 즉시 바닥에 떨어져 있는 가방을 주워 가빈에게 건네며 작게 말했다.

"집에 들어가 있어, 얘긴 나중에 하자."

"왜 둘이 같이 들어오는 거니?"

하준의 말이 끝나기가 무섭게 이혜연의 목소리가 가깝게 들리자 가빈이 천천히 뒤로 돌아섰다. 어느새 코앞까지 다가선 이혜연이 못마땅한 눈빛으로 그녀를 노려보고 있었다.

갑자기 이렇게 이혜연과 맞닥뜨릴 줄은 상상조차 못 했던 가빈은 복잡한 표정으로 손에 든 가방 끈을 꽉 움켜쥐었다.

"우연히 집 앞에서 만났습니다."

가빈이 뭐라고 변명이라도 하려 입술을 달싹이던 찰나, 하준이 먼저 한 발짝 앞으로 걸어 나와 그녀를 등 뒤에 세우며 대답했다. 이혜연의 성격상 지금의 상황을 쉽게 넘어갈 리 없었다.

일단은 가빈을 보내 놓고 상황을 수습해야겠다는 생각에 하준은 흘끔 가빈을 돌아보며 입을 열었다.

"왜 안 들어가고 멀뚱히 서 있어?"

이혜연을 의식한 하준이 일부러 거슬린다는 듯 차갑게 말을 던지자, 가빈이 그의 생각을 눈치채곤 집으로 발길을 돌렸다.

혹시라도 가빈을 붙잡진 않을까 걱정했건만 다행히 이혜연은 가만히 지켜보기만 했다. 하준은 그것에 내심 안도했다.

"어디 가시는 길이세요?"

하준은 눈앞에서 가빈이 더 이상 보이지 않게 되자 그제야 이혜연을 돌아보며 물었다. 그녀의 표정이 아까와 달리 어느샌가 묘하게 변해 있었다.

"어머니?"

"저 아이와 밤새 같이 있기라도 한 거니?"

이혜연의 말에 하준의 표정이 굳었다. 슬쩍 떠보는 말투로 한 질문과 달리 그녀의 얼굴은 이미 확신에 가득 차 있었다.

괜스레 변명만 늘어놓았다간 상황만 악화될 것 같은 분위기에 하준은 애써 침착함을 유지하며 단호하게 대답했다.

"그런 거 아닙니다."

"그런 게 아니다?"

"……어디 가시던 길인 것 같은데 그만 가 보시죠, 어머니."

하준이 마치 더는 얘기하고 싶지 않다는 듯 냉담하게 말하자, 이혜연의 눈썹이 사납게 치켜 올라갔다. 애매모호하게 행동하며 은근슬쩍 상황을 모면하려는 그의 태도에서 낯설음을 느꼈고, 동시에 뭔가 있음을 감지할 수 있었다.

매사를 냉철하고 차갑게 대하던 하준이 이따금씩 가빈의 일에 호의를 베풀고, 가끔은 도가 지나칠 정도로 관심을 가지던 그의 행동들이 뇌리를 스쳐 지나가며 그녀를 자극했다.

"다시 회사 나가 봐야 해서 전 이만……."

"혹시 말이다."

하준의 말을 자르며 내뱉은 짧은 한마디, 잠시 말을 멈춘 이혜연은 가늘게 뜬 눈으로 그를 마주 보며 이어 물었다.

"너 설마 그 아일 동생 이상으로 생각하고 있는 거니?"

의심했고 경계했지만 되풀이될 것이라 감히 상상조차 하고 싶지 않았던 일이었기에 깊게 생각하지 않았었다. 그런데 같은 날 외박한 것도 그렇고 조금 전 대화를 나누던 둘 사이에서 묘한 분위기를 느끼고 나니, 그녀는 점점 불편한 생각을 하게 되었다.

"솔직하게 말해 보렴."

하준이 입을 꾹 다문 상태로 가만히 서 있자, 이혜연이 미간을 좁히며 대답을 재촉했다. 잠깐이라도 그가 질문에 대한 답을 고민했다는 것만으로도 이혜연은 주체할 수 없는 분노를 느끼고 있는 중이었다.

"왜 대답이 없어?"

"제가 왜 그런 질문에 대답을 해야 하는 겁니까?"

말을 자르며 하준이 냉랭한 표정으로 반문하자, 이혜연이 말을 삼켰다. 예상치 못한 반응, 질문 자체에 반감을 드러내는 하준의 태도에 이혜연의 얼굴이 살짝 굳어졌다.

"그럼 아니라는 거니?"

이혜연이 확인하려는 듯 강한 어조로 묻자 하준이 애써 태연하게 대답했다.

"아닙니다."

단호하게 대답하고 뒤돌아서 걸어가는 하준을 이혜연이 물끄러미 지켜봤다. 아니라고 말하는 그의 행동과 말투가 오히려 거슬렸다. 강한 부정은 강한 긍정이라 했던가.

이상할 정도로 가슴에 돌덩이가 얹힌 것처럼 답답함이 밀려들어와, 이혜연은 숨을 훅 내쉬었다. 점점 멀어지는 그의 뒷모습에, 그녀는 결국 참고 있던 말을 내뱉었다.

"가빈이 그 아이가 유진이처럼 되길 바라진 않겠지."

짧은 한마디, 하지만 그 여파는 거셌다. 바라보는 것조차 숨이 막힐 정도로 냉랭하게 식어 버린 하준의 눈빛이 정확히 이혜연을 노려보고 있었다.

"지금…… 뭐라고 하셨습니까."

한기마저 느껴지는 그의 말투에도 이혜연은 오히려 턱을 추켜올리며 대꾸했다.

"네가 그때처럼 정신을 못 차릴까 봐 내가 경고……."

"한마디!"

"……."

"한마디만 더 하시면 아무리 어머니시더라도 가만두지 않을 겁니다."

꽉 말아 쥔 하준의 손이 부르르 떨리기 시작했다. 끔찍했던 그날의 일들이 되살아나며 피가 거꾸로 솟구치는 기분마저 들었다.

하준은 금방이라도 폭발할 것 같은 감정을 겨우 억누르며 이혜연을 직시했다. 그러고는 각인시키려는 듯, 또박또박 힘줘 말을 내뱉었다.

"어머니께서 무슨 자격으로 유진이를 입에 담으시는지 모르겠지만, 그나마 아슬아슬하게 이어 나가고 있는 모자 관계를 스스로 끊어내고 싶지 않으시다면 앞으로 조심하시는 게 좋을 겁니다."

"하준아."

"가빈이 친모에게 어머니께서 얼마나 잔인한 행동들을 했는지 잘 알고 있습니다."

터지듯 내뱉어진 하준의 말에 이혜연의 입술 끝이 바르르 떨렸다.

"그건 내 잘못 아니라 그년이 스스로 자초⋯⋯!"

"모르는 척 넘어가는 주는 것도 한계가 있는 겁니다. 그나마 어머니께 가지고 있는 작은 연민마저 저버리게 하고 싶지 않다면 그만하세요."

하준이 잔뜩 날이 선 눈빛으로 흘끔 그녀를 돌아봤다. 꽉 다문 그녀의 입술에서 선혈이 흐르는 것이 보였다. 하지만 하준은 미세한 표정의 변화도 없이 싸늘하게 말을 이었다.

"마지막으로 경고합니다. 다음부터 절대 유진이란 이름 함부로 입에 올리지 마세요."

"⋯⋯."

"그리고 상식을 벗어나는 일을 도모라도 하시는 날엔, 아무리 어머니라도 절대 용서하지 않을 겁니다."

가빈은 하준이 방으로 찾아올 것이라 예상했지만, 그는 그대로 옷만 갈아입고 쥐도 새도 모르게 회사로 출근했다. 이혜연과 무슨 일 있었나 싶은 마음에 불안함에 뜬 눈으로 하루를 보낸 가빈은, 이튿날 오후가 돼서야 집 앞으로 나오라는 하준의 연락을 받고 의아해하며 밖을 나섰다.

대문을 열고 나서자마자 하준의 차가 보였고, 가빈은 조심스럽게 다가갔다. 하준은 운전석에 앉아 통화를 하는 중이었다.

"그건 차후 회의를 통해 결정하는 걸로 하죠, 네. 알겠습니다."

뚝. 차에 타자마자 기다렸다는 듯 하준이 통화를 마쳤다. 가빈이 살짝 고개를 기울이며 그에게 먼저 말을 걸었다.

"바쁜 것 같은데 왜 나오라고 한 거야?"

가빈이 묻자 하준이 일단 차에 시동을 켜며 대답했다.

"오늘 같이 갈 곳이 있어."

"어디?"

"가 보면 알아."

영문을 알 수 없는 그의 말에 가빈이 한참 동안 그를 주시했다. 어제 이혜연과 무슨 얘기를 나눴는지, 아무 일도 없었는지 묻고 싶었지만, 선뜻 입이 열리지 않았다.

가빈은 결국 창문 쪽으로 시선을 돌렸다. 그와 막상 함께 있으니 오히려 그녀의 머릿속이 더 복잡해지는 기분이었다. 애써 떨쳐내려 갖가지 생각들을 끄집어내던 가빈은, 잠시 뒤 차가 근처 백화점 주차장에 멈춰 서자 의아한 눈빛으로 그를 돌아봤다.

"백화점은 왜?"

"일단 내려."

가늠조차 되지 않는 그의 행동에 잠시 그의 눈치를 살피던 가빈은, 하준이 차에서 내리자 그제야 쭈뼛거리며 문을 열었다. 백화점엔 무슨 볼일일까? 혼자 골똘히 생각에 잠겨 있던 그녀는, 그가 엘리베이터를 타자마자 망설임 없이 6층을 누르는 것을 보고 안내판을 확인했다. 여성 의류 매장이 있는 곳이었다.

"여긴 갑자기 왜 온 거야?"

가빈이 엘리베이터에서 내리자마자 앞질러 걸어가는 그의 팔을 붙잡으며 물었다. 무슨 생각으로 이곳에 온 것인지 도무지 감이 잡히지 않자 오히려 불안한 마음마저 들었다.

"네 옷 사러 온 거야."

"내 옷?"

가빈이 놀란 눈빛으로 되묻자, 하준이 자신의 팔을 붙잡고 있는 그녀의 손을 잡아 품 안으로 끌어당겼다. 순식간에 둘 사이가 좁혀졌고, 사람들의 시선을 의식한 가빈의 얼굴이 순식간에 붉게 달아올랐다.

"오늘은 내가 하라는 대로 해 줬으면 좋겠어."

하준이 평소와 다르게 강압적인 어조가 아닌 부드러운 말투로 말을 건넸다. 도대체 뭐지? 가빈은 의문심을 가득 안은 채 하준의 손에 이끌려 한 매장으로 들어섰다. 그러자 기다렸다는 듯 점원 두 명이 그들에게 다가섰다.

"어서 오십시오, 고객님."

"저번에 봐 뒀던 옷들 준비해 주세요."

"네, 알겠습니다. 고객님, 잠시 이쪽으로 오시겠어요?"

무슨 상황인지 파악할 새도 없이 자신을 이끄는 점원들의 손길에 가빈이 놀라며 흘끔 하준을 돌아봤다. 하준은 어느새 그들을 따라가라며 가빈에게 턱짓하고 있었다. 하지만 가빈은 선뜻 발을 떼지 못하고 그저 눈치만 살폈다.

마치 종이 인형처럼, 하준이 자신의 취향에 맞는 옷을 그녀에게 입혔던 과거가 뇌리 속에 좋지 않은 기억으로 남아 있어 망설이게 했다.

"안 따라가고 뭐 해?"

가까이 다가서며 하준이 묻자, 가빈이 어두운 표정으로 주춤거리며 말을 꺼냈다.

"오늘 무슨 날이야? 갑자기 이러니까 당황스럽잖아."

가빈의 말에 잠시 망설이던 하준이 작게 한숨을 내쉬며 입을 열었다.

"이따 같이 저녁 먹으면서 중요하게 할 말이 있어."

나직한 그의 한마디에 가빈이 고개를 갸웃했다.

"할 말?"

"그래."

"그럼 그냥 저녁 먹으러 가면 되지, 옷은 왜……?"

"자리에 걸맞은 옷을 입는 게 기본적인 에티튜드니까."

"……누구 같이 보는 거야?"

"아니."

가빈은 둘이 같이 저녁 먹는 자리에서 무슨 에티튜드냐 한마디하고 싶었지만, 빨리 가서 갈아입고 나오라는 그의 재촉에 못 이겨 결국 점원을 따라 탈의실 안으로 들어갔다.

3벌의 의상, 고급스러운 파티에 참석할 때나 입을 법한 화려한 자태에 선뜻 입을 용기가 나지 않았다. 한참 동안 망설이던 가빈은 그중 제일 덜 튀는 옷을 골라 입기 시작했다.

팔의 곡선을 타고 은은하게 시스루 포인트를 준 검은 색 원피스를 입은 그녀는, 등에 달린 지퍼를 올리기 위해 뒤로 손을 뻗었지만 잘 올라가지 않자 난감해했다.

"안 나오고 뭐 해?"

들어간 지 한참이 지났음에도 나오지 않자 하준이 탈의실 문을 두들겼다.

어떡해야 하나 한참을 끙끙대던 가빈은, 반쯤 지퍼를 올린 상태로 탈의실 문을 열고 고개를 빠끔히 내밀었다. 하준이 팔짱을 끼고 눈을 가늘게 뜬 상태로 탈의실 앞에 서 있었다.

"무슨 문제라도 있어?"

"그게…… 등에 달린 지퍼가 잘 안 올라가서. 직원은 어디 있어?"

"다른 옷 가지러 갔어."

"그래?"

가빈이 어쩔 줄 몰라 하며 문 뒤에 숨어 쭈뼛거리고 있자, 하준이 그녀의 손목을 잡아 밖으로 당겼다. 그 순간 움직이면서 지퍼가 허리 언저리까지 내려간 것을 느낀 가빈은, 화들짝 놀라며 두 손으로 옷을 잡았다.

"내가 해 줄 테니까 뒤로 돌아."

하준이 손가락을 뱅뱅 돌리며 손짓하자, 가빈이 한 발짝 뒤로 물러서며 말했다.

"내가 알아서 할게."

"어느 세월에? 고집 피우지 말고 돌아서."

하준의 재촉에 결국 가빈이 시선을 아래로 내려뜨리며 천천히 뒤로 돌아섰다. 단지 지퍼를 올려 주는 것뿐인데 이상할 정도로 심장이 거칠게 뛰기 시작했다. 그의 손길이 몸에 닿자 버릇처럼 가빈의 몸이 움찔댔다. 자신도 모르게 몸에 힘이 들어갔다.

속옷을 지나 지퍼가 서서히 올라가는 것을 느낀 가빈은, 지퍼가 다 올라가자마자 재빨리 몸을 돌렸다. 그 순간 바로 정면에 서 있는 하준과 눈을 마주했고, 그녀의 가슴이 크게 요동치기 시작했다.

왜 이러지? 혹시라도 세차게 뛰는 심장 소리가 들릴까 가빈이 몸을 뒤로 빼자, 하준이 서서히 얼굴을 그녀에게로 가까이 댔다. 그의 뜨거운 숨소리가 그녀의 얼굴을 간질이기 시작했다.

"잘 어울린다, 그냥 이거 입고 가자."

한마디 내뱉은 그의 입가에 옅은 미소가 번졌다. 오랜만에 보는 웃는 모습, 가빈은 새삼 놀라며 그에게서 시선을 떼지 못했다.

"어머, 너무 잘 어울리시네요. 다른 옷들도 한번 입어 보시겠어요?"

점원들이 주섬주섬 다양한 디자인의 옷들을 챙겨 들고 왔지만, 하준은 이미 마음의 결정을 내린 듯 그들 손에 들린 옷들을 가리키며 말했다.

"이거 입고 갈 거니까 나머진 전부 포장해서 집으로 보내세요."

"네, 알겠습니다."

자연스럽게 카드를 내밀어 계산을 마친 하준은, 어색한지 거울 앞에서 자신을 한참 동안 뚫어지게 바라보고 있는 가빈을 흐뭇하게 쳐다봤다. 생각했던 것보다 훨씬 잘 어울렸다. 하준은 가빈에게 다가가 그녀의 어깨를 감싸 안으며 말했다.

"그만 가자."

백화점을 나와 근처 유명 헤어숍에서 머리와 메이크업까지 풀세트로 준비를 마친 가빈은, 얼떨떨한 표정으로 운전을 하고 있는 하준을 흘끔 돌아봤다. 도대체 무슨 말을 하려는 걸까? 한참을 망설이던 그녀가 조심스럽게 그에게 물었다.

"이제 어디 가는 건데?"

"가 보면 알아."

짤막한 그의 대답에 차마 더는 깊게 묻지 못하고 창밖을 내다보던 가빈은, 울리는 하준의 휴대폰 소리에 고개를 돌렸다.

[아버지]

갑작스러운 그의 전화에 하준이 의아해하며 이어폰을 귀에 꽂은 채 통화버튼을 눌렀다.

"네."

—어디냐?

무뚝뚝한 그의 음성이 하준의 귓속에 파고들었다.

"일 때문에 잠깐 밖에 나왔습니다. 무슨 일이십니까?"

웬만해선 직접 전화하지 않던 류목형이 갑자기 연락해오자 왠지 모를 불안한 기운이 엄습했다. 가빈도 그의 전화에 새삼 긴장하며 하준을 말없이 응시했다.

─오늘 가족끼리 같이 저녁 먹을 거니까 지금 당장 xx호텔로 오도록 해. 가빈이한테도 연락하고.

갑작스러운 그의 말에 하준이 한쪽 눈을 살짝 찡그렸다. 하필이면 오늘 같은 날 가족 모임이라니, 가빈을 흘끔 바라본 하준은 치솟는 감정에 핸들을 있는 힘껏 꽉 잡았다.

─왜 대답이 없어?

"오늘 중요한 선약이 있습니다."

─취소해, 미루든지.

단호한 그의 대답에 결국 일이 틀어질 대로 틀어졌음을 깨달은 하준이 짙은 한숨을 내뱉었다. 전화를 안 받았으면 모를까, 이미 받은 상황에서 이제 와 그녀와 다른 곳에 갈 수는 없는 노릇이었다. 하준은 결국 체념한 듯 잔뜩 굳은 표정으로 대답했다.

"알겠습니다."

뚝.

류목형이 하준의 대답이 떨어짐과 동시에 전화를 끊었다. 오늘 만큼은 꼭 진지하게 가빈이와 이야기를 나누려던 하준은, 아쉬움에 괜히 입술을 잘근 씹었다.

"무슨 일이야?"

가빈의 질문과 동시에 차를 유턴시킨 하준이 나직이 말을 내뱉었다.

"아버지께서 가족끼리 저녁 먹자고 하셨어."

"이렇게 갑자기?"

가빈이 의아한 듯 고개를 기울였다. 적어도 3, 4일 전에는 알려 주셨는데, 이렇게 갑자기 통보하다니? 괜스레 꺼림칙한 기분마저 들었다.

'항상 현 비서님이 전화하셨는데 왜 오늘은 직접 하셨을까.'

매번 현 비서를 통해 가족 모임 장소와 시간을 전해 들었던 하준은 문득 드는 의문에 창틀에 팔을 대고 관자놀이 부근을 만지작거렸다.

평소 자주 가는 호텔 레스토랑에 도착한 하준은 가빈과 함께 미리 예약된 곳으로 향했다. 일찌감치 류목형이 도착했는지 그가 혼자서 차를 들이켜고 있었다.

"와서 앉아."

류목형이 시선도 주지 않은 채 무심하게 말을 내뱉었다. 평상시보다 더 차분하게 가라앉은 분위기에 뭔가 이상한 기운을 느낀 하준은 자리에 앉자마자 류목형을 물끄러미 바라보며 입을 열었다.

"어머니께선 안 오십니까?"

"곧 올게다."

하준은 그의 대답과 동시에 입을 다물었다. 도대체 무슨 일일까? 직감적으로 단순한 가족 식사자리가 아님을 눈치챈 그는, 천천히 물을 들이켜고 있는 가빈을 바라봤다. 그녀는 별다른 낌새를 느끼지 못했는지 평소와 다를 바 없이 침착하게 행동했다.

고요한 정적이 찾아들었고, 익숙한 분위기에 그들은 각자 말없이 그저 이혜연을 기다렸다. 그렇게 15분쯤 흘렀을까? 잠시 뒤, 이혜연의 웃음소리가 들리며 그녀가 누군가와 함께 들어서는 게 보였다.

"어머, 다들 벌써 모였네?"

술에 취한 듯 눈이 살짝 풀린 그녀가 난감한 기색이 역력한 민호와 함께 들어서자, 믿기지 않는다는 듯 잔뜩 놀란 표정으로 가빈이 그를 바라봤다.

"민호?"

가빈이 그의 이름을 내뱉자 하준이 눈살을 찌푸리며 그를 바라봤다. 처음 보는 얼굴, 하지만 자신의 어머니와 가빈은 그를 잘 알고 있는 듯 보였다.

하준의 눈빛이 서서히 차가워지며 적대감이 서렸고, 주변 분위기가 폭풍우가 몰아친 듯 급변했다.

"이리 와서 앉아."

이혜연은 류목형의 옆에 앉은 뒤 민호에게 손짓했다. 하지만 민호는 선뜻 다가서지 못하고 선 채 난감한 표정으로 주변 눈치만 살폈다.

촬영이 끝날 때쯤 갑자기 연락이 와서 가 볼 곳이 있으니 만나자고 했을 땐, 그저 여느 때처럼 다른 사모님들과 함께 있는 자리일 것이라 생각했다. 그런데 가족 모임자리에 데리고 오다니…… 민호는 의도를 알 수 없는 그녀의 행동에 불안한 마음을 감추지 못했다.

"사모님, 전……."

"아, 아니지! 내 옆자리보단 저 아이 옆이 좋겠구나. 둘이 아는 사이이기도 하고, 무엇보다 앞으로 자주 봐야 할 사이이기도 하니까."

이혜연이 의미심장한 말을 내뱉곤 한쪽 입꼬리를 슬며시 올렸다. 그녀의 입장에선 지금의 자리가 꽤나 흥미로웠다. 여차하면 속에 품고 있는 시한폭탄들을 터트리기엔 이만한 최적의 장소가 따로 없었다.

이혜연은 싸한 분위기 속에서도 태연하게 웨이터를 불러 가빈의 옆자리에 테이블 세팅을 하도록 주문했다. 잠시 후 자리가 마련되었고, 민호는 한참을 머뭇대다 앉으라는 이혜연의 눈짓에 결국 착석했다.

"저 아이는 누군데 여기까지 데리고 온 거야?"

잠자코 지켜보기만 하던 류목형이 날카로운 눈빛으로 민호를 응시한 채 입술만 움직여 물었다. 가뜩이나 술을 마시고 온 것도 마음에 안 드는데 젊은 남자까지 대동해 나타났으니, 그의 눈에 그녀가 곱게 보일 리 만무했다.

류목형은 당장에라도 쫓아내고 싶은 마음을 억누르며 이혜연을 흘겨봤다. 술기운이 오르는지 그녀의 얼굴이 벌겋게 달아올라 있었다.

"내가 묻잖아."

류목형이 재차 물었지만, 이혜연은 무시하고 하준에게 시선을 돌렸다.

"하준이 넌 저 아이 본 적 있지 않아? 요즘 한참 뫼비우스의 띠 촬영하고 있는데."

그녀의 말에 하준이 다시금 민호를 곰곰이 뜯어봤다. 그러고 보니 낯이 익은 얼굴이었다.

한참을 생각한 끝에 얼마 전 전주에서 현과 함께 있었던 민호를 떠올린 그가 의아한 눈빛으로 이혜연을 돌아봤다.

"어떻게 아는 사이입니까?"

"내가 요즘 공들여 키우는 아인데, 알고 보니 가빈이 저 아이하고도 동창 사이라고 하더구나."

가빈에게로 살짝 시선을 돌린 이혜연이 이어 말했다.

"어떠니? 저 아일 네 약혼 상대로 생각하고 있는데."

생각지도 못한 그녀의 말에 하준과 류목형의 얼굴이 순식간에 구겨졌고, 가빈과 민호의 얼굴엔 당혹스러운 빛이 떠올랐다. 가빈의 약혼 상대라니? 치솟는 감정을 제어하지 못한 하준의 눈에 분노가 번뜩였다 사라졌다.

"갑자기 그게 무슨 말씀이십니까? 약혼이라니?"

"왜? 꽤 잘 어울리지 않니? 나름 고심해서 고른 아이인데."

이혜연이 능청스럽게 어깨를 으쓱하며 말하자 가빈이 다급하게 대꾸했다.

"민호와는 그저 친구사이일 뿐이에요, 그런데 갑자기 약혼이라니요?"

"차라리 전혀 일면식 없는 남자하고 약혼하는 것보단 이편이 나을 텐데?"

"어머니, 지금 그걸 말씀이라고……!"

"다들 조용히 해!"

이혜연의 발언으로 잔뜩 고조되었던 분위기가 류목형의 호통에 일순간 잠잠해지며 아슬아슬하면서도 팽팽한 긴장감이 감돌기 시작했다.

다들 약속이라도 한 듯 시선을 아래로 내려뜨렸고, 류목형은 새벽공기처럼 차갑게 식어 버린 낯빛으로 민호를 돌아봤다.

"자네는 잠깐 밖에 좀 나가 있게."

나지막한 그의 한마디에 민호가 기다렸다는 듯 자리에서 벌떡 일어났다. 쏘아진 이혜연의 눈빛에서 나가지 말라는 무언의 압박을 느꼈지만, 그는 애써 외면하고 밖으로 나갔다.

"대단하시네요, 기껏 데리고 온 아이를 밖으로 내쫓으시고."

이혜연이 얼굴을 찡그리며 불퉁거리자, 류목형이 날이 잔뜩 선 눈빛으로 그녀를 노려보며 말했다.

"당신, 지금 제정신이야?"

"네, 그럼 멀쩡하죠. 그러니까 남편이 밖에서 데리고 온 딸년 약혼자도 손수 구해 온 거 아니겠어요?"

그녀의 입에서 터져 나온 한 마디, 하준은 도가 지나친 이혜연의 말에 불쾌한 감정을 숨기지 못하고 입을 열었다.

"어머니, 말씀이 너무 지나치……."

"그만!"

류목형이 냉랭한 목소리로 말을 자르자 하준이 내뱉으려 했던 말을 도로 삼켰다. 내부에 정적이 찾아들었고, 잠시 뒤 류목형이 아까보단 침착하게 가라앉은 모습으로 나직이 말을 꺼냈다.

"어차피 가족끼리 식사나 하자고 만든 자리가 아니니, 이쯤 해서 오늘 모이라고 한 이유를 말하마."

모두의 시선이 류목형에게로 모였다.

"하준이 넌, 둘 중 하나 선택하거라. 지금 하고 있는 사업 접고 독일지사로 나갈 것인지, 아니면 내가 정해 주는 집안의 여식과 결혼할 것인지."

류목형의 강한 어조에 하준의 눈빛이 크게 흔들렸다. 왠지 모를 불안감이 엄습했을 때부터 예상은 했었다. 하지만 자신의 의견 따윈 짓밟은 채 밀어붙이는 류목형의 독재에, 하준의 꽉 말아 쥔 주먹이 부르르 떨리기 시작했다.

"아버지! 그건!"

"갑자기 독일 지사라니! 한 마디 상의도 없이 이 무슨……."

"됐고, 당신은 이번 달 안으로 이혼 준비하도록 해."

곧바로 이어진 거침없는 그의 한마디, 허를 찔린 듯 어느새 웃음기가 싹 가신 이혜연의 얼굴이 처참하게 일그러졌다. 숨 쉴 틈 없이 내뱉어진 류목형의 발언에 이혜연은 목까지 차오른 욕지기를 겨우 속으로 꾹꾹 내리눌렀다.

하준에 이어 자신에게로 쏟아진 연타공격에 술이 확 깼는지, 흐리멍덩했던 그녀의 눈빛이 또렷해지며 서슬 퍼런 기색을 드러냈다.

"그거 진심으로 하는 말이에요?"

낮고 음산하게 퍼지는 그녀의 목소리에도 류목형은 조금의 흔들림 없이 말했다.

"위자료는 원하는 만큼 변호사를 통해 제시하도록 해."

"하, 당신이 무슨 자격으로 나한테 이혼을 요구하는 거예요? 지금."

"당신도 원했던 거잖아, 이혼."

"뭐라고요? 내가? 내가 이혼을 원했다고요?"

류목형의 말에 흥분한 이혜연이 벌겋게 달아오른 얼굴로 소리쳤다.

"아니! 난 단 한 순간도 이혼 따윈 원한 적 없었어요! 당신 혼자 평생 갈망했던 일이었겠지! 박하연, 그 여자 때문에! 안 그래요?"

"그만두지 못해!"

"뭘 그만해! 그리고 보니 처음부터 저 아이도 거두는 게 아니었어, 제 엄마를 쏙 빼닮아서는 뻔뻔한 데다 독하기까지 하지."

이혜연이 살기 어린 눈빛으로 가빈을 노려보자, 옆에서 지켜보던 하준이 황급히 그녀에게 소리쳤다.

"류가빈, 넌 밖에 나가 있어."

"됐어, 괜찮아."

창백해진 얼굴을 하고선 상황을 이겨 내려 애쓰는 가빈의 모습에 보다 못한 류목형도 그녀를 바라보며 말했다.

"하준이 말대로 넌 나가 있거라."

"하지만 아버지……."

"다들 널 생각해 주느라 정신이 없는데 말 듣지 그러니?"

이혜연이 흘겨보며 말을 비꼬듯이 건넸지만, 가빈은 평소와 달리 주눅 든 기색 없이 대꾸했다.

"괜찮습니다. 저도 엄연히 이 집안사람인데 언제까지고 남처럼 피하면서 살 순 없잖아요."

이 집안사람? 심히 거슬리는 그녀의 말 한마디에 이혜연이 미간을 잔뜩 찌푸린 채로 입술을 움직였다.

"누구 마음대로 네가 이 집안사람이라는 거니? 참 기가 막히는구나."

"……."

"하긴, 네 어미를 술집에 팔아넘겼었다는 내 말이 거짓이라고 저기 계신 양반이 그리 말했다던데…… 뭐, 좋아. 그딴 건 네가 생각하고 싶은 대로 생각하렴, 다만 이제부터 내가 하는 얘길 듣고도 네가 계속 지금처럼 이 집에 붙어 있을 수 있는지 한번 두고 보자꾸나."

"그만하세요, 어머니!"

불길한 기색을 눈치챈 하준이 만류했지만, 그녀는 멈출 생각이 없는지 지체 없이 말을 꺼냈다.

"잘 들어, 사실 넌 이 사람과 피 한 방울 섞……."

"그만! 당장 그 입 못 다물어!"

이혜연이 말을 채 내뱉기도 전 황급히 말을 가로막은 류목형이

독이 바짝 오른 얼굴로 그녀를 노려봤다. 한 마디만 더 내뱉을 시 가만두지 않겠다는 듯, 그녀를 날카롭게 노려보며 입을 봉쇄한 그 는 이어 가빈에게 나가라는 듯 손을 휙휙 저었다.

"나가서 기다리고 있거라."

"아버지."

"이 아비 말이 들리지 않는 게냐! 나가란 말이다!"

처음 듣는 그의 호통에 가빈이 움찔하며 서서히 자리에서 몸을 일으켜 세웠다. 그러고는 조용히 밖으로 나와 닫힌 문을 기대고 선 채 깊은 한숨을 몰아 내쉬었다.

분명 뭔가 있는 것 같은데 자꾸만 숨기려 하는 류목형의 태도에 그녀의 머릿속이 갖가지 생각들로 복잡하게 뒤엉켜 혼란스러웠다.

"가빈아?"

멍한 눈빛으로 생각에 잠겨 있던 가빈은 익숙한 목소리에 고개 를 들어 앞을 응시했다. 먼저 앞서 나간 민호가 자신을 향해 걸어 오는 것이 눈에 비쳤다.

"왜 혼자 나와?"

민호가 의아한 표정으로 묻자 가빈이 기대고 있던 몸을 일으키 며 어색하게 미소 지었다.

"잠깐 바람 좀 쐬러…… 좀 답답해서."

"아, 그래?"

"응, 넌 계속 여기 있었던 거야?"

"뭐, 일단은 기다리라고 하셔서…… 그나저나 너 내가 갑자기 여기 나타나서 많이 당황했겠다. 사실 나도 이런 자리인 줄 모르고 온 거거든."

어색하게 웃으며 머리를 긁적이는 민호의 모습에 가빈이 잠시 망설이다 물었다.

"그런데 어떻게 된 거야? 새어머니랑 원래 알고 지낸 사이였어?"

가빈의 물음에 민호가 흠칫 놀라며 버릇처럼 마른 입술을 혀로 적셨다.

"아, 그게……."

지이잉.

그 순간 울리는 진동 소리에 말을 멈춘 민호는 일단 휴대폰을 주머니에서 꺼내 들었다.

"잠깐만."

가빈에게 양해를 구하고 액정화면을 확인한 민호는 뜻밖의 이름에 눈을 가늘게 떴다.

[강세련]

잠시 전화 좀 받겠다, 가빈에게 말을 건넨 민호는 한쪽 구석으로 자리를 옮겨 통화버튼을 눌렀다.

"여보세……."

─어디예요? 지금 빨리 좀 와 줘요!

수화기 너머로 들리는 그녀의 다급한 목소리에 민호가 고개를 갸우뚱 기울이며 물었다.

"무슨 일이에요?"

─진짜 급해요! 여기 신사동이니까 일단 빨리 와 줘요. 빨리요!

"강세련 씨?"

─까악!

웅성거리는 소리와 함께 들리는 그녀의 짧은 비명 소리에 당황한 민호가 일단 알겠다 대답하곤 재빨리 전화를 끊었다. 순간 동생 연우가 겪었던 끔찍했던 일들이 머릿속에 떠올라, 그는 자신도 모르게 몸서리를 쳤다.

일단 빨리 가 보자란 생각에 급하게 밖을 향해 뛰쳐나가려던 민호는, 자신을 의아하게 바라보고 있는 가빈을 발견했다. 그제야 그녀와 얘기 중이었던 걸 상기한 그는 일단 재빨리 그녀에게 다가섰다.

"미안해서 어쩌지, 나 갑자기 급한 일이 생겨서 가 봐야 할 것 같아."

"아, 그래? 그럼 어서 가 봐."

"응, 아! 그리고 오늘 있었던 일은 당분간 현이에겐 비밀이야. 부탁할게."

괜한 오해가 생길까 걱정되는 마음에 말을 꺼낸 민호는, 걱정 말라는 그녀의 대답과 함께 자리를 떴다. 이후 혼자 남겨진 가빈은 룸 주변을 한참 동안 서성이다 쉽사리 끝나지 않을 것 같은 분위기에 바깥쪽으로 발길을 돌렸다.

어느새 어둠이 드리운 밤하늘 아래, 환한 불빛을 가득 품은 번화가 풍경을 지켜보기만 하던 그녀는 뭐에 이끌린 듯 앞을 향해 발을 내딛기 시작했다.

한 걸음 걸어 나갈 때마다 이혜연이 소리치던 모습이 머릿속에 선명하게 그려지며 그녀의 숨통을 조이기 시작했다.

"처음부터 저 아이도 거두는 게 아니었어, 제 엄마를 쏙 빼 닮아서는 뻔뻔한 데다 독하기까지 하지."

혐오스러운 눈길로 바라보며 거침없이 내뱉던 그녀의 말들.

"잘 들어, 사실 넌 이 사람과 피 한 방울 섞……."

"피 한 방울……?"

이혜연의 말을 되뇌던 가빈은 그녀가 마지막으로 꺼낸 말을 자신도 모르게 중얼거렸다. 피 한 방울 섞이지 않았다는 말을 하려던 걸까?

하지만 그게 사실이라면 류목형이 자신을 딸로 받아들일 리가 없었다. 그리고 이혜연 성격상 자신을 지금처럼 집 안에 가만히 뒀을 리도 없었다. 그렇다면 무슨 말을 하려고 했던 걸까?

이리저리 생각들을 퍼즐 조각 맞추듯 돌려 생각해봤지만, 도무지 별다른 생각이 번뜩이지 않았다. 도대체 뭐가 진실일까? 깊은 한숨을 푹 내쉰 그녀의 뺨이 어느새 추위로 발그레해졌다.

"호오……."

잔뜩 언 손을 입김으로 녹인 그녀는 다시 레스토랑으로 돌아가려다, 눈앞에 비친 웨딩드레스 숍 앞에서 우뚝 멈춰 섰다. 눈이 부실 정도로 아름다운 드레스의 자태에 넋을 놓고 바라보던 가빈은, 그때 문득 떠오른 생각에 자신도 모르게 이를 꽉 다물었다.

"하준이 넌, 둘 중 하나 선택하거라. 지금 하고 있는 사업 접고 독일지사로 나갈 것인지, 아니면 내가 정해 주는 집안의 여식과 결혼할 것인지."

엄마에 대한 생각만으로도 머릿속이 복잡한 이때, 이상하게도 하준의 얼굴이 떠오르며 류목형이 했던 말이 가슴속을 파고들었다.

누구보다 류목형의 성격을 잘 아는 가빈은, 이대로 하준이 독일지사로 떠나거나 결혼을 할지도 모른다는 생각이 들었다. 그녀는 울컥해지는 마음에 숨을 길게 들이켰다.

뭐지? 낯선 느낌에 당황한 가빈은 머리를 감싸 쥔 채 무작정 앞을 걸어가기 시작했다.

그렇게 한참이 지난 뒤 점차 눈앞이 밝아지더니, 수많은 사람들이 그녀를 스쳐 지나가기 시작했다. 그제야 정신을 차린 가빈은 주변을 두리번거렸다.

처음 와 보는 장소. 레스토랑에서 꽤나 멀리 떨어진 곳으로 온 것을 깨달은 그녀는, 순간 온몸을 감싸는 매서운 추위에 잔뜩 몸을 웅크렸다.

"아, 어떡하지."

분명 앞만 보고 직진한 것 같은데 다시 되돌아가려고 해도 방향
이 헷갈려 선뜻 가기가 망설여졌다. 어떻게 이렇게 바보 같을 수가
있을까, 가빈은 자책하며 일단 익숙해 보이는 길로 향했다. 하지만
곧바로 레스토랑으로 향하는 길이 아님을 깨닫고 도로 되돌아와
근처 벤치에 걸터앉았다.

휴대폰도 두고 온 상황이라 레스토랑에 전화를 할 수도 없었다.
일단은 주변 사람들에게 물어서 가야 하나 한참을 고민하던 그때
였다. 가빈은 자신을 가리는 그림자를 느끼곤 의아한 눈빛으로 천
천히 고개를 들었다.

"너 여기서 뭐 하고 있는 거야?"

가빈은 뛰어왔는지 숨을 헐떡이고 있는 하준을 헛것이라도 보는
것처럼 멍하니 올려다봤다.

"오……빠?"

"안 보여서 한참 찾았잖아, 휴대폰도 두고 가고 도대체 여기까지
왜 온 거야?"

하준이 어리둥절한 표정으로 묻자 당황한 가빈이 어물거리며 대
답했다.

"아, 그게…… 무작정 걷다 보니까 그렇게 됐어."

"뭐?"

"미안."

짧게 말하곤 민망함에 고개를 숙이는 가빈을 하준이 물끄러미 지켜봤다. 혹시 이혜연의 말에 상처를 받고 사라진 건 아닐까, 마음을 졸이며 가빈을 찾아다녔던 그는, 그나마 별일 없다는 것에 안도했다.

하준은 일단 추위에 몸을 떨고 있는 가빈에게 재빨리 겉옷을 벗어 주었다. 그녀의 어깨에 옷을 걸쳐 준 하준은 다정하게 옷깃을 여며 주며 입을 뗐다.

"춥다, 감기 걸릴지도…….."

한창 말하던 하준은 자신의 볼을 감싸는 따뜻한 손길에 말을 멈추고 시선을 올려 가빈을 바라봤다.

"얼굴이 땡땡 얼었네, 한참동안 찾으러 다닌 거야?"

하준은 잠시 동안 멍하니 그녀를 올려다보다 자신도 모르게 피식 웃음을 터트렸다.

"왜…… 웃어?"

가빈이 영문을 모르겠다는 얼굴로 묻자, 하준 역시 그녀의 뺨을 두 손으로 감싸며 말했다.

"네 얼굴도 만만치 않게 얼어서."

그의 미소에 심장이 뛰기 시작하는 것을 느낀 가빈이 재빨리 그에게서 손을 거뒀다. 주체할 수 없는 감정에 마음이 심란해지는 것이 느껴졌다. 어떻게 설명해야 할까? 이 기분을…… 스스로에게 반문하며 가빈은 아랫입술을 연신 물어뜯었다.

"왜 그래?"

표정이 어두워진 걸 느낀 하준이 그녀의 뺨에서 손을 떼며 물었다. 혹시 어디 아픈가? 하는 걱정에 몸을 일으키려던 하준은, 자신의 어깨를 붙잡고 시선을 마주하는 가빈의 행동에 멈춰 설 수밖에 없었다.

"묻고 싶은 게 있어."

가빈이 진지한 표정으로 말하자 하준이 작게 고개를 끄덕였다.

"뭔데? 말해 봐."

가빈은 잔뜩 긴장한 얼굴로 천천히 입을 열었다.

"오빠 어떻게 피가 섞인 여동생한테 사랑의 감정을 느낄 수 있어?"

비밀을 말하듯 작게 속삭이는 가빈을 가만히 주시하던 하준이, 그녀의 허리를 팔로 감싸 안고 둘 사이 거리를 가까이 좁힌 뒤 대답했다.

"넌 피가 섞인 오빠를 볼 때마다 어떤 감정이 드는데?"

"내, 내가 먼저 물어봤잖아."

순식간에 가빈의 얼굴이 벌겋게 변한 것을 흥미롭게 지켜본 하준이 금방이라도 키스할 듯 가까이 얼굴을 들이밀며 나직이 말했다.

"네가 먼저 대답해, 아니면 키스할 거야."

하준의 단호한 목소리에 가빈이 그의 어깨를 밀며 황망히 고개를 옆으로 돌렸다.

"사람들 많은데 뭐 하는 짓이야, 떨어져."

"딱 5초 주지."

"지금 무⋯⋯무슨."

"1초."

귓가에 꽂힌 그의 말에 가빈의 몸 전체가 화염에 휩싸인 듯 붉게 달아오르기 시작했다.

"그만해, 그냥 대답 안 해도 되니까⋯⋯."

"2초."

"그러니까!"

"3초, 4초."

"떨려!"

하준이 자신의 턱을 잡아 돌린 것을 느끼자마자 가빈이 두 눈을 질끈 감고 말을 내뱉었다.

"뭐?"

반문하는 하준의 음성에 가빈이 한 손으로 심장을 움켜쥐며, 떨리는 입술을 천천히 뗐다.

"오빠를 볼 때마다 미친 듯이 심장이 뛰어."

"⋯⋯."

"좋아하나 봐, 나도."

가빈은 하준의 어깨를 잡은 손에 힘을 꽉 줬다. 지금 이 순간 가슴속 깊이 숨겨뒀던 감정이 폭발하며 자신도 모르게 표출된 것이 너무나도 당혹스러웠다.

심장이 금방이라도 가슴을 뚫고 나올 것처럼 미친 듯이 쿵쾅거리고 온몸이 떨렸다. 가빈은 하준의 눈을 차마 마주 보지 못하고 시선을 아래로 내렸다. 몇 년이 흐른 것처럼 둘 사이의 정적이 길게 느껴졌다.

괜히 말을 꺼냈나? 머릿속이 온통 후회와 민망함으로 복잡해진 그때, 가빈은 느릿하게 자신의 이마에 닿는 하준의 따뜻한 입술을 느끼곤 멍한 눈빛으로 서서히 고개를 들었다.

"가자."

무덤덤한 표정을 한 그의 입에서 짧은 한마디가 흘러나왔다. 이대로 끝? 가빈은 그대로 몸을 일으킨 상태로 뒤돌아서는 하준을 말없이 지켜봤다. 힘겹게 고백했건만, 무심하게 행동하는 그의 태도에 괜스레 서운한 감정마저 느껴졌다.

꺼림칙한 기분, 가빈은 어떻게 해야 할지 몰라 한참을 망설이다 용기를 내 하준의 손을 붙잡았다. 그러고는 멈춰 서 있는 하준을 살피며 조심스럽게 입을 열었다.

"잠깐만, 조금 더 얘기를……."

말을 꺼내던 가빈은 하준의 얼굴을 확인하곤 말문이 막힌 듯 입을 다물었다. 하준은 잔뜩 상기된 표정으로 앞을 응시한 채 입 주변을 손으로 가리고 있었다. 가빈은 큰 눈을 끔뻑끔뻑 거리며 하준을 멀뚱히 지켜봤다.

"오빠?"

"일단 가자."

하준이 자신의 팔을 붙잡고 있는 가빈의 손을 도리어 잡아당겨 어깨를 감싸 안았다. 그러고선 서둘러 발걸음을 재촉해 앞으로 걸어 나갔다. 어딘가 부자연스러운 행동, 가빈이 갑자기 왜 이러는가 싶은 마음에 그를 의아한 눈빛으로 빤히 올려다봤다.

"그렇게 쳐다보지 마, 겨우 참고 있으니까."

고개를 살짝 돌린 그의 입에서 의미심장한 말이 흘러나왔다. 가빈은 무슨 말인가 싶어 고개를 갸웃했다.

"뭘?"

순진한 얼굴로 되묻는 가빈을 흘끔 바라본 하준이 가던 걸음을 멈췄다.

"궁금해?"

하준이 눈을 가늘게 뜬 상태로 묻자 잠시 머뭇대던 가빈이 작게 고개를 끄덕였다. 하준은 일말의 망설임 없이 가빈의 어깨에 걸쳐 있던 자신의 상의를 그녀의 머리에 씌워 가렸다. 그러고는 허리를 살짝 숙인 채 가빈의 입술에 짧게 키스했다.

순식간에 벌어진 일에 당황한 가빈의 얼굴이 활화산이 폭발할 듯 붉게 물들어 가기 시작했다. 마치 시간이 멈추어 버린 듯 주변의 소음이 들리지 않고, 이 공간에 하준과 자신, 단둘이 서 있는 것만 같은 착각마저 일었다.

"한 번은 참겠는데, 두 번은 못 참겠다."

하준은 자신과 가빈의 얼굴을 가렸던 옷을 천천히 내려 그녀의 어깨에 도로 걸쳐주며 말을 이었다.

"이럴 줄 알았으면 오늘 가기로 했던 곳에 갈 걸 그랬어."

하준이 살짝 입술 끝을 올리며 말하자, 가빈이 벌렁거리는 가슴을 겨우 진정시키며 떨리는 입술 새로 천천히 목소리를 냈다.

"어디에 가려고 했는데?"

가빈의 질문에 하준이 지체 없이 대답했다.

"우리 둘이 같이 살 집."

하준의 말에 가빈은 전에 그가 같이 살자고 했던 말을 떠올리며 두 눈을 동그랗게 떴다.

"진심으로 한 말이었어?"

"진심이라고 분명 말했던 것 같은데."

곧바로 대답한 하준은 이후 그녀에게 한 발짝 가까이 다가가 귓가에 대고 속삭이듯 중얼거렸다.

"혹시라도 도망칠 생각하지 마, 앞으론 절대 안 놔 줄 거니까."

하준은 그녀의 손에 깍지를 낀 상태로 꽉 잡았다. 따뜻한 온기가 그녀의 손에 고스란히 전해졌다. 강한 의지마저 느껴지는 그의 손길에, 가빈은 전과 달리 긍정의 의미로 작게 고개를 끄덕였다. 그제야 가만히 그녀를 응시하던 하준의 얼굴에 만족감이 드러났다.

"지금이라도 가자."

자신을 손을 잡아끌며 앞으로 걸어 나가는 하준의 행동에 당황한 가빈이 다급하게 그에게 되물었다.

"지금?"

"말했잖아, 더는 못 참겠다고."

하준이 장난스럽게 눈을 흘기며 말하자 조금 전의 키스와 맞물려 말의 의도를 파악한 그녀의 얼굴이 순식간에 달아올랐다.

가빈은 그저 어쩔 줄 몰라 하며 이러지도 저러지도 못한 채 그의 손에 이끌려 레스토랑으로 향해 발걸음을 내디뎠다. 걸어가는 내내 드는 갖가지 생각들로 그녀의 머릿속은 혼란 그 자체였다.

"잠깐만 여기서 기다리고 있어."

하준은 발렛 파킹을 맡긴 차를 찾기 위해 레스토랑 안으로 들어가려다, 마침 밖으로 나오는 류목형과 맞닥뜨렸다. 당연히 먼저 갔을 거라 생각했던 하준은 예상치 못한 상황에 굳은 표정으로 그를 응시했다.

"어디 다녀오는 것이냐?"

잠시 나갔다 오겠다 말한 뒤로 함흥차사였던 하준이 가빈과 함께 나타나자, 그의 얼굴에 불편한 심기가 그대로 드러났다.

그렇게 경고했건만 하준은 끝까지 마음을 접지 못했다. 류목형은 가슴속에서부터 분노가 스멀스멀 피어오르는 것을 느낄 수 있었다.

"현 실장, 자네는 가빈이 집에 좀 데려다주게."

류목형이 현 실장에게 말하자, 가만히 지켜보던 가빈이 불안한 눈빛으로 입을 뗐다.

"아버지."

"나와 네 오빠는 잠깐 할 얘기가 있으니 현 실장과 함께 먼저 집에 가서 쉬고 있거라."

"하지만 아버지, 저도……."

"너까지 이 애비 말을 듣지 않을 생각인 게냐?"

귓속을 파고드는 그의 낮고 또렷한 목소리에 가빈은 흠칫 놀라며 입을 꾹 다물었다. 본능적으로 자신이 더 고집부릴 상황이 아님을 깨달은 그녀는, 말없이 자신의 두 손을 꽉 말아 쥐며 도착한 차에 올라탔다.

"따라 오거라."

가빈이 타고 있던 차가 출발하자, 류목형이 레스토랑 안으로 발길을 돌렸다.

어차피 계속 해서 부딪쳐야 할 문제, 하준은 답답하게 짓누르는 감정과 생각들을 떨쳐내며 애써 담담한 표정으로 그의 뒤를 따라 안으로 들어갔다.

신사동에 위치한 술집. 세련의 전화를 받고 다급하게 그녀가 있는 곳으로 온 민호는, 눈앞의 상황에 표정이 싸늘하게 식었다.

혹시 무슨 사고에 휩싸이기라도 한 것은 아닐까 조마조마한 마음을 안고 헐레벌떡 뛰어왔건만, 세련은 다른 여자 연예인들과 함께 희희낙락 웃으며 술을 마시고 있었다.

"왔어요? 생각보다 일찍 왔네?"

세련이 반갑다는 듯 손짓하며 인사하자, 민호는 두 손을 꼭 말아 쥔 채 이를 꽉 다물었다.

장난치는 것도 정도가 있지……. 속에서 화가 꿈틀거리며 치솟는 것을 느낀 민호의 얼굴이 점차 굳어 가기 시작했다.

"이리 와서 앉아요."

"네가 말한 신인이야? 생각보다 훨씬 괜찮네?"

"몇 살? 우리보다 어린가?"

"힘들게 뛰어왔나 봐, 일단 이걸로 땀 닦아요."

여자 연예인 중 한 명이 다정하게 티슈를 건네자, 말없이 세련을 응시하던 민호가 그것을 받아 이마를 닦았다.

평소와 다른 싸한 분위기, 그가 화가 났음을 직감적으로 느낀 세련이 그의 눈치를 살피며 조심스럽게 입을 열었다.

"아, 사실 아까 여기 웬 이상한 놈이 들어와서……."

"여기 앉아도 될까요?"

민호가 자신에게 티슈를 건넨 여자에게 싱긋 웃으며 묻자 그녀가 새침하게 눈을 떴다.

"어? 뭐야, 세련이가 불러서 온 건데 왜 여기 앉아요? 내 팬이에요?"

"네, 열렬한 팬입니다. 이렇게 만나 뵙게 돼서 영광이네요."

"어머! 호호, 웬일이니? 이런 곳에서 세련이 팬이 아닌 내 팬을 다 만나고."

세련은 은근슬쩍 비꼬듯 말하는 여자를 못마땅하게 노려보며 눈앞에 놓인 술을 단숨에 들이켰다. 뭐야? 저 남자? 어느새 그녀의 옆에 착 달라붙어 앉아 술을 따르고 있는 민호의 모습에 세련은 붉으락푸르락한 얼굴로 소리쳤다.

"지금 뭐 하고 있는 거예요? 내 옆으로……."

"제가 한 잔 따라 드릴게요."

민호는 의도적으로 세련의 말을 무시하고, 연이어 다른 여자들에게까지 술을 따라 주며 웃어 보였다. 그 모습을 지켜보고 있던 세련은 결국 화를 참지 못하고 자리에서 벌떡 일어났다.

자신을 향해 만류하는 시선들이 모아지는 걸 느꼈지만, 다른 여자들과 섞여 있는 민호를 보고 있자니 알 수 없는 짜증과 분노가 치솟아 더 이상 이 공간에 앉아 있고 싶지 않아졌다.

처음 느껴 보는 기분, 밖으로 나온 세련은 그대로 화장실로 향했다. 그녀는 차가운 물에 손을 씻은 뒤, 가슴을 답답하게 짓누르는 무언가를 토해 내듯 깊은 한숨을 내쉬었다.

"뭐야, 이러려고 부른 게 아닌데."

정말로 중간에 웬 진상 놈 하나가 룸에 들어와 깽판을 놓았었다. 왜 그랬는지 모르겠지만, 그녀는 매니저 대신 민호가 생각나 다급하게 부른 것이었다.

그래도 웨이터들의 중재로 상황이 생각보다 쉽게 종료돼 오지 말라고 할까 고민 했었다. 하지만 다른 여자 연예인들과 인맥이라도 쌓게 해줄까 싶은 마음에 기쁜 마음으로 기다리던 중이었다.

그런데 자신의 말은 들어 보지도 않고 다짜고짜 찬바람부터 날리다니! 세련은 속에서 천 불이 들끓는 것을 느끼며 세면대를 주먹으로 쾅 내려쳤다.

"바보! 멍청이! 말미잘! 꼴뚜기!!"

있는 힘껏 분노를 표출한 세련은 그제야 그나마 속이 풀리는 지,

화장을 간단하게 고치고는 화장실 밖으로 발길을 돌렸다. 다시 들어가 민호를 볼 생각에 서운함과 분노가 뒤섞인 묘한 감정이 가슴속을 툭툭 쳤지만, 그래도 애써 태연하게 속으로 삭였다.

"헉."

막 화장실을 나와 룸을 향하려던 세련은, 자신의 눈앞에 나타난 민호를 발견하고 놀란 눈으로 숨을 들이켰다. 언제부터 있었던 거지? 당황한 그녀의 얼굴이 점차 상기됐다.

"생각보다는 욕설이 꽤 귀엽네요, 강세련 씨."

민호가 팔짱을 낀 채 한쪽 입매를 추켜올리며 말하자 세련이 입술을 삐죽거렸다.

"뭐, 그쪽한테 한 얘기 아니었어요."

"그래요? 난 갑자기 귓속이 막 간지러워서 저한테 한 얘기인 줄 알았네요."

민호의 말에 세련이 초조한 눈빛으로 연신 입술을 물어뜯었다. 지금이라도 사실대로 말해줘야 하나? 한참을 망설이며 머뭇대던 세련은 잠시 후 결심이라도 한 듯 두 눈에 힘을 주고 조심스럽게 입을 열었다.

"사실 오늘 부른 이유가……."

"제대로 봤어요."

"네?"

"어떻게 알았대? 이런 일에 이골이 난 거."

민호가 피식 웃음을 터트리며 말하자 세련이 영문을 모르겠다는 표정으로 그를 바라봤다.

"그게 무슨 말이에요?"

"나 여자들 비위 맞추는 거 무지 잘하는데, 여기 그래서 부른 거 아니에요?"

"하, 이봐요!"

"그런데 어쩌나? 난 공짜로는 이런 자리 안 오는데."

순식간에 민호의 표정이 냉랭하게 변한 것을 본 세련이 잔뜩 긴장한 눈빛으로 그에게 한 발자국 다가서며 말했다.

"오해예요, 그런 이유 때문에 부른 거 아니라고요!"

"그럼 이런 걸 바라고 불렀나?"

순식간에 세련의 손을 잡아당겨 허리를 휘감은 민호가 입술이 닿을 듯 말 듯한 거리에서 나지막하게 말하자, 당황한 세련이 그의 어깨를 다급하게 붙잡았다.

"뭐 하는 짓이에요!"

"착각하지 마, 강세련."

온몸에 소름 돋을 정도로 낮고 음산한 그의 목소리에 세련이 몸을 움츠렸다.

"화, 황민호 씨?"

"현이 때문에 그나마 너 상대해 준 거지, 이런 식으로 장난치라고 네 비위 맞춰 준 거 아니니까."

세련의 눈을 정확히 응시한 채 말을 끝낸 민호는 그녀를 확 밀쳐 냈다.

"이봐요! 황민호 씨!"

자신의 목소리에도 민호는 뒤도 돌아보지 않고 나가버렸다. 결국 세련은 더는 쫓아가지 못하고 멈춰 섰다. 억울함에 울분이 나는 것을 느낀 세련의 눈가가 촉촉하게 젖어 들어갔다.

"에이씨! 누가 남궁현 친구 아니랄까 봐! 사람 말을 끝까지 들어야지!"

세련은 민호가 사라진 문 쪽에 대고 크게 소리쳤다. 형용할 수 없을 만큼 아픈 기분. 세련은 심장을 옥죄는 듯한 고통에 입술을 꽉 깨물고 한쪽 가슴을 움켜쥐었다.

"그럼 들어가세요, 아가씨."

"네, 데려다주서서 감사해요. 현 실장님."

차에서 내린 가빈은 현 실장에게 인사를 건네곤 집으로 힘없는 발걸음을 옮겼다. 그때였다. 무거운 표정으로 대문을 막 들어서려던 가빈은, 어둠 속에서 모습을 드러낸 현을 발견하곤 놀란 표정을 감추지 못했다.

"현아?"

"전화 계속 안 받길래 그냥 가려고 했는데 다행히 이렇게 만나네?"

현이 싱긋 웃으면서 말하자 가빈이 그제야 자신의 휴대폰이 아직 하준에게 있는 것을 뒤늦게 기억해 냈다.

"아…… 그게, 집에 휴대폰을 두고 나왔어."

"그래? 난 일부러 내 전화 피하는 줄 알고 혼자 별생각 다 하고 있었는데."

"무슨 소리야, 그런 거 아니야."

가빈이 혹시 그가 오해라도 할 새라 재빨리 고개를 내젓자 현이 피식 웃음을 터트리곤 자신의 손에 든 쇼핑백을 건네며 입을 열었다.

"호텔에 두고 간 짐이 있더라, 내가 대신 챙겨왔어."

현의 말에 전주에 있는 호텔에 있었던 일을 상기한 가빈이 어색한 표정으로 그에게서 쇼핑백을 건네받았다.

"바쁠 텐데 직접 가져다주고, 정말 고마워."

"아니야, 어차피 근처에 볼일이 있어서 겸사겸사 들른 거야. 그런데…… 오늘 어디 다녀오나 봐?"

현이 평상시와 달리 화려한 가빈의 옷차림에 의아한 듯 묻자, 그녀가 손에 든 하준의 정장 상의를 슬쩍 숨기며 대답했다.

"아, 오늘 가족 모임이 있어서…… 거기 다녀왔어."

"그래? 그런데 왜……."

혼자 집에 들어와? 라고 물으려던 현은 꼬치꼬치 캐물으려는 자신을 발견하곤 말을 삼켰다. 더는 그녀에게 부담되는 행동은 하고 싶지 않았다. 스스로를 달래며 현은 아쉬운 마음을 숨긴 채 애써 태연한 표정으로 가빈을 바라봤다.

"춥다, 그만 들어가. 나도 이제 가 봐야겠다."

그만 간다는 현의 말에 가빈이 미안한 표정을 지으며 말했다.

"매번 너한테 신세만 지는 것 같아서 미안해."

"별소릴 다 한다, 정 미안하면 나중에 밥이나 한 끼 사 줘."

"응, 꼭 사 줄게."

세차게 고개를 끄덕이며 대답하는 가빈을 지켜보는 현의 입가에 잔잔한 미소가 번졌다.

"너 들어가는 거 보고 갈 테니까 어서 들어가."

"아니야, 너 가는 거 보고……."

"맘 편하게 가게 해 주려면 그렇게 하지?"

"……."

"어서 들어가."

결국 현의 재촉에 가빈은 먼저 뒤돌아 대문을 향해 걸어갔다. 현 실장에게 미리 연락을 받았는지 대문이 열려 있어 곧바로 안으로 들어선 가빈은, 마치 명치끝에 무언가 걸린 듯 신경이 쓰여 자신도 모르게 뒤를 돌아봤다.

다행히 바로 갔는지 그는 더 이상 보이지 않았다. 내심 안도하며 집 안으로 들어선 그녀는, 집에 아직 아무도 오지 않았다는 가사도우미의 말을 듣곤 그대로 방으로 올라갔다.

아직 새어머니도 안 들어왔나? 조금 전 상황으로 봐선 그녀는 이미 레스토랑에 없었던 것 같은데 말이다. 가빈은 그것을 의아하게 생각하며 천천히 편한 옷으로 갈아입었다.

물 한 잔 마시기 위해 방을 나선 그녀는, 그 순간 들리는 날카로운 음성에 정신이 번뜩 드는 기분을 느꼈다.

"가서 가빈이 그거 내려오라고 하란 말 안 들려?!"

술에 잔뜩 취했는지 이혜연이 악에 받친 목소리로 소리치자, 2층으로 가사도우미 한 명이 헐레벌떡 뛰어오는 것이 그녀의 눈에 비쳤다. 가빈은 가사도우미에게 알겠다는 듯 말없이 작게 고개를 끄덕이고는 천천히 1층으로 내려갔다.

어느새 거실 소파에 팔짱을 끼고 앉아 있는 이혜연의 뒷모습을 발견한 그녀는, 괜스레 드는 긴장감에 속으로 깊게 숨을 몰아쉬고는 천천히 다가섰다.

"찾으셨어요?"

"앉아."

이혜연이 눈길조차 주지 않고 차갑게 말하자 가빈이 조심스럽게 그녀의 옆에 앉았다.

"하실 말씀이라도……."

"이게 뭔지 아니?"

탁.

이혜연이 눈앞에 놓인 테이블 위로 작은 노트 하나를 던지듯 내려놓자, 가빈이 고개를 갸우뚱 기울이며 물었다.

"이게 뭐죠?"

"네 어미가 남긴 일기장이란다."

그녀의 말에 가빈의 눈꺼풀이 파르르 떨렸다. 일기장?

"뭐, 정확히 말해선 네 육아 일기라고 봐야 하나?"

"이걸 왜 새어머니께서……."

"네 엄마를 돌봐주던 홍인숙이란 여자가 이걸 가지고 있더구나."

"⋯⋯."

"그리고 내가 그걸 빼앗아 왔고."

어느새 클러치에서 담배케이스를 꺼낸 이혜연이 담배 하나를 입에 물고 라이터로 불을 붙였다. 그러고는 한 모금 깊게 빨고선 뿌연 연기를 가빈에게 훅 뿜어내며 말을 이었다.

"길게 말하고 싶지 않으니 결론만 얘기하마."

이혜연이 담뱃재를 자신의 오른편에 놓인 재떨이에 툭툭 떨어냈다.

"네가 우리 회장님 핏줄이 아니라고 하는구나."

망설임 없이 내뱉어진 그녀의 말 한마디에, 충격에 휩싸인 가빈의 얼굴이 새하얗게 질려가기 시작했다. 아버지의 딸이 아니다? 가빈은 목에 뜨거운 무언가가 차올라 숨이 턱 막히는 기분에 자신도 모르게 고개를 떨궜다. 그녀의 손끝이 어느새 덜덜 떨리기 시작했다.

"갑자기 무슨 말씀이세요⋯⋯? 그럴 리가⋯⋯."

가까스로 힘겹게 목소리를 낸 가빈을 슬쩍 흘겨 본 이혜연이, 테이블에 놓인 일기장을 신경질적으로 툭툭 치며 말했다.

"자세한 건 이거 가져가서 읽어 보면 알게 될 거고."

일 분 일 초라도 가빈과 말을 섞고 싶지 않은 듯 짤막하게 말을 끊은 이혜연은, 담배 연기를 길게 내뱉은 뒤 재떨이에 꽁초를 비벼 껐다. 그러고는 소파에 등을 기대고 앉은 상태로 충격에 정신이 나가 있는 가빈을 쓰윽 훑어봤다.

"이제부터 내가 하는 말 잘 듣고, 최대한 빨리 결정하는 게 좋을 거야."

어느새 가빈의 눈이 촉촉하게 젖어 있었다. 이혜연은 그녀를 날카롭게 노려봤다.

"지금 당장 내가 찾을 수 없는 곳으로 멀리 도망가든지, 아니면 평생 내 손아귀 안에서 죽이 되든 밥이 되든 붙어살든지 결정하렴."

"그게 무슨……."

"도망가겠다면 지금까지 네 어미가 한 모든 일은 모르는 척 눈감아 주고 얌전히 보내 주마. 하지만 끝까지 이 집안에 붙어서 내 눈앞에 알짱거리고 싶다면, 내가 시키는 대로 민호 그 아이와 약혼하는 게 좋을 거야."

눈앞에서 저 아이가 당장 사라지는 것도 좋지만, 굳이 따지자면 후자의 선택도 자신에게 나쁠 건 없었다.

어느 순간 저 아이가 사라진다면 류목형은 찾으려 안달이 날 테고, 끈질긴 데다 집요하기까지 한 그 인간이 언젠가 다시 아무 일 없었다는 듯 데리고 올지 모를 일이었다.

차라리 그럴 바엔 눈엣가시처럼 눈에 거슬리더라도 민호 그 아이와 같이 엮어, 평생 옭아맨 상태로 자신의 손아귀 안에서 가지고 노는 편이 나았다.

"못 믿겠어요…… 엄마가 제게 거짓말을 했을 리가……."

"그럼 확인해 보면 될 거 아니니?"

이혜연은 클러치에서 작은 종이 한 장을 꺼내 가빈에게 툭 던지며 말했다.

"홍인숙, 그 여자가 있는 집 주소다. 그 일기장 들고 가서 한 번 직접 확인해 보렴."

이혜연의 말에 가빈은 마른침을 꿀꺽 삼키곤 눈앞에 떨어져 있는 종이와 일기장을 바들바들 떨리는 손으로 집어 들었다. 그러고는 휘청거리는 몸을 간신히 가누며 2층으로 향하는 계단으로 발걸음을 옮겼다.

"인사해, 가빈아. 네 아버지란다."

환하게 웃으며 류목형을 소개하던 박하연의 얼굴.

"네 엄마를 닮아 아주 예쁘게 자랐구나, 앞으로 잘 지내보자."

다정하게 머리를 쓰다듬어 주던 류목형,

"내가 아버지…… 딸이 아니야?"

파노라마처럼 뇌리를 스쳐 지나가는 그들의 모습과 함께, 가빈은 울컥하는 감정을 억누르지 못하고 뚝뚝 눈물을 흘리기 시작했다. 평생 아버지라 생각했던 분이 하루아침에 남남이 되어 버린 상황 앞에 그녀는 넋을 놓을 수밖에 없었다.

가빈은 2층 자신의 방에 들어서자 겉옷과 지갑을 챙겨 들고 다시 계단 아래로 내려갔다. 아무 일 없었다는 듯 어느새 양주를 들이켜고 있는 이혜연을 지나쳐 밖을 나간 가빈은, 쉴 새 없이 흘러내리는 눈물을 훔치며 대문 밖으로 서둘러 발길을 재촉했다.

절대 그럴 리가 없다. 엄마와 아버지가 내게 거짓말을 했을 리가 없다. 수없이 속으로 곱씹으며 대문을 열고 막 밖을 나선 가빈은, 그 순간 옆으로 보이는 익숙한 누군가를 발견하고 우뚝 멈춰 섰다.

"가빈아?"

벽에 기댄 채 휴대폰을 만지작거리던 현은 깜짝 놀란 얼굴로 가빈을 바라보았다. 아무리 생각해도 이대로 가기 아쉬운 마음에 짧게나마 통화라도 할까 한참을 고민하던 그는, 생각지도 못한 상황을 대면하곤 적잖이 당황했다.

"현아……."

"너 왜 그래? 무슨 일 있어?"

황망히 다가서는 현을 발견한 가빈은, 겨우 억누르려 애쓰던 감정이 금방이라도 폭발할 듯 차오르는 것을 느끼곤 고개를 푹 숙였다.

"가빈아?"

"흐흑, 나 어떡해……."

결국 참지 못하고 후두둑 눈물을 흘린 가빈이 두 손으로 자신의 얼굴을 감싸고 흐느끼기 시작했다. 현은 할 말을 잃고선 멍하니 그

너를 바라봤다.

갑작스러운 상황에 어찌할 바를 모르고 한참을 망설이던 현은, 온몸을 떨며 우는 가빈의 모습에 그제야 정신을 차리고 천천히 다가가 그녀를 품에 안고 물었다.

"도대체 무슨 일이야?"

"흐흑……흑흑……."

가빈은 숨이 넘어갈 듯 울고 있었다. 불과 몇 분 전 집으로 이혜연이 들어간 것을 기억해낸 현이 미간을 좁혔다. 그녀가 뭐라고 한 걸까? 아니면 집에 무슨 일이라도 생긴 걸까?

속으로 의문들을 삼키며 현은 안타까운 표정으로 그녀의 등을 다정하게 토닥거려줬다. 울고 있는 가빈을 바라보는 것만으로도 가슴이 무너져 내린 듯 아려왔다.

"괜찮아, 가빈아."

그녀의 슬픔을 고스란히 느낀 현은 더욱더 그녀를 꽉 끌어안으며 나지막하게 말했다.

"울지 마, 제발."

차를 몰고 집으로 향하는 하준의 눈빛이 깊게 침잠되어 있었다. 몇 분 전 류목형과 독대를 통해 나눈 대화의 내용이 좀처럼 머릿속에서 지워지지 않는지, 그의 얼굴에 불편한 기색이 완연했다.

하준은 복잡한 마음을 조금이나마 정리하고자, 차 시동을 끄고 의자에 머리를 기댄 채 천천히 두 눈을 감았다.

"도대체 어디까지 갈 셈이냐?"

그가 던진 첫마디, 이후 감정적으로 자신을 몰아붙일 줄 알았던 류목형은 그의 예상과는 다르게 차분한 표정과 말투로 계속해서 말을 이어나갔다.

"그래, 네놈 말대로 가빈이가 내 핏줄이 아닌 것은 인정하마, 하지만 그렇다고 해서 너와 가빈이가 남매라는 사실이 변할 것이라 생각했다면 그건 큰 오산이다."

생각을 곱씹는 하준의 얼굴이 점차 굳으며 그의 손가락이 운전대를 두들기기 시작했다.

"하연이가 미혼의 몸으로 인공수정을 통해 낳은 아이가 가빈이라는 건 이미 들어 알고 있을 테지, 이면의 사정이야 어찌 되었든 그 아이는 태어난 순간부터 가족이라곤 자기 엄마밖에 없는 불쌍한 아이였고, 난 그런 그 아이의 아버지가 되어주고자 비록 내 핏줄은 아니었지만 호적에 올려 지금껏 내 딸로서 돌봐왔다. 물론 누구보다 진심으로 그 아이를 사랑하고 아끼는 마음으로 말이다. 그런데 이제 와서 네가 그 관계를 무너뜨리겠다는 것이냐? 누굴 위해서?"

눈을 감고 있는 하준의 미간이 잔뜩 찌푸려졌다.

"그 아이에게 필요한 건 가족이지, 네가 아니다! 류하준, 네가 정말 가빈이를 위한다면 오빠 이상의 감정으로 그 아이에게 다가서지 말거라. 이건 정말 마지막으로 네게 하는 충고이자 경고다."

"휴우……."

깊은 한숨을 몰아 내쉬며 하준이 서서히 눈을 떴다. 머리가 지끈 거리며 뒷목이 서늘해지는 것이 느껴졌다.

가슴에 돌덩이가 앉힌 것처럼 답답함을 느낀 하준은 집 안 주차 장에 차를 세우자마자 망설임 없이 차 문을 열고 바깥으로 나왔다. 몸을 움츠리게 하는 차가운 칼바람이 그를 스치고 지나가자, 흐리 멍덩했던 정신이 단박에 맑아지는 기분이 들었다.

'가족이라……'

집을 향해 발걸음을 내딛던 하준의 인상이 찌푸려졌다. 평생 동 안 어머니와 자신을 외면하고 살아온 그가 가족이란 울타리 안에 서 가빈이를 돌봐주겠다니…….

밀려드는 허망함에 입술 새로 절로 헛웃음을 흘러나왔다. 더는 주변 상황에 휩쓸려 가빈이와 멀어지고 싶지 않다. 그리 단단하게 마음을 먹은 하준은 지체 없이 집 안으로 들어섰다.

"오셨습니까? 도련님."

입구에 들어서자마자 유 실장이 기다렸다는 듯 어두운 표정으로 다가서자, 하준이 의아한 표정으로 그녀를 돌아봤다.

"무슨 일……"

"어머, 아들! 어서 와!"

술에 잔뜩 취해 거실 소파에 널브러져 있는 이혜연을 발견한 하 준의 표정이 급격하게 돌변했다. 테이블 위에는 어느새 한 방울도 남김없이 비워진 양주병이 굴러다니고 있었고, 거실엔 술 냄새가 진동을 했다.

"방으로 모시지 않고요."

하준이 미간을 찌푸리며 질책하자 유 실장이 난감한 표정으로 고개를 푹 숙였다.

"그게…… 도련님이 오실 때까지 기다리신다고."

"아들! 거기 서서 뭐 해? 이리 와서 앉아! 할 말이 있단다."

이혜연은 힘겹게 소파에 몸을 기댄 채로 앉아 있었다. 하준이 짙은 한숨을 내뱉었다. 산 넘어 산이라고 했던가, 하준은 지친 기색이 묻어나는 표정으로 이혜연에게 다가섰다.

"여기 계시지 말고 방으로 들어가 쉬세요."

"앉으렴, 할 말 있다고 했잖니."

이혜연이 게슴츠레 뜬 눈으로 그의 손을 잡아당겼지만, 하준은 오히려 손을 뒤로 빼내며 냉랭하게 대꾸했다.

"아버지께서도 잠깐 회사에 들렀다 금방 들어오실 겁니다. 그러니 그만 정신 차리시고 일어나세요."

"하준아."

"어머니께 물 한잔 갖다 드리세요."

유 실장에게 말을 건넨 뒤 하준은 매몰차게 뒤돌아 2층으로 올라가는 계단으로 향했다. 술기운이 싹 달아난 듯 이혜연의 눈빛에 초점이 돌아오고, 얼굴에 남아 있던 웃음기가 싹 사라지며 싸늘한 표정만이 자리 잡았다.

"가빈이 그 아이 때문에 서둘러 올라가는 거라면 안됐구나."

막 계단을 오르려던 하준은, 생각지도 못한 그녀의 한 마디에 멈춰 선 상태로 천천히 뒤를 돌아봤다. 유 실장이 가져다준 물을 벌컥벌컥 들이켜는 이혜연이 그의 두 눈에 들어왔다.

"그게…… 무슨 말씀이세요?"

"이제 나하고 얘기할 마음이 생기니?"

이혜연이 흘끗 돌아보며 묻자, 말없이 그녀를 지켜보던 하준이 재빨리 2층 가빈의 방으로 올라갔다. 방안에 가빈은 없었고, 침대 위에 오늘 자신이 사준 옷이 널브러져 있는 것이 보였다.

혹시나 짐을 챙겨 나간 건 아닐까, 불안한 마음에 옷장부터 서랍장까지 살펴본 하준은 별다른 이상이 없는 것을 확인하고 그나마 안도하며 다시 1층으로 내려갔다.

"가빈이 어디 갔습니까?"

하준이 다급하게 묻자 유 실장이 이혜연의 눈치를 살피며 조심스럽게 입을 열었다.

"그게, 아무 말 없이 나가서서……."

"그럼 언제 나갔는데요?"

"그 아이가 그렇게까지 걱정되니?"

담배 하나를 꺼내 문 이혜연이 어느새 표정이 싸하게 굳은 하준을 못마땅한 눈초리로 흘겨보며 물었다. 설마 했건만 애써 외면하려 했던 진실이 그의 표정만으로도 드러나자, 그녀는 주체할 수 없는 감정이 금방이라도 폭발하려는 듯 꿈틀대는 것을 느낄 수 있었다.

"어떻게 된 겁니까?"

"일단 앉아."

"어머니!"

하준이 대답을 재촉하자 그녀가 있는 힘껏 빨아들인 담배 연기를 훅 뿜어내며 입을 열었다.

"네 표정을 보아하니 그 아이한테 마음이 있었던 게 맞는 모양이구나."

이혜연의 말이 내뱉어지기가 무섭게, 하준이 성큼성큼 그녀에게로 다가가 바로 앞에서 멈춰 섰다.

"가빈이한테 뭐라고 하신 겁니까?"

"이젠 부정조차 안 하니?"

"지금 그게 중요한 게 아니잖습니까!"

"왜 중요한 게 아니야! 네가 과거에 저지른 잘못을 또다시 반복하려고 하는데!"

이혜연이 소파 손잡이를 쾅 내려치며 가슴속 깊은 곳에 봉인해됐던 말을 훅 내뱉자, 하준의 표정이 싸늘하게 식었다. 그로 인해 거실 안 분위기도 사나운 눈보라가 몰아친 듯 급격히 냉랭하게 돌변했다.

"지금 그게…… 무슨 뜻으로 하시는 말씀이십니까?"

나지막하게 울려 퍼지는 그의 음성에 이혜연이 한껏 차분하게 가라앉은 표정으로 담배를 재떨이에 비벼 끄며 입을 열었다.

"회장님 말씀대로 이번 작품만 마무리되면 잠시 동안 독일 지사로 나가 있도록 하거라."

"제가 왜……!"

"유진이 그 아이를 네 눈앞에서 떠나보낸 것처럼 가빈이도 잃고 싶니?"

온몸을 떨리게 하는 섬뜩한 이혜연의 한 마디에, 하준이 할 말을 잃고 공허한 눈빛으로 그녀를 마주 봤다. 과거에 있었던 끔찍한 사고의 기억이 그의 뇌리를 스치며 심장이 터질 듯 쿵쾅거리기 시작했다.

"사랑해, 하준아."

사랑이란 이름 아래 스스로 제 심장에 칼을 찔러 넣고, 그대로 도로로 뛰어들던 그녀. 그 모습이 생생하게 눈앞에 그려지며 하준의 얼굴이 일그러지기 시작했다.

"나 또한 그 아이 이야기를 다시는 입 밖에 내고 싶지 않지만, 네가 자꾸 이런 식으로 나온다면 나도 어쩔 수 없구나. 유진이 일은 나한테도 상처지만 너에게도 돌이킬 수 없는……."

"그만, 그만 하세요! 제발!"

숨통을 조여 오는 고통을 느끼며 있는 힘껏 소리친 하준의 얼굴이 새하얗게 질려 있었다. 절대 들추고 싶지 않았던 과거, 끔찍하게 죽어 가는 유진을 지켜볼 수밖에 없었던 그때의 일이 회상되며 그의 전신이 부들부들 떨리기 시작했다.

"하준아."

"어머니께선 지금 그 얘기를 절대 꺼내지 마셨어야 했습니다."

하준은 등골이 오싹할 만큼 살기 어린 눈빛으로 이혜연을 노려봤다.

"적어도 유진에 대한 죄책감이 조금이라도 있었다면, 이런 식으로 절 협박하진 않으셨을 겁니다."

"협박이라니, 그런 게 아니라……."

"어머니께 그나마 남아 있던 연민, 오늘로써 끝입니다."

냉담한 하준의 한 마디, 이혜연이 충격을 받은 듯 사색이 된 얼굴로 떨리는 입술을 겨우 뗐다.

"하준아, 단지 엄마는 네가 걱정돼서…… 아! 하준아!"

자신의 말을 채 듣기도 전에 몸을 돌려 나가버리는 하준을 이혜연은 쫓아가지도 못하고 그저 물끄러미 지켜봤다.

이게 아닌데……. 꼬여 버린 실타래처럼 엉킨 운명의 장난 앞에 이혜연은 분노하며 입술을 꽉 깨물었다.

"박하연!!"

쨍그랑! 테이블 위에 놓인 유리잔을 들어 벽을 향해 던져 버린 그녀는, 이후 끓어오르는 분노를 겨우 억누르며 이를 바득바득 갈았다.

"죽어서까지 날 괴롭힌다 이거지……?"

남편도 모자라 이제 하나밖에 없는 아들까지, 모녀에게 모조리 빼앗겨 버린 것 같아 극심한 상실감에 당장에라도 미쳐 버릴 것만 같았다.

"사모님, 괜찮으세요?"

옆에서 지켜보고 있던 유 실장이 위태로워 보이는 이혜연을 걱정스러운 눈길로 바라보며 묻자, 그녀가 자신의 손을 쓰윽 내밀며 말했다.

"유 실장, 가서 내 휴대폰 좀 가져와."

"휴대폰……이요?"

유 실장이 의아한 눈빛으로 반문하자 잠자코 앞을 응시하던 이혜연이 눈을 가늘게 뜨고선 버릇처럼 손으로 입술을 쓸어 만졌다.

"그래, 전과 같은 실수를 할 순 없지."

이혜연은 중얼거리듯 말을 하곤 천천히 자리에서 일어섰다.

현은 한참 동안 울던 가빈이 다짜고짜 춘천에 가야 한다며 택시를 타려던 걸 겨우 만류했다. 그는 이후 끝까지 고집 피우는 그녀를 직접 데려다 주겠다며 자신의 차에 태웠다.

가빈이 괜찮다며 버텼지만, 불안한 마음에 현은 계속해서 그녀를 설득했고 결국 둘은 함께 춘천을 향했다. 그리고 그로부터 1시간 반 정도가 흐른 뒤, 그들은 어느 허름한 집 앞에 당도했다.

"이 집인 것 같은데…… 누구 만나러 온 거야?"

현이 차 타고 오는 내내 묻고 싶었던 질문을 은연중에 던지자, 창밖으로 보이는 집에서 시선을 떼지 못하던 가빈이 안전벨트를 풀며 조심스럽게 입을 열었다.

"예전부터 알고 지내던 분인데…… 중요하게 물어볼 게 있어서."

가빈은 어딘가 모르게 불안하고 초조한 눈빛으로 대답하곤 차 문을 열어젖혔다. 유난히도 차가운 밤공기가 그녀의 옷 속을 파고들며 저절로 몸을 움츠러들게 만들었다.

"불이 다 꺼졌네, 아무래도 주무시는 것 같은데?"

닫혀 있는 대문 틈 사이로 집 안을 살피며 현이 말했지만, 가빈은 대꾸도 없이 멍한 눈빛으로 대문을 바라보고 있을 뿐이었다.

고요한 정적만이 흐르자, 현이 의아해하며 흘끔 가빈을 돌아봤다. 마치 정신을 놓은 사람처럼 가빈은 공허한 눈빛으로 우두커니 서 있었다.

"가빈아."

현은 자신의 목소리에도 미동조차 없는 그녀의 어깨를 툭툭 치며 재차 불렀다.

"가빈아."

"어?"

그제야 가빈이 돌아보자 현이 고개를 갸우뚱 기울이며 물었다.

"무슨 생각을 그렇게 해?"

차 타고 오는 내내 말없이 손에 쥔 하얀 일기장만 하염없이 쳐다보던 그녀가, 이제는 목적지에 왔음에도 선뜻 들어가지 못하고, 멍하니 서 있으니 이상하게 느껴질 수밖에 없었다.

"아무것도 아니야."

가빈이 어색하게 웃으며 고개를 내젓자, 현은 차마 더는 캐묻지 못하고 말머리를 돌렸다.

"시간이 너무 늦은 것 같은데, 어떻게 할래? 다음에 다시 올래? 아니면 대문 두들겨 볼까?"

현의 물음에 잠시 고민하던 가빈이 조심스럽게 대문을 두들기기 시작했다.

"계세요?"

쾅쾅!

두어 차례 두들겨 보아도 대답은 들리지 않았다.

"아무도 안 계세요?"

"아주머니! 안 계세요?"

가빈과 현이 서로 합심해 홍인숙을 불렀지만, 대문은 여전히 미동조차 없었다. 보다 못 한 현이 어깨를 으쓱하며 말을 꺼냈다.

"아무래도 안 계신 것 같은데?"

자고 있다면 아무리 그래도 이 정도 소음에는 분명 반응을 했을 것이다. 그런데도 기척조차 없다는 건 집에 아무도 없을 가능성이 높다는 얘기였다. 가빈도 현의 의견에 동조하는지 고개를 살짝 끄덕였다.

이제 어떡해야 하지? 홍인숙을 만나 이야기를 듣는 것에 대한 두려운 마음 반, 이대로 서울로 돌아가자니 뭔가 아쉬운 마음 반인 가빈은 이러지도 저러지도 못한 상황 앞에 그저 발만 동동 굴렀다.

"그래도 여기까지 왔는데 전화 한번 해 보는 거 어때?"

현의 제안에 버릇처럼 주머니에 손을 넣은 가빈은, 그제야 아직도 휴대폰이 하준에게 있는 것을 깨닫고는 난감한 표정으로 이마를 긁적였다.

"그게 휴대폰을 안 가지고 와서……."

"그래? 그럼 오늘은 너무 늦었으니까 내일 다시 오자, 응?"

현이 손목시계를 흘끔 확인하며 말하자 한참을 고민하던 가빈이 결국 한숨을 푹 내쉬며 대답했다.

"응, 그런데 미안해서 어떡하지, 이 시간에 나 때문에 여기까지 와 줬는데."

"그건 신경 쓰지 마, 너하고 드라이브 왔다 생각하면 되지 뭐."

피식 웃으며 말하는 현을 가빈이 물끄러미 바라봤다. 또다시 그에게 신세를 진 것에 대한 부담감과 미안함이 한데 뒤엉켜, 가슴속에 돌덩이가 한 개 더 얹힌 거 같은 기분이 들었다.

"춥다, 일단 차에 타자."

자신의 어깨를 감싸며 차 문을 열어 주는 현의 행동에, 가빈은 주춤대다 결국 고맙다는 말과 함께 올라탔다. 그의 호의를 더는 받아들이면 안 된다고 생각을 하면서도, 혹시나 자신으로 인해 상처 받지 않을까 하는 걱정이 그녀의 머릿속을 더욱 복잡하게 만들었다.

"운전 내가 할게, 너 일하다 와서 피곤할 텐데."

현이 액셀을 막 밟기 전, 가빈이 미안한 마음에 안절부절못하며 말하자, 그가 그녀에게 가까이 다가가 손을 뻗어 안전벨트를 대신 채워주며 말했다.

"서울 가는 내내 불안할 바에는 내가 하는 게 나아."

"나 운전 잘하는데."

가빈이 재빨리 대꾸하자 현이 그녀가 귀엽다는 듯이 머리를 쓰다듬으며 미소를 머금었다.

"네 운전 실력은 낮에 밝을 때 확인하는 걸로 하자."

말을 끝낸 현은 이후 차를 출발시켰다. 조금 전과 다를 바 없이 차 안에 적막감이 밀려들었다. 현은 흘끔 가빈을 쳐다봤다. 가빈은 평상시보다 몇 배는 더 숙연해 보였다. 도대체 무슨 일일까? 결국 참다못한 현이 먼저 입을 열었다.

"무슨 일 있었는지 물어봐도 돼?"

현의 물음에 일기장을 차마 펼쳐보지 못하고 매만지기만 하던 가빈이 움찔하며 대답했다.

"그냥…… 별거 아니야. 집에 일이 조금 생겨서……."

가빈이 선뜻 대답하지 못하고 말꼬리를 늘리자, 현이 망설이다 그녀를 흘끗 돌아보며 물었다.

"오늘 가족 모임에 대표님은 같이 안 계셨나 봐?"

갑작스러운 현의 물음에 불현듯 하준을 떠올린 가빈의 얼굴이 서서히 굳어갔다. 그리고 보니 집에 자신이 없는 걸 알면 얼마나 걱정할지 불 보듯 뻔한 상황 앞에, 그녀의 마음이 심란해지기 시작했다.

"가빈아?"

"……응?"

"오늘 하루 종일 넋을 놓고 있네?"

대답이 없어 재차 가빈을 부른 현이 애써 장난스럽게 말했다. 하준을 주제로 꺼냈을 때 미묘하게나마 그녀의 분위기가 바뀐 것을 느꼈지만, 현은 애써 씁쓸한 마음을 감췄다.

"미안해, 자꾸 다른 생각해서."

"괜찮아, 그냥 농담으로 한 말이야."

현이 손을 절레절레 흔들며 말하자, 가빈이 아까 그가 한 질문을 다시 곱씹어 생각해 내곤 조심스럽게 말을 꺼냈다.

"오늘 오빠도 같이 있었어, 일이 생겨서 난 먼저 집에 온 거고."

그녀의 대답에 현의 눈썹이 미미하게 꿈틀거렸다. 뭘까? 이 기분은, 막상 대답을 듣고 보니 괜히 물어봤나 하는 후회가 밀려들었다.

"아, 그랬구나."

애써 아무렇지 않은 척 현이 담담하게 대답하자, 물끄러미 그를 지켜보던 가빈이 뭔가 결심이라도 한 듯 목에 힘을 준 상태로 천천히 입을 열었다.

"현아."

"응?"

"이런 말 해서 정말 미안한데……."

말을 잠시 멈춘 가빈이 마른침을 꿀꺽 삼키곤 두 손을 꽉 말아 쥐었다.

"앞으론 우리 집에 찾아오지 않으면 좋겠어."

짧은 한마디, 현의 눈빛이 순간적으로 크게 흔들렸다. 당황스러운 마음에 그의 얼굴이 점차 붉게 달아오르기 시작했다.

"아…… 내가 부담스럽게 했나? 난 그저…….."

"……그런 것보다 사실은 내가 좋아하는 사람이 있어."

힘겹게 우물쭈물 대답하는 가빈의 모습에 현은 시선을 아래로 내렸다. 그는 잔뜩 가라앉은 목소리로 말했다.

"알아, 너 류 대표님 좋아하는 거."

현의 말에 가빈이 이를 꽉 다물고 고개를 아래로 떨궜다. 미안한 마음에 도저히 그의 얼굴을 쳐다볼 용기가 나질 않았다.

"그러니까…… 정말 미안해, 정말."

확인 사살과도 같은 미안하단 가빈의 말에, 현이 운전대를 잡은 손에 힘을 꽉 줬다. 뜨거운 무언가가 명치끝에서부터 목까지 차오르며 형용할 수 없을 만큼 강한 슬픔이 느껴졌다.

"네가 왜 미안해, 내가 멋대로 너 좋아한 건데."

애써 환하게 웃으며 말한 현은, 이후 밀려드는 감정에 목이 점차 잠기는 걸 느꼈다. 예상은 했었다. 다만 오늘이 그 날이 될 줄은 몰랐기 때문에 온몸이 저릿할 정도로 고통스럽긴 했다.

하늘이 무너져 내리는 것 같은 기분, 참으로 낯설다. 현은 가슴 깊이 숨을 들이켜곤 훅 내뱉었다. 전처럼 답답했던 게 푹 가라앉진 않았지만 그래도 어느 정도 마음이 다독여진 것을 느낀 현은, 잠기는 목을 가다듬으며 보조석 앞 서랍을 가리켰다.

"거기 서랍 좀 열어볼래?"

갑작스러운 현의 말에 가빈이 슬쩍 고개를 들어 조심스레 서랍을 열었다.

"거기 녹음기 있지?"

현의 말대로 까맣고 네모난 녹음기를 발견한 가빈은, 어딘가 익숙한 물건에 한참을 고민하다 뭔지 기억해내곤 의아한 표정으로 그를 돌아봤다.

"이거 내가 너 찾아 준 녹음기 아니야?"

"맞아, 기억하고 있네?"

"응, 이것 때문에 내가 너랑 만나게 됐는데."

새삼 현과 처음 만났을 때가 떠오르는지, 가빈이 묘한 표정으로 녹음기를 이리저리 만지작거렸다.

"그거 이제 너 가져, 선물이야."

현의 말에 한참 녹음기를 살피던 가빈이 놀란 눈빛으로 그를 돌아봤다.

"이걸? 아니야! 너 아끼는 물건 같던데."

"뭐, 아끼던 물건 맞긴 한데, 그러니까 주는 거야. 사실 그거 나 처음 작가 준비한다고 했을 때 우리 아버지가 사준 선물이거든."

평생 선물이라곤 한번 해 주지 않던 아버지가 전자상가까지 데려가 사줬던 게 떠올랐는지, 현이 흐뭇한 미소를 지으며 말을 이었다.

"그거 꽤 용한 물건이야, 아버지한테 녹음기 선물 받은 이후부터 신춘문예에도 당선되고, 베스트셀러 작가도 됐거든. 평소 내가 메

모장 대신 사용해서 좀 낡고 허름하긴 하지만, 그래도 네가 앞으로 작가 생활하게 되면 혹시 좋은 기운을 북돋아 줄지도 모르니까 가지고 있어."

현의 말에 가빈이 손사래를 쳤다.

"그렇게 중요한 물건을 어떻게 받아."

"사실 그거 너한테 주는 이유는 따로 있어."

"이유?"

영문을 모르겠다는 표정으로 가빈이 고개를 기울이자, 현이 한동안 말을 잇지 못하더니 밝은 목소리로 말했다.

"나중에 집에 가서 내가 남긴 음성파일 꼭 들어 봐. 들어 보면 알게 될 거야."

녹음을 남겼다는 그의 말과 함께 가빈은 재빨리 창문 밖으로 시선을 돌렸다. 너무 미안한 마음에 금방이라도 눈물이 왈칵 쏟아져 내릴 것만 같았다.

"피곤할 텐데 눈이라도 붙여, 도착하면 깨워 줄게."

가빈은 현의 다정한 말에 차마 대답하지 못하고, 몸을 돌려 앉은 채 두 눈을 질끈 감았다.

"조심히 들어가."

"그래, 너도."

여느 때와 마찬가지로 아무 일 없었다는 듯 차에서 내려 자연스럽게 인사를 건넨 가빈은, 굳은 표정으로 자신이 전에 살던 오피스

텔로 발길을 돌렸다. 현과의 일로 마음이 뒤숭숭한지 그녀의 표정
이 전보다 더 어두웠다.

가빈은 차마 집으로 갈 용기가 나지 않아, 일단 오피스텔로 돌아
가 앞으로 어떻게 할 것인지 생각하기로 마음먹었다. 무거운 발걸
음으로 엘리베이터에서 내린 그녀는, 곧이어 집 안 풍경이 눈에 들
어오자 왠지 모를 안도감마저 느꼈다.

이럴 줄 알았으면 처음부터 본가로 들어가지 말고 편히 혼자 사
는 건데, 괜스레 후회마저 들었다. 가빈은 일단 옷을 갈아입자는 생
각에 거실 옆방으로 향하려다, 소파에 앉아 있는 하준을 발견하곤
화들짝 놀라며 숨을 멈췄다.

"오빠?"

하준이 이곳에 있을 거라곤 상상조차 못 했던 가빈은 너무 놀란
나머지 딸꾹질을 하기 시작했다. 그녀는 일단 조용히 부엌으로 가
물을 한 컵 마시고 뛰는 가슴을 진정시킨 뒤, 다시 하준에게로 가까
이 다가섰다.

그는 밤을 꼴딱 새웠는지 자신의 기척을 느끼지도 못하고, 소파
에 등을 기대고 앉은 채 왼손으로 눈을 가리고 잠들어 있었다.

'깨워야 하나?'

하준이 어제 입은 옷과 동일하게 입은 것을 확인한 가빈은, 자신
을 찾아다녔을 그의 모습을 상상하곤 미안하고 안타까운 마음에
차마 그를 깨우지 못했다.

일단 일어날 때까지 기다려야겠다는 생각에 뒤돌아 방으로 향하

려던 가빈은, 자신의 오른손을 잡는 그의 갑작스러운 손길에 깜짝 놀라며 멈춰 섰다.

"어디 갔다 오는 거야."

잔뜩 가라앉은 목소리. 가빈은 조마조마한 마음을 안고 천천히 뒤돌아섰다.

"그게…… 아!"

가빈을 확 끌어 자신의 옆으로 앉힌 하준은 눈을 가리고 있던 팔을 내리고 그녀를 응시했다.

"밤새 뭐 하다 이제 들어오는 거야?"

하준이 한층 더 낮은 목소리로 대답을 재촉했지만, 가빈은 말없이 그의 시선을 피해 고개를 돌렸다. 하준의 얼굴을 대면하고 보니, 온종일 의문스럽게 생각했던 그의 말들이 머릿속에 선명히 떠오르며 애써 억눌렀던 혼란이 증폭되었다.

"만약 너와 내가 남매가 아니라면…… 내가 널 좋아해도 될까?"

"남매가 아니라면 넌 날 어떻게 생각할 건데?"

"그냥 게임 같은 거라고 생각해. 만약 너와 내가 남매가 아니라면, 이란 질문에 넌 네 마음 내키는 대로 대답하면 되는 거야."

언젠가부터 끊임없이 '너와 내가 남매가 아니라면' 이란 조건을 달고선 묻던 그의 질문들이, 자신이 류목형의 친딸이 아니라는 이혜연의 말과 얼기설기 얽히며 그녀의 마음이 순식간에 복잡해졌다.

"너…… 무슨 일 있었던 거야?"

하준은 심각한 표정으로 생각에 잠겨 있는 가빈에게 시선을 고정한 채 조심스럽게 물었다. 그의 눈빛에는 가빈이 이혜연에게 폭언이라도 듣지 않았을까, 하는 걱정이 가득 담겨 있었다.

가빈은 눈을 아래로 내리떴다. 여러 가지 생각들로 인해 하준의 얼굴을 똑바로 바라볼 자신이 없었다.

"아니야, 아무것도."

가빈은 짧게 대답하곤 하준의 손에서 자신의 손목을 빼내며 자리에서 일어섰다. 자신이 류목형의 친딸이 아닌 것조차 인정하기 힘든 상황에서, 서로 상응하며 떠오르는 또 다른 생각이 그녀의 뇌리를 번잡하게 뒤흔들었다.

'만약 내가 정말 아버지의 친딸이 아니고, 그걸 오빠가 이미 알고 있었다면…….'

그가 자신에게 했던 말과 행동들이 한순간에 이해가 된다, 가빈은 머릿속을 찌릿하게 울리는 고통에 손을 이마에 가져가 댔다. 이모든 상황들을 어떻게 이해하고 받아들여야 할지 도무지 감조차 잡히질 않았다.

"무슨 생각을 그렇게 해?"

가빈이 대꾸도 없이 공허한 눈빛을 하고 서 있자, 보다 못 한 하준이 일어나 그녀의 어깨를 붙잡고 마주 섰다. 아무래도 그녀의 표정과 행동이 어딘가 이상해 보였다.

"어머니께서 뭐라고 하시기라도 한 거야?"

뭐에라도 홀린 듯 멍한 표정을 짓고 있던 가빈이, 하준의 말에 그제야 정신이 번뜩 드는지 복잡 미묘한 표정으로 가만히 그를 응시했다. 끊임없이 머릿속을 맴도는 의문들을 그에게 직접 묻고 싶었지만 선뜻 입이 열리진 않았다.

"왜 대답이 없어?"

"피곤해 보이는데 그만 집에 가서 쉬어."

가빈은 차라리 지금의 상황을 피하고 싶었다. 진실을 마주하기가 두려워 하연의 일기장조차 외면하고 보지 않은 상태에서, 하준에게 직접적으로 사실을 묻고 들을 용기가 나질 않았다.

제발 하준이 이대로 집으로 돌아갔으면 좋겠다는 마음만 들었다. 하지만 그녀의 바람과 달리 하준은 그럴 생각이 전혀 없는지 집요하게 그녀의 눈을 직시하며 물었다.

"어디에서 뭐 하다 이제 들어오는지부터 말해."

"나중에…… 나중에 얘기하자."

"어젯밤부터 내가 널 얼마나 미친놈처럼 찾아다녔는지 알아?"

귓전을 때리는 하준의 낮은 목소리에 가빈의 말문이 막혔다. 그 순간 초조하게 자신을 찾으며 뛰어다녔을 그의 모습이 눈앞에 그려지며 미안한 감정이 스멀스멀 밀려왔다.

"미안해…… 휴대폰이 없어서 미처 연락 못 했어."

가빈의 말에 하준이 망설임 없이 옆에 내려놓은 정장 상의에서 휴대폰을 꺼내 그녀에게 건넸다.

"그리고?"

가빈이 휴대폰을 건네받자 하준은 계속해서 대답을 재촉했다. 결국 가빈은 하준이 쉽게 물러서지 않을 것을 직감하곤 한참을 고민한 끝에 천천히 입을 열었다.

"확인할 게 있어서 어디 좀 다녀왔어."

"무슨 말이야? 확인이라니?"

어차피 한 번은 부딪쳐야 할 일이다, 생각하고 결심한 가빈은 목까지 차오른 감정의 덩어리를 힘껏 밀어 삼키며 대답했다.

"내가…… 아버지 딸이……."

가빈이 떨리는 손을 꽉 말아 쥐고 눈에 힘을 줬다.

"내가 아버지 친딸이 아니래, 그래서 그거 확인하려고 홍 아주머니 만나러 춘천에 갔다 왔어."

순식간에 말을 내뱉은 가빈은, 이후 뜨겁게 치솟는 눈물을 겨우 억제하며 조용히 하준을 바라봤다. 평소 웬만한 일에도 꿋꿋하던 그의 표정이 급격히 변하며 눈빛이 흔들리는 것이 보였다.

"누구……한테 들은 거야? 그 말."

"새어머니한테 들었어."

가빈의 대답에 하준의 표정이 급속도로 굳어졌다. 어떻게 이 사실을 이혜연이 알게 된 건지에 대한 의문이 먼저 들었지만, 그보다도 가빈이 받았을 충격에 대한 걱정과 불안함이 전신을 엄습했다.

"사실……이야?"

가빈이 마음을 겨우 다잡으며 하준에게 조심스럽게 물었다. 그의 표정을 확인한 순간, 이미 갖고 있던 의문들이 모두 풀리며 가슴이 무너져 내리고 머릿속이 하얗게 물들어갔지만, 그녀는 끝까지 정신을 차리려 애를 썼다.

"오빠?"

"사실이야."

짧고 굵은 대답, 가빈은 숨을 크게 들이켰다 푹 내쉬었다. 예상은 했지만 쉽사리 받아들여지지 않는 진실의 무게 앞에, 가빈은 넋이 나간 듯 한동안 말을 잇지 못했다.

"정말, 내가 아버지 친딸이 아니었어……?"

혼잣말로 말을 곱씹은 가빈의 속눈썹이 파르르 떨리더니 곧이어 그녀의 눈에서 눈물이 뚝뚝 떨어지기 시작했다.

어느 정도 마음의 준비를 한 상태였지만, 직접 하준을 통해 확인을 받고 보니 말로 형용할 수 없을 만큼 마음이 공허해지고 온몸에 기운이 쫙 빠지는 기분이 들었다.

가빈의 몸이 휘청거렸다. 찰나의 순간, 하준은 놀라며 재빨리 가빈의 어깨를 감싸 안았다. 그녀의 몸이 가늘게 떨리고 있었다.

하준은 이를 악물고 가빈을 일단 소파 위에 앉혔다. 초점을 잃은 그녀의 눈에서 쉴 새 없이 눈물이 흐르고 있었다.

"울지 말고 내 얘기 좀 들어봐."

"오빠는…… 처음부터 다 알고 있었던 거야?"

앞에서 한쪽 무릎을 꿇고 앉은 채 자신을 달래려는 하준을 정확히 바라보며, 가빈이 입술만 움직여 물었다. 하준은 말없이 그녀를 마주 봤다. 슬픔이 가득 찬 그녀의 두 눈은 보기에도 안타까웠다.

하준은 가빈의 두 눈에 흐르는 눈물을 손으로 훔쳤다. 그러고는 진중한 눈빛으로 그녀를 바라보며 천천히 입을 열었다.

"알고 있었어."

짧고 단호한 대답, 가빈의 얼굴이 울컥하며 벌겋게 달아올랐다.

"알고 있었으면서……! 그런데 왜……."

"네가 말도 없이 사라질까 봐."

가빈의 말을 가로막으며 말한 하준은, 이후 멍하니 자신을 바라보고 있는 가빈의 뺨을 손으로 어루만지며 말을 이었다.

"이 사실을 다 알고 나면 네가 어떻게 행동할지 아니까, 그게 두려워서 숨길 수밖에 없었어."

자신을 안타까운 표정으로 바라보는 하준의 모습에 가빈은 입술을 꼭 깨물었다.

어떻게 그럴 수 있냐며 다그치려 했지만, 자신을 향한 그의 진심을 아는 이상, 더는 그를 책망하는 어떠한 말도 꺼낼 수가 없었다.

"그만 집에 가, 나 좀 쉬어야겠어."

눈앞이 어지럽고 가슴이 먹먹해져 왔다. 가빈은 몸을 일으켜 선 뒤, 하준을 지나쳐 방으로 향했다. 그가 자신의 뒤를 쫓아오는 것이 느껴졌지만, 가빈은 방안에 들어서자마자 망설임 없이 문을 잠갔다. 잠깐만이라도 혼자서 생각을 정리하지 않으면 금방이라도 머릿속이 폭발해 터져 버릴 것만 같았다.

가빈은 한참을 문에 기대어 서 있다, 느릿하게 침대로 다가가 몸을 털썩 눕혔다. 무거웠던 몸이 한결 편안해지자 세차게 뛰던 심장 박동 소리가 조금은 잦아드는 것이 느껴졌다.

'엄마…….'

두 눈을 질끈 감은 가빈의 눈앞에 박하연의 얼굴이 아련하게 떠올랐다. 왜 엄마는 친딸도 아닌 나를 이 집에 들여보냈을까? 머릿속 가득 떠오른 의문과 함께 슬픈 미소를 지으며 자신을 떠나보내던 박하연의 얼굴이 또렷이 상기되었다.

당장에라도 그녀에게 왜 이럴 수밖에 없었는지 묻고 싶었지만, 그럴 수 없음에 슬픔의 크기가 더욱더 커졌다.

이제 정말 이 세상에 나 혼자뿐인 건가……. 쓸쓸함과 두려움이 동시에 해일이 밀려오듯 그녀의 전신을 압박했다.

"흐흑……."

결국 가빈은 몸을 잔뜩 웅크린 채로 참고 있던 울분을 터트렸다. 이제 앞으로 어떡해야 할지, 막막함에 숨이 턱턱 막힐 지경이었다. 앞이 보이지 않는 현실이 그저 암담할 따름이었다.

가빈은 손으로 입을 막은 상태로 한참을 흐느껴 울었다. 하준이 방을 두들기는 소리가 들렸지만, 그녀는 애써 외면한 채로 이불을 뒤집어썼다. 지금 당장은 그의 얼굴을 마주하고 싶지 않았다.

그렇게 혼자서 모든 것을 감내하려 애쓰던 가빈은 자신도 모르게 어느샌가 서서히 어둠 속으로 잠식되어갔다.

"아!"

가빈은 화들짝 놀라며 상체를 일으켰다. 밤새 춘천에 다녀온 탓에 피곤이 많이 누적되었었는지 자신도 모르게 잠이 들고 말았다. 가빈은 천천히 몸을 추스르며 먼저 벽에 걸린 시계를 확인했다. 다행히 방에 들어온 지 채 3시간도 지나지 않은 상태였다.

어느새 새벽을 지나 아침이 찾아왔고, 창문으로 밝은 빛이 쏟아져 들어오고 있었다. 가빈은 햇살을 맞으며 침대에서 내려와 몸을 일으켰다. 잠시나마 눈을 붙였던 탓에 그나마 한결 기분이 나아진 듯했다.

'집에 갔나?'

방문 너머로 아무런 기척이 느껴지지 않자, 가빈은 일단 옷을 갈아입고 조심스럽게 방을 나섰다. 거실엔 아무도 없었고, 고요한 적막만이 가득했다.

하준이 없는 것을 확인한 그녀는, 왠지 모를 허전함을 느끼며 일단 부엌으로 걸어가 물을 꺼내 마셨다. 시원한 물이 식도를 타고 넘어가자 몽롱했던 정신이 점차 돌아오는 것이 느껴졌다.

"나왔네?"

물병을 도로 냉장고에 넣으려던 가빈은, 등 뒤로 달칵하는 소리와 함께 들리는 하준의 목소리에 소스라치게 놀라며 몸을 돌렸다.

세수라도 했는지 앞머리가 축축하게 젖은 상태로 화장실에서 나오는 하준이 그녀의 눈에 들어왔다. 가빈은 놀란 눈빛으로 그를 바라봤다.

"안……갔어?"

"내가 가란다고 갈 사람으로 보여?"

아니. 속으로 대답한 가빈은 재빨리 시선을 다른 곳으로 돌렸다. 불과 몇 시간 전에 있었던 일과 더불어, 그와 함께 있는 지금 이 순간이 왠지 모르게 어색하게 느껴졌다.

"멀뚱히 그렇게 서 있지 말고, 아침 준비나 하지그래?"

하준이 식탁 앞 의자에 앉으며 아무 일 없었다는 듯, 자연스럽게 말을 건네자 가빈이 묘한 눈빛으로 그를 응시했다.

어느샌가 분위기를 편안하게 주도하는 그에게서, 왠지 모를 위안마저 받고 있는 느낌이 들었다. 아직까지도 마음 한구석이 뒤숭숭했지만, 가빈은 애써 티 내지 않고 부엌 안을 천천히 살폈다. 오랜 시간 집을 비운 탓에 먹을 만한 것이 눈에 띄지 않았다.

"집에 마땅히 먹을 게 없어서…… 나가서 사올게."

가빈은 어제부터 자신을 찾아다니느라 끼니를 걸렀을 하준을 생각해, 음식을 사올 요량으로 부엌 밖으로 나왔다. 식탁에 앉아 있는 하준을 지나쳐 걸어가던 가빈은, 자신의 팔을 강하게 잡아당기는 힘에 이끌려 자신도 모르게 그의 무릎 위에 올라앉고 말았다.

"지금 뭐 하는……!"

"눈이 퉁퉁 부었네, 계속 울었나 봐?"

하준이 얼굴을 빤히 쳐다보며 묻자 가빈의 얼굴이 홍당무처럼 붉게 타올랐다. 그녀는 자신의 허리를 감싸고 있는 그의 손을 잡으며 황급히 대꾸했다.

"이거 놔."

"싫어."

대답과 동시에 하준이 더욱더 세게 끌어안았다. 가빈은 중심이 무너지는 느낌에, 자신도 모르게 두 팔로 그의 목을 감싸 안았다. 순식간에 그의 숨소리가 느껴질 만큼 사이가 가까워졌다.

"어제까지만 하더라도 죽는 줄 알았는데, 이제 너 보니까 살 것 같다."

가빈의 머리를 한 손으로 쓰다듬으며 하준이 나지막하게 말하자 가빈이 애써 그의 시선을 피해 고개를 돌렸다. 그의 한 마디에 온몸에 전율이 일며 심장이 멎을 것만 같았다.

머리를 쓰다듬던 하준의 가느다랗고 긴 손가락이 서서히 아래로 내려와 그녀의 턱을 잡아 돌렸다. 긴장감에 바르르 떨고 있는 그녀의 눈이 하준과 마주쳤다.

"네가 얼마나 혼란스럽고 힘들지 알아."

하준이 가빈의 얼굴을 천천히 훑어보며 그녀의 머리카락을 정성스럽게 뒤로 넘겨줬다.

"좋게 생각해, 이로써 너와 난 남매 관계가 아닌 남남이나 다름없게 된 거니까."

"……."

"더는 남매라는 관계에 얽매여 괴로워할 필요가 없게 된 거야."

가빈은 그의 말에 마음이 복잡한지 금방이라도 눈물을 쏟아낼 것처럼 잔뜩 굳은 표정으로 시선을 아래로 내렸다. 어수선한 마음이 좀처럼 쉬이 정리되지 않았다.

"날 봐."

귓속에 조용히 파고드는 그의 음성에 마치 자석에 이끌린 듯 가빈이 천천히 시선을 올려 그를 마주 봤다.

"다시 묻지."

가빈이 의아한 눈빛으로 바라보자 그가 입가에 미소를 살짝 머금은 상태로 물었다.

"너와 내가 남매가 아니라면 내가 널 좋아해도 될까?"

익숙한 그의 질문, 그리고.

"착각하지 마, 만약이라는 건 없어, 오빠와 내가 아버지의
자식인 이상……."

뇌리를 스치는 자신의 대답. 상황이 바뀐 지금, 가빈은 그 말을 몇 번 곱씹고선 우물쭈물 입을 열었다.

"그건……."

마음이 가는 대로 하고 싶어도 여전히 남아 있는 불안함이 쉽게 떨쳐지지가 않았다. 가빈은 잔뜩 긴장한 얼굴로 머뭇거리며 그를 응시했다. 목이 막힌 듯 도무지 쉽게 대답이 나오질 않았다.

"됐어, 대답 안 해도 돼. 이미 알고 있으니."

한참 대답을 기다리던 하준이 눈을 가늘게 뜬 상태로 어깨를 으쓱했다.

"그때, 날 볼 때마다 떨린다고 했나? 좋아서?"

지난날에 했던 가빈의 말을 회상하며 하준이 장난스럽게 말을 내뱉자, 그녀가 흠칫 놀라며 당황했다. 하준은 어쩔 줄 몰라 하며 안절부절못하는 그녀의 모습에 웃음을 터트렸다. 순진하게 반응하는 가빈을 보고 있자니 더는 복받치는 감정을 참기 힘든 것이 느껴졌다.

하준은 순간적으로 한 손으로 그녀의 머리를 감싸 자신의 얼굴 쪽으로 깊게 끌어당겼다. 서로의 숨결이 바로 피부에 닿을 정도로 둘 사이의 거리가 가까워졌다. 하준은 살짝 고개를 기울이며 그녀의 입술 가까이에 자신의 입술을 아슬아슬하게 가져다 대고 작게 속삭였다.

"질문을 바꾸지."

얼굴에 닿는 그의 숨소리로 인해 가빈의 몸이 예민하게 반응하기 시작했다.

"지금 내가 키스해 주길 원해?"

직접적으로 묻는 그의 질문에 가빈이 눈을 동그랗게 뜬 상태로 마른 침을 꿀꺽 삼켰다.

"원하지 않는다면 하지 않을 거야. 대답해 봐, 류가빈."

야릇한 시선으로 자신을 직시하는 그의 눈빛에 가빈은 온몸이 타 버릴 것만 같았다. 입술과 손끝이 떨리고 다리의 힘이 절로 빠지는 것이 느껴졌다. 허리를 감싸는 그의 손길이 움직일 때마다 열이 오르고 움찔댔다.

"싫다, 이건가……?"

한참 동안 대답이 없자 하준이 살짝 실망하는 표정으로 되물었다. 여전히 그녀에게선 아무런 반응이 없었다. 하준은 결국 묘한 표정으로 서서히 얼굴을 뒤로 뺐다. 그러자 결심이라도 한 듯, 가빈이 그에게 가까이 다가서더니 그의 입술에 자신의 입술을 겹쳤다.

이후 가빈은 그 상태로 얼어 버리기라도 한 듯 두 눈을 질끈 감고 가만히 입술만 맞대고 있었다. 하준은 가빈의 행동이 귀엽다는 듯 피식 웃고선, 자연스럽게 그녀의 입술을 가르며 혀를 밀어 넣었다.

가빈은 피가 거꾸로 쏠리며 아찔해지는 기분에 온몸의 신경이 바짝 곤두서는 것을 느낄 수 있었다. 코끝을 맴도는 그녀의 달콤한 체향에 취한 듯, 하준은 그녀를 어르고 달래며 부드럽게 리드하기 시작했다.

그녀는 그의 어깨를 붙잡은 손에 힘을 꽉 줬다. 부드러운 그들의 혀가 서로 뒤엉키며 끊임없이 당기는 느낌이 머릿속을 새하얗게 비워 버릴 정도로 황홀했다.

"사랑해, 널."

하준은 잠시 떨어진 상태로 낮게 속삭이고는, 이어 자신의 입술로 그녀의 입술을 부드럽게 어르기 시작했다. 그리고 또다시 이어진 키스. 가빈은 끊임없이 몰아치는 그의 테크닉에 사로잡힌 채로 가냘픈 숨소리를 간간이 토해 냈다.

그렇게 한참 이어지던 키스에 이어 하준의 손길이 점차 자연스럽게 그녀의 몸을 탐닉하기 시작했다. 가는 허리선을 따라 아래로 향한 그의 손끝에서부터 가빈의 옷이 서서히 위로 말아 올라갔다.

뜨거운 키스에 정신이 팔려 있던 가빈은, 그가 어느새 브래지어를 밀어 올린 뒤 가슴을 움켜쥐자 깜짝 놀라며 그의 손을 잡았다. 그러자 하준은 그런 가빈의 반응에 재빨리 그녀를 그대로 품에 안아 들고는 침대가 있는 방으로 향했다.

"고맙게 생각해, 딱딱한 식탁 위에서 안 한걸."

하준은 가빈을 침대 위에 눕혀 놓고 장난스럽게 말을 건넸다. 그러자 가빈은 얼굴이 새빨갛게 달아오른 상태로 자신의 위로 덮쳐 오는 그의 가슴을 손으로 밀어냈다.

"그, 그만하자."

하준은 긴장한 탓에 작게 떨리는 가빈의 손을 부드럽게 잡고 손등에 짧게 입을 맞췄다. 그리고는 잠깐의 여유를 주려는 듯 몸을 낮춰 그녀의 이마, 뺨, 입술에 차례대로 키스한 뒤, 귓가에 나직이 속삭였다.

"앞으로 이것도 원하게 될 거야."

하준이 손으로 그녀의 배부터 가슴까지 부드럽게 쓸어 올리며 말했고, 가빈은 움찔하며 숨을 삼켰다.

"예행연습도 그동안 충분히 하지 않았나?"

그가 순식간에 가빈의 윗옷과 브래지어를 벗겨내 침대 밑으로 던져냈다. 곧이어 그의 입술이 점차 아래로 이동하며, 그녀의 목선을 따라 열점을 낙인찍기 시작했다.

"오, 오빠."

가빈은 그만하라는 듯 황급히 그의 얼굴을 한 손으로 막아섰지만, 하준은 들어줄 생각이 없는지 오히려 그녀의 손을 머리 위로 올려 꽉 잡아 고정시켰다. 하준의 손끝과 입술이 닿는 곳마다 그녀의 몸이 예민하게 울리며 반응했다. 그의 부드럽고 촉촉한 입술이 어느새 가빈의 배와 가슴을 물고 핥았다.

하준은 그녀의 몸을 온통 붉게 물들일 태세로 정성껏 키스를 퍼붓고 빨아 당겼다. 그때마다 가빈의 입술 새로 미처 참지 못한 가느다란 신음 소리가 흘러나왔다. 온몸이 용암처럼 뜨겁게 달아올랐다. 탄탄했던 피부가 그와 마찰을 일으킬 때면 흐물흐물 녹아내려 가는 듯했다.

어떡해야 할지 몰라 차마 반항조차 하지 못했다. 가빈은 제 몸이 아닌 듯 저절로 배배 꼬이는 몸의 변화에 어쩔 줄 몰라 하며 입술 끝을 베어 물었다. 그의 행위가 좋은 건지, 아니면 싫은 건지 판단조차 서지 않았다.

"아……."

머리가 어질어질 돌았다. 세상이 제 세상이 아닌 듯했다. 하지만 가빈은 이내 자신의 가슴을 사정없이 탐하던 그의 손이 아래로 서서히 내려가 자연스럽게 허리춤을 파고드는 걸 느끼고, 짧게 숨을 들이켜며 몸을 휘었다.

가빈은 너무나 적나라한 하준의 행동에 헉하고 탄성을 뱉어내며, 그에게 붙잡힌 팔을 있는 힘껏 빼내 잽싸게 레깅스 안을 침범하려 하는 그의 손을 저지했다.

"제발…… 오빠…… 앗."

애원하듯 말하던 가빈은 곧 귓바퀴를 빙글 돌며 안쪽으로 휘감겨 들어오는 그의 뜨거운 혀와 입김에 녹아내리듯, 자신도 모르게 손에 힘을 풀었다. 그러자 하준의 손끝이 무방비 상태인 그녀의 보드라운 허벅지 안쪽에서부터 은밀한 곳이 감춰진 곳까지 쓸어올렸다.

"이제 못 멈춰."

하준은 그녀의 레깅스를 벗겨내고는 자신의 옷마저 벗어 던졌다. 그들이 자리한 공간, 그곳엔 그가 못마땅하게 여길 장애물은 이제 존재하지 않았다. 하준은 몸을 가늘게 떨고 있는 그녀의 몸에 온기를 전해 주려는 듯 살포시 끌어안았다.

"천천히, 아주 천천히 할 거야. 걱정 마."

달래듯 그녀의 머리카락을 쓰다듬던 그는 이후 좀 더 강렬하게, 뜨거운 입술과 가늘고 긴 손가락으로 그녀의 몸을 애무하기 시작했다.

정성스러운 그의 행위에 가빈의 몸이 얼마 지나지 않아 꽤 높은 지점까지 달아오르기 시작했다. 하준은 살짝 상체를 세워 그녀의 입술에 살짝 입을 맞추곤 낮게 읊조렸다.

"처음엔 힘들어도 곧 괜찮아질 거야."

그의 말을 끝으로 가빈은 잠시 뒤, 온몸이 둘로 갈라지는 듯한 고통에 고운 미간을 찌푸리며 낯선 교성을 토해 냈다. 발끝에서부터 머리까지 엘리베이터를 타고 올라오듯 쫙 퍼지는 전율. 그녀는 전신을 바르르 떨었다. 생경한 기분.

"하아…… 조금만."

끊임없이 이어진 동작에 숨이 턱에 막혀 올 때쯤 들린 하준의 한마디, 가빈은 공중에 분해된 듯 찾아드는 고통과 환희에 정신을 못 차리다, 이내 이전에 경험하지 못한 쾌감에 점차 젖어 들어가기 시작했다.

10화

폭풍전야에 다다르다

편집장은 눈앞에 보이는 광경에 짙은 한숨을 내뱉었다. 마치 삶의 의욕을 다 잃어버린 것처럼 축 늘어져선 소파에 엎드려 고양이에게 장난감을 흔들고 있는 현을 보고 있자니, 가슴에 바위라도 들어앉은 것처럼 답답해져 왔다.

도대체 요 며칠 동안 무슨 일이 있었던 건지. 평상시와 다른 그의 모습에 참다못한 그녀는, 결국 그가 쥐고 있던 장난감을 빼앗으며 물었다.

"남궁현, 너 왜 넋 놓은 사람처럼 하루 종일 그러고 있는 건데?"

시나리오 작업까지 다 마친 상황이라 가만히 두고 보려 했건만, 어디 나사 하나 빠진 사람처럼 행동하고 있으니 걱정하지 않을 수가 없었다.

"놀아주고 있잖아요, 고모가 소중해 마지않는 고양이랑."

"네가 언제부터 우리 현우랑 놀아 줬다고 그래? 맨날 귀찮다고 밀어내던 녀석이."

편집장의 말에서 뭔가 거슬리는 단어를 들은 현이 어이없다는 듯 눈을 치켜세웠다. 지금 저 아줌마가 뭐라는 거야?

"제가 잘못 들은 것 같은데 이 못생긴 놈 이름이 뭐라고요?"

"어머, 한 달 전에 바꿨는데 몰랐구나? 하긴 오랜만에 데리고 왔으니까! 이제부터 애 이름은 현우야, 그렇게 불러."

씩 웃고 있는 편집장을 보고 있자니 없던 두통이 생기는지, 현이 지끈거리는 머리를 손끝으로 꾹꾹 누르며 심각한 표정을 지었다.

"고모, 병원 가 보셔야 하는 거 아니에요? 상태가 심각한 것 같은데."

진지한 그의 말투에도 아랑곳하지 않고 편집장은 고양이를 정성스럽게 쓰다듬으며 대꾸했다.

"지극히 정상이거든, 얘가 누굴 정신병자 취급하는 거야?"

"나이 차이가 엄마와 아들 수준인데…… 이제 그만 정신 차리고 아무 남자나 잡아서 시집이나 가세요, 이건 조카로서 정말 걱정돼서 드리는 말씀인데 고모 그러다가 진짜 조만간 머리에 꽃…… 악!"

"이게 아주 고모한테 못 하는 말이 없지? 응?"

편집장이 인정사정 볼 것 없이 뒤통수를 갈기자 엄청난 충격에 현은 눈물이 찔끔 나왔다.

"아우! 제발 머리는 때리지 말라고요!"

"한 번만 더 헛소리해 봐라, 그땐 눈알이 튀어나올 정도로 때려 줄 테니."

앞에서 편집장이 보란 듯이 주먹을 쥐어 보이자, 현이 입을 꾹 다물며 고개를 홱 돌렸다. 하여튼 진짜 성격으로 보자면 마녀가 따로 없었다.

"그나저나 감독님하고 상의한 대로 마지막 씬 수정해서 넘겼다며? 조 감독이 너 칭찬 많이 하더라. 날고 긴다는 작가들보다도 실력이 좋다고."

현의 옆에 슬금슬금 다가와 앉은 편집장이 슬쩍 칭찬을 던졌다. 미끼로 투척했건만, 그녀의 예상과는 달리 현은 미동조차 없었다.

"내 말 듣고 있는 거야?"

"돌려 말씀하지 마시고 요점만 말씀하세요."

이미 그녀의 의도를 다 파악했다는 듯 현이 볼멘소리를 내자, 편집장이 눈을 가늘게 떴다. 하여튼 이제 능구렁이가 다 됐다 이거지. 편집장은 슬쩍 그의 눈치를 살피며 조심스럽게 입을 열었다.

"이번 작품 끝나고 차기작 말이야."

"차기작이라니요?"

"끝나면 바로 차기작 들어가야지, 쉬려고 했어?"

능청스럽게 몰아붙이는 그녀의 언변에 화가 치솟는 듯 현이 벌떡 몸을 일으켜 앉았다.

"지금 무슨 소리를 하시는 거예요?"

"A&T 기획에서 네 작품 중에 '이노센트'도 마음에 든다고……."

"고모!"

"귀청 떨어진다! 왜 소리를 지르고 그래?"

"저 다시는 A&T 기획이랑 일 안 할 거거든요? 그러니까 쓸데없는 짓 절대 하지 마세요!"

현이 눈을 부릅뜨며 소리를 높였지만, 편집장은 못마땅한 표정으로 귀를 후비적거리며 대꾸했다.

"거기만큼 대우가 좋은 곳이 어디 있다고, 너도 알잖아? 그만큼 네 사정 봐주는 제작사 없다는 거."

"됐어요, 앞으로는 신작 집필에만 주력할 거니까 그런 줄 아세요."

"왜? 가빈이 때문에 그래? 너 혹시 걔한테 차이기라도 한 거야?"

허를 찌르듯 훅 들어오는 그녀의 말에 현이 움찔하며 입술을 닫았다. 그 순간을 놓치지 않고 미묘하게 변한 그의 행동 변화를 포착한 편집장이 고개를 갸우뚱 기울였다.

"뭐야? 너 진짜 차인 거야?"

무슨 말이든 꼬박꼬박 말대답하던 그가 합죽이처럼 입을 꾹 다물고 있자, 편집장이 뭔가를 직감한 듯 어깨를 으쓱했다.

"그럼 그렇지, 네가 이상하다 했다."

"됐으니까 오늘은 그만 돌아가세요."

현은 한숨을 푹 내쉬며 누워 버렸다. 편집장이 혀끝을 차며 그의 곁에 바짝 다가가 앉았다.

"불쌍한 우리 조카님, 어떡하니. 그렇게 좋아하더니……."

"그만 가시라고요."

"네 누이들이 조만간 가빈이 보러 한국 오겠다고 그러던데, 오지 말라고 해야 하나?"

그만할 줄 알았던 편집장이 다시 골리는 투로 말을 붙이자, 참다 못한 현이 그녀를 맹렬히 노려봤다.

"저 약속 있어서 나가 봐야 하니까 고모도 그만 가 보세요."

"뭐? 갑자기 무슨 약속?"

"그건 모르셔도 되고요! 자요! 고모님의 소중한 동물 잘 챙기세요."

현은 고양이를 들어 편집장의 품에 와락 안겨줬다.

"앗…… 야! 남궁현!"

"그럼 안녕히 가세요. 아! 그리고 다음부터는 이렇게 불쑥 찾아오지 마세요."

"뭐? 그게 무슨!"

쾅!

현은 편집장을 억지로 등 떠밀어 밖으로 내보내고 현관문을 세차게 닫았다. 집 안이 순식간에 고요해졌다. 훅훅 치솟던 짜증과 분노가 점차 가라앉았다.

현은 소파로 돌아와 털썩 앉았다. 그러고는 멍한 눈빛으로 애꿎은 TV채널만 이리저리 돌렸다. 애써 심란한 마음을 달래보려 애썼지만, 미쳐버리기라도 한 건지 끊임없이 가빈의 얼굴만이 눈앞에 어른거렸다.

"남궁현, 정신 차려라."

고개를 세차게도 저어 보고 이리저리 집안을 서성여도 봤지만, 지워지지 않는 그녀에 대한 미련에 가슴만 점차 무거워졌다. 한숨을 푹 내쉰 현의 시선이 테이블 위에 놓인 휴대폰으로 향했다. 손이 그의 의지와 상관없이 휴대폰을 집어 들고, 가빈의 이름을 찾기 시작했다.

"아악! 안 된다! 안 돼!"

순간적으로 정신이 바짝 드는지 현이 휴대폰을 소파 위로 핵 집어던졌다. 이대론 위험하다. 현은 안절부절못하다 다시 휴대폰을 집어 들고 어디론가로 전화를 걸었다. 한참 신호가 가고, 뚝 소리와 함께 익숙한 목소리가 수화기 너머로 들렸다.

─친구! 이 시간에 웬일?

민호의 음성에 현은 망설임 없이 입을 열었다.

"지금 좀 만나."

오랜만에 술 한잔 하자는 현의 연락을 받고 촬영 끝나자마자 달려온 민호는, 평소와 달라진 그의 모습을 발견하고는 의아한 표정으로 의자에 앉았다.

"너 머리 스타일이 왜 그 모양이야? 실연이라도 당한 사람처럼."

항상 고수하던 길이보다 짧은 헤어스타일. 잘 어울리긴 했지만 어딘가 모르게 어색해 보였다. 무슨 일이라도 있는 건가 싶어, 민호는 팔짱을 끼고 현을 유심히 살폈다.

"그냥, 기분 전환."

짧게 대답한 현은 이후 속상한 마음에 단숨에 술을 들이켰다. 왠지 모르겠다. 가빈이와 함께 춘천을 다녀온 이후, 모든 일에 무력해지고 생활이 엉망이 되어 버렸다. 멍하니 누워 있는 횟수가 늘어나고, 입맛도 없어졌다.

아침인지 저녁인지 시간의 개념도 점차 사라지는 듯했다. 이렇게 지내면 안 되겠다 싶어 새로운 다짐이라도 하고자 미용실로 가 머리를 잘랐지만, 그의 예상과 달리 상황은 그다지 나아지지 않았다.

"너…… 가빈이 하고 무슨 일 있었어?"

민호는 심각한 현의 표정에 뭔가 이상함을 감지하곤 물었다. 술을 잘 마시지도, 그렇다고 좋아하지도 않는 녀석이 먼저 마시자고 한 걸 보면 무슨 일이 있었던 것 같기는 한데, 분위기로 봐선 가빈이와 관련이 있어 보였다.

"아니."

"맞네."

"아니라니까."

"내가 널 모르냐? 네 표정만 봐도 딱 알겠는데."

아니라는데도 민호가 가빈의 일이라 단정 짓자, 현은 더는 말을 덧붙이지 못하고 입을 꾹 다물었다. 귀신같은 놈, 현은 말없이 자신의 술잔에 술을 채웠다.

"억지로 줘도 안 마시던 술을 자작까지 하시고, 상태가 심각한데?"

"너 촬영은 잘하고 있는 거야?"

현이 은근슬쩍 말을 돌리자 민호가 멀뚱히 그를 바라봤다. 마음 같아선 더 캐묻고 싶었지만, 현이 순순히 말을 해줄 인사가 아니라는 걸 알기에 단념할 수밖에 없었다.

일단은 현이 알아서 가빈에 대해 말을 꺼내기 전까지 기다리자는 생각에 민호는 그의 질문에 먼저 답했다.

"뭐, 막바지 촬영만 남았어. 생각보다 시간이 빨리 갔네."

"감독님이 너 마음에 들어 하시더라, 신인인데도 곧잘 한다고."

"나야 원래 뛰어난 인재가 아니더냐, 세상이 그동안 몰라줘서 그렇지."

민호의 말에 현이 실없는 웃음을 터트렸다.

"오디션 봤다고 했던가?"

불현듯 현이 묻자 민호가 뜨끔하며 들고 있던 잔을 천천히 내려놨다.

드르륵, 드르륵.

난감한 상황에 테이블을 울리는 휴대폰 진동소리에 민호가 속으로 내심 안도하며 휴대폰을 집어 들었다.

[이혜연]

하필이면…… 참 타이밍 한번 잘 맞춘다는 생각과 함께 민호는 재빨리 자동 응답 버튼을 눌렀다.

"누군데 안 받아?"

의아해하는 현에게 민호가 손을 내저어 보였다.

"아, 스팸 전화."

"이 시간에도 스팸 전화가 와?"

"그러게…… 하하."

어색하게 너털웃음을 터트린 민호는 이내 고민에 빠졌다. 이혜연과의 관계를 지금이라도 현에게 말해야 하는데, 아무리 결심을 해도 입이 떨어지지 않았다.

"저기 현아."

"응?"

드르륵, 드르륵.

또다시 울리는 진동벨 소리.

"휴우, 잠깐만."

민호는 결국 휴대폰을 집어 들고 화장실 쪽으로 발걸음을 옮겼다. 일단은 이혜연과 통화하고 난 뒤 얘기하자는 생각에 액정화면을 확인한 그는, 생각지도 못한 이름이 뜨자 미간을 찌푸렸다.

강세련? 민호는 전에 있었던 일을 머릿속에 떠올리며 한참을 망설인 끝에 통화 버튼을 눌렀다.

"네."

—어디예요?

세련의 질문에 그가 한숨을 푹 내쉬며 대답했다.

"또 무슨 일입니까?"

날카로운 그의 음성에 당황했는지 잠시 말을 멈춘 세련은, 다시 입을 열었다.

―나 지금 그쪽 집 앞이에요.

집 앞이라는 그녀의 말에 민호의 눈이 가늘어졌다.

"그게 무슨 소리예요? 우리 집을 어떻게 알고……."

―그쪽 매니저한테 물어봤어요. 잠깐 할 말 있으니까 나와 봐요.

두통이 밀려드는지 민호가 손으로 이마를 짚었다.

"나 지금 집 아니에요, 그러니까 그만 돌아가요."

―올 때까지 기다릴 거예요. 그러니까 빨리 와요.

"이봐요, 강세련 씨."

뚝. 한마디 말을 남기고 세련이 전화를 끊어 버리자, 민호가 서둘러 다시 그녀에게 전화를 걸었다. 하지만 그녀는 자동응답으로 넘어갈 때까지 전화를 받지 않았다.

젠장, 그는 짧게 욕설을 내뱉었다. 도대체 뭐하자는 건지, 매번 제멋대로 행동하는 그녀의 모습에 이제 인내심의 한계가 느껴졌다.

"그래, 한번 기다려 보라지 뭐."

민호는 혼잣말로 중얼거리고는 대뜸 신경질적으로 머리를 헝클어뜨렸다. 머릿속이 혼란스러웠다. 심장이 움찔대며 알 수 없는 감정이 치솟는 게 느껴졌다.

그는 입술을 잘근잘근 씹고선 주변을 배회했다. 머리로는 가지 말라는데, 이놈의 가슴은 다르게 반응하고 있었다.

한참을 고민에 빠져 있는 사이, 민호는 짧은 진동소리를 느끼고는 휴대폰을 확인했다. 이혜연에게서 온 한 통의 메시지였다.

[집 앞에 있으니 나와.]

이혜연의 문자를 확인한 그는, 석고상처럼 굳어진 얼굴로 현이 있는 자리로 돌아가 겉옷을 챙겨 들었다.

"미안하다, 나 일이 생겨서 가 봐야 할 것 같아."

민호가 다급한 표정으로 말하자, 현이 걱정스러운 눈길로 물었다.

"무슨 일인데 그래?"

"미안, 자세한 건 나중에 말해 줄게."

"야! 황민호!"

자리에서 벌떡 일어난 현은 황급히 자리를 뜨는 민호를 하염없이 지켜보다 도로 털썩 앉았다. 심상치 않은 그의 반응에 괜스레 걱정이 밀려들었다.

"연우한테 무슨 일 생겼나?"

작게 한숨처럼 중얼거린 현은, 덩그러니 혼자 남겨진 자리에서 허무한 표정으로 한숨을 안주 삼아 술 한 잔을 입에 털어 넣었다.

가빈은 오랜만에 단둘이 식사하자는 류목형의 연락을 받고, 회사 근처 고급 레스토랑에 먼저 도착해 그를 기다렸다. 가빈은 잔뜩 긴장한 얼굴로 연신 물을 들이켰다.

출생에 대한 사실을 어느 정도 인정하고 받아들이려 했지만, 막상 류목형을 만나 진실을 마주하려 하니 형용할 수 없을 만큼 묘한 감정들이 뒤섞여 그녀를 압박했다.

평생 아버지라 생각했던 그가 하루아침에 남남이 되어 버린 상황이 아무리 노력해도 쉽사리 현실로 다가오지 않았다. 지금 마음 같아선 이 순간을 영원히 피하고만 싶었다.

"일찍 왔구나."

초조한 마음으로 여러 가지 생각에 잠겨 있던 그때, 등 뒤에서 들리는 류목형의 목소리에 가빈이 흠칫 놀라며 고개를 들었다. 어느새 도착한 류목형이 그녀의 맞은 편 자리로 다가가 의자에 앉았다.

"오래 기다린 게냐?"

류목형이 다정한 목소리로 묻자 가빈이 애써 희미한 미소를 띠우며 대답했다.

"아니에요, 저도 방금 왔어요."

"현 실장 보낼 테니 차 타고 오래도."

차를 보내겠다는데도 가빈이 한사코 거절한 것이 못내 마음에 걸리는지, 류목형이 아쉬운 표정을 지었다.

"아니에요, 현 실장님도 바쁘신데…… 저야 택시 타면 금방 오는데요, 뭐."

"그래도 아비 마음이 편치 않아서 그러는 거니 다음부턴 차 타고 오거라."

류목형의 말에 가빈이 작게 고개를 끄덕였다.

"네, 아버지."

"그래, 일단 배고플 테니 식사부터 하자꾸나."

주문을 마친 후 애피타이저를 시작으로 식사가 시작되었고, 메인 요리까지 차례대로 식사를 마친 그들은 후식으로 커피를 주문했다.

"음식은 입에 맞았니?"

류목형의 질문에 멍하니 커피 잔을 손가락으로 매만지던 가빈이 움찔하며 어색하게 미소 지었다.

"네, 맛있었어요."

"다행이구나, 입맛에 맞아서."

류목형은 평상시 보기 힘든 미소를 머금으며 말했다.

"사실, 여기는 네 엄마가 살아생전에 나하고 같이 자주 왔던 곳이란다."

생각지도 못한 그의 말에 가빈의 눈빛이 크게 흔들렸다.

"엄마하고요?"

"그래, 이 집 스테이크 참 좋아했는데…… 이렇게 될 줄 알았다면 자주 데려올 걸 후회가 되는구나."

쓸쓸한 표정으로 커피를 한 모금 들이키는 류목형을 가빈이 조용히 지켜봤다. 평소 웬만해선 박하연에 대해 말을 꺼내지 않던 그가 먼저 언급하자, 가빈은 뭔가를 직감하곤 손을 꽉 말아 쥐었다.

"아버지."

"그래."

"제가…… 아버지 딸이 아니라는 게…… 사실이에요?"

가빈은 백번이고 천 번이고 물어도 믿기지 않을 질문을 던지곤 입술을 꾹 깨물었다. 가슴 속 깊은 곳에서부터 찌르르한 전율이 흐르며 눈 주변이 뜨겁게 열이 오르는 게 느껴졌다. 가빈은 몸에 힘을 꽉 준 상태로 류목형을 마주 봤다. 그의 얼굴에 어느새 웃음기가 사라져 있었다.

"아니, 넌 내 딸이다."

망설임 없이 단호하게 내뱉어진 그의 한 마디, 가빈은 그의 대답을 듣자마자 떨리는 손으로 눈앞에 놓인 물을 한 모금 마셨다. 심장이 세차게 뛰고 손발이 차갑게 식어가는 게 느껴졌다.

"괜찮은 게냐?"

가빈의 얼굴이 새파랗게 질린 것을 본 류목형이 걱정스러운 눈길로 묻자, 그녀가 작게 고개를 끄덕였다. 안쓰럽기 그지없는 모습이었다. 류목형은 가슴 한구석이 저미는 걸 느낄 수 있었다.

"네 새엄마가 뭐라고 하면서 널 몰아세웠는지 몰라도 신경 쓰지 말거라, 넌 누가 뭐래도 내 딸이다. 그 사실은 어떤 상황에서도 변하지 않을 게다."

"엄마가 남기신 일기장을 봤어요."

류목형의 눈썹이 꿈틀거렸다.

"일기장이라니?"

"엄마가 절 어떻게 가지게 됐고, 어떤 심정으로 날 낳고 길렀는지…… 상세히 적은 일기장이에요."

가빈이 핸드백에서 일기장을 꺼내 테이블 위에 올려놓자 류목형이 조심스럽게 그걸 손에 들어 펼쳐봤다.

"이거 어디서 났느냐?"

"새어머니께서 홍 아주머니께 받았다고 하셨어요."

"그 여자가……."

이혜연에 대한 분노에 무서운 표정을 짓던 류목형은 이윽고, 찬찬히 일기장을 살펴보더니 작게 한숨을 내쉬며 입을 열었다.

"너도 다 읽어봤느냐."

"아니요, 아버지께 먼저 사실을 듣고 싶어서 앞에 몇 장만 읽어봤어요."

가빈의 눈시울이 어느새 붉어졌다.

"다른 사람이 말해 주는 건 도저히 못 믿겠어요, 그러니 아버지께서 사실대로 다 말씀해 주세요."

"가빈아."

"어차피 저도 알아야 하잖아요, 괜찮으니까 어떻게 된 건지 말씀해 주세요."

가빈이 입술 새로 흘러나오려는 울음을 겨우 삼키며 말하자, 류목형이 어두운 표정으로 시선을 아래로 내렸다.

평생 숨길 수 있을 거라 생각했던 진실이 결국 드러나자, 가빈에 대한 안쓰러움에 그의 가슴은 찢겨나갈 듯이 아려왔다. 어디서부터 이걸 설명해야 할까, 솔직한 심정으론 할 수만 있다면 이 모든 건 사실이 아니라며 강하게 부정하고 싶었다.

류목형은 갖가지 드는 생각들에 선뜻 입을 열지 못했다. 마음이 불안해져 그는 자신도 모르게 버릇처럼 테이블을 손가락으로 두들기기 시작했다.

"아버지."

가빈의 재촉에 한참을 망설이던 류목형이 결국 굳게 닫은 입을 천천히 열었다.

"네 엄마는…… 살기 위해 널 낳은 게다."

류목형의 말에 가빈은 이해되지 않는다는 듯 미간을 좁혔다.

"그게…… 무슨 말씀이세요?"

류목형은 테이블을 두드리던 손가락을 거둬 둥글게 말아 쥐었다. 그때를 떠올리니 가슴이 아려왔다. 박하연…… 너무나 사랑했고, 그렇기에 평생 옆에 있을 수 없었던 그녀와의 과거.

그래, 어쩔 수 없었다. 잔인무도하기까지 한 아버지에게서 가족도 없이 홀로 세상을 견디는 그녀를 지킬 수 있는 방법은 오로지 이혜연과 혼인을 하는 것뿐, 그때 당시엔 다른 수는 없었다.

그래서 심장을 도려내는 아픔을 견디며 그녀와 헤어졌고, 결혼한 이후엔 아버지의 지속적인 협박과 방해로 연락은커녕 소식조차 끊긴 채 지내야 했었다. 하지만 아버지가 돌아가신 뒤, 그는 그리움을 참지 못하고 어렵사리 박하연을 다시 찾았고, 오랜만에 만난 그녀는 그 사이 결혼을 했는지 아이를 품 안에 안고 있었다.

다행이라 생각했다. 그녀의 성격상 혹시 자신을 그리워하며 하루하루 혼자 외롭게 살고 있지는 않은 걸까 걱정했건만, 그 여느 여자들처럼 평범하게 남편을 만나 행복한 나날을 산 듯 보였다. 그래서 뒤돌아서려 했고, 더는 다가서지 않으려 했다. 원래 자신의 일상으로 돌아가려 했다. 이혜연과 하준이 있는 그 얼음성 같은 집으로.

하지만 미련이라는 감정은 그의 발길을 결국 박하연에게로 향하게 했고, 둘은 그렇게 몇 년 만에 재회했다. 그리고 잠시 접어뒀던 감정의 씨앗은 다시 불꽃처럼 가슴속에 피어오르고, 불타올랐다. 하지만 이미 과거로 돌아가기엔 자신도, 그녀도 힘든 상황이었다.

결국 그는 이 만남을 끝으로 인연을 마무리하려 했다. 하지만 뜻하지 않게 듣게 된 그녀의 말은 모든 것을 원점으로 되돌려 놓고 말았다.

"당신을 평생 그리워하며 살았어요. 매일 기다리고 또 기다렸지만 결국 당신은 제게 돌아오지 않더군요. 다른 남자도 만나 봤지만 당신만큼 사랑할 남자는 어디에도 없었어요."

"매일 하루가 일 년처럼 외롭고 괴로웠어요. 깜깜한 어둠 속에서 가족조차 없이, 핏줄 하나 없이 세상에 홀로 버틴다는 건 생각보다 훨씬 잔인하고 무서운 일이더군요. 이러다 스스로 목숨을 끊어 버릴지도 모르겠다는 생각이 들 정도로 하루

하루 버티는 게 너무 힘들었죠."

"그러다 문득 한 기사를 읽게 되었어요. 독신인 여성이 정
자를 기증받아 아이를 낳았다는 기사. 그 기사를 읽는 순간,
눈앞에 환한 빛이 쏟아졌고 가슴이 두근거리기 시작했어요.
하늘 아래 유일한 희망이자 평생 바라왔던 꿈, 가족. 나만의
아이를 갖자. 그럼 이 모든 외로움, 슬픔이 다 해결될 거란 희
망이 들었어요."

"그래서 운명처럼 결심했죠. 산부인과 의사인 지인을 찾아
가 부탁했고, 정자 기증을 받아 아이를 낳았어요. 그게 바로
지금 제 품 안에 잠들어 있는 딸아이에요."

다시 생각해도 온몸이 떨릴 정도로 충격적인 그녀의 말, 류목형
의 이마에 깊은 주름이 생겼다. 너무나도 사랑했기에 멀어질 수밖
에 없었다는 그의 생각을 참담하게 무너뜨린 그녀의 사랑과 결정
이, 다시 생각해도 뼈에 사무칠 정도로 슬프고 가슴 아팠다.

"아버지."

정확하게 설명해 달라는 듯 자신을 부르는 가빈의 음성에, 류목
형은 깊은 한숨을 내쉬었다.

"그게……."

"류 회장님?"

막 입을 열려던 류목형은 테이블로 다가선 한 남자를 발견하곤 말을 멈췄다.

"아니, 자네……."

"오랜만에 뵙습니다. 아! 식사 중이셨나 봅니다."

말끔한 슈트 차림을 한 남자는 슬쩍 가빈을 훑어보고는 다시 류목형에게로 시선을 옮겼다. 류목형은 갑작스러운 그의 등장에 의아해하면서도, 반갑다는 듯 그에게 말을 건넸다.

"오랜만에 딸하고 같이 식사 중이었네. 자네는 여기 웬일인가?"

류목형의 물음에 남자는 부드러운 미소를 지으며 대답했다.

"이곳에서 아는 지인하고 약속이 있었습니다."

"그래? 아! 그러고 보니 가빈아, 인사하거라, 이쪽은 동명그룹의 지승찬 부사장이다."

황급한 류목형의 소개에 지승찬은 묘한 표정으로 가빈을 돌아보며 손을 내밀었다.

"처음 뵙겠습니다. 지승찬입니다."

"아, 안녕하세요. 저는 류가빈이라고 합니다."

가빈은 갑작스러운 상황에 당황하며 얼떨떨한 표정으로 인사를 건넸다. 가빈의 얼굴은 벌겋게 달아올라 있었다. 지승찬은 그런 가빈을 자세히 바라봤다.

류목형 회장의 딸이라……. 문득 얼마 전 하준과의 마찰을 떠올린 그는 의미심장한 미소를 지었다. 생각지도 못한 흥미로운 만남, 지승찬은 류목형에게 조심스럽게 말을 건넸다.

"괜찮으시다면 저도 같이 합석해서 차 한 잔해도 괜찮을까요?"

회사 근처 레스토랑에서 클라이언트와 식사를 하고 나가려던 찰나였다. 청우는 조금 떨어진 테이블에 앉아있는 지승찬을 발견하곤 얼굴을 구겼다. 재수 옴 붙은 날이라 생각하며 속으로 끓어오르는 분노를 가까스로 억눌렀다.

큰 계약 하나를 성사시킨 날인만큼 최대한 그와 마주치지 말아야겠다는 생각에 다급히 발걸음을 옮기던 그때, 청우는 지승찬이 누군가를 향해 밝은 표정으로 다가서는 걸 의아하게 생각하며 유심히 지켜봤다.

왠지 모를 불길한 느낌. 청우는 그의 움직임을 따라 시선을 옮겼다. 그러고는 승찬이 다가선 자리에는 뜻밖에도 류목형과 가빈이 함께 자리하고 있었다.

'저 미친놈이 무슨 생각이지?'

언뜻 류목형이 지승찬을 가빈의 정략결혼 상대자로 생각했었다는 것을 기억해낸 청우는, 한참을 고민하다 뒤돌아섰다. 왠지 모를 불안함이 전신을 뒤덮었다.

'설마 저 자식이······.'

머릿속으로 갖가지 나쁜 상황들이 물밀 듯이 떠오르기 시작했다. 청우는 일단 상의 안쪽 주머니에서 휴대폰을 꺼내 들었다.

단순히 인사만 건네는 걸 수도 있지만 가빈을 바라보며 미소 짓는 지승찬의 얼굴을 떠올린 순간, 더는 지켜만 볼 수 없었다. 통화기록을 뒤져 하준의 전화번호를 찾은 청우는 한참을 망설이다 결국 통화버튼을 눌렀다.

　—그래.

　낮게 울리는 그의 음성이 수화기 너머로 들리자 청우는 천천히 입을 열었다.

　"너 지금 어디냐?"

　김 비서는 하준의 방문 앞에 선 상태로 자신의 손에 들려 있는 컵케이크 상자를 눈높이까지 들어 올려 바라봤다. 오후 회의가 끝나고 갑작스러운 하준의 부탁으로 사온 것이었다.

　평소 그가 누군가의 기념일을 챙기거나 이런 걸 선물할 성격이 아닌 것을 알고 있는 그녀는, 머릿속으로 갖가지 추측들을 꺼내놓기 시작했다.

　'여자 친구라도 생긴 건가?', 아니면 '그렇게 아끼는 여동생한테 가져다주려는 건가?'. 김 비서는 방안에 들어가는 것조차 잊고, 한참 동안 문 앞에 선 상태로 고민에 잠겨 있었다.

　잠시 후 그녀가 막 생각을 정리해가던 그때, 달칵 소리와 함께 문이 열렸다. 케이크에 집중하고 있던 그녀의 시선이 정확히 누군가와 마주쳤다.

　전무님? 뒤늦게 하준을 인식한 김 비서는 예상치 못한 그의 등장에 소스라치게 놀라며 재빠르게 뒷걸음질 쳤다.

　"여기서 뭐 하고 계십니까?"

갑작스러운 하준의 등장에 당황하던 김 비서는, 몇 초의 시간이 흘러서야 정신이 든 듯 손에 들고 있던 케이크 상자를 재빨리 그에게 건넸다.

"아까 말씀하셨던 컵케이크 준비했습니다."

김 비서의 행동이 어딘가 이상했지만, 하준은 별다른 반응 없이 그녀가 내민 케이크 상자를 받아 들었다.

"수고하셨습니다."

"지금 퇴근하십니까?"

그제야 하준이 겉옷을 챙겨 입은 것이 눈에 들어오는지, 김 비서가 조심스럽게 물었다. 평소 퇴근하던 시간보다 이른 시간이었다.

오늘 무슨 날이긴 날인가 보구나, 하는 생각과 함께 가만히 그를 응시하던 김 비서는, 갑자기 성큼 다가서는 하준의 행동에 흠칫 놀랐다.

"혹시 오늘 퇴근하고 약속 있으십니까?"

'네?' 라는 반문과 함께 김 비서는 눈을 동그랗게 뜨며 하준을 바라봤다. 1년 넘도록 그를 보좌하면서 한 번도 듣지 못했던 사적인 질문이었다.

"아니요, 아무 일도 없습니다."

"그럼 오늘은 저하고 저녁 식사나 같이 하죠. 1층에서 기다리고 있을 테니 준비하고 내려오세요."

하준은 김 비서의 대답을 듣자마자 기다렸다는 듯이 한마디 툭 내던지고는, 그녀를 지나쳐 밖으로 걸어 나갔다. 김 비서는 갑작스러운 상황에 요상한 얼굴로 하준이 나간 방향을 우두커니 바라봤다.

같이 저녁을 먹자? 김 비서는 무슨 일인가 싶었지만, 의문스러운 생각을 그만두고 서둘러 하준의 뒤를 쫓았다.

"타세요."

김 비서는 1층으로 내려와 건물 입구 앞에 대기하고 있던 하준의 에스코트를 받으며 차에 올라탔다. 평소와 다른 그의 태도, 깊어가는 의문에 김 비서는 결국 참지 못하고 먼저 그에게 질문을 던졌다.

"혹시 제게 개인적으로 하실 말씀이라도 있으세요?"

김 비서가 불안한 표정으로 하준의 눈치를 살폈다. 혹시 그만두라고 하는 건 아니겠지? 그녀는 그동안 뭔가 부족하거나, 잘못한 행동을 한 건 아닌지, 수 없이 되짚어 생각하며 그의 대답을 초조하게 기다렸다.

"개인적으로 드릴 말씀은 없지만, 회사 일로 긴히 상의 드릴 일은 있습니다."

무 자르듯 그녀의 잡생각을 순식간에 뭉그러뜨린 하준은 이어 건넸다.

"자세한 건 식사하면서 편하게 얘기 나누도록 하죠."

하준의 대답에 김 비서는 한숨을 돌렸다. 그 어떤 말보다 안심이 되는 말이었다. 한시름 덜은 그녀는 조금의 여유를 되찾은 듯, 한결 편안해진 표정으로 차창 밖을 내다보며 물었다.

"지금 어디로 가고 있는 건가요?"

"아이렌이요."

"아이렌이라면……."

회사 근처에 있는 고급 레스토랑이었다. 생각지도 못하게 비싸고 좋은 음식을 먹게 된 것과 더불어, 처음으로 하준과 단 둘이 함께하는 식사자리에 김 비서는 내심 기뻐했다.

"내리시죠."

"아, 네."

레스토랑에 도착한 뒤 두근대는 가슴을 안고서 김 비서는 차에서 내렸다. 차가운 밤공기가 코를 통해 폐 속으로 훅 들어오는 것이 느껴졌다.

그 순간 스트레스로 인해 지끈거렸던 두통이 잦아들었다. 그녀는 어느새 입구를 향해 걸어가고 있는 하준의 뒤를 재빠르게 따라 걸었다.

"어서 오십시오, 예약은 하셨습니까?"

하준은 레스토랑에 들어서자마자 웨이터는 눈에 보이지도 않는지, 대답도 없이 내부를 살피기 시작했다.

청우에게서 류목형과 가빈, 그리고 지승찬이 함께 있는 것을 듣고 온 만큼, 주변을 훑는 그의 눈이 어느 때보다도 날카롭게 빛나고 있었다.

"전무님?"

김 비서의 부름에도 대꾸도 없이 주변을 둘러보던 하준은, 밖을 향해 걸어오는 류목형을 발견하고는 이를 꽉 다물었다. 그의 뒤로 지승찬과 가빈이 따라 나오는 것이 보였다.

　"회장님께서 왜 여기에……?"

　뒤늦게 류목형을 발견한 김 비서는 당황하며 하준을 돌아봤다. 하지만 하준은 미리 류목형과 마주칠 걸 예상한 만큼, 그 어느 때보다도 침착하게 그를 맞이했다.

　"하준이, 네가 여긴 웬일이냐?"

　갑자기 나타난 하준이 마뜩잖은 듯 류목형이 인상을 잔뜩 찌푸리며 물었지만, 그는 대답도 없이 가빈을 살펴봤다. 자신이 올 거라곤 생각도 못 했는지, 가빈의 눈빛이 급격히 흔들리고 있는 것이 보였다.

　하준은 가빈에 이어 천천히 옆에 서 있는 지승찬에게로 시선을 옮겼다. 그는 보란 듯이 가빈에게 눈짓을 보내며 입가에 미소를 머금고 있었다. 참을 수 없는 분노에 하준의 표정은 삽시간에 굳어졌다.

　"내 말 안 들리느냐?"

　최대한 감정을 억제하며 류목형이 재차 묻자, 그제야 하준이 그를 돌아봤다. 막상 마주 보니 이런 상황을 만든 그에 대한 원망스러운 마음이 물밀 듯이 밀려들었다.

　하지만 하준은 겉으로 감정을 드러내지 않았다. 최대한 침착한 표정으로 김 비서에게 힐끔 눈빛을 보내며 그는 입을 열었다.

"김 비서님과 함께 저녁 식사하러 왔습니다."

"김 비서와?"

류목형이 쓰윽 김 비서를 향해 시선을 돌리자 하준은 말을 덧붙였다.

"일 문제로 상의할 것도 있고, 저녁 시간도 다 돼서요. 아버지께선…… 가빈이하고 같이 식사하셨나 봅니다."

류목형은 어딘가 모르게 빈정대는 듯한 그의 말투에 불편한 심기를 역력히 드러내며 대답했다.

"그래, 가빈이하고 단둘이서 식사를 한 지 꽤 오래된 것 같아서 말이다."

대답과 동시에 가빈을 돌아본 류목형의 눈에 문득 지승찬이 보였다.

"아, 그러고 보니…… 인사 하거라. 이쪽은 동명그룹의 지승찬 부사장이다."

"오랜만에 뵙습니다, 류하준 전무님."

지승찬이 생각지도 못하게 먼저 아는 척을 하자 류목형이 의아한 표정으로 하준과 그를 번갈아 봤다.

"서로 아는 사이인 게냐?"

하준은 류목형의 물음에 지승찬을 날카롭게 노려보며 대답했다.

"네, 최근에 한 번 마주친 적 있습니다."

"그땐 제가 경황이 없어 제대로 인사도 못 드렸는데…… 이렇게 다시 만나 뵈니 정말 반갑네요. 류하준 전무님."

지승찬은 류하준 이름에 유난히 힘줘 말한 뒤 입꼬리를 올리며 씨익 웃어 보였다. 그의 비꼬는 말투와 행동에 하준의 표정이 어느새 서늘하게 변해 있었다.

"아버지, 이제 그만 가요."

눈치만 살피던 가빈이 그런 하준의 변화를 눈치채고는 류목형에게 다가가 걸음을 재촉했다.

"그래, 그러자꾸나."

류목형은 가빈의 재촉에, 결국 그녀와 함께 하준의 옆을 지나쳐 걸어 나갔다. 하준은 옆을 스쳐 지나가는 가빈의 손목을 붙잡고 싶은 충동이 일었지만, 지금 상태에서 군이 류목형과 부딪쳐 봤자 좋을 것이 없다는 판단에 겨우 참아냈다.

"생각했던 것보다 동생분이 훨씬 미인이시네요."

불안한 마음에 가빈을 물끄러미 지켜보던 하준의 뒤로 지승찬의 목소리가 들려왔다.

"다시는 내 눈앞에 띄지 말라고 했을 텐데요."

음산하게 퍼지는 그의 목소리에 지승찬이 순간 움찔했지만, 지지 않겠다는 듯 오히려 눈을 치켜 뜬 채로 대꾸했다.

"앞으로 자주 볼지도 모르는데 너무 그러지 마시죠. 전무님."

지승찬의 말에 하준은 무슨 소리냐는 듯 그를 돌아봤다.

"뭐, 동명그룹과 홍해그룹 간의 정략결혼이 다시 성사될 수도 있지 않겠습니까?"

하준은 피식 웃는 그의 얼굴에 당장에라도 주먹을 박아 넣고 싶은 걸 겨우 참아 내며 나직이 말했다.

"그럴 일 절대 없을 테니 다시는 나와 내 동생 앞에 나타나지 않는 게 좋을 겁니다."

그가 냉정하게 말을 던지자 맞받아치려 입술을 씰룩대던 지승찬은, 무슨 생각인지 이내 입을 다물고 그를 지나쳐 나갔다.

하준은 생각보다 순순하게 상황을 받아들이는 지승찬에게서 이상함을 느끼고는 그를 유심히 훑어봤다.

어느새 지승찬의 얼굴이 묘하게 변한 것을 발견할 수 있었다. 불길한 예감에 하준은 참지 못하고 그의 뒤를 쫓아 발걸음을 돌렸다. 하지만 돌아서자마자 눈에 들어온 김 비서의 모습에 그는 멈춰 설 수밖에 없었다.

마치 꿔다 놓은 보릿자루 마냥 눈치를 보고 있는 그녀를 혼자 두고 가자니 선뜻 발길이 떨어지지 않았다.

"어? 너 언제 왔어?"

어떻게 해야 하나 한참을 고민하던 하준의 귀로 때마침 반가운 목소리가 들렸다. 청우였다. 그의 존재를 확인한 하준은, 일체의 망설임도 없이 다가가 재빨리 말을 던졌다.

"너 지금 별일 없지?"

"응? 그건 왜?"

청우가 영문을 모르겠다는 표정으로 되묻자 하준이 곧바로 김 비서를 돌아보며 물었다.

"김 비서님, 오늘은 저 대신 제 친구가 식사를 대접해도 괜찮을까요?"

뜬금없는 하준의 질문에 김 비서는 얼떨떨한 표정으로 고개를 기울였다.

"네?"

"너 갑자기 그게 무슨……."

"오늘 네가 나 대신 김 비서님 좀 챙겨 줘, 난 바쁜 일 있어서 가 봐야 하니까."

하준의 말에 그제야 상황 파악이 된 듯, 김 비서가 당황한 표정으로 그를 만류했다.

"전무님, 전 괜찮습니다. 신경 쓰지 않으셔도……."

"그러지 뭐, 걱정하지 말고 가 봐."

김 비서가 말을 채 끝내기도 전에 청우가 시원하게 대답하자, 하준이 그제야 한결 편안해진 표정으로 그의 어깨를 툭툭 쳤다.

"그래, 그럼 부탁한다."

"응."

"김 비서님, 그럼 내일 회사에서 뵙겠습니다."

"앗, 저기 전무님!"

하준은 김 비서의 부름에도 꿋꿋이 마지막 인사를 건네고는 레스토랑 밖으로 발길을 돌렸다. 혹시라도 벌써 간 건 아닐까, 서둘러 입구를 나온 하준의 눈에 다행히도 그들의 모습이 보였다.

류목형은 이미 차를 타고 출발했는지 보이지 않았고, 지승찬과 가빈만이 덩그러니 서 있었다.

당연히 류목형과 함께 집으로 갈 것이라 생각했던 가빈이 지승찬과 함께 있자, 하준의 표정이 딱딱하게 굳었다.

만약 자신이 조금이라도 늦게 나왔다면 단둘이 차를 타고 이동했을 것이다. 그 생각에 하준은 더는 둘을 지켜보지 못하고 성큼성큼 가빈에게 다가섰다.

"안 가고 여기서 뭐 하고 있는 거야?"

갑작스러운 하준의 등장에 가빈이 놀란 눈빛으로 그를 돌아봤다.

"아, 그게 직접 오피스텔까지 데려다 주신다고 하셔서……."

"됐어, 내가 데려다 줄 테니 가자."

하준의 말에 가빈이 부엉이처럼 눈을 끔뻑끔뻑했다.

"김 비서님하고 선약 있는 거 아냐?"

"취소됐어."

"뭐? 왜 갑자기……?"

"그러지 말고 가 보시죠, 제가 동생분은 안전하게 모셔다 드리겠습니다."

지승찬이 슬쩍 가빈의 어깨에 손을 올리며 말하자 하준이 날이 선 눈빛으로 그의 손을 툭 쳐냈다.

"됐습니다."

"오빠."

"그러고 보니 유독 여동생한테 애정이 남다르신 것 같습니다?"

가빈의 손목을 붙들고 자신의 차로 향하던 하준은, 빈정대는 그의 말투에 천천히 뒤로 돌아섰다. 유들유들한 미소를 짓고 있는 그를 보고 있으니, 구토가 치미는 느낌마저 들었다.

"어차피 피도 반밖에 섞이지 않은 동생인데 너무 특별하게 생각하는 건 아닌지……."

"동명그룹에서 이번에 저희 루오나에 대항하는 신제품을 개발 중인 걸로 아는데 말입니다."

자신의 말을 자르며 내뱉은 그의 한마디에, 쉴 새 없이 움직이던 승찬의 입술이 움직임을 멈췄다. 확연히 달라진 그의 표정. 하준은 한껏 여유로운 표정으로 말을 이었다.

"언뜻 하청업체 피 빨아 먹는 기생충 제품이라는 오명이 들리던데, 그 소문이 사실인지 정말 궁금하군요."

"……어디서 그런 루머를……."

"글쎄요, 루머인지 아닌지는 두고 보면 알겠죠."

날카롭게 찔러오는 그의 말에 지승찬이 움찔하며 입을 다물었다. 회사 내부에서만 도는 얘기를 하준이 어떻게 알고 있는 건지 지승찬은 분한 마음을 감추지 못하고 씩씩댔다.

하준은 그런 그를 한심하다는 눈초리로 흘겨보고는 그대로 뒤돌아 차로 향했다. 보조석 문을 열어 가빈을 태우고 운전석에 탄 그는 이후 가차 없이 액셀을 밟았다.

정신없이 택시를 타고 집 앞에 당도한 민호는, 주변을 두리번거리다 생각지도 못하게 마주친 익숙한 얼굴에 자신도 모르게 주춤 뒤로 물러섰다.

처음에는 꾀죄죄한 몰골에 설마 했건만……. 전봇대 불빛 아래에 서 있는 사람이 자신의 친모임을 확인한 민호는, 가슴 한구석이 저며 오는 것을 느낌과 동시에 당혹스러움을 감추지 못했다.

"민호야……."

"가까이 오지 마세요."

아련하게 귓가를 파고드는 그녀의 음성에도 아랑곳하지 않고 민호는 차갑게 말을 내뱉었다. 엄마의 얼굴을 마주한 순간, 죽을 때까지 잊지 못할 끔찍한 기억의 잔상들이 거짓말처럼 뇌리를 스쳐 지나가며 숨통을 옥죄는 듯한 기분마저 들었다.

미친 목사에게 홀려 좀비 같은 남자들과 합심해 수없이 연우를 납치하려고 했던 일, 몇 년 동안 아르바이트해서 모은 돈을 훔쳐 사이비 종교 단체에 바친 일, 물에 몰래 수면제를 탄 뒤 자신들을 억지로 종교 단체에 이입시키려 했던 일 등, 끊임없이 이어진 상식 밖의 행동들이 절로 몸서리가 쳐질 정도로 선명히 떠올랐다.

"여기는 어떻게 알고 온 거예요?"

이제는 두 번 다시 보지 않을 것이라 생각했다. 이혜연이 마련해 준 집으로 이사하고, 휴대폰 전화번호까지 바꿔서 당연히 그녀가 찾아오지 못할 것이라 예상했기 때문이었다.

하지만 끈질기게도 그녀는 자신들을 찾아냈고, 잔인하게 반복되는 상황에 민호는 다시 한 번 속으로 절망했다.

"엄마, 안 보고 싶었니?"

거리를 좁히며 다정하게 되묻는 그녀의 음성에도 민호는 오히려 소름 끼친다는 듯 사색이 된 얼굴로 물러섰다.

"가까이 오지 말란 말 안 들리세요?"

"민호야."

"……제 이름 함부로 부르지 마세요."

간담을 서늘하게 하는 민호의 목소리에 그녀는 더는 다가서지 못하고 멈춰 선 채로 그를 물끄러미 바라봤다.

금방이라도 눈물을 흘릴 것만 같은 표정. 하지만 매번 이런 상황을 겪고 인내해 왔던 민호는 단호한 표정으로 그녀를 직시했다.

"그대로 돌아가세요, 그리고 다시는 연우나 제 눈앞에 나타나지 마시고요."

진심이었다. 할 수만 있다면 평생 엄마라는 존재와 마주치고 싶지 않았다. 민호는 독한 마음을 품고 그대로 뒤돌아 빌라 현관 앞으로 다가가 비밀번호를 눌렀다. 문이 열리고 민호는 왠지 모를 죄책감을 느끼며 멈칫거리다 결국 발을 뗐다.

이제는 정말 끝이다. 미련 없이 엘리베이터를 향하려던 민호는, 갑자기 자신의 팔을 잡아끄는 힘에 멈춰 설 수밖에 없었다.

"알았다. 다시는 너희를 찾아오지 않을 테니…… 그 대신 2천만 원만 빌려줄래?"

마약이라도 한 사람처럼 풀어진 눈으로 사정하는 그녀의 모습에 민호는 할 말을 잃고 입술만 꽉 깨물었다. 기껏 몇 달 만에 찾아와서 한다는 소리가 돈을 빌려달라는 말이라니, 민호는 치솟는 울분에 몸을 부르르 떨었다.

"돈이요? 하…… 돌아가세요. 만약 다시 한 번 제 앞에 나타나시면 그땐 정말 가만있지 않을 겁니다."

"민호야, 제발 부탁이다. 나 그 돈 없으면 죽을지도 몰라."

"차라리 그러세요."

참고 있던 잔인한 말을 훅 내뱉은 민호는, 조금의 망설임도 없이 돌아섰다. 차마 저 말 만은 내뱉고 싶지 않았건만, 결국 참지 못하고 폭발하고 말았다. 가슴이 찢겨질 대로 찢겨져 더는 회복조차 되지 않을 것만 같았다.

"너 대기업 사모님이 뒤 봐준다며! 그 사람한테 부탁하면 되잖니!"

뭐? 등골을 서늘하게 하는 그녀의 한 마디에 민호는 새파랗게 질린 얼굴로 천천히 뒤돌아섰다.

"그게…… 무슨 말씀이세요?"

자신 말고는 아무도 모르는 사실을 그녀가 알고 있다는 것에, 민호는 충격을 받은 듯 목소리가 가늘게 떨리고 있었다. 짧은 순간 오만가지 생각들이 그의 머릿속을 가득 채웠다.

"아닌 척하지 마! 여기 주소도 그 여자가 알려 준거니까."

이어진 충격적인 발언. 민호는 섬뜩한 생각이 떠올라 그녀를 지나쳐 주변을 살폈다. 집 앞에 있다는 이혜연의 메시지와 함께 갑자기 등장한 엄마, 우연의 일치라기에는 어딘가 모르게 수상했다.

"하……!"

그때, 멀리서 익숙한 차량을 발견한 민호의 입에서 허탈한 소리가 새어 나왔다. 검은색 고급 세단, 분명 이혜연의 차량이었다. 차로 향하는 민호의 시선을 확인했는지, 이내 뒷좌석 창문이 서서히 내려갔다. 잠시 후, 민호의 주머니 안에서 휴대폰이 요란하게 진동하기 시작했다.

"여보세요."

한참을 망설이다 전화를 받은 민호의 귀로 무미건조한 이혜연의 목소리가 들려왔다.

—내 전화를 그렇게 무시하더니, 네가 아쉬운 상황이 되니 아주 잘 받는구나?

질책하는 내용과는 다르게 그녀의 목소리는 차분했다. 그게 더 섬뜩하게 다가왔다.

"촬영 중이라서 몰라……."

—조금 더 신선한 핑계 없니?

"죄송합니다. 그동안 조금 바빴습니다."

민호의 대답에 이혜연의 눈썹이 미미하게 구겨졌다.

—누가 보면 네가 톱스타라도 되는 줄 알겠구나.

"그런 게 아니라……."

—한마디만 더 어쭙잖은 핑계를 댈 생각이라면, 차라리 그 입 닥치는 게 네 신상에 좋을 거야.

귓속을 울리며 간담을 서늘하게 하는 그녀의 목소리에 민호는 더는 대꾸하지 못하고 입을 꾹 다물었다.

─그래, 오랜만에 네 어미와 재회한 소감이 어떠니?

서늘한 기운이 가득한 그녀의 음성에, 민호는 전화를 끊고 싶은 마음을 억누르며 애써 무거운 입을 벌려 대답했다.

"……어머니는 건들지 말아 주십시오."

─어머? 내가 왜 네 어머니를 건드니? 난 다만 내 사위가 될 널 돕고 싶을 뿐이란다.

"사모님, 아시겠지만 전 가빈이와 친구……."

─또 내 말에 토를 다는구나?

수화기 너머로도 전해지는 이혜연의 노기에 민호는 움찔하며 입을 닫았다.

─네가 내 말을 잘 못 알아듣는 것 같아 다시 한 번 얘기해 주지만, 내 도움을 받기로 한 이상 넌 내 손바닥 안에서 빠져나갈 수 없다는 것만 명심하도록 하렴.

민호는 입속에 맴도는 말을 차마 꺼내지 못하고 애꿎은 입술만 잘근잘근 씹었다.

─그 대신 난 네게 물질적으로 해 줄 수 있는 모든 걸 다 지원해 주지 않니? 그럼 적어도 내가 원하는 일 한두 가지 정도는 당연히 해 줘야지.

민호는 고개를 슬쩍 틀어 제정신이 아닌 사람처럼 혼자 중얼거리고 있는 엄마를 돌아봤다. 물질적인 모든 것, 그로 인해 사실상 연우도 자신도 맘 편하게 원하는 대로 살고 있긴 했다.

─내 말 무슨 뜻인지 잘 알고 있겠지?

"……네, 사모님."

힘없이 대답을 마친 민호는 멀리 차창 너머로 보이는 이혜연을 뚫어지게 쳐다봤다. 정글의 늪에 빠진 것처럼 헤어 나올 수 없는 상황에 그저 눈앞이 깜깜하기만 했다.

—그래, 네 어미 문제도 내가 잘 해결해 주마.

"그렇게까지 하실 필요 없습니다."

—아니, 이 문제는 내가 알아서 할 테니 넌 네 할 일이나 똑바로 하면 된단다.

강하게 뇌리에 박히는 이혜연의 한 마디에 민호의 심장이 찌릿하게 반응했다.

—그럼 그만 들어가 쉬렴.

마지막 말을 끝으로 통화를 마친 민호는, 명치끝에서부터 치미는 감정에 숨통이 막히는 것만 같았다. 어디서부터 잘못된 건지, 원인을 찾아 되돌리기에는 이미 너무나도 멀리 와 버린 것 같아 자포자기 심정마저 들었다.

민호는 힘없이 뒤돌아 엄마를 바라봤다. 이혜연에게 전화가 왔는지 낮은 자세로 연신 네, 네를 외치던 그녀는, 더 이상 민호에게 볼일이 없다는 듯 곧 자리를 떠났다. 넋이 나간 사람처럼 행동하는 그녀와 마주하자 민호는 왈칵 눈물이 쏟아질 것만 같았다.

민호는 애써 마음을 달래며 무거운 발걸음으로 천천히 입구로 향했다. 그리고 입구 비밀번호를 누르고 들어가려는 그때였다. 그의 등 뒤로 세련의 목소리가 들렸다.

"생각보다 빨리 왔네요?"

민호는 얼빠진 표정으로 고개를 돌려 그녀를 마주 봤다.

"강세련 씨……? 언제부터 거기 있었던 거예요?"

폭풍우가 몰아치듯 일어난 상황에 잠시 세련을 잊고 있었던 민호는, 그녀의 얼굴을 보자 정신이 바짝 드는지 예민해진 목소리로 물었다. 세련이 무덤덤하게 대답했다.

"흠…… 당신이 여기 도착하기 전부터겠죠."

"그럼 계속 다 지켜봤다는 겁니까?"

"뭐 일부러 그런 건 아니지만, 그렇게 됐네요."

세련이 코끝을 긁적이며 말하자 민호의 얼굴이 붉게 확 달아올랐다. 아무에게도 보이고 싶지 않은 치부였다. 그런데 그걸 하필이면 세련에게 들키다니. 민호는 밀려드는 수치심을 견디지 못하고 그대로 문 안쪽으로 들어섰다.

갑자기 돌변한 민호의 태도에 당황한 세련은 놀란 표정은 재빨리 닫힌 문 앞으로 다가섰다. 하지만 민호는 이미 계단으로 올라갔는지 모습이 보이지 않았다.

"황민호 씨!"

쾅쾅!

문을 두드리며 외치는 세련의 목소리에도 민호가 나타나지 않자, 그녀는 당혹스러운 표정으로 그에게 전화를 걸었다. 하지만 자동응답으로 넘어갈 뿐, 끝끝내 민호는 전화를 받지 않았다.

"에잇! 그냥 못 봤다고 할걸! 이 바보 멍충아!"

세련을 자신의 머리카락을 연신 쥐어뜯더니 이내 한숨을 푹 내쉬었다. 어딘가 모르게 부족해 보인 엄마를 남에게 보이기 싫은 건 당연한 일일 수도, 자신이 잘못 대처한 것 같아 후회가 들었다.

"그런데 아까 그 아줌마, 어디서 많이 본 얼굴인데……."

가장 의문이 드는 건 민호와 멀리 떨어져서 대화를 나누던 웬 예쁘장한 아주머니였다. 민호의 반응으로 봐선 심상치 않은 사이인 것 같아 보였다. 더구나 낯이 익은 얼굴. 도무지 떠오르지가 않아 머리를 감싸 쥐고 고민하던 세련은, 한참 뒤 누구인지를 기억해 내곤 놀라 입을 다물지 못했다.

"그래, 내가 아이엠 엔터테인먼트에 있었을 때 봤었지…… 그 개 같은 사장하고 자주 만났던 여자였어."

세련은 오래전 기억을 생각해 낸 것에 스스로를 기특하다 여기며 칭찬했다. 이후 그녀는 한참 동안 더 고민했고, 마침내 뭔가를 떠올리고는 망설임 없이 휴대폰으로 누군가에게 전화를 걸었다.

"실장님? 나 강세련인데요. 물어보고 싶은 게 있어요. 아이엠 엔터테인먼트에 관한 거예요."

오피스텔 앞에 도착한 가빈은 오는 내내 찬바람이 불었던 하준을 신경 쓰느라 녹초가 다 된 기분이었다. 특별히 잘못한 것도 없었지만, 하준이 냉담하게 행동하고 말하는 통에 마치 큰 죄를 진 것처럼 가빈은 연신 안절부절못했다.

차에서 내려 엘리베이터에 타는 순간까지도 그의 기에 눌려 말

한마디 못하던 그녀는, 때마침 버튼을 누르는 그의 손에 익숙한 케이크 상자가 들린 것을 보고는 자신도 모르게 환한 미소를 지었다.

"그거 컵케이크야?"

평소 자신이 좋아하던 컵케이크였다. 가빈은 눈을 빛내며 케이크 상자에서 시선을 떼지 못했고, 하준은 무뚝뚝한 표정으로 툭 하니 그걸 그녀에게 건넸다.

"오늘 선물 받았는데 난 단 건 안 먹으니까…… 너 먹어."

"웅! 고마워, 잘 먹을게."

가빈이 뜻밖의 선물에 진심으로 좋아하며 기뻐하자, 굳어 있던 하준의 입가에 어느새 희미한 미소가 번졌다. 조금 전 까지만 하더라도 여러 가지 일들로 스트레스를 받았건만, 그녀의 미소 한 번에 피로가 금세 풀린 듯했다. 팔불출이 아닐까, 의심이 들지 않을 수 없었다.

"커피 한 잔 줄까?"

오피스텔에 들어서자마자 가빈이 겉옷을 벗어 던지며 묻자, 하준이 소파에 앉으며 작게 고개를 끄덕였다. 그녀는 하준의 기분이 아까보단 풀린 듯 보이자 내심 안도하며 부엌으로 향했다.

케이크와 함께 먹을 커피 2잔을 준비해 거실로 나온 가빈은, 컵을 테이블 위에 내려놓고 기대감에 찬 눈빛으로 상자를 열어 케이크를 꺼냈다.

"배 안 불러?"

하준은 커피 한 모금을 들이키며 묻자, 가빈은 고개를 세차게 내저었다.

"응, 케이크 들어갈 배는 따로 있어."

"그게 아니라 지승찬 때문에 불편해서 많이 못 먹은 건 아니고?"

그는 뿔난 표정으로 유독 지승찬이란 이름을 강조하며 말했지만, 가빈은 정작 그의 의도는 알아채지 못하고 별일 아니라는 듯 대꾸했다.

"아니, 그 사람은 나중에 합석한 거야, 식사 다 하고 나서. 같이 차 마실 때는 괜찮았어."

"괜찮다……?"

"응, 좋은 분 같던데. 되게 친절하게 대해 주셨어."

그녀는 싱긋 웃어 보였다.

"친절했다고?"

하준이 마음에 안 든다는 표정으로, 소파 아래에 앉아 기대에 찬 눈빛으로 포크를 집어 드는 가빈을 물끄러미 내려다봤다. 순진한 말만 골라 하는 그녀를 보고 있자니, 괜히 혼자만 열을 낸 것 같아 허탈한 웃음밖에 나오질 않았다.

하준이 눈을 가늘게 떴다. 혹시라도 무슨 일이라도 생길까 전전 긍긍하던 자신과 달리, 그녀는 태평하기 그지없었다. 그는 괜스레 골이 났다.

하준은 가빈을 말없이 지켜보았다. 그리고 기대에 찬 눈빛으로 케이크에 포크를 찍으려는 순간, 기다렸다는 듯 그는 가빈을 안아 들어 그대로 소파에 눕혔다.

불과 몇 초 만에 벌어진 일, 가빈은 실감이 나지 않는지 위에서 자신의 팔을 잡고 누르고 있는 하준을 멀뚱히 바라봤다. 뭐라고 말을 해야 하는데 너무 놀라서 입이 떨어지지가 않았다.

"원한다면 나도 친절하게 대해 줄 수 있어."

두 팔을 붙잡은 상태로 하준이 속삭이듯 말하자, 그녀가 잔뜩 긴장한 표정으로 마른침을 꿀꺽 삼켰다.

"돼, 됐어. 안 그래도 돼."

"그동안 거칠게 대한 것도 있으니 오늘은 친절하게 하나하나 알려 주지."

귓가에 대고 작게 속삭인 그는 거침없이 그녀의 얼굴을 향해 돌진했다. 가빈은 잔뜩 얼어붙은 상태에서 자신도 모르게 눈을 질끈 감았다. 그의 행동 하나에도 온몸이 민감하게 반응하며 찌릿한 감정을 들게 했다. 하준은 그녀를 내려다봤다. 잔뜩 목을 움츠리고 있는 모습이 저절로 미소를 머금게 만들었다.

그는 먼저 검지로 그녀의 입술을 매만졌다. 전과 다르게 가빈이 크게 반항하지 않았다. 덤덤한 반응에 내심 장난기가 발동한 하준은, 입술의 방향을 위로 올렸다.

이마로 느껴지는 따뜻한 감촉, 가빈은 속으로 의아해하며 천천히 눈을 떴다. 장난스럽게 입꼬리를 올리고 있는 하준의 얼굴이 먼저 보였다.

"뭘 기대하고 그렇게 잔뜩 긴장한 거야?"

하준의 말에 몸을 움츠리고 있던 그녀의 얼굴이 당근처럼 붉게 달아오르기 시작했다.

가빈은 창피함에 재빨리 그를 밀어내고, 소파 아래로 내려와 민망한 표정으로 포크를 손에 쥐었다. 가빈은 하준에 대한 분풀이를 케이크에 하는 듯, 촉촉한 시트와 크림을 푹푹 퍼서 입안 가득 밀어넣었다. 달콤한 케이크가 식도로 넘어가자 그나마 마음이 조금 편안하게 가라앉는 것이 느껴졌다.

"나도 한 입 주지?"

하준은 케이크를 쉬지 않고 입에 넣는 가빈을 신기하게 쳐다보다 그녀의 옆에 앉았다. 가빈이 상기된 표정으로 그를 돌아봤다.

"단 거 안 좋아하잖아."

"응, 그런데 너 보니까 먹고 싶어졌어."

그의 대답에 아이스크림을 뺏어 먹던 하준을 떠올린 가빈이 어색하게 테이블 한쪽에 놓인 포크를 그에게 건넸다.

"이거 말고 다른 걸로 먹여 줘."

하준은 가빈이 건네는 포크를 도로 테이블에 올리며 말했다. 다른 거?

가빈은 혹시 젓가락을 말하는 건가 싶어 자리에서 일어나려 했고, 하준은 그대로 가빈의 손을 잡아끌어 자신의 바로 눈앞에 앉혔다. 그러고는 일초의 망설임도 없이 그녀의 얼굴을 손을 감싸 쥔 채 입술을 핥았다.

"생각보단 괜찮네."

그는 혀끝에서 전해지는 맛을 음미하고는 만족스러운 표정을 지었다. 반면 가빈은 불시에 행해진 하준의 야릇한 행동에 혼이 빠진 듯 멍한 눈빛으로 그를 응시했다.

마치 하준이 온몸의 감각을 일깨우는 스위치를 누른 것처럼 아찔해져 오는 기분에 심장이 가슴을 뚫고 튀어나올 것만 같았다.

"무슨 생각을 그렇게 해?"

어떻게 반응해야 할지 몰라 한참 동안 대꾸도 없이 혼란 속에 빠져 있는 가빈의 눈앞으로 어느샌가 하준이 다시 바짝 다가섰다. 조금 전에 일어난 일과 더불어 잔뜩 긴장하고 있던 가빈은 숨결이 느껴질 만큼 가까워진 그와의 거리에 소스라치게 놀라며 몸을 뒤로 젖혔다.

순식간에 그녀의 무게중심이 뒤로 향했고, 가빈은 곤두박질 쳐질 자신을 상상하며 짧은 외마디 비명과 함께 두 눈을 질끈 감고 말았다.

"정말 못 말리겠군."

뒤통수로 전해질 고통에 머릿속이 하얘질 무렵 들린 그의 한마디, 이후 가빈은 자신의 허리를 감싸는 손길에 서서히 눈을 떴다. 그녀의 시야로 황당해하는 하준의 얼굴이 들어왔다.

"그렇게 경기 일으킬 정도로 내가 싫은 건가?"

하준이 시선을 똑바로 맞추며 묻자 가빈이 안절부절못하며 대꾸했다.

"그, 그런 게 아니라 오빠가 갑자기 지금……."

"지금 뭐?"

하준이 재빨리 반문하자 가빈은 당혹스러운 표정으로 입을 꾹 다물었다. 민망하고 쑥스러워 차마 입안에 맴도는 말을 내뱉을 용기가 나질 않았다.

하준은 어느샌가 얼굴이 붉게 물들어진 가빈의 얼굴을 지켜보며 입술 끝을 살짝 올렸다. 그녀의 표정, 눈빛, 행동만으로도 무슨 생각을 하고 있는 건지 파악이 돼 자꾸만 감춰뒀던 장난기가 발동됐다.

"케이크 더 먹을래?"

"아니!"

그의 질문에 가빈은 쏜살같이 대답하고는 자신의 허리를 감싸고 있는 그의 손을 붙잡았다. 불현듯 머릿속에 각인되어 있던 하준의 행동들이 떠오르며 그녀를 황망하게 했다.

"그만 놔 줘."

"왜 그래야 하는데?"

"뭐……?"

"말했잖아, 오늘은 친절하게 하나하나 알려 준다고."

가빈은 '도대체 뭘!' 하고 소리치고 싶은 걸 간신히 참아 내며, 그의 손길에서 벗어나기 위해 땅을 짚고 있는 손과 다리에 힘을 줬다. 하지만 곧바로 허리를 강하게 당기는 하준의 힘에 이끌려 그녀는 힘없이 그의 품안에 안기고 말았다.

이어 하준은 숨 쉴 틈 없이 아래로 향하고 있는 가빈의 턱을 잡아 올렸다. 그리고 시선을 맞춘 후 그대로 그녀의 입술에 자신의 입술을 살며시 포갰다.

가빈은 너무 놀라 동그랗게 뜬 눈을 이내 감고는 옷자락을 손에 꽉 쥐었다. 그의 부드러운 입술이 자신의 입술을 어르듯 자극시키며 천천히 움직이는 것이 느껴졌다.

평소보다 길게 이어진 그의 능숙한 입맞춤에 찌릿한 전율이 일었다. 하준은 단계를 밟듯 벌어진 입술 새로 부드러운 혀를 집어넣었고, 서서히 그녀의 입안을 점령하기 시작했다.

가빈은 때론 당겨지고, 때론 밀리며 그와 얽히고설킬수록 흥분되어 정신이 아득해지는 것을 느낄 수가 있었다. 입안에서 서로의 혀가 교차할 때마다 전신이 마찰하는 것처럼 기분이 묘해지고, 온 신경이 민감하게 움찔댔다.

"숨 쉬어도 돼."

잠시 입을 뗀 하준이 금방이라도 폭발할 듯 얼굴이 벌겋게 달아오른 가빈을 응시한 채로 속삭이듯 말을 건넸다.

그제야 가빈은 입을 벌리고 참고 있던 숨을 훅 내뱉으며 헐떡였다. 부족했던 산소가 코와 입속으로 오가며 몽롱했던 정신이 조금씩 돌아오는 것이 느껴졌다.

"그래도 처음보단 발전했는데, 너?"

하준의 장난기가 묻어나는 말투에 가빈이 그를 올려다봤다. 항상 경직되어 있던 그의 얼굴에 부드러운 미소가 자리 잡고 있었다. 전과는 다른 느낌에 가슴이 설레면서 심장이 콩닥콩닥 뛰기 시작했다.

"좋은 현상이야."

가빈의 숨소리가 어느 정도 안정을 되찾자, 하준은 입술과 혀로 그녀의 귀를 천천히 핥으며 속삭였다.

"그, 그만……."

가빈이 흠칫 놀라며 몸을 움츠렸지만, 하준은 멈추지 않고 귀에 닿았던 입술을 그녀의 목선을 따라 움직였다. 마치 세포 하나하나를 자극시키려는 듯 그의 움직임은 느리면서도 섬세했다.

그의 입술이 닿은 곳마다 열꽃이 피어오르는 것만 같았다. 가슴을 오싹하게 조여 오는 짜릿한 감각, 가빈은 피가 아래로 쏠리는 기분에 결국 두 눈을 질끈 감고 말았다.

"눈 감지 말고 날 봐."

중저음의 목소리가 그녀의 귓전에 맴돌았다. 가빈은 그의 채근에 조종당한 것처럼 눈을 떴다. 어느새 하준이 표정이 진지하게 변해 있었다.

"앞으로 나 말고는 다른 어떤 놈하고도 눈 맞추지 마."

하준의 한 손이 그녀의 머리카락을 쓰다듬었다.

"대답해. 그러겠다고."

강압적이기보단 달래는 듯한 어투였다. 사리판단을 할 수 없게 만드는 그의 묘한 매력에 가빈은 뭐에 홀린 것처럼 작게 고개를 끄덕였다. 그러자 하준이 그제야 마음이 놓이는 듯, 표정을 풀고 그녀를 자신의 품에 꼭 안았다. 따뜻한 온기가 고스란히 그녀에게 전해졌다.

"영원히 넌 내꺼야."

차분하게 가라앉은 음성,

"절대…… 두 번 다시 놓치지 않을 거야."

아련한 하준의 눈빛에 어느샌가 단호한 빛이 서렸다.

* * *

"이 시간에 또 어딜 나가는 거야?"

소파에 앉아 책을 들여다보고 있던 류목형은 안방을 나와 자연스럽게 밖으로 걸어 나가는 이혜연을 못마땅한 표정으로 돌아봤다. 해 떨어지기가 무섭게 집을 나서다니, 참 지치지도 않는 여자라는 생각에 절로 눈살이 찌푸려졌다.

"오늘 해가 서쪽에서 떴나 보군요, 당신이 나한테 그런 걸 다 묻고."

류목형의 차가운 말에 대항하듯 이혜연이 잔뜩 예민해진 목소리로 대꾸했다. 평소엔 자신이 뭘 하고 다니든 묻지도 않더니, 이제와 무슨 바람이 분 건가 싶어 그녀의 눈매가 가늘어졌다.

"잠깐 앉아."

"나 지금 나가 봐야 해요."

"시간 오래 안 뺏어, 그러니까 앉아."

고슴도치가 가시를 빳빳하게 세우듯 그녀가 날카롭게 반응하며 자리를 회피하려 했지만, 단호하게 밀어붙이는 류목형의 태도에 결국 소파로 와 앉았다. 평소와 다른 그의 행동이 유난히도 낯설게 느껴져 신경에 거슬렸다.

이혜연은 손에 든 클러치를 옆에 내려놓고 류목형에게로 시선을 옮겼다. 그가 분노에 찬 눈빛을 번뜩이며 자신을 노려보고 있는 것이 보였다.

"얼마나 더 날 웃음거리로 만들 생각이야?"

류목형이 진노하며 앞에 놓인 잡지를 들어 이혜연에게 툭 집어던졌다. 이혜연은 생각지도 못한 그의 행동에 화가 치솟았지만, 최대한 마음을 가라앉히고 눈앞에 보이는 잡지를 내려다봤다.

"이게 뭐예요?"

이혜연이 영문을 모르겠다는 표정으로 반문하자, 지켜보던 류목형은 입술 끝에 경련이 일었다.

"찌라시로 치부해 버리기엔 너무 적나라해서 내 입으로 말하기조차 부끄러울 지경이야! 당신이란 여자는 도대체 언제까지 나나 회사 이름에 먹칠을 하고 다닐 셈이야?"

"지금 그게 무슨 소리예요?"

"눈이 달렸으면 직접 확인을 해 봐!"

류목형의 호통에 이혜연은 잡지에 적혀 있는 부분을 펼쳐 읽었다. 톱스타와 섹스 스캔들에 이어 스폰, 과거 행적까지……. 비록 이니셜로 표기되어 있었지만 기사 내용은 정확히 자신을 가리키고 있었다.

하지만 이미 알 만한 사람들은 아는 내용, 이혜연은 오히려 웬 호들갑이냐는 듯 콧방귀를 뀌었다.

"이게 뭐 어쨌다는 건데요?"

"뭐? 지금 그걸 말이라고……!"

"신문 1면에 떡하니 난 기사도 아니고, 고작 찌라시 전문 잡지에 난 기사가지고 뭘 새삼스럽게 이러냔 말이에요! 지금!"

이혜연은 잡지를 테이블 위에 쾅 내려놓으며 소리쳤다. 이런 기사라면 그동안 얼마든지 났다. 초반에야 막으려고 노력도 해봤지만, 지금은 연예계에서 이미 일파만파 퍼진 상황이라 굳이 숨기고 자시고 할 필요도 없는 문제가 되어 버렸지만 말이다.

그걸 류목형도 모르진 않았을 터, 그런데도 이제 와 민감하게 반응하는 그가 이혜연은 한편으론 이해되지 않았다. 괜히 화풀이할 상대가 없어 이러는가 싶어 짜증이 훅 올라왔다.

"지금 왜 이런 걸로 트집 잡는 건지 모르겠지만, 항상 그래 왔던 것처럼 나한테서 신경 꺼요. 그게 당신이나 나나 서로에게 좋은 일일 테니"

이혜연의 대답에 소파 손잡이에 올려놓은 그의 손이 부르르 떨렸다. 사랑하진 않았지만 그래도 결혼한 부부이기에 부인으로서, 하준이의 엄마로서, 존중을 해 줄 생각이었다. 그녀의 과거를 알기 전까지, 아니 그 사실을 알고 있으면서도 자신 역시 과거가 깨끗한 건 아니기에 이해하고 넘어가 주려 했다.

만약 그녀가 도만 넘지 않는다면 이혼하지 않고 지금의 상태를 유지할 생각도 있었다. 하지만 시간이 지나면 지날수록 안하무인 격으로 행동하며 독해져 가는 그녀를 보고 있자니, 그도 점차 인내심의 한계를 느낄 수밖에 없었다.

"더 할 말 없으면 그만 일어날게요."

"유 변호사가 이혼 서류 줬다고 하던데 왜 아무 말이 없어."

바닥까지 무겁게 내려앉은 낮은 음성에 이혜연이 흠칫하며 그를 돌아봤다. 그녀의 눈빛이 표독스럽게 변했다.

"이혼 얘길 꺼내려고 지금까지 시답지도 않은 말들을 꺼낸 거였어요? 협의 이혼할 생각 없다고 분명 유 변호사한테 전달했을 텐데요."

"소송까지 가고 싶은 모양이로군."

"하! 소송? 당신이 무슨 자격으로? 피도 섞이지 않은 딸을 집안에 들인 주제에 무슨……!"

"당신도 그런 말 할 자격 없지 않나?"

불시에 찔러오는 의미심장한 그의 말에 이혜연은 무슨 헛소리냐는 듯 눈을 치켜떴다.

"하연이를 일본으로 빼돌렸던 놈 중에 장인택이라고…… 기억하겠지? 당신 동창이기도 한."

장인택이라는 이름에 이혜연이 속으로 기겁하며 숨을 들이켰다. 미국에서 학창시절을 보낼 때 친하게 지냈던 지인이었고, 자신의 과거를 알고 있는 몇 안 되는 사람이기도 했다. 이혜연은 엄습해오는 불안감에 입술이 바짝바짝 마르는 걸 느꼈다.

"표정을 보아하니 기억하는 것 같군."

"당연히…… 당연히 기억하죠! 동창인데. 그런데 갑자기 그 사람 얘기는 왜 꺼내는 건데요?"

이혜연이 애써 아무렇지 않은 척 물어오자, 류목형이 지체 없이 입을 열었다.

"끝까지 모르는 척하고 싶다면 그렇게 해, 그 대신 이혼 서류에 도장은 찍어야 할 거야. 그렇게 하지 않겠다면 소송을 하서라도 억지로 갈라설 수밖에…… 그렇게 되면 당신도 상처받을 각오 단단히 해야 할 거야."

"내가 왜 상처를……."

"이름이 유진이라고 했던가? 그 아이."

류목형이 말을 내뱉음과 동시에 이혜연의 눈빛이 크게 요동쳤다.

"당신이 애지중지 배우로 키우려 했던 아이였지, 아마."

곧바로 이어진 그의 말에 이혜연의 낯빛이 점차 어둡게 변하기 시작했다.

"……갑자기 그 아이 이름이 왜 당신 입에서 튀어나오는 거죠?"

애써 담담하게 말을 꺼낸 이혜연은 초조함에 손톱으로 손바닥을 긁어대기 시작했다. 살점이 뜯기는 고통에도 좀처럼 마음이 쉬이 진정되지 않았다.

"나도 내 입으로 당신 과거 들춰내는 거 달갑지 않아, 그러니까 이쯤에서 그만하지."

"하, 날 위하는 척하지 마요, 위선자! 어디 끝까지 말해 봐요! 어디서 얼마나 헛소리를 듣고 왔는지 내 귀로 똑똑히 들을 테니!"

자리에 일어선 채로 악쓰는 이혜연을 류목형이 서늘한 표정으로 노려봤다.

"내가 이때껏 당신 때문에 그걸 숨기고 산 줄 알아?"

음울할 정도로 조용하게 퍼지는 그의 음성이 그녀의 뇌리에 벼락처럼 꽂혔다. 그녀의 안색이 탁하게 흐려졌다.

"그나마 하준이 생각해서 좋게 끝내려고 하는 거니까 더는 쓸데없는 고집 피울 생각하지 말고, 유 변호사 통해서 이혼 마무리 잘하도록 해."

"……."

"내 얘긴 끝났으니 나가든지 말든지 당신 마음대로 하고."

말을 마친 류목형은 자리를 박치고 일어나 그녀를 지나쳐 걸어갔다. 이렇게까지 하고 싶지 않았건만 끝끝내 최악의 상황까지 끌고 온 것에 류목형도 내심 마음이 불편하기 짝이 없었다.

하지만 그렇다고 해서 계속 악순환을 반복할 순 없는 법, 겨우 마음을 다잡은 그는 뒤도 돌아보지 않고 방문 손잡이를 잡아 돌렸다.

"이혼, 누구 좋으라고…… 내가 할 것 같나요?"

등 뒤로 들리는 이혜연의 목소리에 류목형이 걸음을 멈추고 뒤로 돌았다.

"뭐?"

"이때껏 당신한테 받은 수모, 난 누구한테 보상받으라고요?"

"지금 그게 다 내 탓이라는 거야?"

"아니, 당신 탓이기도 하지만 당신이 사랑한 박하연 그 여자, 그리고 그년 딸까지 포함해서 모조리 다! 날 이렇게까지 비참하게 만들었어!!"

울분이 터진 듯 그녀의 눈에 습기가 차올랐다.

"당신이랑 산 십여 년의 세월 동안 난 적어도 남편인 당신한텐 충실했어요, 그런데 이제 와서 이혼이라니? 하! 난 당신을 내 옆에서 늙어 죽을 때까지 놓아 줄 생각 없어요! 애당초 이혼 따윈 꿈꾸지도 말란 말이에요!"

발악하듯 소리친 이혜연은 잠시 말을 멈추고, 숨을 골랐다. 격앙된 탓에 눈앞이 어질어질해지는 기분이었다. 하지만 그녀는 애써 마음을 다잡고 차분하게 말을 이었다.

"내 과거요? 사실인지 아닌지도 모를 그런 말로 날 농락할 생각이라면 지금 당장 집어치우는 게 좋을 거예요, 날 더 이상 건들지 말아요. 당신이 그렇게 그토록 아끼는 가빈이, 눈앞에서 잃고 싶지 않다면."

"당신…… 미쳤어?"

금방이라도 폭발할 듯 그의 눈에 차가운 불길이 타오르는 게 보였지만, 이혜연은 전혀 아랑곳하지 않았다.

"잊었나 본데, 나 홍해그룹 대주주이자 산화물산 후계자로도 지목되었던 사람이에요. 마음만 먹으면 그깟 여자애 하나 당신 모르게 사라지게 하는 것 정돈 아무것도 아니란 말이에요."

마지막으로 경고하듯 내뱉은 이혜연은 살벌한 기세로 노려보는 류목형의 시선을 뒤로한 채 그대로 밖을 향해 걸어갔다.

더는 입씨름할 기운조차 남아 있질 않았다. 세차게 뛰는 가슴을 겨우 부여잡고 현관문을 향하던 그녀는 눈앞에 서 있는 하준의 모습에 석고상이 된 듯 멈춰 설 수밖에 없었다.

"하, 하준아?"

차갑게 내려앉은 눈빛, 이혜연의 뇌리로 류목형과 나눴던 대화 중에 '유진'이 있었음을 깨닫고는 손끝을 떨기 시작했다.

〈다음 권에 계속〉

외전
달콤했던 그날을 기억해

"어서 오십시오. 오시느라 고생하셨습니다."

인천공항, 미국에 출장을 다녀온 하준은 한국 땅을 밟자마자 자신을 반기는 현 실장에게 무심하게 인사를 건네곤 주변을 훑었다.

몇 달 만에 돌아온 한국, 하지만 그에게 이곳은 여전히 황량하게만 느껴졌다. 지레짐작하고 있었지만, 무수히 많은 사람들 중에 자신이 아는 얼굴은 현 실장 외에 없었다. 그는 쓸쓸한 표정으로 공항 밖을 나섰다.

"회장님께선 어제 루오나 시제품 시연회 참석차 독일로 출국하셨습니다, 그래서 제가 대신 마중을⋯⋯."

"회장님께서 나름 배려를 많이 해 주셨네요, 현 실장님을 독일 출장에 대동하지 않으시고 이곳에 보내신 걸 보면 말입니다."

카트를 대신 밀며 그의 뒤를 따르던 현 실장은 하준의 말에 뼈가 있는 것을 느끼곤 어깨를 으쓱했다. 타국에 나가 혼자 지내다 보면 조금은 유순해지지 않을까 했지만, 그는 여전히 차가운 냉기를 풀풀 날리며 독보적인 분위기를 자아내고 있었다.

"제가 자원했습니다. 이번 연말엔 가족들하고 지내고 싶어서요."

현 실장이 씨익 웃으며 말하자 막 밖을 나선 하준이 그를 슬쩍 곁눈질하며 대꾸했다.

"저는 부수적인 이유이군요."

"그게…… 월급쟁이에게 있어 상사는 가족보다 우위라는 제 지론도 이혼 앞에선 맥을 못 추더군요, 불쌍한 가장 한 명 살리신다 생각하시고 좋게 넘어가 주세요."

현 실장이 살갑게 말하자, 하준도 피식 웃음을 터트리며 앞에 대기하고 있는 차 뒷좌석에 올라탔다. 운전기사가 짐을 차에다 싣는 동안 휴대폰을 켠 하준은 먼저 시간을 확인했다.

오후 3시. 하준은 잠시 뭔가 생각하더니 보조석에 앉아 안전벨트를 매고 있는 현 실장에게 조심스럽게 말을 건넸다.

"지금 고등학교 방학했나요?"

하준의 질문에 현 실장이 잠시 골똘히 생각하더니 대답했다.

"보통 12월쯤 하는 걸로 알고 있는데 저도 자세히는 잘 모르겠습니다."

"그래요……?"

"그런데 갑자기 그건 왜……?"

현 실장이 의아한 듯 말끝을 흐리며 묻자, 하준이 어색한 표정으로 고개를 저었다.

"아닙니다, 그냥 궁금해서요. 그만 출발하시죠."

하준은 황급하게 대답하곤 창문 밖으로 시선을 돌렸다. 괜한 걸 물었나 하는 후회도 잠시, 새하얀 눈이 펑펑 내리는 바깥 풍경에 하준은 이제야 한국에 온 것을 실감하며 손에 든 휴대폰을 내려다봤다.

미국에 있는 동안 하루도 생각하지 않은 적이 없었던 얼굴. 그녀를 떠올린 순간 손가락이 버릇처럼 번호 1을 향하고 있음을 느낀 하준은, 애써 충동을 참아 내며 휴대폰을 도로 주머니에 집어넣었다. 방학이 아니라면 현재 수업 중일 텐데 공연히 방해하고 싶진 않았다.

'잘 지내고 있겠지?'

류가빈.

하준은 그녀에 대한 생각에 자신도 모르게 작게 미소 지었다.

"현 실장님, 오늘 마중 나와 주셔서 감사합니다."

"네, 그럼 조만간 회사에서 뵙겠습니다."

집 앞에 도착한 하준은 짧게 현 실장과 인사를 나눈 뒤, 집 안으로 들어가기 위해 걸음을 옮겼다. 몇 달 만에 온 집이었지만 그리 반갑지만은 않은 듯, 그의 표정은 무덤덤하기만 했다.

한참 동안 대문 앞에서 초인종을 물끄러미 바라보던 하준이 막

벨을 누르려던 때였다. 누가 오기라도 한 건지 대문이 열려 있는 것을 발견하곤, 그는 의아한 표정으로 안으로 들어섰다.

익숙한 정원을 지나 현관문 앞에 도착한 그는 망설임 없이 문 안으로 들어섰고, 이후 들리는 목소리에 멈칫했다.

"꺄악! 그만해, 간지러워!"

익숙한 목소리. 집에 이혜연이 있을 것이라 생각 못 한 하준은 내심 반가운 마음에 지체 없이 걸음을 옮겼다. 그리고 환하게 웃는 이혜연의 얼굴을 기대하며 문을 연 순간, 하준은 이어 들린 낯선 남자 목소리에 우뚝 멈춰 설 수밖에 없었다.

"자기가 내가 원샷 하면 원하는 거 다 들어 준다며! 이제 죽었어!"

"호호호, 설마 그걸 다 마실 줄 몰랐지! 아아! 그만해, 여기 보는 눈도 있는데~!"

"야야! 적당히 해라, 사모님 놀라신다! 하하."

넓은 거실 안을 가득 채우는 시끄러운 목소리. 하준은 경직된 얼굴로 문에서 손을 떼고 한 발짝 뒤로 물러섰다. 사람들의 목소리가 점점 커지면 커질수록 하준은 새파랗게 질린 얼굴로 끔찍했던 기억들을 떠올렸다.

그는 숨을 멈춘 상태로 문 앞에 짐을 내팽개쳐놓고 다급하게 집을 나왔다. 그러곤 한참 동안 참고 있었던 숨을 한순간 토해 냈다.

"콜록! 콜록!"

벽에 몸을 지탱한 채 한참 동안 숨을 고르던 그는 차가운 공기에 그제야 정신이 드는지 짙은 한숨을 짓곤 두 손으로 얼굴을 감싸 쥐었다. 손의 서늘한 기운이 얼굴에 닿자 조금이나마 마음이 진정되는 듯 그나마 혈색이 돌기 시작했다.

하준은 그대로 천천히 허리를 세우고 다시 한 번 깊은 한숨을 몰아쉬었다. 골이 흔들리고 가슴이 여전히 쿵쾅쿵쾅 뛰는 것이 느껴졌다.

"네가 사모님 아들이야? 잘 생겼네? 같이 놀자."

"이거 한 번 펴 볼래? 괜찮아, 뭐 어때? 나중에 너도 피게 될 텐데."

"이 새끼, 이거 한번 맞아 봐야 정신 차리지? 어?!"

어린 시절, 모욕적인 일을 겪었던 탓에 생긴 트라우마. 이제는 모두 치유된 줄 알았건만, 또다시 발작하듯 떠오른 생각에 하준은 목을 옥죄는 넥타이를 거칠게 풀어냈다.

"도련님?"

힘겹게 숨을 고르던 그는 갑작스러운 목소리에 숙이고 있던 고개를 천천히 들었다.

"유 실장님?"

그가 돌아보자 유 실장이 그제야 걱정스러운 눈빛으로 성큼성큼 그에게 다가왔다.

"맞으시네요, 설마 했는데."

"아, 네……."

"저녁 늦게 오실 줄 알았는데…… 사모님께서도 그렇게 알고 계시고요."

유 실장의 말에 하준이 잔뜩 인상을 찌푸린 채로 날카롭게 말했다.

"어머니께 저 왔다는 말씀 하지 마세요."

그녀를 외면하며 하준이 나직이 말하자 유 실장이 작게 고개를 끄덕이며 말했다.

"네, 알겠습니다."

"그럼 전 약속이 있어서……."

더는 얘기하고 싶지 않은 듯, 하준은 뒤도 돌아보지 않은 채 마침 지나가는 택시를 재빨리 잡아탔다. 머릿속이 복잡해 금방이라도 터져 버릴 것만 같았다.

불쑥불쑥 치솟는 화를 겨우 억누르며 창문을 열고 잠시 차가운 바람을 쐰 하준은, 어디로 가냐는 택시기사의 말에 목적지를 말하곤 그대로 의자에 기대 두 눈을 감았다.

"크리스마스이브라서 차가 좀 막히네요."

조용한 분위기 속, 갑자기 들린 택시기사의 목소리에 그는 천천히 눈을 뜨고 창밖에 화려한 네온사인과 거리에 빼곡한 사람들을 멍하니 바라보았다.

그러고 보니 오늘이 크리스마스이브였구나, 하준의 입가에 어느새 씁쓸한 냉소가 번졌다.

"다 왔습니다."

택시기사의 말에 하준은 택시비를 지불하곤 차에서 내려 빌라 앞으로 걸어갔다. 오랜만에 와서인지 새삼 낯설게 느껴져, 그는 선뜻 들어가지 못하고 문 앞에 멈춰 선 채로 손목시계를 확인했다. 지금쯤이면 수업이 끝났을까? 잠시 고민하던 하준은 일단 휴대폰을 꺼내 가빈에게로 전화를 걸었다.

10초, 20초, 계속 신호음이 가는데도 받지 않자, 하준은 전화를 끊고 빌라를 올려다봤다. 가빈의 집은 402호, 4층 라인을 유심히 바라보던 하준은, 불이 모두 꺼져 있는 것을 확인하곤 그대로 입구 옆 벽에 몸을 기대고 섰다. 어느새 그쳤던 눈이 다시 펑펑 내리기 시작했고, 하준은 추위에 어깨를 잔뜩 움츠렸다.

"오빠?"

얼마 시간이 지나지 않아 들린 익숙한 음성, 하준은 놀라며 고개를 돌렸다.

가빈? 하준은 갑작스러운 그녀의 등장이 믿기지 않는 듯 눈에 힘을 줬다.

"어떻게 된 거야? 미국에서 언제 온 거야?"

가빈 역시 하준이 눈앞에 있는 것이 믿기지 않는다는 듯, 두 눈을 동그랗게 뜬 채로 하준에게 다가섰다.

"오늘 왔어, 그런데 너…… 학교 안 갔어?"

하준이 의아해하며 묻자 그녀가 살짝 웃으며 대답했다.

"오늘 크리스마스이브잖아, 일찍 끝났어."

"아, 그랬구나. 그럼 어디 갔다가 오는 거야?"

하준의 물음에 가빈은 손에 든 케이크 상자를 들어 보였다.

"크리스마스 다가오니까 케이크가 먹고 싶어서, 잘 됐다! 오빠, 같이 먹자."

"난 단 거 별로 안 좋아하는데."

하준이 기다렸다는 듯 단호하게 말하자, 가빈이 피식 웃음을 터트렸다.

"그럼 초라도 불면 되지!"

케이크 상자에 붙은 초를 달랑달랑 흔들어 보이며 가빈이 말하자, 하준이 입꼬리가 슬며시 올라갔다. 오랜만에 보는 그의 미소, 가빈은 신기한 듯 한참 그를 바라보다 추위에 벌게진 그의 뺨에 천천히 손을 가져갔다.

"밖에서 오래 기다렸어? 추운데."

뺨을 어루만지는 가빈의 손길에 하준은 말없이 그녀를 내려다봤다. 조금 전 집 앞에서 겪은 일로 숨이 막힐 듯 괴롭고 힘들었던 마음이 그녀를 보는 순간 눈 녹듯이 사라진 듯했다.

오랜만에 느껴 보는 기분, 하준은 마음의 위로라도 받은 듯 한결 편안해진 표정으로 자신의 뺨을 매만지고 있는 그녀의 손을 잡았다. 그러곤 놀란 눈으로 자신을 바라보고 있는 가빈을 잡아당겨 안았다. 따뜻한 온기가 얼어 있던 몸을 서서히 녹이는 것 같았다. 하준은 가빈의 체온을 느끼며 귓가에 속삭이듯 천천히 말했다.

"보고 싶었다."

나직한 한마디. 하준의 품에 경직된 상태로 안겨 있던 가빈은, 그의 진심 어린 목소리에 밝게 웃으며 작게 중얼거렸다.

"나도."

"자, 여기."

따뜻한 차를 하준에게 건네며 가빈이 그의 옆에 털썩 앉았다. 케이크를 혼자서 다 먹어 버린 가빈은, 배가 부르자 한결 기분 좋아졌는지 밝아진 표정으로 차를 한 모금 들이켰다.

"미국 생활은 어땠어?"

조용히 앉아 TV를 보고 있는 하준을 돌아보며 가빈이 묻자, 그가 별다른 표정 변화 없이 대답했다.

"별거 없었어."

"그래? 차라리 거기서 크리스마스를 보내고 오지 그랬어? 훨씬 낭만적일 텐데."

두 눈을 반짝이며 가빈이 말하자 하준이 미간을 좁히며 말했다.

"낭만은 무슨, 복잡하고 시끄럽기만 해."

"흠…… 난 꼭 가 보고 싶은데, 미국."

아쉬운 표정으로 컵을 매만지며 말하는 가빈을 하준이 시선을 돌려 흘끗 바라봤다.

"가면 되지."

"혼자 가기 무서워서, 난 같이 갈 친구도 없잖아."

침울한 표정으로 차를 마시는 가빈을 물끄러미 지켜보던 하준이 옆에 벗어 둔 자신의 코트에서 작은 케이스를 하나 꺼내 들었다.
그는 무심한 척 그것을 가빈에게 툭 던졌다.

"내가 고른 건 아니고, 친구한테 여자애들이 좋아할 만한 거 사
오라고 했더니 그거 사왔더라."

갑작스러운 그의 선물에 감동한 듯 가빈은 잔뜩 상기된 표정으
로 재빨리 케이스를 열어봤다. 큐빅이 박힌 열쇠 모양의 목걸이, 가
빈은 입을 다물지 못한 채 놀란 눈으로 하준을 바라보며 말했다.

"이거 되게 비싼 거 아냐?"

"몰라, 내가 산 게 아니라서."

한 마디 내뱉곤 하준은 어색한 표정으로 TV로 시선을 돌렸다.
사실 며칠 동안 백화점을 돌아다니면서 고생해서 고른 목걸이였
다. 혹시라도 마음에 들어 하지 않으면 어떡해야 하나 내심 걱정했
던 하준은 예쁘다며 좋아하는 가빈의 표정을 마주하고서야 겨우
한시름 덜었다.

"잘 하고 다닐게, 오빠."

재빨리 목에 목걸이를 차며 가빈이 환하게 웃어 보였다. 하지만
뜻대로 목걸이가 잘 채워지지 않는지 가빈이 한참을 낑낑대자, 가
만히 그녀를 지켜보던 하준이 그녀에게서 목걸이를 빼앗아 들곤
손을 휙휙 저어 보였다.

"뒤로 돌아, 내가 해 줄게."

하준의 말에 잠시 머뭇대던 가빈이 천천히 뒤로 돌았다. 괜스레
긴장되는 마음에 그녀는 애써 신경을 다른 곳에 두려 했다. 잠시

뒤, 목걸이가 그녀의 목에 감기는 게 느껴졌고, 따뜻한 하준의 손길이 뒤이어 느껴졌다. 목덜미에 닿는 하준의 따뜻한 숨결에 잠시 움찔대던 가빈은, 이윽고 목에 닿는 그의 입술에 놀라며 멍하니 앞을 응시했다.

"예쁘다, 잘 어울려."

목 주변을 맴도는 낮은 그의 음성에 가빈은 자신도 모르게 눈을 질끈 감았다. 입술이 아슬아슬하게 귓가에 채 닿기도 전에 재빨리 몸을 돌린 가빈은, 숨결이 느껴질 정도로 가까운 거리에 있는 하준을 마주 보곤 숨을 들이켰다.

묘한 분위기. 그녀는 재빨리 손에 든 잔을 테이블 위에 내려놓으며 시선을 아래로 내렸다.

"메, 메리 크리스마스! 오빠."

생뚱맞게 소리치는 가빈의 모습에 하준은 웃음을 터트렸다. 갑자기 메리 크리스마스라니? 하준은 한참 동안 웃고선 홍당무처럼 새빨갛게 달아오른 채 어쩔 줄 몰라 하는 가빈의 어깨를 잡아 마주 봤다. 그러곤 오른손으로 시선을 아래로 내리고 있는 가빈의 턱을 잡아 부드럽게 올린 상태로 천천히 입을 열었다.

"내 선물은?"

나지막한 목소리로 하준이 묻자 가빈이 당황했는지 움찔하며 대답했다.

"미, 미안, 난 오빠가 오늘 한국에 오는지 모르고……."

한참 더듬거리며 말을 꺼내던 가빈은 그 순간, 자신의 뺨에 키스를 하는 하준의 행동에 경직된 상태로 말을 멈췄다. 전신을 떨리게 하는 부드러운 감촉, 믿기지 않는 듯 가빈은 천천히 입술을 떼는 하준을 놀란 눈으로 바라봤다.

"이, 이게……."

"미국에서 배운 인사법."

장난스럽게 대꾸한 하준은 이후, 환하게 웃으며 그녀에게 말했다.

"메리 크리스마스, 가빈아."